大鱼

有爱的青春陪伴者

一封情书

yi feng qing shu

磎山 著

台海出版社

图书在版编目（CIP）数据

一封情书 / 磹山著. -- 北京 : 台海出版社，2024.

11. -- ISBN 978-7-5168-3994-2

Ⅰ. I247.5

中国国家版本馆 CIP 数据核字第 202484TD41 号

一封情书

著　　者：磹　山

责任编辑：俞滟荣

出版发行：台海出版社

地　　址：北京市东城区景山东街 20 号　　　邮政编码：100009

电　　话：010-64041652（发行，邮购）

传　　真：010-84045799（总编室）

网　　址：www.taimeng.org.cn/thcbs/default.htm

E - mail：thcbs@126.com

经　　销：新华书店

印　　刷：长沙鸿发印务实业有限公司

本书如有破损、缺页、装订错误，请与本社联系调换

开　　本：880 毫米 ×1230 毫米　　　　1/32

字　　数：348 千字　　　　　　　　　印　　张：10

版　　次：2024 年 11 月第 1 版　　　　印　　次：2025 年 1 月第 1 次印刷

书　　号：ISBN 978-7-5168-3994-2

定　　价：42.80 元

目录 CONTENTS

CONTENTS **目录**

1

萤火对天上的星说："学者说你的光明总有一天会消灭的。"天上的星不回答它。

——《飞鸟集》

夜晚的 A 市比白天繁华。

白日里人们步履匆匆，穿着西装，拿着公文包，吃着路边六七元钱的早餐，戴着严肃正经的面具，乘着人挤人的公交车，人与人挨得那么近，但心和心却隔得那么远。

晚上就不一样了，各色灯火齐明，威士忌最会模糊人眼，流浪歌手哼唱着撩人心弦的歌谣，欢笑喧闹声钻进耳朵，由不得你愿不愿意听，它就是要让你热闹。在街头闭上眼轻轻嗅，烧烤摊的孜然香味，火锅串串的麻辣鲜香……这时，这座城才成了它最鲜活的模样。

只是热闹是别人的，与熬夜加班的苏霖曼无关。

苏霖曼在某知名图书公司工作，周五开选题会，这个以"青春"为主题的征文是公司的重点项目，在茫茫稿海中，她却找不到让她眼前一亮的文章。

不过没关系，邮箱里还有三千多封未读邮件，如果读完这三千多封还寻不到答案，她就再去找，肯花时间总会有的。

如果没有……苏霖曼叹口气，那就认命地把这个升职机会留给竞争对手。

她对文字和故事有种坚定的执着，不是她想要的，宁愿放弃也不将就。

《我和 L 先生的十年》，这是个淹没在邮箱里丝毫不起眼的标题，可苏霖曼在飞速滑动的页面上莫名地一眼就看到了它。

希望是个好故事。鼠标左键被按下的那一秒，她这样想。

致 L 先生：

　　亲爱的 L 先生，今天是 2022 年 8 月 24 日，也是我们相识的第十年，你一定想不到我会写下这封信。

　　2012 年的这一年我高二，你也是。为了让我能考上更好的大学，父母和李老师想尽一切办法把我从镇上的高中转到市里的一中，也是在这里，我遇到了你。

　　一开始你或许对我是没什么印象的，我太普通，你又光环加身，你看不见我，是很正常的事情。

　　但我记得你，从第一眼看到你就记住了。第一次见你是在新班主任老杨的办公室。一中的教学楼是环形的，我站在办公室门口听老杨说话，你就在办公室的对面，抱着篮球斜靠在栏杆上，和几个男生聊天。周围人都穿校服，只有你穿了件黑 T 恤，头发也比别人长。隔得太远，我看不清你的脸，只觉得你不像是个好好学习的学生。我当时想，一定要离这个人远一点啊。

兰城地处西北，即使是九月金秋时节也燥热异常，也许是夏天贪恋文昭山的巍峨壮丽和泗水河的蜿蜒秀美才迟迟不愿离去吧。道路两旁的梧桐、洋槐、金桂花交错着洒下些阴影，干燥的空气里混着丝丝缕缕桂花的清香，自行车上的两人身上光影明暗交替，摇摇晃晃地前行。

苏霖曼环着少年精瘦的腰，坐在自行车后座优哉游哉地晃着腿，慵懒惬意地眯着眼感受拂过的微风。

"林礼嘉，你骑快点，要迟到了！"

"拜托，大小姐！是谁半夜非要去吃抄手？是谁泼了我一身辣椒油害我洗衣服洗到半夜？又是谁非要去取快递才误了时间？第一天报到就不穿校服，老杨非得掐死我不可！"

苏霖曼笑着讨了声饶，举起手里薄薄的文件袋晃了晃，卖乖道："算我错了还不行嘛，叫上尚泽明，今晚我请吃饭，有大好事要庆祝！"

黑衣少年偏过头，咬牙切齿喋喋不休地数落着身后人，脚下的动作却听话地快了不少。自行车卷起一阵不大不小的风，裹挟着夏意盎然和青春肆意泼洒在路人身上。

郑雯被耳畔吹乱的发丝惊扰，抬头时只看到一甩一甩的马尾辫和少年飞扬的衣角。她目光没有多停留，短短几瞬便重新低头盯着脚尖。

"雯雯啊，去了学校要好好学习知道吗？"皮肤黝黑的男人把三轮车上的书包挂在她肩膀上。书包太沉，压得郑雯身子不由得低了低。

"知道的，爸爸。"郑雯低低出声。

"爸爸就送你到这里，免得你同学笑话。"

郑雯皱皱眉头，严肃反驳："才不丢人呢，你不要这样想。"

"反正你就负责好好学习，小李老师说了，你是个学习的好苗子，咱们老郑家多少年没出过读书的料子，你负责给祖宗们长脸就好！"

郑建兵絮絮叨叨嘱咐了许多话才发动三蹦子。郑雯熟悉的人离开了，她看着周围陌生的环境，生出了几分茫然和忧虑。

在一众蓝白校服中间，郑雯穿着洗得发白的牛仔裤和白色 T 恤格外显眼。她总觉得有许多目光落在她身上，来不及分辨那些目光是善意还是恶意的，干脆无一例外地屏蔽起来，把头越埋越低。

校门口站着个胖胖的中年男人，穿着蓝色 polo 衫，戴着副方框眼镜，远远瞧见郑雯就笑着朝她走过来。

"你就是郑雯吧，我是你的班主任杨威。"

郑雯朝着杨威鞠了个躬，嗫嚅着说了声"老师好"。

杨威拍拍郑雯的背，领着郑雯进了学校。

一中建校至今已有百年历史，校友中的杰出人才从民族英雄到商业精英层出不穷，是 A 省乃至全国闻名的重点高中。

这里同时是郑雯在镇上学校的班主任李老师的母校，郑雯能来到这里读书多亏李老师的帮助。

妈妈说女孩子最好的归宿就是嫁个好人家，郑雯隐隐觉得这样不对，可在妈妈、姨姨，甚至从不喜欢自己的奶奶眼里，这似乎就是毋庸置疑的答案。

郑雯曾经问李老师，既然那是我的结局，又为什么一定要劝她的爸妈让自己来这里读书。

"没有人能决定最好的归宿到底是什么，你自己的答案，你要去见见外面的世界才能明白。"

所以郑雯来到这里，想找一个答案。

"士不可以不弘毅，任重而道远。"郑雯被教学楼外墙那行字吸引了视线，久久无法挪开。

郑雯对于漂亮的新学校的惊叹甚至暂时压制住了她的不适和腼腆，一路上睁着水汪汪的杏眼好奇地四处打量，直到站在了老师办公室门口时，她还有些恍如梦寐。

"你先在这儿等我一下，我进去取些资料。"

郑雯乖乖地点点头，趁着这个时间再次打量起这所她即将度过两年时光的校园。

一中教学楼是环状楼，郑雯看向对面，被一人吸引了注意力。

与她同样的位置上站了一个少年，他支着脸，好像在看一些无关紧要的东西打发时间，整个人莫名有种闲散的气质。

少年是人群中最醒目的，他头发留得长，快要遮住眼睛，却不显得邋遢，反而与他身上那种慵懒的感觉很相符。在纪律严明的一中，他是她今天看到的除了自己以外唯一一个没有穿校服的人。

郑雯提前读过一中的学生守则，她告诉自己来城里读书的机会来之不易，所以生怕在什么环节出了差错。

她还记得第一页就写着严禁学生以任何理由不穿校服，严禁男生留长发。

郑雯在心里默默摇摇头，感觉这位同学不像是愿意安分学习的那类学生啊。

郑雯又忍不住看向那个少年，此时了一个男生，亲昵地把手搭在他肩上。

以后见到他要躲远点呢，她想。

那两人打闹着离开，杨威也正好从办公室出来："走吧。"

郑雯收回注意力，重新低着头安静地跟在杨威身后。

杨威站在讲台上，敲敲嘴边的扩音器，拍了拍手："大家安静一下，给大家介绍一下……林礼嘉！"

维系好的秩序又乱起来，有个夸张点的男生甚至拍着桌子笑："杨老师啊，林礼嘉我们谁不认识啊！"

所有人的注意力聚集在一处，郑雯也不再盯着脚尖，顺着杨威的手望去。

倒数第二排突然出现一个头发杂乱的脑袋，随即是一张带着困倦的脸。

同桌小声说了些什么，他慢慢悠悠地站起来。

在整齐划一的蓝白校服中，那件黑 T 恤过于突兀，郑雯顿时认出，这就是刚才在办公室门口看到的那个男生。

先前隔得远看不清他的脸，现在倒是看得很清楚。

他看着很没有书卷气，皮肤在黑色 T 恤对比下越发显得白。因为在挨骂所以头微微低着，但脊背挺得很直，好像是刻入骨髓的教养。微长的刘海可能有些扎眼，他时不时就得拨两下，最后实在烦了干脆整个撩起来。

郑雯视力好，隔着这么远的距离也能描绘出他的五官。

轮廓线条很是利落干净，弯弓口红润粉嫩，下意识舔舔过后会留下莫名性感的光泽，鼻子高挺，眉毛浓黑，中和了黑发红唇白皮肤这样会显得柔和的特征，整张脸就显得俊朗了，再加上棱角分明的五官和利落的线条，反而显得刚毅。

好看，真好看啊，像是富贵人家养的小少爷，看着就矜贵，就是感觉有些不好接近。郑雯在心里偷偷想。

"校服不穿，头发不剪，上课睡觉，下课跑路！上学期期末考试退步了多少你是不是不知道？"老杨的声音透过扩音器更加铿锵有力，震得他自己耳膜都有些难受，把话筒拿下来又弄出一阵蜂鸣声。他端着手里的保温杯，抿一口茶，看着林礼嘉颇有些恨铁不成钢。

杨威看着林礼嘉那个看似很乖的表情和"逆来顺受"的模样，莫名读出了一句"我错了，下次还敢"。

他深呼吸好几口气才继续被打断的话："这学期咱们班转来了一位新同学啊，让她自我介绍一下。"

杨威下了讲台，想为郑雯留出足够的空间，可郑雯反倒更觉孤立无援。她揪着衣摆，在心里一遍遍默念昨夜想好的开场白，终于怯生生地开口，声音小到几乎听不清。

"大家好……我叫郑雯。"很高兴进入九班，希望能和大家好好相处，请多多关照。

后面的话在喉咙里上不去下不来，怎么也说不出口。

抬起的头又低了下去，好像又搞砸了一件事，郑雯感到有些沮丧。

"啪——啪——啪——"

有人带头鼓起掌，教室里一呼百应般响起热烈的掌声，原本有些尴尬的气氛瞬间被瓦解。郑雯偷偷松口气，抬眼去寻声音来源，只见站在角落里的人在闲散地鼓掌。

他好似，也没有看上去那样难以相处。

林礼嘉不关心什么新同学，带头鼓掌后，打个哈欠，侧过头小声地跟尚泽明说话："老杨进教室你也不叫我啊。"

尚泽明瞪大眼睛："不是吧老林，我以为你就是趴着，结果你真睡着了？"他抬手看看腕表，"五分钟？真行啊你，昨晚干吗去了？"

林礼嘉扯了扯身上的衣服："陪那祖宗买夜宵被倒了一身的辣椒油，这不熬夜洗校服去了。"说完，摆摆手，又趴下去。

杨威一直盯着他呢，眼见着脑袋又低下去了，好不容易平息的怒火腾地冒到三米高。

"林礼嘉！你简直是蹬鼻子上脸，滚到门口面壁思过去！"

林礼嘉无奈地站起身，偷偷掐着尚泽明的后脖颈，听到他发出吃痛的哀号，才松手往门口走。

郑雯本低着头，在这间不大不小的教室里，鼻尖忽而掠过一阵清香。

像是春天开始时刚刚翻过田后吹过的第一缕风的味道。

郑雯下意识抬眼，少年与她擦肩而过时漫不经心地看向她。他们的目光在空中短暂交汇，他的目光带着些许好奇，却没有令人不适。

或许他的眼睛太过清亮，郑雯恍了恍神。

郑雯家里条件差，小时候的玩具除了蓝天和田里的泥土是自己的，其他都是村主任伯伯的儿子玩剩下的。

农村只有一个女儿的人家总是被说闲话，郑雯性格天生有些内向胆小，老被村里的小男孩欺负。她不想给爸爸妈妈惹事，于是干脆主动避开，久而久之也没什么朋友了，铁盒里的玩具几乎组成了郑雯童年时的所有娱乐活动。

她那时最喜欢的是几颗玻璃珠，总是珍惜地攥在手里数了又数，其中最漂亮的是那颗黑色的，纯黑，有光照时更好看。她从前听说过童话里的黑珍珠，那是一个王国最宝贵的财富。她没见过，只知道那是件珍贵美丽的宝物。于是她觉得，或许这颗过分美丽的玻璃珠就是传说中的黑珍珠吧。

后来慢慢长大，那颗玻璃珠找不到了，学习和农活渐渐占据了她所有的时间，她也没心思再去寻。

2012年这一天，郑雯与少年对视的时候莫名想到了自己的那颗"黑珍珠"。

那双眼睛澄澈明亮，半点不受尘土污染，眼眸微转就像是流光溢彩、星河皓月般耀眼。

他只是无意识掠过，郑雯却莫名红了耳朵。

转校生攥着书包带子的手用力到发白，好似受到惊吓一般低了头。她留着厚厚的刘海，有些发黄的头发只到下巴，衬得脸不足巴掌大小。林礼嘉莫名感到好笑，但只是单纯觉得有趣。

林礼嘉想起初中微机课上玩的《植物大战僵尸》。

这转校生，怎么像个夜光蘑菇。

"郑雯，你就先坐林礼嘉前面吧，只有那儿空着了。不用担心，座位每周一轮，每个同学都有机会坐到前面。"

"夜光蘑菇"低低地说声好，埋着头走到杨威指定的座位上。

尚泽明社交属性发作，没等郑雯坐好就戳戳她的背。

"新同学，我叫尚泽明，'尚方宝剑'的尚，'广泽生明月'的泽明，以后多多关照啊。"

郑雯被他吓了一跳。眼前的男生和那个叫林礼嘉的人是很不一样的长相，他看起来很有亲和力，笑着的时候露出一点点虎牙，眼睛也是弯弯的，一头自来卷煞是可爱。

同桌男生也对她笑了笑："我叫王铭浩。"

郑雯抿着嘴，认真将双手放在膝盖上，弯了弯腰，将头用力地低下去。

尚泽明和王铭浩被她郑重其事的模样惊到，原本轻松的自我介绍环节莫名变得严肃起来，尚泽明甚至开始反思自己刚才是否有些太过吊儿郎当了。

2

林礼嘉是在下节课预备铃响过以后才走进教室的，经过郑雯座位时，不小心碰歪了她刚摆起的书，他伸手重新整理齐整，微带着歉意地说了句"抱歉"。

郑雯只是摇摇头，不看他也不说话。

林礼嘉不怎么在意，回到自己座位坐下。

尚泽明捣捣林礼嘉的胳膊："怎么样，这次几千字？"

林礼嘉伸出食指和中指，张开又并了并。

"牛。"

英语老师走进教室，尚泽明便不再开口。

一下课郑雯便成了教室中的焦点，无数双好奇的眼睛时不时瞟向她，郑雯只能低着头装作若无其事。

她心里默念：不要找我说话，不要找我说话，不要找我说话——

"郑雯。"

祈祷失败，郑雯神经更加紧绷起来。

她慢悠悠地抬头，戴着金属框眼镜的女生从前排走向她。

身边原本趴着睡觉的男生突然直起身子，拿起手里的英语书煞有介事地念着古文。

郑雯被他的动作吓了一跳，小幅度捂了捂胸口又放下手。

"杨老师叫我带你熟悉校园环境，你要是有疑问就来找我，我叫王洋，是九班的班长。"

王洋表情严肃地推了推眼镜框，声音平缓不起波澜，仿佛内里写好模式的机器人。

郑雯乖巧地点点脑袋，小声道："嗯嗯，我知道了。"

王洋似是觉得应当对新同学更友好和善些，试着弯了弯嘴角，最终露出一个皮笑肉不笑的笑容，看得郑雯打了个寒噤。

眼前女孩似乎也意识到自己徒劳的努力，微不可察地轻叹一口气，又恢复严肃的表情。

"王铭浩，杨老师也让你多多关照同桌。如果郑雯不好意思找我的话，你就主动点知道吗？"

王铭浩忙不迭点头，单手在胸口捶了捶："我知道了，我会主动找你的。"

身后传来一声隐忍的笑，郑雯甚至能感受到斜后方的桌子在轻轻颤动。

王洋这回是真的叹气，她无语地往上推了推眼镜："我的意思是让你主动帮助郑雯同学。"

画面太惨烈，郑雯甚至不敢回头看看同桌的脸色。王铭浩沉默了半响，憋红了脸才从唇缝溢出一个"哦"。

眼见王洋离开，尚泽明终于忍无可忍地爆发出一阵大笑，王铭浩恼羞成怒似的转头踹在他桌子上。

"笑什么笑！"

"笑你呢，哈哈哈哈哈哈哈！"

郑雯被欢乐的气氛渲染到，偷偷低下头，弯了弯嘴角。

但身后的男生好像一直没有什么反应。

他叫……林礼嘉。

郑雯站起身活动了下胳膊，状似不经意回头，身后的位置空空荡荡。

原来是不在座位。

"哎？老林人呢，怎么一下课就不见人影了？"王铭浩问了一句。

郑雯写字动作一顿，不自觉地竖起耳朵。

尚泽明笑够了又忙着补作业，三支笔用胶带缠在一块儿同时开弓："刚被苏霖曼发消息叫走了。"

"他去找苏霖曼，你不去吗？你们三个不是一直都一起活动的？"

尚泽明摆摆手："我倒是想，但怎么都得先把作业补完吧，不然下节课老钟可能要打我！"

"Su、lin、man……"应该是个女孩名字。

听上去……是他们很好的朋友。

郑雯摇摇脑袋，总之关她什么事呢，还是先好好学习吧。

一中的晚自习时间很长，且非特殊情况强制性参加，高一高二持续到晚上十点半，高三则是再延长一个小时。晚自习前有五十分钟吃饭时间，一中食堂容量不大，大部分学生都选择托管所或者是回家吃，有时也会选择在外就餐。

三班比九班低一层楼，三人约定好了，苏霖曼一放学便在楼梯口等林礼嘉和尚泽明一起吃饭。

然而苏霖曼动作总是"有条不紊"些，因此大多数时间都是两个男生在楼梯口等她。

今天却格外反常，尚泽明刚刚走出教室就瞧见已经在楼下等候的苏霖曼。他趴在栏杆上冲着苏霖曼挥挥手，楼下女孩歪了歪脑袋笑着瞧他。

"她今天被鬼附身了？"尚泽明嘴上疑惑着，单手拉住身后不紧不慢散步似的林礼嘉往楼下跑。

"你慢点，又不是没见过。"

尚泽明没理他，眼见身后人还是那副懒得动的模样，干脆不去管他兀自下了楼冲到苏霖曼身边。

"怎么回事啊，怎么突然要请客？"

眼前少年神采飞扬目光明亮，苏霖曼只笑不语，耐着性子等到林礼嘉也定定站在身前，才从身后拿出那封差点害得自己和林礼嘉迟到的文件。

"——'金槐杯'复赛的通知书，我入选啦！"

"金槐杯"是极具权威性的国家级文学赛事，主要为二十二岁以下的年轻人设立，分为初高中组和大学生组，筛选严格，对文学素养和写作能力都有极高要求。无论是哪一类别的人，能在"金槐杯"获得名次都是十分值得骄傲的事情，如果高中生能在其中获得金奖，甚至有保送北大、南大一类全国最高学府的机会。

可见，在其中获得名次是多么困难的事，A省相对落后，一中的参赛名额也不多，大多给了准高三生。苏霖曼当时虽是高一但是被语文组的老师极力推荐才从中得到一个名额，她本来只是抱着提前熟悉赛程练手为将来做准备的打算，谁承想居然一举进入了复赛。

她虽然一向有自信，但收到邮件时，还是被吓了一跳，直到亲眼看到通知单才有了实感。

苏霖曼一时间没得到任何反馈，待她笑容有些僵硬时，才不满地开口："你们一点都不……"

话音刚落，苏霖曼就被两只手抓起胳膊兴奋地摇晃，她恍惚间觉得自己仿佛附身到了商店门口一元钱一次的摇摇车上。

"太牛了！太牛了！"尚泽明语气间难掩激动，"你这太牛了，苏霖曼！咱们学校——哦不，整个兰城就你一个高二的学生入围了吧！"

苏霖曼被尚泽明晃得头晕，好不容易等他冷静下来，才勾唇笑着抬抬下巴，像一只漂亮傲娇的布偶猫。

"嗯哼，高中组也只有我一个呀。"

手里的文件被尚泽明抢去细细查看，他又蹦又跳地走到阳光底下，让视线更清晰些，一遍又一遍地确认被通知者的名姓。

不远处的人模样兴奋憨傻，苏霖曼笑骂一句"傻子"，抬头对上另一少年的目光。

"林礼嘉，"她双手搭在一起抱在胸前，耸耸肩，"意外惊喜，你就不打算恭喜我？"

林礼嘉毫不退缩地与她对望，写满少年意气的眉眼盛着清浅笑意。

"恭喜。不算意外，从你报名的那天起，我就知道我会看到这张通知单。"

苏霖曼愣了片刻，随即嗤笑一声："我自己都不确定的事，你倒是哪里来的自信。"

林礼嘉没反驳，只勾着嘴角，拽着仍有些晕晕乎乎的尚泽明向着学校大门走去。他站在阳光里，回头对着苏霖曼挥了挥手。

没有哪里来的自信，只是如果这个世界上只剩下一个相信你的人，那个人或许未必是你，而可能是我。

我相信你。

我相信的是，你。

吃饱喝足后回到教室，尚泽明瞥见斜前方空空荡荡的桌子，惊诧地开口："咦？郑雯呢？刚转来一天就转走了？"

他说着踹了一脚在后面空地拍球的王铭浩："你同桌呢？"

王铭浩白了尚泽明一眼："我怎么知道。"

尚泽明见他这副模样，无奈地扶扶额头："那你去问班长啊。"

眼前人身子一顿，再一眨眼已经瞬间移动般消失在眼前。

"郑雯？"王洋拿出记录班级事务的小本子翻了翻，"郑雯晚自习请了长假，至于为什么，杨老师没跟我说原因。"

"谢谢班长。"王铭浩乖巧地点点头，挺着背正步走回后排。

"郑雯请了长假不上晚自习，原因不知道。"

尚泽明倒也不是真的关心郑雯去哪儿了，漫不经心地应了一声就低着头做自己的事。

前方视线突然空旷起来，虽然"夜光蘑菇"在时小小一点也不占位置，但林礼嘉还是有些不适应突然能伸直腿的自在。

怕是有些受虐倾向。

林礼嘉自嘲一笑，听着上课铃把注意力专注在手中的作业上。

"爸妈，我回来了。"郑雯把书包放在台子上就去帮妈妈穿串，"今天生意好吗？"

"好，好。雯雯啊，新学校怎么样？和同学们相处还融洽吗？"刘媛娣笑眯眯地问道。

郑雯脑海下意识划过一个身着黑衣，立在角落懒散鼓掌的身影。

"好呀，同学们都对我可好了，班主任也很好。我们学校可漂亮了，等有机会我带你进去转一转，拉着我爸一起。"

"光和同学相处得好没用，你的主要任务还是要好好学习知道吗？"郑建兵严肃地开口。郑雯的絮絮叨叨一瞬间被吞回了肚子里。

为了让她来城里上学，爸爸妈妈放弃老家还算安稳的生活陪她。城里不好找工作，他们做了一辈子农民也不会别的本事，没法子，夫妻俩用这些年攒的钱在小吃街租了个摊子卖些吃的。刘媛娣手艺好，做的又是些城里不多见的小吃，郑建兵找了个帮人送货的活，闲了就来给妻子帮忙，早上顺道能骑三轮车给店里送些菜，一天下来收入倒也看得过去。

只是这钱减去郑雯的学费，以及小吃的材料费和房租，也就不剩多少了。

郑雯向学校申请了贫困补助，但学校审批流程复杂需要时间。她心疼爸妈，所以每天放学就过来帮忙，人不多的时候趴在后面的桌上写作业，人多了就到前面帮忙传菜。

刘媛娣今年也才三十多岁，一双手却比六七十岁的老人还要粗糙，铁锅里不断升腾的热气使得她时不时就得擦下汗。

郑雯看得鼻酸，心疼地抱住妈妈。

刘媛娣轻轻推推她："多大的人了，怎么还喜欢撒娇。"

郑雯不说话，靠在妈妈肩膀上轻轻蹭了蹭。

"唉，可惜你不是个男娃……"

郑雯身子僵了僵，嘴唇动了动没说话。

她从小听过许多次这样的话，妈妈说过，爸爸说过，奶奶说过，亲戚说过……

生她时妈妈伤了根本，去城里看了医生后说是很难再孕。

奶奶本就不喜欢她，知道这事更觉得她是个灾星。

小时候郑雯不懂，为什么奶奶看自己的目光总是冷冰冰的。

她觉得或许是自己不够乖，又或许自己在不知道的时候犯下了难以原谅的错误。

后来她明白了，之于奶奶，她犯的最大的也是唯一一个错，就是她不该有柔和温软的声音，不该有面对那张棉片时的慌乱无措，不该有青春期挑选内衣时的羞涩紧张，不该有与生俱来的同理心和善良，不该明媚如春也艳艳胜夏。

她不该生来就是一朵花儿，她不该有芬芳的味道和娇艳的美丽。

她不该是家里唯一一个孩子。

她不该是一个女孩。

她不该吗？

为什么不该呢？郑雯想不明白。

好在爸爸难得是个开明的人，虽然奶奶老是念叨却没受半点影响地疼爱她，看出她在读书上有些天赋，不顾阻挠地带她出来学习。

妈妈虽有些不舍得从前的安稳日子，倒也默许着丈夫的决定。

只是郑雯常常想，李老师说过的，女孩子也没关系，我也从来不因为是个女孩子而感到羞耻啊……

她也在心里说过无数次这段话，可绕到嘴边还是没说出口。

小雯会懂事，会听话，会努力，女孩子也可以让你们过上好日子。

3

　　第二次见你是在教室，老杨带我去班里，你坐在最后一排，不对，趴在最后一排。明明十分钟前你还在楼道里聊天，怎么这么一会儿工夫就睡熟了。还没介绍我，老杨先骂了你一顿，我终于看清你的脸。

　　好看，真的很好看。

　　命运安排好了一般，我被老杨安排坐在你前面，你想象不到我有多紧张，生怕自己做错事惹恼了你。

可你好像和我想象的不太一样。

"哎，苏霖曼柜子里的东西都还在呢，林礼嘉，这怎么办？"卫生委员擦了擦储物柜上写着苏霖曼的贴纸，过不了几天就会换成新同学的名字。

林礼嘉按下 MP3 的暂停键，回头看了眼："书给我就好，零食什么的她说让你们分了。"

班里同学闻言拥过来。

"曼曼也太好了！老林，替我们谢谢她啊！"

林礼嘉爽朗地笑笑，把座位当摇椅，一脚搭在桌下的横杆上使力，靠着椅背惬意地晃了晃。

"没关系，小事。"目光流转过前方单薄瘦小的背影，好像打开学起就没见过几回她的正脸。

郑雯小声默念着书上的古诗，桌上忽而被扔了一块巧克力。

"你也拿一块吧。"

她抬头，是那位好看的后桌。

"不用了……"郑雯下意识地想拒绝。她和那位同学素不相识，这样白白拿人家东西好像很不好。而且这块巧克力包装很漂亮，应该价格不菲，她没什么能还给人家的。

"没事，她放了一大包，说是让大家一人拿一块。"林礼嘉眉眼淡漠，嘴角挂着礼貌性的笑容，"特别嘱咐了也要给新同学，不仅你，其他人也有。"

他态度不容拒绝，郑雯踌躇着微微点点头："谢谢。"

林礼嘉摆摆手，转过头和几个男生在后面拍起篮球。

教室后面有一片空地，和郑雯坐的位置几乎挨着，每天下课都很热闹。

原先是有几个女生来找她玩的，可她内向，又不了解时兴的妆容打扮，也不知道什么时尚明星，在这份热闹里就显得格格不入。

久而久之，郑雯的周围好像竖起一面无形的墙，她屏蔽着别人，也封闭了自己。

她总是坐在座位上沉默地看书，努力让自己再多吸收一点知识，但偶尔还是会听到同学聊天。

譬如这些天她常听到这个名字——苏霖曼。

杨老师会在安排任务时下意识地让她协助班长；语文老师会在无人

回答问题时假装抱怨她的得意门生不要她了；班里的女生课间偷偷玩手机时刷到某件衣服会说好像是"阿曼同款"。

尚泽明会因为窗台上那盆最好看的君子兰死了，紧张地问林礼嘉："苏霖曼知道我把她'女儿'搞死了，会不会把我也搞死？"

林礼嘉看上去话不多，这时也会开玩笑道："不会，她不会让你脏了她'女儿'的轮回路。"

郑雯盯着手里的巧克力，她从没见过这个女孩，但已然可以感受对方的美丽耀眼。

她掀开第一层面纱是在周三下午，校园广播悠扬的音乐响起，前奏过后是一道甜润悦耳的女声。

"尊敬的各位老师，同学，大家下午好，我是本周弘毅之声的主持人苏霖曼。"

这就是苏霖曼。郑雯倏地抬头，手下写字的动作随之停止。她这时才发现，好像已成习惯一般，原本齐刷刷写作业的大家不知什么时候起都默契地停了手下的动作安静听起广播。

苏霖曼的声音仿佛有魔力，那些稿子被她朗诵时都那么富有情感，她声音和缓，如珍珠滚过上好的绫罗，又如涓涓的溪流，自耳边淌过。

还没察觉到时间的流逝，一期节目就已结束，郑雯只觉得意犹未尽。

掀开第二层面纱是在次日的语文课，语文老师兴奋地拿着一张纸走进来："给大家分享一个好消息，咱们班的苏霖曼进入'金槐杯'复赛啦！"

沸腾的掌声如惊雷轰动，还有几声欢呼，郑雯斜后面的人叫得格外大声，她吓得一哆嗦。掌声经久不息，郑雯甚至觉得自己的耳膜有点鼓着疼。

明明苏霖曼已经离开，可当语文老师说出"咱们班"的时候没有任何一个人反驳，她就像从未离开过，所有人都在真心地为她高兴。

彻底窥见真容是在周六早上的课间。

郑雯从卫生间回来就看见教室后门站着一个高高瘦瘦的女生。

她靠在栏杆上，穿着校服短袖。和很多这个年纪爱美的女孩子不同，她的校服没有经过改动，头上也没有五颜六色的发卡，额头没有刘海遮盖，露出光滑白净的额头，仙姿玉貌，如远山芙蓉。

微风卷起她的发丝，阳光照耀的角度也是那么刚好，如同一幅光影色彩运用完美的油画。来来往往那么多人，老天爷唯独为她开一层梦幻的滤镜。

她手中提着两个纸袋，靠在墙边，笑着婉拒了班里同学让她进去坐坐的邀请。

郑雯下意识觉得这大概就是那位大名鼎鼎的苏霖曼。

"苏霖曼！你还记得来找我们啊。"身边一阵风掠过，一道蓝色的虚影闪过去，郑雯发丝被微微带起，脚下踉跄了一下。

"小心。"她的手臂被人轻轻撑了一把，又很快松手。郑雯下意识抬头，是林礼嘉。

"谢谢。"她小声道，而后慌张跳开。

林礼嘉轻轻摇摇头。

不知道是不是自己的错觉，郑雯总觉得这时候的林礼嘉看上去比平时更轻松自在些。

"尚泽明，撞到人了，去道歉。"苏霖曼注意到这一幕，推了推尚泽明，歉意地看了一眼郑雯。

猜想被印证，郑雯与苏霖曼对视。女孩皮肤白皙，发色乌黑，唇色桃红，眼角微微上挑，分明不施粉黛，转目间却是艳光十足。即使此刻在向她表示歉意也不显低卑，只是温和有礼的模样。

"哦，郑雯，对不起啦！"尚泽明不好意思地挠挠头。

郑雯摇摇头，埋着脑袋快步回到教室。

苏霖曼晃了晃手里的袋子："去天台吧，一起吃早饭。"

林礼嘉接过苏霖曼手里的袋子："沈姨今天做饭了？"

"哇，这么丰盛，这得几点起床啊。"尚泽明打开袋子，三明治、贝果、蛋挞、鸡蛋、果汁……

林礼嘉有些哭笑不得："沈姨这是把我俩当猪喂呢。"

"我说太多了，她还不信，说你们两个男孩吃得多。"

郑雯坐在教室里，她的身边是窗户，能看见走廊里的场景。陆陆续续有同学出教室给苏霖曼打招呼，她也一一笑着应。

明明她面对大部分人都是一副和林礼嘉如出一辙的淡漠样子，可似乎所有人都很喜欢她。

窗外的人言笑晏晏，她站在夏日曙光里，却胜似春朝明媚。

郑雯想，像这样的女孩，即使她只是作为素不相识的陌生人与对方擦肩而过，大概也会忍不住多看几眼。

她摇摇脑袋不再关心别人的琐事，翻开下节课的课本预习起来。

一般情况下，天台不允许学生进入，只是偶尔广播站开会会占用，苏霖曼作为副站长，钥匙一直交由她保管。

天台景色实在秀丽了些，站在这里俯瞰人来人往，苏霖曼会恍惚间有种用眼睛拍了一整部青春 MV 的感觉。她总是忍不住假公济私地去那里透气，偶尔也带着尚泽明和林礼嘉去，后来这里就成了三个人的秘密基地。

躲过人流，三个人猫着腰走上楼梯。

广播站上次开会留下的废稿还在原地没有收拾，苏霖曼随意拿起擦了擦灰尘，靠在栏杆上惬意地眯眯眼。

"你的茶，我的果汁，林礼嘉的咖啡？"尚泽明道。

苏霖曼没出声，仰着的脑袋点了点。

"很危险。"见她这模样，林礼嘉皱皱眉头，拿起茶和三明治塞到苏霖曼手里，把她往回拽了拽。

"知道啦，林礼嘉你越来越像我妈了哎。"苏霖曼咬着三明治，微闭着眼，用力吸了一口混着桂花香的空气。

她趴在栏杆上有一口没一口地吃着东西，无聊地数蚂蚁似的数经过的学生和老师。

尚泽明盯着她鼓起的腮帮子半晌，伸出手搭在苏霖曼肩膀上："喂，苏霖曼。"

苏霖曼回头，脸颊碰上尚泽明的手指陷进去半分，她气恼地瞪他一眼："你刚拿过三明治的！尚泽明，你很无聊！"

"还好吧。我用的不是这只手啦。"尚泽明粲然笑笑，他就是很喜欢看苏霖曼被他气到的样子。

很可爱，像只丢掉偶像包袱多毛的布偶猫。

林礼嘉没出声，默默看着两人打闹，翘起嘴角。

"你们明天都有时间吗，要不要一起去爬山？"尚泽明囫囵咽着食物，含糊地开口。

一中一周六天课，苏霖曼近些时日忙于开学的琐事和"金槐杯"复赛的准备事项，竟然在这一刻才恍然发现明天是难得的休息日。

每年9月都有一件重要的事要做，懒得算时间，她掏出手机看了眼，9月13日，恰好到时间，于是摇摇头拒绝。

"我不行，明天有事。"

林礼嘉看上去心情很好的模样："我也不行，我爸妈今天晚上回来，我明天要和他们出去吃饭。"

苏霖曼惊喜道："真的吗！我上次见林叔和柳姨还是过年那会儿呢。"

林礼嘉的母亲柳泉是小提琴家，二十岁出头就进入著名的乐团，如今早已是首席的身份，或许职业带着热爱会更容易坚持些，总之柳泉大半的人生都忙碌于跟着乐团四处演出。

他的父亲林格则是商人，古人说"商人重利轻别离"，这话在林格则身上半真半假，重利是真的，轻别离却不行，他年轻时忙于事业，如今人到中年，他的事业似乎变成了妻子，柳泉去哪里演出他就陪到哪儿。

夫妻俩总计划着在一起，唯一"轻"的就是与儿子的别离，林礼嘉小时候住在苏霖曼家里的时间远比在自己家要多得多，长大后又觉得自己还不如他们的同事与他们熟络。

但他好像也没什么不满的，父母恩爱，家境殷实，这足以秒杀很多人的人生了。总之……珍惜每一次与他们在一起的时间就好了。

"我也是。"林礼嘉嘴角的笑意暗淡几分，又很快被喜悦覆盖，"不过听说这次能多待一会儿。"

苏霖曼问："大概待多久啊，能不能等到我过完生日？"

在心里默默算了算，林礼嘉摇摇头："恐怕不行。"

说是多待一段时间，算起来其实连大半个月的时间都没有……苏霖曼看出他眼眸深处的丧气，未发一言地塞了个蛋挞在林礼嘉手里。

吃点甜食，或许心情会变好一些。

尚泽明遗憾地叹了声："也行，那再找时间吧。"

4

周六没有晚自习，班里几个女生商量着要去附近的商业街转转。

几人说话间时不时抬眼看看在最后默默收拾东西的郑雯，推推搡搡一番，冯芊芊被派出来犹犹豫豫地蹭到郑雯身边。

"郑雯，你要不要跟我们一起去啊？你刚转过来对这边不熟悉，我们给你介绍介绍。"

郑雯习惯被当作空气，突然被邀请有些受宠若惊，她沉默地摇摇头。

周末的小吃街人很多，她还得过去帮忙，而且逛街……不可避免地要消费吧。

"不用了，你们去吧。"郑雯腼腆地笑笑，背上书包转身离开教室。

几个女孩站在原地面面相觑，表情复杂。

王铭浩见她们模样奇怪，想到王洋的嘱咐，没忍住开口问道："怎么了，你们这什么表情？"

冯芊芊欲言又止："你们不觉得……她性格有些孤僻吗？"

王铭浩瞪大眼睛，回想了一下和郑雯成为同桌的这段时间。虽然郑雯是很沉默，说话几乎只有简单的语气词，总是一个人闷闷地坐在座位上看书，连起身上厕所接水都很少有，但是问她话也会回答，早读老杨突然袭击，她还能提醒他别睡觉了，这么看也不至于到孤僻的程度吧。

"不至于吧，我感觉她就是性格腼腆了一些。"

"可是我们约她一起去操场散步她说不了，约她一起去卫生间她也说不了，约她一起去水房打水她还是说不了，谈到最近的流行梗、娱乐圈的帅哥、学校里的八卦什么的她还是不参与……哎呀，你不懂啦。"身边的女生扯了扯冯芊芊的袖子，她踩踩脚没再多说，转身背起书包和几个女生出了教室。

王铭浩在原地不解地挠挠脑袋："我感觉郑雯应该不是那样的人吧，但是这么听起来好像确实还挺孤僻的。"

"士兵王铭浩，"尚泽明勾住王铭浩脖子，压得他身子弯了弯，"在完成队长交给你的任务啊？"

王铭浩笑啐他一声，没好气地抬脚在尚泽明屁股上踹了一脚。

林礼嘉原本靠在墙边玩手机，见两人的模样也弯了弯嘴角，分别偷袭两人一巴掌引得他们搏斗更激烈些，而后装作若无其事般跟在一边。

恰好此时吹起的晚风裹挟着桂花香，吹得一旁仍然繁茂的树枝"沙沙"作响，林礼嘉走在最边上，下意识循着风声去看庭院里的老树，视线瞟见一个蘑菇头的背影。

三三两两结伴而行的人流里，只有郑雯是孤身一人，不知是不是故意离人群远，她双手抓着书包带，埋着脑袋慢悠悠前行，像是漂在沟渠里用纸叠成的小船，更像雨天被打湿的小狗抖着身子，怯怯窥伺人群。

孤零零，空落落。

她似有所觉地抬头，林礼嘉没躲避，这个角度楼下人看不见楼上的情景。

但他还是淡淡收回视线。

"每个人的处世方式都不一样吧，可能无心之举在别人眼里就变了味道。"林礼嘉蓦地出声，王铭浩半晌才反应过来他是在回答自己刚才的问题，咂咂嘴没说话。

文科班在二楼，三人顺路一起下楼。

苏霖曼和同桌项尔亲密地贴贴说再见后就站在楼梯口等他们，她手里拿着装舞蹈服的包，背上还背着书包，两个包都装得鼓鼓囊囊的，但看上去却毫不费力，也不显狼狈。

苏霖曼看见王浩铭，冲他挥挥手："好久不见。"

"好久不见！你不在我们都可想你了。"王浩铭嬉皮笑脸道。

苏霖曼说："你这个假期是不是跟尚泽明打游戏打多了，怎么这么会说恭维话。"

尚泽明一脸问号地看着他们。

王浩铭撩撩头发："就他？跟他有什么关系，我情商一直这么高。而且这哪里是恭维话，不信你回班问问我说的是不是大实话。"

尚泽明又是一脸问号。

苏霖曼被他一本正经的样子逗笑，几人打打闹闹地下楼倒也热闹。

路上遇到不少九班的同学热情地给苏霖曼打招呼，苏霖曼一一笑着应了。

这个点上课的人不少，王浩铭也不例外，看了眼腕表就跟几人说了再见。

林礼嘉说："你怎么也今天上课？"

苏霖曼无奈道："李老师明天要飞外地给某个舞蹈比赛当评委。"

林礼嘉点点头，自然地拿过她手里的舞蹈包。

尚泽明不动声色地收回手，凑到苏霖曼身边，笑着开口："光说不练假把式，你说你跳了十年舞，我还没见过呢，啥时候让我看看，今天行不行，我和老林陪你上课。"

苏霖曼说："我会的技能多了，你一天看一个都看不过来。"

"所以行不行嘛。"

苏霖曼打个寒噤："噫，你能不能好好说话。"

林礼嘉说："恶心它妈给恶心开门。"

苏霖曼说："恶心到家了。"

尚泽明腹诽：……只有我受伤的世界达成了。

"李老师是国家级舞蹈艺术家，基本不收徒弟，带阿曼还是看在我妈是她好朋友的份上，再加上她有天赋。李老师上课不让人旁观的。"林礼嘉替苏霖曼解释道。

尚泽明遗憾地叹口气。

"不过这学期你还是有机会看的。"

他闻言眼睛又亮起来。

"我听刘老师说这学期要搞艺术节来着。"

"你怎么知……噢对，你是广播站的，刘老师找你当主持人了？"尚泽明问道。

苏霖曼点点头："嗯，大概在月考以后，具体消息下周就通知了。"

尚泽明在心里默算，那就是还有两三周。

林礼嘉和尚泽明在路口陪苏霖曼等到沈素来接才走。

尚泽明去年一年陆陆续续见过沈素几次，他长得乖巧嘴又甜，长辈很难不喜欢他，没多久尚泽明就在沈素面前混得像她的第三个孩子了。

沈素按下车窗，玉貌花容的一张脸即使有几条细纹仍是风韵犹存。她笑吟吟地向两个男孩打了声招呼。

"礼嘉啊，你带着小尚把阿姨后备箱里的东西取出来，我买了些吃的，你俩分了吃。"

"哇，沈姨，全是我喜欢的，我爱您！"尚泽明手里提着满满当当两大袋子零食，夸张地说道。

苏霖曼和林礼嘉早已习惯他那副"谄媚"样子。

沈素听苏霖曼提过几句尚泽明的事，出于一位母亲的本能，她对女儿的这位朋友格外怜爱些，以前买两份的东西现在总会多给尚泽明捎上一份。

"哎哟喂，时间过得真快啊，你们三个都认识一年多了呢。"

林礼嘉和苏霖曼边答应着边翻看着手里的东西，尚泽明却好像被打开了某个开关。

他低头兀自勾勾嘴角。

其实最开始，他不太喜欢这两个家伙来着。

2011年9月初，伴着仍有些灼热的阳光，苏霖曼和林礼嘉顺利进入一中成为高一新生。文理分科前不分重点，林格则打了招呼让苏霖曼和林礼嘉继续在一个班。

除了和初中一起升上来的同学，大部分人互相都不认识，在那个年代，男生女生第一次见面很少主动地坐在一起，苏霖曼和林礼嘉则不然，甚至进教室的时候苏霖曼还从林礼嘉兜里掏了颗橘子糖扔到嘴里。

"坐那儿吧，我喜欢坐窗边。"苏霖曼拍拍林礼嘉的胳膊。

林礼嘉眉头皱了皱："可是我想坐最后一排。"

"那咱俩别坐同桌了，都坐到喜欢的位置上。"苏霖曼说着就去扯林礼嘉肩膀上的书包。

林礼嘉往旁边一躲，无奈地和苏霖曼对视。

"要不剪刀石头布？"他试探性地提问。

苏霖曼偏过头："我不，我就要坐窗边。"

最终还是林礼嘉败下阵来，咬牙走到苏霖曼指的座位，拿出湿纸巾认命地擦着桌子。

第三排，恰好是老师下讲台后最喜欢待的地方。

苏霖曼怡然自得地坐下，看着林礼嘉还在蹙着的眉头，轻快地笑起来："好啦，别生气了，放学请你喝奶茶。"

她看着林礼嘉还是很别扭的模样更想笑了，恐怕这是他幼儿园毕业以后坐得最靠前的位置。

苏霖曼太知道林礼嘉为什么坚决要坐最后一排了，好睡觉，好逃课，放学能第一个冲出去霸占篮球场。

苏霖曼给自己未来三年定了几个小目标。

首先，考全国最好的中文系；其次，和林礼嘉去一个地方上大学。

要实现第二个目标，显然是不能让林礼嘉像初一初二一样混日子。

林礼嘉生气的时候连头发都会微微翘起，看起来好玩极了，苏霖曼捂着嘴偷笑。

慢慢来，这才是第一步呢。

班主任是个有点胖的中年男人，长相很是憨态可掬，却故意把脸板着，装出一副很凶的模样。

"自我介绍一下，我是杨威，是咱们班高一这一年的班主任。"

他环视一圈，目光在林礼嘉和苏霖曼身上稍顿，又很快移开。

"座位表我提前排好了一份，先按这个座位表坐，等大家熟悉一些再做调整吧。"

苏霖曼莫名有种不祥的预感。

投影仪放出整整齐齐的一张表格，苏霖曼一眼就找到林礼嘉的位置。

她磨了磨牙，这小子运气还真好，正好是他原本想坐的位置。

果不其然，身边传来一声带着得意意味的嗤笑："看见没，还得是你礼哥。"

苏霖曼在桌下的手狠狠拧了一下林礼嘉的胳膊，半天也没看到她想看的反应，这才失望地开始找自己的座位。

第四排，倒也不算太靠后，就是座位怎么轮都离林礼嘉有点远。

苏霖曼在林礼嘉招手送别中磨磨蹭蹭地离开座位。

苏霖曼的新同桌是个长相蛮可爱的男生，或许是因为他棕色的卫衣和自来卷的头发，苏霖曼看着他老是不自觉地联想到自家的小泰迪。

"哈喽哈喽，你好啊，我叫尚泽明，'尚方宝剑'的尚，'广泽生明月'的那个泽明。"

尚泽明叽叽喳喳地自我介绍，苏霖曼身边大都是些性子比较沉稳的人，至少像尚泽明这般……活泼到能对一个陌生人滔滔不绝的还从来没有遇到过。

她礼貌地对尚泽明点点头："你好，我叫苏霖曼。"

苏霖曼对高中的第一位同桌的印象很简单——开朗，开朗得有些过分；活泼，活泼得有点聒噪。

尚泽明好似全然不在乎眼前人的冷淡，自顾自地说着话。

"我有个朋友叫'平方'，你应该会和它很投缘。"

"真的吗！有机会一定要介绍我们认识。"男孩的眼睛亮晶晶的，看起来很期待的模样，苏霖曼一时不好意思说出真相。

等"平方"从被绝育的痛苦中走出来，她一定会介绍他们认识的。

看苏霖曼兴致缺缺，尚泽明又转着圈地跟周围人聊天，像做人口调查似的。苏霖曼数不清听到了多少次"广泽生明月"，总之，尚泽明成为她在新班级认识的第一个新同学。

她转过头去看林礼嘉。

林礼嘉总是最与众不同的那个，出色的容貌，干净的衣服。和这个年纪许多故意装酷的男生不同，他从不拖沓着走路，永远如行走的松柏树般挺拔着身姿，脚步迈得干净利索。

他也是很受欢迎的，譬如此刻，他只是坐在那里什么都不做，就有许多人凑上去与他搭话。

与林礼嘉隔着一条过道的女生在偷偷看他，红着脸抬了好几次手又悄悄放下。

林礼嘉注意到苏霖曼的目光，隔着那么多的座位，越过那么多意味不明的视线，穿过那么多嘈杂的声音，他眼睛微微睁大后弯起来，含笑对上苏霖曼的视线，两根手指挨在眉边划过。

苏霖曼突然有一种莫名的安心。

5

其实在新学校的适应进度比苏霖曼想象中要快很多，林礼嘉很快结识了一帮一起打球的兄弟，她也有了能凑在一块儿聊天的小姐妹。

尚泽明的社交能力则格外出众些，在苏霖曼和有些同学尚且只有在交作业的时候才能简单说几句话时，他已经和全班同学打成一片了，从第一排到最后一排，从男生到女生，好像每个人都能与他笑闹几句。

刚开学的活动课是没什么人在写作业的，男孩们大都下楼活动，女孩子们则三三两两地凑在一块儿聊天，苏霖曼也不例外，咬着AD钙奶的吸管听别人说话。

"你们觉得咱们学校男生谁长得最好看啊？"

不太熟的女孩子想要拉近距离无非就是那么几个话题，聊聊偶像，聊聊感情，聊聊帅哥，聊聊都讨厌的人。

周一妍直爽道："林礼嘉吧，他在贴吧可火了，都有学姐特意从高三楼跑过来看他呢。"

周一妍是与林礼嘉隔着一条过道的女孩。

"我觉得尚泽明也不差啊，性格真的很好。林礼嘉帅则帅矣，总让我感觉有些不敢靠近。"

苏霖曼坐在中间，选择不发表评论。

不知道为什么，虽然大家都说尚泽明很随和很开朗很好接近，可他的开朗总给苏霖曼一种很怪异的感觉。

林礼嘉也是很开朗的人，只是面对不太熟的人时不会展现，而尚泽明则显得……有些刻意。

就像是习惯性和别人搞好关系，把它设为某种任务或目标一样。

"说到这个……苏霖曼苏霖曼，我可以八卦一个问题吗？"一个齐耳短发的女生突然抓住苏霖曼的手，苏霖曼记得这个女生叫冯芊芊。

"啊？可以的，你问吧。"

"你和林礼嘉是什么关系呀？"

不知道是不是苏霖曼的错觉，周围的喧嚣声小了些，等待问题答案的似乎不只是冯芊芊一个人。

"我们是一起长大的好朋友。"苏霖曼微笑着回答。

不怪她游刃有余，实在是这些年回答过太多遍一模一样的问题。

"哇，原来是这样。你不知道，你俩第一天一起进班的时候有多瞩目，全班的注意力都在你俩身上，我看老杨那表情都被吓到了呢。"众人嘻嘻笑作一团。

"哈哈哈，是吗，还挺好玩的。"苏霖曼打着哈哈把话题绕了过去。

林礼嘉从后门走进教室，听到这边的笑声下意识望过来。苏霖曼从几人间的空隙偷偷去看他的反应。

他应该是什么都没听清，抓起桌上的水杯就出门。

苏霖曼眼眸微微暗淡，又很快恢复正常。

没关系，太轻易得到的总不被珍惜。

总有一天，苏霖曼想。

总有一天，林礼嘉会说出那几个字。

若是常伴太阳，群星就不显得闪耀了。

"我不管我不管，这期我等了好久了，我真抢不过别人！"

苏霖曼死死拽着林礼嘉的袖子，撇着嘴可怜巴巴地盯着林礼嘉。

"姑奶奶，你都抢不到，我怎么就能抢到啊！你撒撒手好不好，我还约了王铭浩他们打球呢！"林礼嘉使劲扒拉苏霖曼的手。

她还真是，"干活时候林黛玉，购物时间鲁智深"！

苏霖曼轻轻柔柔地晃晃林礼嘉的胳膊，说话声音像是灌了三斤蜜糖一样甜腻："哎呀，你威猛强壮，孔武有力，英俊潇洒，风流倜傥，人见人爱，花见花开……你就帮帮我嘛，礼嘉哥哥！"

换作旁人可能真就被苏霖曼这副弱柳扶风、柔声细语的可怜模样骗过去了，可林礼嘉与她从小一起长大，太清楚这张迷惑性极强的脸底下藏着什么祸祸人的坏主意。

"苏霖曼，你少诓我，你们这些小说人抢杂志的时候眼里哪有什么帅哥不帅哥的！我上次就是听了你的鬼话，出来的时候校服比进去前活生生大了半个码！我妈还以为我跟谁打架去了，整整断了我一周半的零花钱！你别以为我不知道，你就是觉得进去跟人抢杂志有损你的形象罢了！"

苏霖曼尴尬地咳嗽几声，眼见撒娇卖萌十八般武艺都没用，干脆也不装了，冷着脸抱着胳膊。

"林礼嘉，这是你逼我的。"

苏霖曼慢慢悠悠地从书包里摸出自己的手机："喂，阿姨，我是阿曼呀。阿姨，林礼嘉上课又睡觉了，您知道吗？您不知道啊，那上次他逃课被校长抓到做检讨的事您也不知道？还有还有……"

林礼嘉抢过苏霖曼的手机，低头一看，屏幕黑的。

"好啊，你又诓我。"林礼嘉咬牙，伸手去捏苏霖曼的脸。

"疼疼疼，松手！"苏霖曼揉着自己的腮帮子，"你抢我手机也没用，你不答应我的话，我还是会告诉阿姨的。"

四目相视，空气中似有硝烟弥漫。

最终以林礼嘉的抗议失败结束："下不为例！"

苏霖曼笑眯眯地在耳边比了个"OK"。

林礼嘉一路上无聊地踢着石头，一想到待会儿要经历的浩劫，他就恨不得这条路永远没有尽头。

要不找个地方躲着，到时候给苏霖曼说他没抢到算了，林礼嘉甚至这样邪恶地想。

算了算了，万一她又在老妈面前掉眼泪怎么办。

哄苏霖曼和抢杂志这两件事比起来，林礼嘉还是觉得后者容易些。

不远处几个街头混混蹲在路边，头发颜色差不多可以凑出一套二十四色水粉颜料，指尖明灭交错，落了满地烟灰。

林礼嘉特意到对面绕开走，避免与这些人接触总是没坏处的。

"这都快六点了，尚泽明那小子什么时候出来？"

熟悉的名字挡住了林礼嘉的步伐，尚泽明？阿曼的那个同桌？

林礼嘉走出些距离，躲在墙后暗中窥视。

那些人年纪都不大，看着最大的应该也就二十出头，尚且稚嫩的脸上带着过早步入社会导致的与年龄极其不相符的市侩和流气。

没过多久尚泽明就出现在路口，为首的黄毛挥挥手，几人朝着尚泽明走过去。

他特别注意了尚泽明的表情，是与平日总是露着牙的灿烂微笑截然不同的阴沉。

几个人把尚泽明围在中间，黄毛笑着搭上尚泽明的肩，带着他走到旁边的小巷。

林礼嘉在原地独自思忖了一会儿，最终还是选择跟上。

他没有跟得太近，是一个既方便出手也方便逃跑的距离。

好在那些人似乎并没有动手的打算，林礼嘉长舒一口气。距离有点远，他们声音又小，除了偶尔发出刺耳的尖厉笑声，林礼嘉只能听到一些模糊的字眼。

"……钱……拿出来……继续……"

林礼嘉皱皱眉头，明白了，收"保护费"呢，这小子大概运气不好，偏偏揪中了他。

对方人数太多，显然不是个伸张正义的好时候。

林礼嘉看着尚泽明从兜里掏出了些钱，那些人大抵是嫌少，又去抢他的包，尚泽明还是沉默地放任他们作为。

似乎是发现尚泽明的确没有"私藏"，黄毛嘴里嘟嘟囔囔地骂了几句，倒也没有再为难尚泽明，扔下他的包就走了。

林礼嘉装作碰巧经过的学生与黄毛等人擦肩而过。

他正犹豫要不要本着并不深厚的同学情谊上去慰问一下，却见尚泽明机警地环视一周，似乎是确认了无人发现这一幕才长舒一口气。

9月的兰城阳光明媚灿烂，整个大地都被笼上金黄的暖芒，流浪狗也会因为黄昏时的光亮慵懒地伸个懒腰，可这条小巷就像游戏世界的bug（漏洞），被赋予格格不入的黑暗。尚泽明靠在墙上，整个儿被突如其来的寂静笼罩，任由自己被黑暗吞噬。

　　林礼嘉刚刚迈出的脚步又收了回来，他想，至少在这个时刻，这位同学大抵是不需要他多余的关心的。

　　林礼嘉没经历过战争，但从书店出来的那一瞬间，他无比感慨和平的可贵。

　　回学校途中，路过小卖部，他顺手买了两瓶饮料，一瓶茉莉清茶，一瓶可乐。

　　从冰箱刚刚取出的塑料瓶带着让人头脑瞬间清醒的凉爽，水珠从瓶壁缓缓落下，润湿了林礼嘉的手掌。

　　他再次路过那个小巷，尚泽明早已离开。

　　林礼嘉突然想到尚泽明那不发一言的样子。

　　他是第一次被这些人威胁吗？这会是最后一次吗？自己是第一个路过的人吗？自己会是最后一个路过的人吗？

　　我是第一个默默无言选择冷眼旁观的人吗？我会是最后一个吗……

　　林礼嘉问自己，却得不到回答。

　　冰凉的液体滑过喉咙，林礼嘉突然有种如鲠在喉的异样感。

　　饮料瓶贴上苏霖曼的那一秒冻得她缩了缩脖子。

　　下意识涌出的怒火在看到林礼嘉手里的杂志时消失殆尽。

　　苏霖曼眉眼弯弯："谢谢礼嘉哥哥，礼嘉哥哥最好了！"

　　林礼嘉浑身起了一层鸡皮疙瘩，五官皱缩在一起，硬生生把自己挤出了双下巴："别恶心我了，算我求你。"

　　苏霖曼不在乎，捧着杂志笑眯眯的："下次吃饭我掏钱。"

　　林礼嘉拧着瓶盖，斟酌着开口："阿曼，我问你个问题。"

　　"你说呗。"苏霖曼正给李梦曦发短信说着新生活的趣事，漫不经心地应着林礼嘉。

　　林礼嘉按下她的手机："认真点，说正事。"

　　苏霖曼按下锁屏键，奇怪地看着林礼嘉："怎么了你？怪怪的。"

　　"假如有一个人遇到了麻烦，明知道插手了会给自己带来麻烦，可不插手的话又会时常去想这件事，心中难以安定，那么还要参与其中吗？"

　　"不要。"苏霖曼立即回答，"如果站在朋友的角度，我希望你不要参与，不要给自己找麻烦；如果站在旁观者的角度，人家未必需要你的帮助，有些事情是宁愿自己在黑暗里独自舔舐伤口也不愿意被人发现的，你眼里的善良在他眼里未必是好事。听过狄更斯那句话吗？'最好的礼貌是不要多管闲事'。"

林礼嘉愣了愣，而后哑然失笑。

"笑什么？"

"没什么，就是没想到你会这么说。"

苏霖曼不解："你以为我会说什么？"

"遵其本心，顺心而为。大概是这样的回答。"

苏霖曼站起来伸个懒腰，挡住了大片阳光。

"那你就想多了，我才不是什么大好人，我就希望——我，和我身边的人，大家都平平安安顺顺利利的就好。"

林礼嘉嗤笑："你也就是嘴上厉害。"

"喂，你什么意思啊！"

林礼嘉不说话。

他眼里的苏霖曼一直是那种标准的刀子嘴豆腐心的人，尤其从她爸那件事以后她总是喜欢把自己伪装成一副与世无争，什么都不关心，什么都不在乎的模样，可别人遇到困难又会下意识去帮忙，受到别人的感激又开始懊恼自己的多管闲事。

譬如小时候明明心疼雨中瑟瑟发抖的"平方"却说无能为力，后来又偷偷领回去央求沈姨答应收留它。

再譬如他顽皮被老妈揍的时候她总说是他活该，可又会私下去找老妈给他说好话。

她就是这样拧巴又善良的人。

林礼嘉下意识开始关注尚泽明。他好像什么都没发生过一样平静，照旧在学校发展着他的交际生活，林礼嘉特意在好几天下午留到很晚跟在尚泽明身后放学，却始终没再见到那群人。

或许是一次意外吧，他这样想。

他最终似乎是被苏霖曼说服，那天的一切像是投石入湖般泛起涟漪后归于平静。

● 第二章 / 阳光似潮水

1

苏霖曼高中三年本不想在班里担任任何职务，无奈开学第一周时杨威就自己定好了班干部，于是她不得已接下最冗杂繁忙的语文课代表一职。林礼嘉也没逃过，凭着出众的身高被任命为体育课代表。

语文老师是个刚刚毕业没多久的小姑娘，上课生动有趣，私底下跟学生打成一片，苏霖曼还挺喜欢这位老师的。

"苏霖曼啊，我给咱们班订的默写册到了，你找个男生陪你一块儿去校门口的书店取一下吧，辛苦啦。"洪老师甜甜地对苏霖曼眨眨眼。

"好的，洪老师。"苏霖曼放下练习册笑着答应。

她本想叫林礼嘉去，可来到教室才发现早已空无一人，看了课表才想起来这节是体育课。

苏霖曼等到预备铃响也没等到劳动力，她怜惜地看了看自己的小细胳膊："今天就辛苦你俩了。"

就在她准备出门时，尚泽明突然走进教室，简直就像老天爷这个专业 HR（人力资源）特意为她抓来的壮丁。

苏霖曼默默在心里为本次服务打了个五星好评。

"我球拍忘带了……"

"不重要。跟姐走一趟吧。"苏霖曼出声打断。

亲爱的同桌一脸无辜单纯，尚泽明却莫名读出一抹不怀好意。

谁说只有女人的第六感准？尚泽明觉得自己的也不差。

他看着眼前到他半腰高的书咽咽唾沫，后知后觉地醒悟刚才在教室有了那种不祥的预感时，他就不该跟着苏霖曼出来的。

"这些……都是我一个人搬？"

苏霖曼摇摇头："怎么会呢，我肯定会帮你的呀。"说着捧起了一摞书。

尚泽明沉默。

谢谢，真的帮了很大忙呢。

苏霖曼讪讪然地笑，她发誓她不是在故意整尚泽明，她也没想到女孩的购物欲除了包包、鞋子、口红以外在这方面也能体现。

"要不你去操场栅栏那儿喊个男生过来吧。"苏霖曼尴尬地清清嗓子，"不好意思了，我请你们喝水！"

或许是一中为了向路人展现风采，操场和外界之间没砌墙，只用了一层黑色栅栏围着。

尚泽明又露出他标准的八颗牙微笑："喝水就不用了，帮忙嘛，顺手的事。你等我喊个人去。"

苏霖曼蹲在书堆旁，撑着脸等尚泽明。这会儿无事可做，她干脆到隔壁饮料店估算着尚泽明大概会叫的人数买了水。路过冰箱她顺手又拿了根小奶糕，坐在商店门口的小马扎上慢悠悠地吃。

只是她一根雪糕吃得干干净净了还是没见尚泽明带人来。

苏霖曼有些奇怪，这小子不会是跑路了吧。

她越想越觉得有可能，愤愤地站起身。

男人就没几个能靠得住的！

苏霖曼出商店时与一个"黄毛"擦肩而过，他身上散发的浓重烟味让苏霖曼下意识皱了皱眉头。

"老板，拿包烟。""黄毛"的声音远不如着装打扮的那么成熟，苏霖曼下意识回头看了一眼。

没什么特别的，那人从钱包抽出张鲜红的一百元拍在玻璃桌面上。

去学校叫人的路上苏霖曼心中莫名不安，却说不上原因。

远处的高楼挂着大大的广告，当红的男明星摆着姿势展示手中的大牌钱包。

对了……钱包！

刚才她只觉得那黄毛手中的钱包眼熟，可一时间想不起来在哪里看过。

分明与尚泽明的一模一样！

沈素是做设计类工作的，打小苏霖曼就没少看过时尚杂志。平时尚泽明并没有表现出家庭条件很好的样子，所以那天她无意间瞥到尚泽明包里的大牌钱包时还惊讶了一下，印象也难免深刻了些。

如果这不是尚泽明的那个，那么只能是尚泽明与这人撞了款式。

可那人的发型是路边小发廊海报上的经典"时尚男发"，衣服更是透露着溢于言表的廉价感，加上周身气质，显然是与这款钱包的定位和定价都极不相符的。

所以只剩下一种可能……

只是尚泽明的钱包怎么会出现在那个男人身上？

苏霖曼心中惊惧万分，立刻转了方向。

好在那人似乎是在商店门口抽了根烟才离开，苏霖曼找过去时他还没走出多远。

"老林，愣什么呢？给你传球你也不接。"

林礼嘉整队的时候就发现苏霖曼不在，本想着或许老师找她所以耽误了些时间，可这都开始自由活动了人还没出现，他不禁有点担忧了。

苏霖曼一直是做事态度很端正的人，即使是体育课也会认真对待，轻易是不会缺课的。

这种心不在焉一直持续到球场上，王浩铭传了好几个球都被他错开。

林礼嘉晃晃脑袋，歉疚地招招手："不好意思，刚才不在状态，这把好好来。"

他认认真真去盯队友手里的球，目光却不经意瞥到铁栅栏外的人。

穿着盗版名牌 T 恤和闪眼的黄色头发，这不就是那天向尚泽明收保护费的小混混？

再仔细一看，后面还跟了个穿着一中校服、头发高高束起的女生，正是消失半节课的苏霖曼。

林礼嘉心中有种不祥的预感，环视一圈，果然也没看到尚泽明的身影。

王浩铭决定最后信林礼嘉一回，毕竟平时林礼嘉的球技还是很好的，于是拿到球就传给了他。

这次倒是没疏忽，因为林礼嘉直接跑出了球场，身手利索地翻出铁栅栏，速度活像是又考了一次中考体测一千米最后冲刺的时候。

林礼嘉因为焦急没注意落地的姿势，右脚狠狠地崴了一下。他吃痛地在地上蹲了几秒，眼见苏霖曼和那黄毛的身影越来越小，直至消失，咬咬牙跑着跟了上去。

小美人鱼变成人形走在陆地上的时候也没这么疼吧，林礼嘉胡乱地想着。

王浩铭望着林礼嘉的背影瞠目结舌，愣了会儿跟上去，扒在栅栏边上愤愤地开口。

"喂，老林！不想跟我打球你就直说啊，不至于逃课吧？"

留给他的只有翻起的尘土，而林礼嘉从始至终没有回头。

冥冥之中有种直觉指引着苏霖曼，她隔着段距离跟在黄毛身后，看着他进入一个小巷子。

这条小巷是有点名气的，打架斗殴类似的事件大都在此发生。

苏霖曼躲在墙后，小心翼翼地挪动，生怕影子出卖了自己的位置。

"我说过那是最后一次了吧，这么多年，你们也该知足了。"是尚泽明的声音！

苏霖曼心猛然一跳。尚泽明怎么会跟这种人扯上关系？

她小心翼翼地窥伺着里面的情况。

以黄毛为首，约莫有五六个打扮得流里流气的人把尚泽明围在中间。

"可是怎么办呢，哥们儿最近开销有点大啊，这点钱对于小尚少爷不过九牛一毛吧。咱们这么多年的朋友了，连这点忙你都不帮吗？"

黄毛指尖明灭闪烁，烟气缭绕，尚泽明被呛得忍不住咳嗽两声。

"呵，哥几个好好看看，有钱人家的少爷就是不一样，身子可真金贵。"

尖厉的笑声响起，苏霖曼却不曾听到尚泽明的半点回应。

黄毛被尚泽明的沉默惹恼，不耐烦地去推搡他。

"我不管你用什么办法，这五万块钱我必须拿到手。"

"你们贪心也要有点底线吧，我上哪儿给你们整这么多钱？"尚泽明终于发飙，挥手甩开那黄毛。

黄毛嗤笑一声："那我管不着，钱哪儿来的不重要，重要的是到我手里。"

尚泽明啐了一口唾沫："要钱没有，要命一条。咱们都是一个地方出来的，有些事不是只有你们敢做，逼急了咱们就鱼死网破，谁也别活！"

这么多年？五万块钱？同一个地方？

苏霖曼被短时间内接收到的大量信息冲击得回不过神来，忽然听到"叮呤哐啷"的响声。

黄毛似乎是习惯于尚泽明的忍让，突然见到他发火愣了两秒，接着迅速恼羞成怒："你还敢威胁我！"

他说着从旁边人手里夺来根木棍指着尚泽明，周围小弟见老大这模样也跟着吵嚷起来。

苏霖曼心中暗道不妙，稍稍走远了几步拨通了报警电话，还没来得及说话就听到尚泽明压抑的闷哼。

"该死的！"苏霖曼顾不上什么教养开口骂出了声，脑子还没反应过来人已经出现在巷子里了。

"住手！"苏霖曼手指颤抖着握住校服口袋里的手机，感受着出声孔的震动确定电话已经被接通，面上却仍是波澜不惊。

"你们要动手打人好歹放聪明些，这小巷子离一中大门保安室不到两百米，在一中门口打一中的学生，你们还真是胆子大。"

尚泽明诧异于苏霖曼的突然出现，又很快冷下脸，擦着嘴角，疼痛令他没忍住皱了眉头，焦急地开口："你怎么在这儿，跟你没关系，快滚！"

苏霖曼瞪他一眼不说话，也不移动。

几人似乎是对眼前女孩的无知且无畏感到好笑，黄毛上下打量着苏霖曼，眼里的嘲讽渐渐被猥琐取代。

"小妹妹，像那小子说的，这事跟你没关系，要不留个号码走人，要么干脆别走了，哥哥待会儿请你吃饭。"

他说着还拨了一下打绺的刘海。油腻的动作加上垃圾腐烂混合廉价烟草的味道，苏霖曼更觉反胃。

"我已经报警了，我劝你们趁警察来之前赶快离开。"

"还跟哥哥玩这套，"黄毛夸张地捂着肚子"哈哈"大笑，笑完还擦了擦眼角并不存在的泪花，"偶像剧看多了吧，妹妹。"

他挥挥手："那走呗，把他俩也带走，咱们换个地方说话。"

几个人冲上来就要去抓苏霖曼，苏霖曼看着坐在原地没反应的尚泽明着急地大喊："你是傻子吗，快跑啊！"

苏霖曼借着身材娇小的优势灵活地躲开几个人，跑到尚泽明身边拉起他的手。

"走啊！"

血腥味混着淡淡洗衣粉的清香唤醒了尚泽明陷在疼痛中的意识。

他被拽着无意识地前进，看着眼前女孩跳动的发丝和单薄的背影。

她应该是害怕的，回过头时秀气的眉毛皱巴巴地蹙在一起。那只抓着自己的手很冰，还带着潮湿，却很有力量。

那只手紧紧地抓着自己。

紧紧的。

好陌生的感觉。

尚泽明有些茫然于心中的异常。

跑出巷子迎面撞上久违的阳光，尚泽明不适应地眯了眯眼。

眼前的她也变得模糊。

尚泽明后来回想起那个下午，觉得阳光似潮水。

他知道那是个奇怪的比喻，但与眼前人的相遇本就是既定轨迹外的奇迹。

阳光似潮水，不由分说地淹没他的口鼻，堵住他的呼吸，他浸在深蓝里，蓦然被人拽出，当时只觉悄怆幽邃，感受着腕间的力量才回神发觉——

那潮水，原是有些温热的啊。

2

苏霖曼喘着粗气，一巴掌拍在尚泽明背上："喂，你倒是跑啊，光让我拽你算怎么回事。"

那一巴掌刚好拍在了伤处，尚泽明倒吸了口冷气，面上却没有什么反应。

他看向苏霖曼，她额头和鼻尖沁出细密的汗珠，她抬手擦去，平常温和平静的眼睛带着焦急瞪着自己，比往日更加灵动。

尚泽明压下心间莫名的感觉，冷言出声："这事本来就跟你没关系，何必牵扯进来。"

苏霖曼被他的态度气到，突然想起那天林礼嘉问自己的问题。

她当时是怎么回答的来着——不要管闲事。

很好，自己挖坑自己跳。

苏霖曼正准备反唇相讥，身后又传来那群人的叫喊，她还来不及反应，手腕已经被尚泽明抓住又开始新一轮奔跑。

只是苏霖曼体力到底比不过一群大男人，尚泽明顾着她速度也快不了，两人和那群人的距离越来越近，直到被逼到死路。

苏霖曼拽拽尚泽明的袖子，小声道："我刚才说报警了不是骗他们的，想办法拖拖时间，警察马上就到。"

尚泽明没说话，向前迈了一步，把苏霖曼隐在身后，面色阴沉地盯着对面的人。

"大刘，这事跟我同学没关系，让她走吧。"眼见黄毛表情不乐意，尚泽明又补充道，"这女的有朋友家里关系很硬，你也不想给自己找麻烦吧。"

苏霖曼疑惑地看向尚泽明，又迅速反应过来他说的大概是林礼嘉。

尚泽明悄悄碰了碰她的手，示意她不要说话。

黄毛摸摸下巴，和旁边人窃窃私语了一阵，面带遗憾地对苏霖曼摆了摆手："可惜了。走吧妹妹，要是想吃饭了记得来找哥哥啊。"

苏霖曼压住泛起的恶心，挣脱尚泽明的手，站在他身前："我既然已经掺和进来了就不能白白耽误这么长时间，以后你们怎么处理是你们的事，我不管，但是今天这人我必须带走。"

她站在自己身前，投下的阴影太过炙热，烫得他不自觉愣了愣。

"你小子真够幸运的啊，从孤儿院到现在，你说怎么一个两个的都这么喜欢你呢，凭着你这张小白脸吗？"黄毛轻佻地说着，嘴里的用词越来越难听。

孤儿院？苏霖曼惊诧地看尚泽明。

"就算是这样又怎么样，你想借着脸上位也没有啊，这么多年了，因为那点嫉妒不断来扰乱我的生活，你的人生是围着我活的是吗？啊？"

不知道哪个字眼惹怒了尚泽明，他一反之前的忍让变得凶狠起来，苏霖曼甚至能清晰地看见他脖子上凸起的青筋。

尚泽明像头红了眼的狮子，冲上前抓住黄毛的衣领就是狠狠一拳。

那一拳实在用力，击得黄毛倒在地上许久没缓过神来。

黄毛吐了口唾沫："给我上！"

周围小弟得了指令一拥而上，苏霖曼眼睁睁地看着尚泽明被包围起来直至看不见他的身影。

怎么办，警察怎么还不来！

苏霖曼知道自己就算冲上去也帮不了什么忙，不仅救不出尚泽明反而会把自己搭进去。

她又低头去拨110，忽而似有所感地抬头，不知从哪里飞出的木棍直直冲着她面门来。

她知道该躲开的，可那一瞬间大脑一片空白，根本来不及反应，无法调动自己的身体，浑身血液都是冰冷的，像是被冻在了原地。

苏霖曼紧紧闭着眼睛，攥着手机的那只手用力到发白。

想象中的疼痛没有到来，她只听到一声吃痛的闷哼。

是幻觉吗？为什么好像听到了林礼嘉的声音？

林礼嘉挡下棍子的那只手又麻又疼，还被擦出一大片血痕。他低声骂了句后，拿起那根棍子狠狠扔了回去，正好砸到其中一人背上。

"又来一个是吧。"黄毛分出几个人，气势汹汹地走向林礼嘉。

好在警鸣声响起，越来越近，黄毛狠狠剜了一眼躺在地上的尚泽明和站着的林礼嘉，不甘心地带着人跑了。

苏霖曼紧闭的眼睫颤了又颤，睁开时只见一片干净的白。

她目光缓缓上移，看到那张熟悉的脸。

因为疼痛皱成一团的五官在看到她的茫然时舒展开，转而被担忧取代。

是……林礼嘉吗……

直到被人抓住双臂紧张地反复仔仔细细地检查，她才确认了这个事实。

是他。

苏霖曼紧绷着的神经陡然松懈，整个人虚脱般靠在林礼嘉身上。

她恍惚间好像回到了十三岁那年，那些她以为早已模糊的回忆原来还是如在昨日般清晰。

初一的时候班里有个小胖喜欢缠着苏霖曼一起玩，他体格很大，加上家里人都惯着这棵独苗苗，所以性格很糟糕，班里同学被他欺负都不敢告诉老师。

有一天午休时，教室里没什么人，小胖扭扭捏捏地走过来说想和苏霖曼交朋友。苏霖曼吓了一跳，他又拿着一张信纸要给她，苏霖曼说不要，他就往苏霖曼兜里塞。

小胖靠近苏霖曼时，苏霖曼一直躲，他恼羞成怒，扬起手作势要打她。

那是十三岁的苏霖曼觉得遇到最最最危险的时候。

苏霖曼忽然想起来小时候爸爸妈妈看的电影，女主角提到一个词叫"盖世英雄"。苏霖曼心想，什么是盖世英雄呢？

苏霖曼问妈妈，妈妈说，盖世英雄就是你心里最最厉害，你觉得他是最能支持你保护你的那个人。

苏霖曼又问妈妈："爸爸是你的盖世英雄吗？"

爸爸妈妈含情脉脉地对视，妈妈抱起苏霖曼，爸爸拥着妈妈。

妈妈温柔甜蜜地笑着："是啊，爸爸就是妈妈的盖世英雄。"

那时的一家三口是"幸福"一词最美好的诠释。

苏霖曼抱着头蹲在地上的时候想，今天谁出现救了我，谁就是我的盖世英雄。

于是林礼嘉就这样出现了。

他发育晚，那个时候个子还没苏霖曼高，跟个小豆芽菜一样。听别人说林礼嘉最讨厌别人说他的身高，一说就火冒三丈。

苏霖曼才不信。林礼嘉脾气最好了，打小苏霖曼就没见他动过气，她太好奇林礼嘉生气是什么样子，所以初中三年，哪怕林礼嘉后来长得好高好高，"小豆芽菜"也成了她叫林礼嘉时的新外号，苏霖曼老拿这事笑他。

可是他们骗人。林礼嘉虽然会无奈地摇摇头，但是他才不会生气呢。

林礼嘉撞开小胖，又骑在他身上，他那么小的身子，居然能把一个体型是自己两倍的人压在地上还不了手，他眼睛红红的，像头被惹急的小狮子。

苏霖曼吓坏了，缩在墙角一动也不敢动，她只能哭着喊林礼嘉的名字，一遍又一遍。

林礼嘉手下动作不停，但还是分出心回应着她。

"林礼嘉！"

"哎！"

"林礼嘉。"

"我在呢，不害怕了。"

"呜呜呜，林礼嘉，呜呜呜。"

"不哭了不哭了，我来保护你了！"

她叫了多少遍"林礼嘉"，他就回了多少次"哎"，像是在哄她安心。

最后还是老师来，才把林礼嘉从小胖身上扒了下来。

这事后来怎么了结的苏霖曼忘了，只记得后来小胖再也没来烦过她，林礼嘉还是一样一直跟在苏霖曼身后。

那天放学路上苏霖曼买了两根棒棒糖，五毛一根的那种，一根草莓味、一根可乐味。苏霖曼问林礼嘉："小豆芽菜，那时候你怎么会在？"

林礼嘉一边背着苏霖曼粉红色的书包，另一边是和她书包同款的黑色。苏霖曼拆那根可乐味棒棒糖的包装，将其塞进林礼嘉嘴里。林礼嘉漫不经心地抬眼看女孩："说好会一直保护你的，怎么能不算数。"

苏霖曼的马尾辫一甩一甩，心里翻涌着一些甜腻腻的情绪。她咂咂嘴，想来是草莓棒棒糖太甜的缘故吧。

此刻，在这个死胡同里，她与十三岁的苏霖曼共情，一样期待"盖世英雄"的出现。

而无论十三岁还是十六岁，她的盖世英雄都是那个人，从未改变过。

"你怎么在这里？"苏霖曼喃喃开口。

"说好会一直保护你的，怎么能不算数。"他甚至给出了和那年一模一样的回答。

林礼嘉仔仔细细观察了苏霖曼身上每一个部位，确定她没受一点伤才稍感安定，愤怒夹杂着担忧瞬间漫上心头。

"胡闹！之前你教训我不是挺会说的吗，怎么轮到自己就往枪口上撞？苏霖曼你就算要见义勇为好歹也把我叫上啊，你有没有想过……"

林礼嘉话未说完就被苏霖曼紧紧抱住，她双手环住林礼嘉的腰，瞬间的冲力让林礼嘉不住后退几步，苏霖曼的脚尖挨着他的，身子跟着他往后退。

崴伤的脚疼得麻木，林礼嘉差点痛呼出声，将将站住却感受到怀中女孩的颤抖，微张着的嘴又瞬间闭上。

他垂眸看见她柔顺的头发在阳光下被照成棕色，似乎这一刻才意识到苏霖曼也不过是一个刚满十六岁的小女孩。

她不是永远如在外人面前那样冷静、理智、温和、强大，也不会永远嘻嘻哈哈，没心没肺。

她也会害怕，会胆怯，会脆弱。

她总是给自己裹上看似坚硬的外壳，其实不过是上了层黑漆的鸡蛋壳，内里还是那个柔软又善良的人。

所以明明说过不要多管闲事还是会主动出手，所以明明腿软到站不住，但还是会为了保护并不熟悉的人拿起武器。

指责的话被生生吞进肚子里，林礼嘉叹息一声，揉揉苏霖曼的头发，又轻轻拍拍她的背，哄小孩似的说道。

"不哭了阿曼，我这不是来找你了吗？没事了，坏人都被赶跑了，别害怕了。"

苏霖曼吸吸鼻子，抬眼看林礼嘉的时候眼圈红红的。

"喂，你们两个，能不能先帮个忙把我扶起来。"

尚泽明捂着腰靠在墙上，无语地看着不远处的两个人。

苏霖曼才想起来尚泽明的存在，撒开林礼嘉，尴尬地摸摸鼻子。

林礼嘉上前动作轻缓地拉起尚泽明。

"你怎么找到这儿来的？"尚泽明问道。

"打球的时候从铁栏那儿看到苏霖曼鬼鬼祟祟地跟着那个黄毛，我怕出事就翻出来了。"

警鸣声稳定下来，远远听到了关闭车门的声音，苏霖曼想应该是警察来了。

"太好了，警察终于来了，那群人应该还没走太远吧。"

苏霖曼说着就要往外走，却被尚泽明突然抓住手腕。

"人都已经走了，要不……算了吧。"

苏霖曼不可置信地看着他："为什么？你被他们打成这样还要息事宁人？刚才你打黄毛那一拳我也没见你这么孬啊。"

尚泽明眼神闪烁，支支吾吾地说不出理由，只说还是算了。

"如果这事只牵扯你一个人，要不要忍气吞声是你的事，可现在苏霖曼也被扯进来，那就不是你一个人的事了。谁知道那群人以后会不会记恨上阿曼找她的麻烦，这个警我们必须报。"林礼嘉皱着眉说。

尚泽明烦躁地揉了两把自己的鬈发："也不是我让她来的啊！我自己能解决！"

林礼嘉被他的态度气到，指着尚泽明就要发飙："你说的什么话？她好心帮你还是她的错不成？"

尚泽明也知道自己冲动之下说出口的话有些过分，遂沉默着不回答。

苏霖曼拦住林礼嘉，淡淡开口："你说得对。不管你信不信，如果不是他们动了手我是不会多管闲事的。

"但是林礼嘉说得不错，我既然已经被牵扯进来了就要为自己的安全着想，这个警我得报。"

"你放心，他们就是面上横，其实翻不起什么浪花，不敢伤害你的。"尚泽明连忙说道。

"既然翻不起什么浪花，你又怎么会被他们威胁许多年？"苏霖曼捕捉到尚泽明言语间的漏洞质问他。

"我听不懂你在说什么，什么许多年。"尚泽明梗着脖子狡辩。

"你真拿我当傻子啊，我是被吓到了不是失聪了，刚才他们说的那些话我都记得。

"不过你不愿意讲我也不稀罕听，但你不让我报警起码得给我一个让我安心的理由吧？"

尚泽明似是很犹豫，正准备开口时有脚步声传来，他脸色变得苍白，神色也开始慌张。

明明他是受害者，却好像比那群混混更害怕见到警察，转身就要离开。

"我会给你们解释的，非要报警的话拜托至少不要提到我，求了！"他跑走的速度太快，苏霖曼想去抓却扑了个空。

警察恰好在尚泽明离开后找到他们，两人对视一眼，苏霖曼走上前。

"您好，是我报的警。"

3

最终苏霖曼还是隐去了尚泽明那部分，只说自己路见不平，也不记得被威胁的人的样貌了，好在没有人受伤，财物也没有损失。警察问过那群人的数目和外貌特征，又叮嘱了几句安全事项就离开了。

走在回校的路上苏霖曼还在想这件事。

"你说那群人和尚泽明到底是什么关系呢，他们又是怎么扯上关系的呢……"

苏霖曼没等到回答，身边的人不知道什么时候被落在了后面。

奇怪，这人平时走路跟飞的一样，今天是被什么附体了？

她看着林礼嘉走了几步才发现他的异常："你的脚怎么了？崴了？什么时候崴的？"

之前可能因为神经太紧绷了，担忧占据了全部的心神导致林礼嘉忽略了疼痛，现在警报解除了，痛感排山倒海般袭来。

林礼嘉本来还装作无所谓的模样，苏霖曼伸脚轻轻碰了碰他的脚踝，林礼嘉疼得倒吸一口冷气。

苏霖曼撩起他的裤脚，袜子里像是塞了个馒头。

"哑，大街上抓人裤子，你还是不是个姑娘。"林礼嘉拍开苏霖曼的手。

"还说我胡闹，你脚肿成这样还敢跑那么快。"苏霖曼不管他，又自顾自地蹲下来，看着眼前人原本纤细好看的脚踝已经看不见骨头，她心中感动又难受，酸涩万分。

这个人老是做傻事。

"我先扶你回教室。"

林礼嘉还想说什么，被苏霖曼一个眼刀咽了回去。

两人慢慢悠悠地往回走，身边拄着拐的老人嘲笑般看了林礼嘉一眼，马上超过去，林礼嘉沉默了下，觉得自己也没那么严重，可看苏霖曼一脸严肃的模样，他选择不说话。

和苏霖曼相处的这些年让他早早明白许多道理，比如像这种无关紧要的小事，不要反驳她，配合就好。

"你老老实实坐着，我去给你买药。"

林礼嘉乖乖答应，双手规矩地放在膝盖上。苏霖曼转身看林礼嘉时觉得他像极了一只被留在家的哈士奇。

护主又愚笨的大狗。

苏霖曼问药店的店员买了脚崴伤用的药就准备回班，出门时看到跌打损伤的药，想起尚泽明挨的那几拳，动作微微一滞。

管他干吗，他不是嫌我管得多吗！

苏霖曼想到尚泽明的态度就有些生气，径自出了门。走到一半，她却认命般垂头："真是上辈子欠他的。"

药店小姐姐正在感慨现在高中生颜值真高，突然见刚刚那个漂亮的小姑娘去而复返，明明刚才还是温温柔柔的模样，现在却活像有人欠了她几百万一样怨念滔天。

苏霖曼气势汹汹地拿起一瓶红花油付了钱，礼貌地说了谢谢，又川剧变脸一样重新挂上了张苦瓜脸。

店员小姐姐觉得怪有意思的，直到苏霖曼走远，还偷偷捂着嘴笑。

尚泽明是晚自习开始上课时才回来的，被年级主任抓到骂了好一阵，又被杨威提溜出去教育。

"你脸上的伤怎么回事？你小子迟到不会是因为跟别人打架了吧？"杨威既是担心尚泽明的伤，也是害怕尚泽明给自己找麻烦。

"没没没，今儿体育课的时候，我被篮球砸了一下。"尚泽明笑着应答，嬉皮笑脸的模样倒是让杨威放心了些。

杨威捏捏眉心："你们这些臭小子，就知道给我找麻烦。进去吧，以后别再迟到了。"

尚泽明回到座位时，大家都在安静自习，他悄悄拉开椅子，尽量不发出一点声响以免打扰别人。

苏霖曼见他回来没什么反应，看起来像不大愿意搭理他的样子。

尚泽明几次欲言又止，其实那句话说出口时，他就已经后悔了，只是让他在当时道歉他还是有点难以启齿。

他兀自叹息一声，从桌膛里抽出作业来写。

手背划过一个小小的塑料瓶，尚泽明疑惑地想，他好像没在桌膛里放过这种东西。

他把东西取出来，是一瓶红花油。他反应过来什么，转头去看苏霖曼。

许是尚泽明的目光太炙热，苏霖曼无法不注意，眉头微蹙着有些不耐烦地压低声音道："有什么事吗？"

尚泽明晃晃手里的瓶子。

苏霖曼似是觉得好笑："你不会以为是我买的吧？别逗了，少往自己脸上贴金，我可不会再做自作多情的事了。我不知道，别来问我。"

尚泽明还没来得及开口就被苏霖曼怼说不出话来了。

可能真的是谁好心送他的吧，尚泽明不去多纠结，安静下来学习。

抄写单词时，尚泽明翻遍书包也没找到自己的英语书，想了想可能是昨晚背单词的时候顺手把书放在床头柜上了。

他拍拍苏霖曼："借下英语书。"

苏霖曼头也不偏一下地把书甩给他。

尚泽明打开书，一张小字条飘出来，他捡起来看了眼，是张购物小票。

——德生堂药店，红花油 ×1，共计 19.80 元。

旁边的苏霖曼仍专注于作业，半眼也没瞧他。

尚泽明捏着那张纸，刚才在巷子里心中的异样再次浮现。

像是用力奔跑一场后突然停下，呼吸也变得急促。

课间休息时他本想问问苏霖曼那张小票的事，可看她模样应该是不会承认。

尚泽明很难言说内心的感受，童年的经历让他习惯了处处逢源，却很少被人关心过。单枪匹马走着用青草鲜花掩盖着的独木桥，跌下去爬上来，跌下去爬上来，跌下去……突然被两个人拉住。

就是那样复杂的感受。

苏霖曼走到林礼嘉身边查看他的伤势，尚泽明自知插不进去，独自坐在座位上。

"走啊尚泽明，打球。"王铭浩和余正平等几个玩得好的男生叫着尚泽明，尚泽明摆了摆手。

教室里的人越来越少，他沉默了下，想起来有一件事还没做。

苏霖曼盯着林礼嘉喷了一遍药后，才拿起两人的杯子去水房接水。水房人多，她拒绝了几个男生的插队邀请，独自排了好一会儿队。路上遇到外班的同学她又多聊了会儿，等反应过来该回教室时已经快要打铃了。

回教室时，后排柜子上垒了高高的几摞书，她挑眉疑惑地看向林礼嘉，林礼嘉指了指她身后。

苏霖曼回头，尚泽明喘着粗气放下手里的书，发出"砰"的一声响，足以证明那摞书的重量。

他长舒一口气，擦掉头上滚落的汗珠，看到苏霖曼时表情有些不自然地摸了摸后脖颈："那个……你叫我搬的书。"

苏霖曼诧异道："你一个人搬的？这得跑几回啊。"

"也没，问门卫大叔借了推车搬到楼底下了，就跑了几次楼梯而已。"

苏霖曼还是很惊讶，隐约觉得这大概是眼前这个少年别扭的道歉方式，但又不太确定。

"……谢谢了，明天请你喝水。"

"不用不用，应该的。"

值班老师随着上课铃声走进教室，两人也不再对话，默默地写起作业。

放学铃响，九班同学在三分钟内走得没剩几个。

苏霖曼讨厌太过拥挤的地方，比如刚放学的楼梯间。所以每次下课，她都是慢慢悠悠地收拾，林礼嘉就靠在旁边的桌子上等她。

"我收拾好了，走吧。"苏霖曼把椅子推到桌子底下，走到林礼嘉身边，扶住伤患的胳膊。

尚泽明犹豫几番还是别别扭扭地开口："等一下。"

苏霖曼和林礼嘉齐齐回头。

"那个……今天多谢了，当时我说的话有点过分，不好意思。"

他站起身来，有了开头后面的话就容易了许多。

"谢谢你们。"尚泽明定定看着苏霖曼和林礼嘉，声音坚定，目光真诚。

苏霖曼似乎没想到他会说这些，稍稍愣了愣。

她有些别扭地摸了摸耳朵，而后满不在乎地开口："没事，就顺手，也谢谢你今天帮我搬书。"

"没事没事。"

气氛一时间有些尴尬。

林礼嘉看着两人这副模样有些好笑，多大的人了，怎么还跟小学生一样。

他下午那会儿确实对尚泽明很不满，但主要是因为尚泽明对待苏霖曼的态度让他觉得气愤，说起来他对这个人倒是没什么意见的。

林礼嘉轻笑一声，主动打破沉默。

"没事，同学一场。苏霖曼那小身板撑不住我，你过来把我扶到楼底下咱们就算两清了。"

尚泽明忙不迭地把他一只手臂搭到自己肩上。

这个点学生果然是很少了，马路上也不见什么人影。昏黄的路灯照着学子回家的路，走过无数次的街道上偶有接送学生的家长，路过时擦过耳畔的关心让尚泽明眼眸暗了暗。

林礼嘉："你家在哪个方向？自己回？"

尚泽明点点头，指了个方向。

"刚好顺路，一起走吧。"林礼嘉漫不经心道。

苏霖曼知道林礼嘉是担心那群人又来找麻烦才故意和尚泽明同行，但还是默认了他的决定。

林礼嘉看看苏霖曼，会心一笑。

"说说吧，你的理由？"

尚泽明步子顿了顿："什么理由？"

林礼嘉继续道："别装傻，你知道的，不让我们在警察面前提到你的理由，还有那些人为什么会几次三番为难你？"

几次三番？这话若是苏霖曼说也就罢了，可林礼嘉为什么会用这个词？

尚泽明下意识去看苏霖曼，却见她也是一脸疑惑。

"之前……大约一个月前吧，他们来找你要钱，我看到了。"林礼嘉正色道，"抱歉，我看他们没动手所以没上前。"

尚泽明无所谓地耸耸肩："没事，这种事，帮是情分不帮是本分。况且你做得对，那次和这次意义不一样，这次无论如何都会走到这一步，那次你若是贸然出现反而会引起他们不满。"

"若是涉及隐私的部分你可以不说，但我还是那句话，你得给我们一个不报警的理由。"

尚泽明低头沉思，林礼嘉倒也不催他，三人沉默着走了一段路。

尚泽明摸摸书包夹层，里面是那瓶他还未开封的红花油。

"我十三岁以前……是在孤儿院生活的。"

林礼嘉愕然，看尚泽明神色犹豫，于是开口道："你如果不想说，可以不说，没关系的。"

苏霖曼倒是没那么惊异，小卖部的阿姨正准备关灯，她走过去："阿姨，要一瓶茉莉清茶，再拿两瓶可乐，辛苦您啦。"

苏霖曼提着塑料瓶跑出来："喏，茶是我的，另外两个自己拿。"

"有区别吗，大晚上喝茶你也不怕睡不着。"林礼嘉怼道。

"嗾，喝可乐不也睡不着。"

尚泽明看着熟稔的两人，心底萌生出一丝艳羡。

他虽然有好多朋友，可还是觉得孤独。

吞下一大口可乐，气泡从胃开始翻涌，他不顾形象地打了一个大大的嗝，四肢百骸都觉得畅快。

好像有些屏障随着这个嗝消散在空气里，尚泽明笑起来，不再有顾忌地开口。

"没关系，刚好有些事一个人背了太久，也挺难受的。"

4

尚泽明被丢弃时是有记忆的。

他的母亲是个漂亮的女人，如同枝上开得最好的栀子花，单纯、浓烈，可以为爱不顾一切。

她年轻时爱上一个画家，卷卷的头发，短短的胡楂，比她大十来岁，她觉得他是那样的成熟有魅力。

一句"我养你"让她抛下原本安定的生活，离开亲爱的父母，毅然来到了这座城市。

只可惜，生活不是童话，她生命中不是每个男人都如父亲那般珍爱她。

她从逼仄狭窄的出租屋起床，身边的男人早已不见踪影，为数不多的良心是桌子上压着的五百元和一张字条。

字条上写着：对不起，阿栀，我扛不住了，你重新找个好人吧。

她不甘心，找遍了所有那个男人可能去的地方。

没有，他早就离开了，离开了这座城市，她只是他人生长路的一条分支，轻易地就被抛弃。

没过多久，她发现自己怀孕了。

她有些傲气在身上，当初离开家乡时闹得轰轰烈烈，如今不愿如此狼狈地离开。更何况……

她摸了摸肚子。她在这个城市还是有家人的。

只是向来生活在温室里的栀子花从没吃过生活的苦。未婚先孕的漂亮女人要受到多少白眼她从没想过，没学历没力气找工作有多难她也没想过。直到亲身体验时，她嘴里才泛起后知后觉的苦涩。

她原本觉得，她为这个孩子吃了那么多苦，她会很爱他的。

可她错了。

尚泽明出生那天是个大雪纷飞的日子。护士把孩子放在她旁边，她看着那个孩子心里居然没有一丝波澜，她只记得分娩的痛。

痛，太痛了。

隔壁床的孕妇比她晚生几天，她的老公是个勤快的人，而且大抵是很爱她的，跑前跑后的，没见他怎么坐下来过。

对比自己的冷冷清清，她更觉得难受。

"你老公呢，不来看你吗？娘家人也没来吗？"

"忙，他们都忙。不是多大的事，我一个人就可以。"

我一个人就可以。

后来的生活更艰辛，别的孕妇出了月子都寻思着怎么减肥，只有她迅速地消瘦下去。

这个孩子就像是一只在她体内潜伏许久的寄生虫，吸干了她的所有养分。

她看着镜子里形销骨立的自己这样想。

尚泽明慢慢长大，这个念头就更疯狂地在女人脑海盘虬生根。

太像了，他与那个毁了自己人生的男人太像了。

一样发棕的鬈发，一样深邃圆润的眼睛，甚至于他们笑起来时嘴角的弧度都是那样一致。

四岁之前尚泽明是没有名字的，他的母亲大多数时候不愿意理他，每天想起来给他吃顿饭，想不起来他就饿着。

家里没什么积蓄，钱都被她拿去买酒喝，意识不清楚的时候她还会打骂他。

他五岁的某一天，那天的母亲格外温柔。

她罕见地涂了口红，穿了他没见过的新裙子，还做了丰盛的一桌饭。

"来，吃口芹菜。"她和蔼地夹了好几筷子菜放在他碗里。

其实尚泽明很讨厌芹菜，一吃就想吐的那种，可他从没见过对自己这么好的妈妈，于是他努力吃，吃了一整盘芹菜。

吃完饭妈妈又拿出来一套新衣服，有些大，不过他还是好高兴，他已经很久没穿过新衣服了。

"走，妈妈带你出去。"

他握着那只纤细的手，那么温暖，那么柔软，他忍不住紧了又紧。

他走了好远好远的路，那双不合脚的鞋磨得他好痛。

穿过一条又一条街道，来到了完全陌生的地方。

眼前是一个有些破烂的院子，不过没他家住的地方破，院里有好几个小朋友，凑在一起瞧他。

她蹲下身，用最温柔的语气说话。

"不是一直想去学校吗？这就是妈妈给你找的学校，以后在这里好好学习知道吗？"

尚泽明低头不说话。

她也不多留恋，又说了几句就站起身准备走。

尚泽明在她转身时抓住她的衣角："妈妈，你什么时候接我回家？"

这一刻她还是有些不舍的，只是那种不舍远远不足以淹没她对新生活的渴望。她遇到一个人，愿意白养着她，她跟人家说自己被前男友骗了才沦落至此，她不敢提自己有个可怜的孩子。

那男人是她的救命稻草，而这个孩子是一把悬着的镰刀。

"……乖。"她终究还是摸摸尚泽明的头离开了。

院子里的大人来牵尚泽明，他固执地不肯进去。尚泽明望着她踩着高跟鞋的背影远去，他知道她不会回来了。

她总觉得他没上学不识字，可他认识几个的。

门口那个"孤"，他认识的。

这样沉重的故事让打小生活还算平稳的林礼嘉和苏霖曼一时无法评论。

"你恨她吗？"苏霖曼问道。

"谁？我的……母亲？"尚泽明想了想，摇摇头，"不，我既不恨她也不爱她。某种意义上她说得不错，我的确是她的累赘，只是我偶尔会想，如果那几年她能对我好一点……"

尚泽明把大拇指和食指捏在一起，留了一点点空隙。

"就一点点，只要一点点我就不至于不会写作文《我的母亲》了。"

他语气那么轻松，甚至还能开个玩笑。

苏霖曼正色道："尚泽明，你很好。至少无论未来还是现在，你不会再是任何人的累赘。"

晚风吹动他的发丝，路灯下看不清她的脸，却能对上那双清亮的眸子，尚泽明怔住。

"后来呢？那些人又是怎么回事？"林礼嘉问道。

"后来啊……"

孤儿院的日子没有电视剧和小说里写得那么单纯美好。

饭是不够的，平分下来不是每顿都能吃饱，小一点的孩子还会被大孩子抢走为数不多的零食。

教育是不够的，老师很善良，但她的确口音严重，尚泽明长大后花了很长时间纠正自己的发音。

爱是不够的，孤儿院的孩子几乎没有不缺爱的，院长和老师没有分身术，他们尽力去照顾每一个孩子，可还是那样力不从心，在她们没有注意到的角落随时上演着欺凌。

大刘那群人就是尚泽明在那里认识的。大刘壮实，年纪又相对大，毫无疑问地成为孤儿院的老大，孩子们都怕他，总是自觉地把零食分享给他。

尚泽明早早学会了审时度势和察言观色，他善于利用自己的皮囊，他总是笑着的，对院长妈妈笑，对老师笑，对同学笑，对志愿者笑。

刚开始还会被"收拾"，后来他就明白在这里，活着比什么都重要。他主动上交每个月分一次的零食给大刘，承担大刘分管的打扫区域卫生，被打也不去找老师告状，笑嘻嘻地说没事，他小心翼翼地活着以换求自己的安宁。

他的乖巧让大刘等人很满意，虽然偶尔他们心情不好还是会揍他一顿泄愤，但总算是过了几年安生日子。

十三岁那年有对富商夫妇来到孤儿院。

他们很有钱，可是他们觉得还不够，家里的老头没几年活了，得有个懂事的孩子为他们多争一份遗产，以及一个硕大公司经营权的可能性。

他们一眼就选中了尚泽明，因为尚泽明那头与众不同的头发。

尚泽明离开了从小生活的城市，一夜之间有了完全不一样的人生，他住进所谓的富贵人家的别墅，一个卫生间就比他以往住过的任何房间都要大；他不用干活，一起床就有用人贴心地问他早餐想吃什么；他可以去上学，上私立学校，一个班没几个学生却拥有最好的教育团队。

他没怎么见过自己的新爸妈，他们也不怎么见面，偶尔碰面就淡淡地打声招呼，好像合租的普通室友。

突然某一天，父亲亲自开车带他去了个地方。

他来到医院，站在 VIP 病房门口，他知道里面是他从未谋面的爷爷。

老人半靠在床上，全白的头发微微卷曲，梳得很整齐，高挺的鼻梁上挂着副金丝边眼镜，依稀可以看出年轻时代的风采，他一手输着液，一手捧着本书，手指枯如朽木。

是个儒雅的老爷子。

尚泽明很困惑，为什么这样的人却生出富商那样油腻丑陋的儿子。

他们告诉老头，这是富商早年留下的风流债。

老头深信不疑，甚至没打算做个 DNA 检测验证一下。

老头是个文化人，白手起家，还是他们村第一个大学生。

富商谄媚地笑着："爹，给你孙子起个名字吧。"

老头摸摸尚泽明的脸，粗糙、无力，混着淡淡药味，却是他许久没感受过的温暖。

"广泽生明月，苍山夹乱流。

"泽明，就叫泽明吧。"

尚泽明，尚泽明。

这是人生中第一次有人给他起了名字。

他们笑爷爷傻，突然冒出来这么大个孙子也不问真假。

尚泽明也心虚，怕这个身份有朝一日被发现，眼前这个慈祥的老人就不再是这副模样。

尚泽明对于亲情近乎空白的区域是被这个老人填满的。

爷爷总是叫"泽明，泽明"，眼睛眯得弯弯的，冲他招招手，让他坐在自己床边，在书架里仔仔细细挑一本书给他，让他读给自己听。

如果某天天气好，爷爷会让他推自己出去晒晒太阳。路过医院里的花园，爷爷会一个一个给他讲院里的植株，时间久了他居然真的全记下了。

富商对尚泽明只有两个要求，首先学习要好，这样才能让自己成为爷爷更满意的继承人。

其次是不能让任何人知道他真实的身份，富商不想让其他几个兄弟捏住自己的把柄。

为此富商给孤儿院捐了一笔数额足够惊人的钱。

可人的贪婪是没有底线的，大刘不知道从哪儿得来了尚泽明的消息，居然直接来到这里生了根，生活的来源就是向尚泽明敲诈得来的钱。

"那你没有告诉你养父母吗？他们知道会替你处理吧。"苏霖曼问道。

尚泽明苦笑，没直接回答："他们第一次威胁我是在我到养父母家的第四个月。"

那时尚泽明在上初一，进入新的环境后，他凭借着从小练就的交际技能交了很多朋友，他那时呼吸着校园门口小摊子炸淀粉肠的油香，看着主席台上飘扬的红旗，感受着足球草地的柔软，他觉得他的新生活真的要开始了。

十三四岁的小男生们每天放学打打闹闹地回家，尚泽明永远是被围绕在中间的那个。

"哟，老同学。"

校门口几个穿着奇装异服，头发染得五颜六色的人格外显眼，尚泽明认出打头的那几个人，是大刘和他的小跟班。

他离开后彻底与孤儿院断了联系，如今再见到故人，对方居然是这副流氓似的模样。

"你们要干吗？"尚泽明警惕地看着几个人。

大刘"呵呵"笑起来："不干吗，就是兄弟几个最近手头有点紧，找尚小少爷借点钱。"

说是借，可尚泽明知道，他们不会还的。

若是半年前，尚泽明一定会毫不犹豫地掏光自己每个兜，再笑吟吟地说一句："都是朋友，没什么借不借的。"

可现在不一样了。

那个灰暗、泥泞、腐朽的过去，已经彻底埋葬了。

他有很多真心的朋友；他有了爸爸妈妈，虽然不算亲近。

他不再孤独，不再无所依靠。

"我不给，我凭什么要给。"尚泽明冷声开口。

"这可由不得你。"大刘冷笑一声，冲着后面的人摆摆手。

"诚子，你带着赵天他们快跑，不要管我，我先拖着，你们替我去找下老师。"尚泽明小声道，却半天没等到回应。

他回头，脸上的冷静被错愕和震惊取代。

原本簇拥着他的那些人此刻离他远远的，恨不得装作一副从来没到过这里的样子。

尚泽明看向其中一个男生，是他口中的诚子，那是他心里最好的兄弟。

李宗诚垂眸不敢回应他受伤的眼神，偏着头僵硬地开口："那个……泽明，我想起来我妈在那边路口等我，你和老同学叙旧我就不打扰了啊，再，再见。"他说完便步履匆匆地离开，没有片刻犹豫。

几个男生陆续跟上，理由一个比一个蹩脚。

尚泽明真恨自己听力好，他们的对话他听得一字不差。

"怎么办，要不要叫老师啊？"

"你疯了吗？那群人一看就是混社会的，让他们知道你护着他们要收拾的人不得找你麻烦啊。"

"就是就是，而且我看他不顺眼很久了，不就是长得好点嘛，每天在学校装出一副好好先生的模样，真虚伪，看着就烦人。"

尚泽明只觉得浑身冰冷，像是被一双无形的手拉向幽海深处，刺骨的水进入他四肢百骸，灌进他的鼻腔，吞噬了他的呼吸和生机。

大刘不知何时走到他身边，附在他耳边如恶魔低语："尚泽明，咱们这样的人啊，谁也不该有好日子，大家从一个地方出来，就应该同甘共苦的，对吧？

"你以为逃出深渊了吗？

"不，想都别想。"

大刘"哈哈"大笑起来，尚泽明只觉得耳膜刺痛，身体还是僵硬得无法动弹。

"你们说，原本乖乖听话的狗出去半年心野了，不听话了，这我该怎么办？"

其中一个小混混看着年纪不大，笑嘻嘻地开口："老大，要我说得打一顿才听话。"

大刘满意地点点头："那就开始吧，替我收拾收拾这条狗。"

尚泽明不知道自己是怎么被拖到巷子里的，身体的痛随着时间的流逝延续着麻木，冷却是一直在的。

这样的冷，只有母亲把他留在孤儿院那天才有过。

他回家时养父母都在家，养母皱着眉瞥他一眼什么都没说。

他知道这位新的母亲也不喜欢他，她大抵觉得像他这样出身的人是教不好的，今晚应该是和狐朋狗友惹了麻烦。

养父倒是问了几句，他不耐烦地皱眉："泽明，我对你要求不多，不要给我添什么麻烦就好。

"还有，你这副样子这周怎么去看你爷爷？以后不要和不该来往的人来往。"

尚泽明张张嘴，说不出话来。他隐约觉得身体深处有物种在痛苦地嘶吼，可嘴巴像是被塞住，那物种就不见天日了。

"知道了……爸爸。"这五个字耗尽了他一切气力。

5

"后来的事你们就知道了，我不缺钱，只缺一份安定，能用钱解决的事我宁愿多一事不如少一事。

"如果警察知道他们威胁我多年，一定会把我的父母叫来，他们……不是很愿意处理这些事情。"

最后一口可乐进了肚子，尚泽明又畅快地长舒一口气。这么多年来他从未提起这些事，如今对着两个不算熟悉的同学讲出来，心中竟是难言的宽慰。

林礼嘉拍拍他的肩膀，苏霖曼拿着手里的饮料轻轻撞了下尚泽明手里的空瓶："以后我每天少骂你几回。"

他们没有说什么煽情的安慰话，这让尚泽明心里轻松很多。

如果吃了太多苦，就不会再觉得苦了。

"唔，我到了，你们也快回家吧，辛苦你们了，听我絮絮叨叨讲了这么多。"

路过一个不大的院子，尚泽明指了指某栋楼："这儿的房子就我一个人住，改天请你们来玩。"

三人挥手作别，苏霖曼和林礼嘉目送着尚泽明远去。

"和他比，我们过得还真幸福。"苏霖曼感慨道。

"嗯，现在我能理解为什么他每天跟个交际花一样了。"

"我也是。"

要多灿烂的笑才可以掩饰如枯木般的心，要多真实的幻境才可以骗过自己。

苏霖曼监督伤员慢慢走，两个人有一搭没一搭地聊着天，即使沉默时也不觉得尴尬。

路过垃圾桶，林礼嘉拿起手里的瓶子投掷，第一个没中，他又去拿苏霖曼手里的空瓶。

"看小爷给你投个三分。"

苏霖曼无语。

"茉莉清茶"擦着垃圾桶划过，落在可乐瓶旁边。

这回轮到林礼嘉说不出话了。

"咳，帮我捡下瓶子呗。"

苏霖曼抱着手不动弹。

林礼嘉无奈地咬咬牙："下个月的杂志我替你抢。"

苏霖曼伸出手看看自己刚修剪过的指甲，满意地端详着。

林礼嘉："……半年。"

"成交。"苏霖曼这才去捡林礼嘉扔的垃圾。

林礼嘉讪讪地笑了笑："腿受伤比较影响发挥。"

苏霖曼："嗯嗯，对对对。"

林礼嘉沉默。

"呀，我忘了一件事。"苏霖曼拍拍脑袋，"今天那群人还找尚泽明要钱来着。"

林礼嘉轻轻弹了下苏霖曼额头："你傻了，这我知道。"

"不是，你知道他们今天问他要多少钱吗？"

"多少？"

"五万啊，五万块钱！"

林礼嘉皱眉："这么多。"林礼嘉家庭条件也好，可一个学生一次拿出这么多钱还是相当困难的。

更重要的是，如果这次还让黄毛勒索成功，怕是以后黄毛问尚泽明要的钱只会多不会少。

电梯到了二十一楼，苏霖曼叮嘱了几句准备离开，走下楼的时候想到什么，犹豫了下还是转身。

"等一下！"

"等一下！"

两人齐齐开口，错愕地对上对方眼里的惊讶。

　　林礼嘉嘴角轻扬："管都管了，再帮他一把？"

　　苏霖曼不自然地把耳边的发丝别到耳后："既然你这么说了，那就再多管一回闲事吧。"

　　"可不是我要帮他的，"苏霖曼重申道，"只是因为你想帮他。"

　　林礼嘉笑道："嗯，你给我一个面子嘛。"

　　第二天上学时，苏霖曼难得主动地和尚泽明打了个招呼，尚泽明受宠若惊地打趣道："早知道'卖惨'有这奇效，我就早点说了。"

　　苏霖曼忍了忍才没开口怼他："今天中午一起吃饭，找你有点事说。"

　　尚泽明这次是真的惊讶："你、你要约我吃饭？"他双手戒备地抱住自己。

　　"想什么呢你？"苏霖曼抬眼瞪他，眼睛显得更大了，"林礼嘉也在，他请客。"

　　尚泽明"哦"了一声，过了一会儿又纠结地转向苏霖曼，正色道："如果是因为昨天晚上的事同情我，其实没必要的，我不觉得有什么。"

　　苏霖曼打断他："你想多了，我们的确很佩服你的坚强和勇气，但没有人同情你。

　　"你不必一直强调你不需要别人同情。你或许对自己有不够准确的认知。你很好，很优秀，很聪颖，不用那么委曲求全也会有很多人喜欢你。像这样的人是不会有人同情的，你也的确不需要别人的同情。

　　"我们找你是有些正事要说。"

　　"现在。"苏霖曼微微靠近尚泽明，眼眸如乌黑的江海，他不自觉沉溺于其中深邃。

　　"准备上课吧。"她说完转过身取这节课需要的书，尚泽明却还维持着原来的动作一动不动。

　　他们坐在窗子旁边，下午两点半的阳光明媚得刚刚好，她白皙的皮肤被阳光照着，周围的一圈绒毛像是她在发着光。

　　老杨讲了个笑话，大家都在笑，苏霖曼也不例外。尚泽明开学来没少听男生私下里说高一（9）班的苏霖曼长得真好看，他那时不以为然，只觉得不过一副皮囊而已。

　　童年的经历告诉他，人的千万种特质里，皮囊是最没用的东西。

　　可现在他觉得那群男生说得真对啊。

　　好看，真好看。

　　她真的很适合笑，嘴角的弧度和眼睛弯着的样子都特别好看。

"怦！怦！怦！"

这是什么声音，尚泽明从来没听过这种声音。

不会是秋日第一缕风吹动窗外的洋槐的声音，那显得低哑；也不会是老杨的粉笔擦过黑板发出的声音，那太过刺耳；更不会是屋檐筑巢的鸟儿在鸣叫，那有些聒噪。

尚泽明的手抚上胸口。

到底是什么呢？

放学时尚泽明主动走到林礼嘉身边去扶他，三个人慢慢悠悠地来到学校门口一家牛肉面馆。

"阿姨，三碗面，再加三瓶汽水。"

尚泽明要付钱，被林礼嘉拦下："说了我请。"

林礼嘉去占座位，抽出餐巾纸，仔仔细细擦了遍桌子。

苏霖曼和尚泽明把面端过来，翻涌的热气配上浓郁的牛肉鲜香，白净的面条卧在清亮的肉汤里，表面漂着一层火红的辣子，其中点缀着点点青翠，让人看了就觉得食欲大增。

林礼嘉拿着筷子从苏霖曼碗里夹了两筷子面到自己碗里，又把提前剥好的卤蛋一人一个浸在三人碗里："我洗过手了。"

见尚泽明仍瞪着眼睛看着他的碗，林礼嘉开口解释道："这碗太大了她吃不完，我们俩打小就是这么吃的，你别误会。"

尚泽明点点头。

吸溜两口面条，吹开辣椒油，灌下一大口汤，感觉五脏六腑都是暖的。九月本就尚还炎热，现在更是让额头敷上细密的汗珠。

一碗面快吃净也没听林礼嘉开口，尚泽明没忍住出声问道："苏霖曼说你俩找我有正事，什么事啊？"

林礼嘉擦了擦嘴，又给尚泽明和苏霖曼递了两张纸巾。

他冲着尚泽明勾勾手，示意对方靠近些。

三颗脑袋凑在一起，林礼嘉嘴角微勾，开口："关于黄毛那事，你想不想一劳永逸？"

尚泽明倏地抬头，惊讶地看向林礼嘉，眼里像是突然点起一盏灯，却闪烁几下熄灭了。

"没说起来那么轻松的，大刘那帮人缠人不讲理得很。"他皱皱眉，厌恶之情溢于言表，"像块粘在身上的口香糖，扯也扯不掉。"

林礼嘉轻笑一声，低声说了几句话。

● 第三章 / 幸好还有朋友

1

"喂，大刘，你要的钱我准备好了，什么时候来拿？"

"我把地址发你，见面再说。"

"嗯，好，就这样。"

尚泽明挂了电话，忐忑地看向苏霖曼和林礼嘉："这……能行吗？"

"你放心把人引过来就行了，剩下的交给我们。"苏霖曼笃定道。

尚泽明点点头，三人走到路口便分开了。

尚泽明在路口接到大刘时，他正拿着手机拨弄着头发，原本的黄色被换成紫色，还换了套"大牌"衣服，唯一不变的就是依然那么猥琐。他站在街边叼着根烟抖腿，路过的人或许觉得他怪异，连连看他，他却觉得很骄傲，冲着一个小姑娘挑挑眉毛，吓得她号啕哭着要找妈妈。

尚泽明没忍住，嘴角抽搐了几下。

大刘看见尚泽明走过来，表情变得趾高气扬起来。

"你直接把钱拿过来不就行了，或者打我卡上，干吗非要让我过去取。"说着他还不断用手推搡着尚泽明。

尚泽明深深呼吸，忍耐，再忍耐一下就好。

他又挂上那张笑脸面具："我这小身板，带着那么多钱出来心里没谱，你跟着我，我安心点。"

大刘对他这副谄媚的样子很满意。

从小养的狗，偶尔犯病发个疯，打一顿就会老实的，大刘深信不疑这个道理。

走到一个小区的后门，尚泽明的手机突然响起："喂，爸？你、你到门口了？钥匙……钥匙我也没拿啊！别，我先过去找你吧。嗯，你在那儿等我，待会儿见。"

尚泽明挂了电话，面色焦急又慌张地看向大刘："怎么办，我爸来了！"

"你爸来了慌什么，你现在赶快把钱给我咱俩分开走不就行了。你放心，"大刘不耐烦道，"只要你听话，我就不会瞎说什么，但如果你不听话……"

大刘眯眼看他："那恐怕你的同学们都要知道咱俩从前是蓝天孤儿院的好同学咯。"

尚泽明面色更慌张，一把拉住大刘的胳膊："你要多少钱我都给你，你可千万不能那么做，不然……不然我爸会骂死我的！"他恐惧痛苦的模样，瑟瑟发抖的样子让大刘更加喜悦。

"那钱……那五万块钱是我从我爸的保险柜里偷偷拿的，我今天取出来就放在桌子上了，他说这几天住公司我以为他不会回来的……完蛋了，这会儿他回去一定会看到的！"

大刘瞪目："你胆子还真大，还敢偷钱！"

尚泽明红着眼低吼："那我能怎么办，就那么点时间，我从哪里给你搞到那么多钱？

"这样，我去拖住我爸，这是我家钥匙，一栋二单元 2101，你进去取了钱走人就行，记住千万别走正门！"

大刘手里猝不及防地被塞住一把沉沉的钥匙，他狐疑地看着尚泽明。

"我记得你养父母家不是别墅吗，怎么搬到这个小区来了？"

尚泽明身子微不可察地僵了僵，随后状若无事地解释道："为了迁就我上学在这儿买了套房子罢了。"

电话再次响起，他又急匆匆地催促大刘："快走啊！"说完也不去管大刘，径自朝着大门跑去。

大刘见他这副模样不疑有他，提步走向尚泽明所说的位置。

尚泽明狂奔到拐角处才停下，悄悄地探出头确定大刘离开才长舒一口气。

"喂，人已经上去了。"

"收到。"苏霖曼狡黠地笑了笑。

现在该我登场咯。

大刘从没进过这么好的地方。

大厅的水晶灯金灿灿的，面对面摆着四张沙发椅，每两张之间放着一个小圆木桌。桌上的青花瓷瓶里斜插一枝新鲜的蝴蝶兰，婀娜多姿。

站在服务台后的管理人员梳着整齐干练的头发，化了精致的妆容，面带微笑地鞠躬对他道声"你好"。

他不自然地咧起嘴抬抬手，脖子缩一下，有种被尊重的不习惯。

大刘走进电梯，摁了几次按钮也没反应，他下意识觉得电梯坏了。他走到那个服务人员身边，用这辈子最和善的语气说："哎，你、你好。那个，你们那个电梯好像出了点故障，我按不动。"

女服务员的笑有片刻凝固，眼里神色晦暗一下。

虽只一瞬，可大刘还是认出那个是他这辈子最熟悉的嫌弃的眼神。

女服务员笑容依旧："您好，电梯是要刷卡才能使用的。"

大刘从裤兜里掏出尚泽明给自己的那串钥匙，这才发现上面有个蓝色的小圆片。

他不自然地咳嗽一声，故作凶狠道："我知道，只是平时不住这破地方忘记了而已。"

大刘边走边嘟嘟囔囔："什么玩意儿搞这么麻烦。"

大刘到了二十一楼，只有两户人，2101很好认，他顺利地走进去，一眼就看见了桌子上的钱。

尚泽明那小子也真是没脑子，那堆钱赤裸裸地放在那里，连个装的袋子都没有。

大刘环视一圈，在角落里看到个破破烂烂的黑色塑料袋，他嫌弃地拿起来："也没别的办法了，凑合着用吧。"

装好钱，他才开始仔仔细细地打量起这间屋子。欧式装修风格，深棕色的木雕花皮质家具，乳白色的天花板也被刻上简约大方的花式，淡黄色的壁纸印着朵朵精致百合，银色封边，栩栩如生。

大刘心中酸水直冒，怒火飙升，泄愤似的踹了一脚沙发。

大刘担心尚泽明那个废物拖不住他那个有钱的爹，不甘心地拿起钱准备离开。

"站住！你是谁？为什么在我家里？"

大刘回头，见到一个漂亮的小姑娘浑身颤抖地拿着根棒球棍站在他身后。

小姑娘穿着一身水蓝色的连衣裙，依稀可辨其窈窕身段。长发三七分，大部分披在脑后，留一绺在胸前。一双大眼睛盛满泪水，红红的，像只正被人围追的白狐狸。

大刘觉得女生有些眼熟，却一时间想不起来在哪儿见过。

"你误会了吧，这是我朋友家，他给我钥匙让我来的。"

"撒谎！"女孩激动地挥了挥棒子，想起什么似的惊恐退后，"我想起来了！你是……你是那天威胁我的变态！"

大刘一脸莫名其妙，记忆却在女孩三言两语间复苏。

"哦，原来是你啊。怎么，你想通了，来找哥哥玩吗？是尚……"

苏霖曼啐了一口，打断大刘的话："我呸，我这辈子都不可能跟你这种人来往！我知道了，那天回家我就发现我的钥匙不见了，一定是你！你趁乱偷走了我的钥匙！你在学校门口堵我还不够吗，居然要来我家，你到底想干什么？"苏霖曼说着，声音逐渐哽咽，最后竟是泣不成声地"呜呜"哭起来。

大刘根本不明白她在说什么，他下意识走上前想解释。

"住手！"一道男声响起。

大刘看过去，一个穿着黑色连帽卫衣和淡蓝色牛仔裤的少年举着相机走过来。

这少年的外貌实在有些优越了。

大刘从前觉得尚泽明已是他见过的最好看的男生，却不想这少年更加惊艳。

若说尚泽明天生给人以亲近感，那这人就是完完全全的清贵疏离了。眉头蹙在一起，一双微微上挑的眼睛此刻凶狠地看着自己更显凌厉。

"拍什么拍？"

"光天化日私闯民宅，还有没有王法了。"林礼嘉也不理大刘，径自上来抢他手里的黑色袋子。

大刘下意识躲开，腿上却狠狠挨了一棍。那个看着娇娇弱弱的小姑娘不知什么时候出现在他身边，手中的棒球棍砸在腿上火辣辣地疼，他下意识腿软地跪在地上。

林礼嘉打开纸袋，相机清晰地拍出那五万块钱。

"好啊，还入室盗窃偷了这么多钱！"话音刚落，林礼嘉关掉了相机，拿起那袋钱放回屋里。

苏霖曼擦了擦眼泪，淡定道："拍完了吗？"

林礼嘉点头："可以，今年影后不是你我不服。"

大刘看着两人变脸比翻书还快的模样，顿时醒悟过来自己是被这群人耍了。

他暴怒，跳起来就要打林礼嘉。林礼嘉侧头，闪到他身后，苏霖曼适时又补了一棍。大刘闷哼一声，嘴里骂了句脏话，去抢苏霖曼手里的棍子。

苏霖曼自知力量悬殊，转身跑到楼梯间。林礼嘉一只手抓住大刘的衣领往后一扯，另一只手抓住他的手臂钳至身后。大刘挣扎着要摆脱时，楼道间冲出一个身穿棕色卫衣的身影。

尚泽明和林礼嘉一人抓着大刘一只手臂，压得他动弹不得。

大刘嘴里骂着不堪入耳的脏话，两人只当没听到。

苏霖曼不知从哪儿捡了根麻绳，恶狠狠地走过来，死死捆住大刘的手和脚。

"我最讨厌跑步，我最讨厌跑步，叫你追我！"

林礼嘉嘴角抽搐："你这样子比恶霸还像恶霸。"

三人把大刘拖到了屋里关上门。

"尚泽明！你小子跟我玩阴的？你等着，你等我走了，一定会让你身边所有人都知道你那些破事！"

他阴恻恻地看向林礼嘉和苏霖曼："你们俩是不是觉得自己特善良特见义勇为？你们俩知不知道我们这位少爷那些事啊，他……"

"他们知道。"尚泽明淡淡开口。

大刘愕然，而后笑起来："你告诉他们了？你居然告诉他们了！哈哈哈哈哈，尚泽明你不会觉得他们能把你当真心朋友吧？这些年你吃的亏还不够多是吗？"

他有些癫狂地往前挪了几步，林礼嘉稍稍上前挡在尚泽明身前。

苏霖曼说："你要干吗？一个男的话真多，我把你嘴缝上，你信不信？"

她说着拿棒球棍捣了一下大刘，他倒在地上仍不死心，蠕动的样子像一只蛆虫。

他红着眼："你们不介意？你们居然不介意！"

"跟他说那么多废话干吗，浪费口水。"

林礼嘉调出那段视频给大刘看，赫然是"变态威胁少女不成恼羞成怒违法乱纪偷财劫色"的剧情。

"哼，你给我看这个干什么？"

林礼嘉不理他，兀自开口："你今年有二十岁了吧？"

"你跟我说这些干什么？"

"进过局子吗？"

大刘噎住："……进过，拘留过几天。你问这些干什么？"

"拘留啊，十五天都没有吧。"

"……没有。为什么一直都是你问我答啊，你好歹尊重一下我，回答一下我的问题啊。"

林礼嘉做恍然大悟状："噢——那你知道这个视频到警方手里你会待多久吗？"

林礼嘉站起身活动了下胳膊，而后眼神凌厉道："盗窃涉案五万元达到'数额巨大'的标准，处三年以上十年以下有期徒刑。非法侵入他人住宅的，处三年以下有期徒刑或者拘役。行为人恐吓他人且情节恶劣，破坏了社会秩序的，构成寻衅滋事罪，一般判处五年以下有期徒刑。"

"我数学一般，你算算吧，大概判几年？"林礼嘉故作不解，模样如孩童般天真。

明明这少年年纪不大，可大刘仰望着他，内心莫名生出一种极为强烈的恐惧和不安。

大刘想起什么似的，倏地看向尚泽明。

"尚泽明你可想好了，我要是进去了你也别想好过，大不了鱼死网破！"

尚泽明下意识后退两步，下意识去看身边的林礼嘉和苏霖曼。

很奇怪，他像是突然有了辩驳的底气。

他正准备开口，却见苏霖曼以迅雷不及掩耳之势又狠狠揣了两下大刘。

"你看清楚自己的处境，你狂啥呢？"

苏霖曼蹲下身，目光嘲讽地看着地上的男人："鱼死网破。你是鱼，他是网。网破了可以再补，鱼死了——

"可就只能任人刀俎咯。"

大刘挣扎的动作蓦地停下，愣愣地看着苏霖曼。

林礼嘉："从今天开始，如果你还来找尚泽明麻烦，我们就会把这个视频递交给警察，你自己考虑吧。"

大刘仍不死心："我还告你们诬陷威胁我呢！"

尚泽明终于抓住机会，看白痴一样无语开口："就你还敢主动报警？你也不想想你做的那些事禁不禁得住警察查。"

过了半晌，大刘颓然地垂下头。

林礼嘉给大刘披了件外套盖住他身后绑在一块儿的双手："走吧，到大门口再给你解开。"

到了小区门口，大刘活动活动发僵的手腕准备离开。

他觉得窝了一肚子火，不仅钱没拿到，还失去了一张长期"饭票"。最重要的是还被几个乳臭未干的小屁孩狠狠摆了一道。

憋屈感席卷全身，他不甘却无奈地准备离开。

"等一下。"

他回头，是尚泽明。

"我一直很好奇，从孤儿院离开了那么多人，为什么你偏偏跟我过不去？"

大刘沉默了下，自嘲般开口："……你的养父母来孤儿院那天，院长原本推荐的人是我。可他们偏偏选中了你。"

尚泽明恍然想起来，大刘有一年格外听话，没收"保护费"，没打过人，虽然有时候不痛快还是会偷摸找人撒气，可比起往年已经相当安分了。

"那年我十七岁，我虽然不是个好人，但学习也还成，不足以考个二本也能上个大专。可学费太贵了，我掏不出来。尚泽明，你知道我听到院长说会推荐我那天我有多兴奋吗？"

没人能为他买一个未来。

他人生最后的希望，被轻易地吹灭，如荧荧烛火，不堪一击。

大刘说这话时声音平静，这是尚泽明认识他这么久他情绪最稳定的一次。

没有脏话，没有讥笑，没有讽刺，没有挖苦。

他只是平淡地说了一段往事，而后一瘸一拐地离开。

尚泽明留在原地神色复杂，他没想过，他真的没想过。

"苦难不是暴力的理由。"苏霖曼不知何时走到他身边，"人若身处困境，不能时刻等待他人援救，改变的路径不是一种，不是错过了就不再有。"

苏霖曼看向尚泽明，露出一个难得宽慰的笑："不是你的错，不要想那么多。"

苏霖曼说道："任何经历都不能成为赦免加害者的理由。"

尚泽明怔在原地，林礼嘉和苏霖曼已经向前走出一段距离。

"喂，愣着干吗，饿死了，吃饭去，走。"林礼嘉站定冲他招手。

"说好计划成功你请客，你不会想要赖吧，尚泽明？"苏霖曼叉着腰，挑眉问道。

尚泽明沉默了下，扬起一个灿烂的笑。

这是他十余年来从未有过的，难得发自内心的笑容。

是那种打心底里觉得——"我的生活，好像真的还不错啊"，才会有的明媚的笑容。

"来了！"

……………

"哎，林礼嘉，你凶起来还挺唬人的。"

"我觉得能成还是因为我'演技'足够精湛。"

"哼。"

"怎么，你不服？不服打一架。"

…………

阳光照得路边洋槐发蔫，沥青路被烤得胶粘粘，野猫野狗不知疲倦地总在打架抢地盘，街边小贩吆喝的叫卖声一个赛一个大。

这个世界或许纷繁复杂，龌龊不堪，或许泥泞肮脏，荆棘遍布。可挺过那么多痛苦的经历，见证过许多人性的丑恶，回头看，还是感慨——幸好有朋友。

幸好还有那样的朋友，让我觉得即便片刻的温暖也值得留恋，尚泽明想。

行走在世间喧嚣中，或有一日回顾朝夕，那些彼此相伴的青葱岁月，便胜却人间一切。

2

高一一年过得飞快。那次事件后，大刘那群人仿佛蒸发的水雾般消失在他们的生活里，而苏霖曼和林礼嘉的小团体中间突兀地插进了一个尚泽明。

苏霖曼起初对这个脸皮厚到令人震惊的同桌很嫌弃，后来随着时间的推移也就习惯了。林礼嘉倒是接受良好，男生之间打了两场球就很容易建立感情，更何况还喜欢同一支球队同一个球星。

1月17日是尚泽明生日，大家约好一起去兰山看日出。苏霖曼自知让她早上四五点爬到山顶是不可能的，于是三人决定提前一晚住在山上的民宿，吃吃烤肉打打游戏，干脆玩一整晚直接熬到日出。

尚泽明养父母不管他，柳泉和沈素都对对方的孩子很放心，于是任由他们自己决定。

苏霖曼高估了自己的熬夜能力，将将两点钟就撑不住去睡觉。林礼嘉和尚泽明倒是精力充沛，玩实况足球玩红了眼差点忘记时间。若不是苏霖曼提前定了闹钟，三人怕是要白来一趟。

清晨五六点的山顶是很冷的，兰城是座发展不太好的小城市，但这也间接造就它极具烟火气息的世俗感。

白雾袅袅，苏霖曼睡得蒙了，有些分不清是山间雾气还是许许多多的早餐摊汇聚的烟气。

山风拂过，吹乱她的发丝。她紧了紧身上的毛衫，还是觉得冷，不自觉搓了搓胳膊。

突然被马黛茶混着桃花心木的味道包围，她闻出那是去年林礼嘉生日时她送给他的礼物。

某品牌的新品，她去专柜闻到鼻子快失灵为他选择的香水。

当时他明明说他才不会用来着……

傲娇鬼。

苏霖曼探出头，身上是林礼嘉的黑色羽绒服。

苏霖曼有一件米白色的同款，是柳泉逛街时买的，林礼嘉那件纯属为了凑单。

"出门的时候跟你说了拿件厚的。"林礼嘉穿着一件薄薄的白色圆领毛衣，脑袋上扣了顶鸭舌帽，苏霖曼隐约能瞧见他帽檐下的无奈表情。

"我以为这件就够了嘛……"苏霖曼解释道，嘴角的笑根本压不住。

"哦，出来了！快看！"尚泽明激动地喊道。

林礼嘉和苏霖曼的注意力被拉到眼前的风景上。尚泽明偷偷松口气，扣上了刚解开的两颗扣子。

太阳对人类说着早安，它把温暖洒向人间，带着金黄色的光辉。看着那团红晕在眼前逐渐完整时会有种莫名的感动，人类无论走得多远，还是会为这些无私的馈赠而动容。

"尚泽明，"苏霖曼稍稍靠近他，低声道，"你要相信，一切都会像日出一样越来越好的。

"生日快乐哦。"

她说完便仿佛什么都没发生一样，拿出手机记录着眼前的景色。

尚泽明怔忡，胸中那团火焰又开始熊熊燃烧，一发不可收拾，烧得他在冬日的山顶也觉得热血沸腾。

又是那种莫名的情绪。

只是这一刻……他好像知道那情绪是什么了。

"苏霖曼。"尚泽明突然出声，苏霖曼下意识回头看他。

"咔嚓"一声，尚泽明什么时候拿的相机苏霖曼都不知道，她起得匆忙，甚至没来得及洗脸。

"丑死了！删掉。"苏霖曼小声威胁道。

"不删，我的相机我做主。"

苏霖曼磨牙，不愿再理他。

尚泽明凑上前讨好地笑了笑："哎呀，逗你的，没拍到。"

"真的？"苏霖曼不信。

"真的，不信你看。"尚泽明飞快地翻动了下相册。

苏霖曼这才作罢。

回程的路上苏霖曼累得又睡下了，林礼嘉兴奋褪去后的疲惫也涌上来，渐渐也睡着了。

尚泽明看着两颗叠在一起的脑袋沉默了下，低头翻看起相机。

照片里的女孩不同于往日的精明干练，眼里还带着睡意未退的迷蒙，头发低低地扎着，不听话的几缕发丝在风里飞舞，雾气氤氲了她的眉眼，她朱唇微启，神态有些蒙圈的呆萌。

或许苏霖曼觉得那一刻的自己不够美，可尚泽明却觉得——

人间至景已被他藏于那一张四四方方的相框里。

藏起来，止于唇齿，没于心间。

心跳震耳欲聋时，有些事情就成了他一个人的秘密。

林礼嘉回到家洗了个澡，从衣柜里翻出柳泉上次回来给他带的衣服套上。

这个年纪的男孩个子长得快，那身衣服其实已经算不上完全合身，抬起手臂时会感觉有些束缚。

"喂，妈。你和爸这会儿落地了吧，也不给我打个电话。我过去接你们，咱们去吃火锅吧。"

"……啊，改签了啊……"

"没事，我自己吃就好。嗯，你们注意身体，记得吃饭。拜拜。"

"嘟——"

手机屏幕暗下，林礼嘉缄默地看着落地镜里穿戴整齐的自己。

苏霖曼去上课，尚泽明晚上要去医院看爷爷，他倒是知道附近有几个同学在吃饭，也问过他要不要一起，但林礼嘉的社交圈并不广，多是人家认识他，但他并不熟络，与其尴尬地社交，林礼嘉宁愿一个人安安静静地吃点东西。

他烦躁地揉了一把头发，回房间换了件衣服，扣上帽子出了门。

沉重的木门发出并不愉悦的闷响，制造者毫不在意地走进电梯。

之前和王铭浩约打球的地方旁边有一条美食街，吃的东西蛮多，林礼嘉在脑海里过了一遍路线，发现并不远，当机立断打了车过去。

3

"Demanding，形容词，高要求的……"郑雯在昏暗的灯光下默写单词。这一周下来让她感觉最吃力的科目不是物理、数学，虽然这些理工类科目依旧很难，但英语更加令她困扰。

地区限制下，郑雯从小上的课，别说是英语，普通话也没几个老师说得标准。

她的英语书上是密密麻麻的汉字谐音，她来得太晚，初中又没有学过音标，看不懂英文字母后面那堆奇怪的符号。

郑雯私下里问过尚泽明，发现大部分同学在初中甚至小学的时候就学过音标。她不抱怨自己的落后，只是更觉得既然没有好的条件，就要加倍努力才行。

补习班是上不起的，让她单独找老师给她讲一遍，她又觉得很耽误老师的时间。郑雯决定攒攒钱咬牙买本音标书。

"雯雯啊，门口来客人了，你去招呼一下。"

"知道啦。"郑雯最后看了一眼书，嘴里默默重复着一串字母，麻利地倒了杯热水，拿了一副碗筷走出去。

"您好，请问您……"郑雯声音蓦地滞住。

背对着她看菜单的男生个子很高，约莫一米八几的模样，郑雯个子娇小，须得仰望他才行。他穿着一中的校服，单肩背着黑色的书包，身姿挺拔，挺立如松，一只手插进口袋，看上去正在沉思的模样。

"林……礼嘉？"

林礼嘉没想到在这里还能遇见认识他的人，蓦然回头，竟是坐他前面那位新同学。

"郑雯？"他指指周围，"你也来这儿吃饭吗？"

"不是，这是我家的店。"郑雯坦荡道。

林礼嘉有点惊讶，不动声色地仔细打量了一下店面。

狭小的空间内挤着放了四张桌子，坐满也就十来个人。老旧的电风扇不知道有没有检修过，总之看起来摇摇欲坠，一副不太安全的样子。墙壁原本应该是白色的，却被常年做饭生出的烟熏成了黄色。

"你要吃什么？"郑雯又擦了遍桌子，请林礼嘉坐下。

她心里觉得有些别扭，总感觉林礼嘉是不该出现在这里的。

听说林礼嘉家庭条件很好，在郑雯的想象里，他大概会是穿着正装在各种高级餐厅里豪掷千金的人。

郑雯看着对面低头看菜单的人，修长的两条腿在桌下显得有些局促，一手搭在下巴，一手习惯性地轻轻敲击着桌面。他模样认真，不知道的还以为他在和什么数学题做艰苦斗争。

郑雯莫名觉得可爱，抬手掩了掩嘴巴。

林礼嘉注意到她的小动作，疑惑地抬头看她。

郑雯摇摇头，示意他没事，继续点菜吧。

"这是你家乡的小吃吗？"林礼嘉指了指一串字。

"嗯，你可以尝尝看喜不喜欢。"

林礼嘉干脆把菜单一推："你帮我点几个吧，我也没吃过，不知道什么好吃。"

郑雯想了想，小声道："可以，你不挑食吧？"

"不挑。"

刘媛娣见女儿半天没有点好单，有些担心地从后厨走出来。

她一眼看到那身天蓝色的校服，虽然不认识那串字母，但她知道这是她女儿所在的学校。

她在身上擦了擦手，又理理头发，笑着迎过去："小雯，这是你同学吗？"

林礼嘉回头，是一个笑容和善的妇人，身材很瘦小，表情稍显局促，但林礼嘉能清晰地感受到她身上的善意，和郑雯总是小心翼翼的模样不同，这妇人要更泼辣些。

"嗯，妈妈，他是我后桌。"

"阿姨好，我叫林礼嘉。"林礼嘉站起身微微鞠躬。

刘媛娣笑着摆摆手。

"哎哟，这孩子真有礼貌，不用拘谨不用拘谨。我是郑雯的妈妈，我们家小雯刚转过来还拜托你们多多照顾嘞。"

刘媛娣把郑雯拉到旁边，从兜里掏出皱皱巴巴的几块钱："你去买瓶汽水给你同学，给自己也买一瓶。"

"妈，不用这样的，人家不缺……"

"不管人家缺不缺，咱们招待客人就要热情一点，听话，快去。"

郑雯无奈地被妈妈推出去。刘媛娣拉张凳子坐下："你也坐，你也坐。"

林礼嘉颔首，乖顺地坐下来。

"小林，我们小雯在学校还适应吗？她那孩子我知道，性格内向敏感得很，她在学校是不是跟同学都不来往啊。唉，也怪我们没本事，不能给她好的条件，她又是个报喜不报忧的，操心家里事还要担心我和她爸，什么话都不跟我们说，问她就说'挺好的挺好的'……"

刘媛娣絮絮叨叨地说了许多话，林礼嘉想回答都找不到插话的地方。

"阿姨，郑雯挺好的，在学校很听话，和同学……她刚转来可能还不太适应，过段时间就好了，我们周围人都觉得她很好。您别这么说，您和叔叔，你们把她教得特别好。"他耐心地安抚着刘媛娣。

林礼嘉有一种令人安心的踏实感，刘媛娣这么听着，心中的忧虑消了大半，原本愁眉苦脸的表情也放松下来。

刘媛娣赧然地笑了笑："你也别觉得阿姨虚荣，非得逞强把她送到这里来。我们家祖祖辈辈都是种地的，好不容易出了小雯这么一个读书的苗子，我和她爸没文化，就想着可别再耽误了她。

"她要是个男孩也就罢了，在村里过一辈子也没什么不好，可她偏偏是个女孩，不走出那里后半辈子就只能像我一样没出息。

"这城里的工作实在不好找……那天她爸说，小雯同学的家长都是开着小汽车送他们上学的，人家爹妈都穿得光鲜亮丽，我和她爸加起来也没几件好衣裳，我听着实在不是滋味。我们倒不是穷不起，但就是觉得对不起这孩子，怕人说道她……"

她像想起什么似的慌张地摆摆手："阿姨没有说你们同学不好的意思，就是为人父母的，还是会担心。"

林礼嘉犹豫下，安抚地伸手拍了拍刘媛娣的手臂："我明白的，阿姨。"

"可惜她是个女娃……"

林礼嘉下意识地皱皱眉头，温声道："女孩也很好的，我妈就常可惜我不是个女孩。"

刘媛娣没回答，只暗自神伤地摇摇头。

郑雯手里提着瓶可乐进来时，就看到妈妈不知被林礼嘉说的什么话逗得笑逐颜开。她记得每次体育课后林礼嘉都会和尚泽明到小卖部一人买一瓶可乐，应该是很喜欢喝。

"给你。"

林礼嘉接过道谢，发现她的手里只有一个瓶子。

他面不改色地转头笑着对刘媛娣说了声："谢谢阿姨。"

刘媛娣笑得更欢了："哎哟，你爸爸妈妈得多好看啊，才能生出这么俊的小子。"

"郑雯也很好看呀，今天一看才知道原来是因为阿姨也是大美女呢。"

郑雯被他突如其来的夸赞搞得有些羞赧，虽然知道他是在说客气话，但还是忍不住脸烧红。

"妈妈，我先去后面看火。"

刘媛娣一把按住郑雯："你别管了，你来和你同学聊会儿天，我去给你同学做些吃的。"

刘媛娣进到后厨，饭桌上一时陷入寂静。

林礼嘉先打破尴尬："你不上晚自习是因为平时要过来帮忙吗？"

"嗯，晚上八九点的时间小吃街人会特别多。"

林礼嘉从侧边拿了两个杯子，拧开可乐倒了满满两杯。

"我不喝……"郑雯推拒。

"我喝不完，"林礼嘉道，"放学的时候喝过一瓶了。"

"……谢谢。"郑雯接过那杯冒着小气泡的黑色饮料，入口是冰凉凉的甜，舌尖像有小人在跳踢踏舞，微微发麻。

郑雯微不可察地眯了眯眼，双手捧着杯子，一小口一小口地抿着。

林礼嘉看着觉得好玩，她看着更像夜光蘑菇了。

"试试看，一大口灌下去。"

郑雯有些犹豫。

"相信我，那样喝更好喝。"

他在昏暗灯光下的浅笑太有说服力，郑雯一口气喝完了剩下的小半杯饮料。

好爽！

她兀自感慨时突然不受控制地打了个嗝。

郑雯紧紧捂着嘴，觉得这样的行为有些无礼，羞赧又有些奇怪地看向林礼嘉。

林礼嘉露出恶作剧得逞后的狡黠笑容，相较起平日的沉稳多了几分少年意气，仿若漫长冬天后的第一缕春风，郑雯一时间忘记羞涩，呆呆地看着他粲然的笑容。

"来了！小林，来尝尝阿姨的手艺。"刘媛娣端着两个菜从后厨走出来，"还有汤呢，你稍等一下。"

郑雯回了神，脸颊莫名燥热。

"阿姨，不用再做了，足够我吃了。"林礼嘉起身接过，"您小心烫。"

"没事，我做菜很快的。"

过了不到十分钟，刘媛娣又端着汤走出来，边走边向郑雯嘱咐着。

"小雯，记得醋熘肉只能点十九份啊，还有一份留给你爸，他今天送货辛苦得很呢。"

郑雯点点头："知道啦，你让他一定不要太累，不要疲劳驾驶，安全第一。"

"等他回来你自己跟他说去。"

林礼嘉有些陌生地听着母女俩的对话，不知道心里该作何感受。

刘媛娣和蔼地笑着，坐在林礼嘉身边，像一个慈祥的长辈那样看着林礼嘉吃饭，时不时地给他夹块这个，剥个那个。

"你尝尝这个，这个肉是我们家小雯腌的。"

林礼嘉惊喜地看向郑雯。

郑雯突然被妈妈点名，有些羞赧地低了低头。

林礼嘉夹起一筷子肉丝，入口滑嫩鲜香。

"很厉害，我一道菜都不会做呢。"

刘媛娣乐呵呵的："男孩子学做菜干吗，我也是怕我们家小雯以后不好嫁人，早早就让她在厨房给我帮忙。"

扒饭的动作顿住，林礼嘉突然有些没胃口，他下意识地去看对面的女孩，见她虽然眸光黯淡许多，眉宇间却没什么诧异，想来是没少听这种话。

他沉默了下，还是开口道："阿姨，会不会做饭都没关系，我妈就不会做饭，但她还是遇到了我爸，这种事情还是看缘分。"

刘媛娣满不在乎地摆摆手，一脸"你是小孩你不懂"的模样。

林礼嘉沉默了下，没再反驳。

刘媛娣还挺喜欢看林礼嘉这样的人吃饭，够爽快，却不狼吞虎咽吃得到处都脏。

每次塞进嘴里的食物都不多但吃得很快，还不发出吧唧嘴的声音。

刘媛娣越看林礼嘉越喜欢，她觉得城里孩子是不一样，千辛万苦把自家闺女带过来果然是没错。

这么想着她情不自禁地摸了摸林礼嘉的脑袋。

林礼嘉吃饭的动作一顿。

"哎哟，不好意思，你是不是不喜欢别人这么碰你啊。"刘媛娣也意识到自己有点逾矩，生怕给小雯同学留下不好的印象，有些无措地道着歉。

林礼嘉摇摇头："没有的，阿姨。"

只是很长时间没有人这样亲密地与他接触了，像是仍把他当成未曾长大的孩子那样。

林礼嘉的家庭其实很幸福，他也从来没有过什么不满。

林礼嘉上初中后，柳泉对他有关男女界限的区分较以前严明很多，打那时起她就不怎么与林礼嘉亲密了，像小时候那样抱抱他、亲亲他脸颊的动作也没有了。

林格则是标准的中国式父亲，面对朋友他是风趣的，面对妻子他是温和的，面对林礼嘉他的父爱则是沉默的，是深厚的，是严厉的。他也是位好丈夫，他爱他的妻子，所以支持妻子的一切决定。

他们爱对方胜过爱他，这点林礼嘉一直知道，并且深感欣慰。

爸爸妈妈都对自己很好，除了疏于陪伴这一点，好像没什么不足的地方。

但就是这一点。

小时候他羡慕阿曼，因为她上下学永远是苏叔和沈姨一起接送，她每次放学都能被沈姨抱进怀里，然后苏叔就会走过来对他说："礼嘉，你爸妈今天忙，去叔叔家跟阿曼玩好不好？"

一天，两天，三天。

他就是这么跟苏霖曼玩到大的。

相比起柳泉和林格则，沈姨和阿曼好像才是更亲密熟悉的家人。

所以真的已经很久很久没有人像爱他的长辈那样，这般温柔地摸他脑袋了。

林礼嘉一时间有些怔忡。

陆陆续续有客人走进来，郑雯和刘媛娣都开始忙碌，林礼嘉觉得自己占个桌子太浪费，飞快地吃干净碗里的饭就起身把餐盘都拿到后厨和刘媛娣告辞。

"啊，真是不好意思，阿姨太忙都没来得及好好招待你。怎么样，合你口味吗？"

"很好吃，您手艺很好，谢谢阿姨。"林礼嘉边把手里的盘子放进水槽边答道。

"那就好，下次你来的时候阿姨再给你做其他好吃的。"厨师哪有不喜欢听人家夸手艺的，刘媛娣看着林礼嘉只觉得越看越喜欢。

"小雯啊，你送送小林去。"

"嗯，知道了。"郑雯手下还有活，"你稍等一下，我马上就切完了。"

林礼嘉本想说不用，他自己走就行，可看母女俩也没给他拒绝的机会，无奈地坐在一旁的小凳子上等郑雯忙完。

他注意到桌子上的英语书，密密麻麻的铅笔字。林礼嘉仔细读了两行，全是汉字谐音，他下意识地皱皱眉头。

这样学英语是不行的。

"我好了，走吧。"郑雯站在林礼嘉身边，双手背在身后，莫名有种小学生训话的感觉。

林礼嘉已经出了门，犹豫了下还是折返回来："阿姨，如果不违规的话，您可以和周围商家商量一下把桌子摆到外面去，会更宽敞些。您手艺很好，如果不受用餐空间限制或许生意会更好。"

刘媛娣愣了愣，喜笑颜开道："啊哟，我还一直愁这事来着，好多顾客都反映坐着挤，阿姨还觉得没办法，小林你可真是帮了阿姨大忙了！"

林礼嘉难得羞赧地笑了笑："能帮上忙就最好了，谢谢您的招待，我先走了。"

"哎哎，下次再来玩啊。"

出店门时天已经完全黑了，林礼嘉对身边这位新同学有了大概的了解，对于她开学的种种行为也有了解释。

他从兜里掏出一百块钱："不好意思，我刚才忘记了，麻烦你帮我转交一下。"

"谢谢你们，你妈妈的手艺真的很好。"林礼嘉发自内心地说道。

"不用了，如果我收了她会不高兴的。"郑雯推回他的手，头发随着晃动的脑袋飘荡，她坚决地看向林礼嘉，一双杏眼睁得圆溜溜的。

林礼嘉常常看见郑雯失神地望着班里女孩子们的头发，今天在她妈妈店里看到她小时候的照片才知道，原来她以前也是留长头发的。

郑雯的发量不算少，所以林礼嘉才觉得她像是个夜光蘑菇，呆呆的、小小的。有时她坐在他前面发呆，双眼放空，嘴巴无意识地撇着，加上蓬蓬的短发，看起来像是拟人化的小蘑菇，非要用一个形容词的话，大概就是很可爱。

但她的发型确实算不上好看，不知道是谁给她剪的头发，发梢参差不齐，颜色也是枯草般的黄色。

他知道那不是什么时尚，是名为贫穷的恶魔在榨取她的养分。

林礼嘉身边没什么女孩子，最熟悉的就是阿曼。

苏霖曼是很爱惜自己那头长发的，他见过她那一套护发装备，从基础的洗发膏、护发素，到进阶版的发膜、护发精油……林礼嘉曾经觉得很麻烦，可她说头发是女孩子的第二张脸。

事实上林礼嘉觉得对于苏霖曼而言，全身上下除了第一张脸就是第二张脸。

她头发长，没一两个月就要开始"补货"。林礼嘉没问过价格，但他知道一切关于"自身"的消费，苏霖曼向来是不吝惜钱财的。

林礼嘉回过神来，见郑雯态度坚决也不再推拒："我刚才无意间看到你的英语书，那样学英语是很难有提高的。

"我有一套音标书和配套的 MP3，明天拿给你，你带回去听吧。"

郑雯皱皱眉想要拒绝，她是缺钱，但是她不想被人怜悯。

"我不是施舍你，那些东西是我初中用的，不给你也要给我那些八竿子打不着的亲戚小孩。

"刚才和阿姨聊天才知道开学前一天是你生日，那时候我们还不认识，现在就当相识礼物和生日礼物吧。

"谢谢你们的款待，很高兴认识你们，欢迎来到兰城。"

他停下步子，定定地看着郑雯。

路灯下他周身环绕着光晕，内勾外挑的眼睛含着清浅的笑意，嘴角轻扬，露出一个温和的微笑。

"我也是。"郑雯低声道。

"什么？"

郑雯只低着头笑，没再重复。

我也很高兴认识你。

4

三人的小群里是尚泽明喋喋不休的碎碎念以及苏霖曼和林礼嘉时不时地精准补刀。

尚泽明翻着聊天记录，如同打入一针镇静剂一样心情松快了些。

在充满人生百态的医院里，有人悲痛，有人欢喜。

医院的墙壁听过更多的祷告。

——家属能做的就是尽量让老爷子保持心情愉快，我们也会努力维持他的生命的。

尚泽明想起医生的话，在病房门口沉默半天才揉揉脸走进去。

"爷爷，我刚在路上买了包糖炒栗子，还热乎着呢。我去问问医生您能不能吃，能吃的话我给您剥两颗。"

尚泽明一走进病房，原本有些死寂的空气都变得热闹起来。尚斯铭原本正醉心于手中的书本，见到尚泽明蓦地露出个和蔼的笑容。

"泽明啊，"尚斯铭拍拍自己的床铺，"这周过得开心吗？"

尚泽明坐过去，猴急地从袋子里拿出一颗栗子，又被烫得丢回去，不住地摸着耳朵。

"开心啊，爷爷您每周都这么问我。"

"你也每周都这么说啊。"

尚泽明"嘿嘿"笑一声，捏着颗栗子吹温了剥。

电风扇"呼呼"地转，百叶窗被调成正正好的角度，有光进来却不觉得晒。

手边的栗子堆成小山，尚泽明突然闷闷道："其实还是有一点不开心的。"

尚斯铭闻言合上书，取下鼻梁上的眼镜，认真问道："为什么，那小子骂你了？"

"没没没，爸对我挺好的。"尚泽明摇摇头，"是我……最好的朋友，她这学期跟我不在一个班了，虽然我们还是能一起吃饭放学，但是每天上课抬头一看都没有那个熟悉的背影，我还是感觉心里空落落的。"

"是你老挂在嘴上的那个女同桌？"

"也没有老挂在嘴上吧……"尚泽明嘟囔着红了脸，却没有反驳。

尚斯铭没说话，认真地看了尚泽明许久。

尚泽明被他看得心里直发毛："爷爷，您看我干吗？"

"没事，我就是感慨，我们泽明长大了啊。"

尚泽明有些赧然，他知道自己的小心思瞒不住这位聪明的老人。

"我年轻时遇到过一个姑娘。她日子过得苦，可人像蒲草一样坚韧。"尚斯铭靠在病床上，眼睛看向远处，好像在越过时空看到一段过往。

"那个年代的人都含蓄，她家里人管得严，我不敢靠近她，可不靠近怎么办呢，我又想得慌。

"那时候我们做饭是要用瓦斯罐的，都得自己去扛。我就数着日子，算到她家差不多该去扛瓦斯罐的时候，我就到她家楼下蹲着，运气好第二天就能蹲到，运气不好就得蹲好几天。

"'小凝啊，我帮你扛！'于是去一趟路，回一趟路，我再走慢些就能跟她聊上半个多小时。

"她家里人势利眼得很，我知道没钱是娶不了她的，于是我南下做生意，没想到我还算有点天赋，还真让我做成了。"

"后来呢？"尚泽明被勾起兴趣，兴致勃勃地问道。

"后来？没有后来咯，我回来的时候她已嫁为人妻，孩子也出生了。"

尚泽明失望地"啊"了一声，对这个结局显然不满。

"所以我说，人这一生啊，最怕的就是踟蹰。"

尚斯铭突然咳嗽起来，尚泽明连忙倒了杯水，确定是温的才递去，一下一下地抚着他的背。

"怎么回事啊，您是不是没好好听医生的话，我怎么感觉比上次我来又严重了。"尚泽明认认真真地打量了一遍爷爷，"感觉您的脸色也没上周好。"

"老毛病咯。"尚斯铭轻松道，好似那个依靠药物和不断手术吊着一口气的人不是他。

他的活力大不如年轻时，很快就感到有些困倦了，尚泽明陪着他入睡。

四年前尚泽明被养父领养时就听说爷爷的身体很不好了，或许是因为他的到来，有一段时日竟奇迹般康复许多，可爷爷到底是一位重病的老人，如太阳注定要西沉，他眼见着爷爷逐渐衰败下去，却无能为力。

"爷爷，要照顾好自己。"尚泽明牵着爷爷因为输液所以格外冰凉的手，一遍一遍轻柔抚摸过岁月留给爷爷的纹路，这已是他无数次在这样的画面里感到鼻酸。

"您是泽明……最后的亲人了。"

林礼嘉回家时恰好碰上倒完垃圾准备上楼的苏霖曼，她穿着印着玩偶熊的卡其色睡裙，身上披了件披肩，头发在耳侧松松垮垮地扎了个麻花辫。

苏霖曼见到眼前人，诧异地挑挑眉："柳姨和林叔不是今天回来吗，你没去接他们？"

林礼嘉眸光暗了暗："他们临时有事，不回来了。"

苏霖曼心知他的难过，从手里的塑料袋里掏出根雪糕扔过去。

"喏，请你吃雪糕，这一袋子里最贵的那个。"

包装袋上还结着冰霜，林礼嘉被她故作肉疼的模样逗笑："曼姐大方啊。"

苏霖曼挑挑眉，走下台阶与他并肩而行。

"你吃过饭没？我家还剩点，不行我陪你出去再买一些。"

"吃过了。"林礼嘉想起什么似的勾了勾嘴角，"在同学家饭馆吃的，味道还不错，有机会带你和尚泽明一起去。"

"同学？余正平家的吗？他家粤菜我们不是吃过很多次了。"苏霖曼想了想，以为林礼嘉说的是余正平家里开的连锁店。

"不是他，是郑雯她妈妈开的，在小吃街，店面不大。"

苏霖曼在脑子里回想了半天才对上郑雯是谁："九班新来的转学生？"

"是她。"

苏霖曼咬着雪糕的动作停滞片刻。

她不常听到林礼嘉提起来往并不密切的人，尤其是女孩子。

"你倒是很会社交，才一周就跟人家混得这么熟，还去人家那里吃饭。"

林礼嘉莫名其妙地看她一眼，出声解释："也不算熟，我是准备点单的时候才知道是她家的店。"

林礼嘉突然想到什么似的开口："说起来我从来没想到，在这个年代居然还有人会可惜自己的孩子不是个男孩。"

苏霖曼闻言蹙起眉头，手里的雪糕也放了下去："她家里人嫌弃她是女孩？她爸妈对她不好吗？"

"没有。"林礼嘉就知道一提到这种话题苏霖曼就要不高兴，"她妈妈人很好，对她也很好。她爸爸我虽没见过，但是听起来也是个不错的人。

"只是她妈妈今天和我聊天的时候无意识地说了句'可惜她不是个男孩'，所以我才会感慨。"

其实林礼嘉也感到纠结，为什么那样一位慈爱的母亲却会有这样的观念。

苏霖曼闻言稍微放松些，她低着头数电线杆被投射在地面的影子。

"不只是父母，女孩子一生要面对无数次这样的审视。

"如果像你说的那样，郑雯的妈妈很爱她，那么或许我能理解郑雯妈妈的意思。"

晚风吹拂苏霖曼的衣袂和发丝，她走在路灯和月光交错的光阴变换里。

她是集体中幸运的个体，无法做到看着同伴哀号时不扼腕叹息。

"我从小就要强。他们说女生不适合学理科，所以即使我一开始就确定要学文，理综三门也要拿第一；他们说女人就是头发长见识短，所以我留最长的头发读最多的书；他们说女孩子嫁个好人最重要，我偏要让他们知道，哪个男孩能跟我在一起，那是他三辈子修来的福分。"

她踩着地上的格子，像是在跨越一个个阶梯。

"人们将女人关闭在厨房里或者闺房内，却惊奇于她的视野有限；人们折断了她的翅膀，却哀叹她不会飞翔。

"或许我们应该想想，一个女性一生遭遇了些什么，才能让她把'如果是男孩就好了'这样的观念如此深埋于心。

"林礼嘉，你是很好的男人，所以你知道这样的言论是不对的，这样的思想是荒谬的，可我们也不得不承认一件事。

"即使是世界上最具同理心的男性，也永远无法切身体会一个女性一生受到过的每一次审视。"

"只是，我还是相信……"苏霖曼直率地与林礼嘉对望，目光坚定，毫不退缩。

我们是破开牢笼的雌鹰，是勇战恶龙的公主，是群山之巅的太阳。

我不要做幸运的极少数，我要把掉落深渊的，困于沼泽的，陷于荆棘的她们都拉上来。

"性别为女，这是我的礼物，而不是我的枷锁，也没有任何人能让我把这看作枷锁。"

我是绚烂风景，是曼丽春光。

我生来就是高山而非溪流，我生来就是人杰而非草芥。

我向来，为我是女性骄傲。

5

早上来时教室里人不多，零零散散几个人念念有词地背着书，林礼嘉把手上的纸袋放在郑雯的椅子上。

郑雯打着哈欠睡眼蒙眬地准备在教室补会儿觉，刚坐下却发现屁股下有东西，吓得她"噌"一下跳开，活像一只易受惊的猫。

林礼嘉低低地笑起来。

郑雯这才看清椅子上的东西，是那天林礼嘉说过的音标书和 MP3，还有一副耳机。

心中似有暖流淌过，郑雯一双杏眼弯成了一牙新月，露出一个粲然的笑容。

"谢谢你。"

她如此刻这般笑得粲然的时候不多，大多时候是清浅地抿抿嘴，像山间的溪流，总是潺潺地流着，不大发出什么引人注目的响声。

林礼嘉赫然发现她的嘴边有一个小酒窝，如她的人一样，小小的、淡淡的。

他摸摸鼻子："没关系。"

早读课下课，杨威没有立刻离开教室："尚泽明，把后门关上，我通知点事。"

"学校准备在期中考后开一次艺术节，每个班都要出一个节目，你们参加了社团的，有些社团应该也要参与。"

欢呼声骤起，夸张些的男生甚至兴奋地拍起桌子。

一中学习压力大，难得有一次活动，学生兴奋杨威也理解，他眼里带笑地任由底下人闹了会儿，眼见着形势收不住才假装严肃地板着脸出声制止。

"行了啊，别太过分。

"大家群策群力，有什么好的想法就报到文艺委员那儿。冯芊芊，你多操心，定下来跟我说一声。"

去年的校艺术节，高一年级因为军训未参加，冯芊芊还是上任以来第一次履行文艺委员的义务，也有点压抑不住的兴奋："知道了，杨老师。"

杨威点点头，又补充道："到时候只要不违反纪律，怎么玩我都不管你们。不过可别怪我没提醒你们，月考和期中考谁要是考不好，艺术节其他同学都可以玩，他必须留在教室里写卷子。咱们九班要学就学得好，玩也玩得好，听到没？"

话是这么说，可大家心知肚明杨威不会真这么残忍的，但还是给面子地说好。

杨威看着一张张青春洋溢的面孔，低声笑骂："这群小兔崽子。"

张岳捣捣冯芊芊："哎哎，文艺委员，你准备给我们排个什么节目？"

周围一圈人也无视刚刚响起的上课铃，转过来拥着冯芊芊。

冯芊芊认真地沉思一会儿："我还没想好，大家一起好好想想，等周三班会我们公开投票吧。不管怎样，我一定努力办好，让咱们班拿个大奖。"

"好耶！"同学起哄地鼓起掌来。

一贯傲娇的冯芊芊也没忍住红了脸。

"开心什么呢同学们，准备上课了。"化学老师走进教室，敲敲黑板，周围的人一哄而散。

"如果苏霖曼和刘筱麓她们几个没走，应该会和冯芊芊一块儿搞合舞吧。"王铭浩余光瞟着讲台，转过来小声说道。

"对啊，还有李潇和刘海平，他俩乐器班挨着的。"尚泽明一手捂着嘴，目光灼灼地盯着黑板，"这艺术节早不整晚不整，非等人走完了整。"

"咱们班除了冯芊芊还有谁会什么才艺？"林礼嘉身体前倾，时不时赞同地点点头，眼里写满了对知识的渴望。

郑雯无言以对。

这是一中还是北影来着。

尚泽明想了一会儿："好像还真没有，下课问问几位新同学。"

目光掠过把头埋得低低的郑雯，尚泽明眼睛亮了亮。

"郑雯，你有没有什么才艺啊？"

郑雯听到尚泽明说问问新同学的时候就恨不得自己能隐身，没想到还是没逃过，她不敢转头，往后靠了靠。

"……我没什么会的。"

她的发梢拂过林礼嘉的皮肤，鼻尖缠绕着一股似有若无的香。不是洗发水的味道，也不是任何名贵香水的味道，是他从没闻过的新鲜气息。他揉揉鼻子，身子不自然地稍稍往后退了点。

其实……还挺好闻的。

王铭浩："老林，你不是会弹吉他吗？"

"他？他可不在学校表演。"尚泽明嗤笑道。

"为什么？"王铭浩不解。

尚泽明面不改色地从林礼嘉的桌膛里掏出一摞信晃了晃。

王铭浩明白了，郑雯也被吓住，原来林礼嘉这么受欢迎的吗？

她偷偷用余光去看林礼嘉，他一时不防被尚泽明偷袭，此刻扶额摇摇头，无奈地拿走尚泽明手中的信放回去。

她突然想起周六晚上路灯下的少年。

嗯，他好像就是应该被鲜花簇拥，被万人喜爱的。

下课后尚泽明和王铭浩勾肩搭背地去卫生间，林礼嘉坐在座位上翻着书，郑雯犹豫半天，转身小声开口："你好像对那些东西很困扰？"

林礼嘉抬眸，琥珀色的眼睛太过璀璨，郑雯忍不住想低头，不敢与他对视。

"嗯？你说的是信件吗？"

郑雯点点头："既然困扰的话，为什么还留着呢？"

林礼嘉似是想到什么，眼角眉梢都染上一些温和。

"因为有人曾经告诉我，每一份真挚的心意都应该被认真对待。"

"不好意思学长，很感谢你的欣赏，你真的很优秀，所以我也感到有些受宠若惊。"苏霖曼看着对面的男生歉疚地微微颔首，姿态落落大方，"只是我对你还是只有尊敬和感谢的同学情谊。学长，祝你学业顺利，前程似锦。"

她余光瞥到楼梯上走下来的少年，眉眼明显柔软几分。

"没关系，我只是觉得离开前应该告诉你，谢谢你的祝福。"那男生也没有多纠缠，坦然地笑笑。

"希望你比我好运。"

苏霖曼长舒一口气，朝着林礼嘉和尚泽明走去。

尚泽明迎过去，扣住苏霖曼的脖子，依旧那副笑嘻嘻的模样："才刚开学一周多，这男的又是谁啊？"

苏霖曼嫌弃地甩开他："你是想勒死我吗？"

她走到林礼嘉身边，状似无意地说道："广播站的前站长，挺帅的，声音也好听，听说还拿到了纽约大学的 offer（录取通知书）。"

她说这话时眼睛一直偷偷瞄着身边的林礼嘉，可他神色如常，不起波澜。

苏霖曼抿抿嘴，内心无可避免地漫上丝丝缕缕的失落。

尚泽明："喂，苏霖曼，咱们三个人说好两耳不闻窗外事，一心只读圣贤书，谁背弃约定谁就是狗，听见没？"

"谁跟你说好了。林礼嘉，你跟他说好了？"

林礼嘉摊开手，无辜地摇摇头。

"所以到底谁跟你说好啦？"苏霖曼去拧尚泽明的胳膊，明明没使多大劲，他还是夸张地跳开。

"我看那男的也就那样，鼻梁没我挺，个子没老林高，戴着副眼镜，看着温温柔柔的没有一点男子气概，连王铭浩都能一拳打赢十个他，不适合你，不适合你。"尚泽明五官皱在一起，颇为嫌弃地摇摇头。

他忽而嘴咧起来，露出两颗尖尖的虎牙，眼睛也眯成了一弯新月："我看啊，他还不如我呢！"

苏霖曼下意识地去看林礼嘉的反应。

他还是那副无波无澜的模样，甚至眼角眉梢染上几分笑意看着她。

苏霖曼眼眸蓦地暗了暗，又反应迟钝地转过头。

"你这么看着我干什么……喂，你不会当真了吧？别逗了，要是真的我得多亏呢。"尚泽明迟疑了两秒，看着两人这反应无奈解释道。

苏霖曼磨了磨牙："谁亏？到底谁比较亏？'179男士'？"

"喂！苏霖曼你不要太过分！骂人不带提身高的！而且那是高一上学期的事，我去年一年长了五厘米好不好！我都快跟老林一样高了！"尚泽明气急败坏道。

高一时他一直对外宣称自己一米八，直到体检时电子测量器冰冷无情的女声报出那串残酷的数字。苏霖曼当时就不顾形象地叉着腰痛快大笑许久，没想到直到现在她也没忘记这件破事。

尚泽明不服气地站到林礼嘉身边，拿手比画着："你看！他也就是头发比我高了一厘米而已。"

苏霖曼："嗯嗯，好好，对对对。"

尚泽明无语："她打小就这么气人吗？"

林礼嘉作为受害者代表回答道："有过之而无不及。"

"而且……"林礼嘉沉默了下，转身挺直了脊背，"你家一厘米还挺长的。"

尚泽明无语跳脚。

小气！小气死了！

周三下午的班会大半节课都用来选定节目，在话剧、舞蹈、乐器串烧等选项中，大家最终选择了参与度最高的合唱。

至于合唱曲目则是选择了《稻香》，情感充沛，主题向上，很符合学校规定。

"可是这样比起其他班不会显得太单调吗？我听说隔壁班要搞歌曲串烧呢，每首歌还有伴舞。"齐威举手说道。

冯芊芊补充道："不会的，我们不用伴奏。"

"啊？不用伴奏要清唱吗？"

冯芊芊高深莫测地摇摇头，吊足了人胃口："伴奏我们自己弹。

"我负责钢琴，林礼嘉负责吉他，王洋打架子鼓。周一妍吹口琴，其余人都拿沙锤打节奏。这个很好学，没什么技术含量的。"

王铭浩吃惊道："我天，班长还会架子鼓呢！"

许是他声音大了些，坐在前排的王洋回头，耳朵有点红，不自然地推了推眼镜："小时候学过一点。"

王铭浩遥遥对着王洋竖起大拇指："牛！"

王洋不好意思地点点头又转回去。

林礼嘉惊讶一瞬倒也没说什么，他有更关心的事："……所以，是谁告诉冯芊芊我会弹吉他的。"

王铭浩连忙摆摆手："不是我。"

郑雯无辜地睁着眼睛，小声道："我也没有。"

林礼嘉转过头，尚泽明眼神四处飘忽，就是不肯与他对视。

很好，破案了。

"尚泽明，以后睡觉前检查下门窗，我现在就开始学爬水管的一百零八招，迟早某一天晚上找上门。"林礼嘉阴恻恻道。

尚泽明咽了咽口水，急道："哎呀，这我也没办法，当时冯芊芊非逼我给她出主意，说想不出来就让我现学，我这不也是为了自保嘛。"

"我不求你两肋插刀，但你也别插我两刀啊。"

尚泽明自知理亏，谄媚讨好道："哎呀，老林，不，礼哥！这周的卫生交给我就行了，您老人家别操心了。"

林礼嘉摇摇头，靠在椅背上，气定神闲地伸出一根手指晃了晃。

"一个月？"

那根骨节分明的手指又晃了晃。

"……一学期？"

林礼嘉还要再晃，尚泽明一把抓住他的手，深情款款地对着林礼嘉眨眨眼。

"礼嘉哥哥，真的不能再多了啦！"

前排被迫偷听的郑雯和王铭浩：……呕。

林礼嘉习惯了尚泽明时不时上头的演技，突然有些怀念当初那个在小巷子里的忧郁少年。

他嫌弃地推开尚泽明的脑袋："一学期，包括倒垃圾，一天也不能少。"

林礼嘉虽然没有洁癖，但每次摸到垃圾桶还是觉得怪硌硬。

尚泽明含泪答应下来。

"另外，排练只有每周活动课的话时间不太够，所以可能还要占用一下晚自习的一点时间，希望大家多理解。"

♦ 第四章 / 他会一直在

1

说不激动是假的，艺术节对郑雯来说算得上件新奇的事，一中在兰城也算得上是重视课外活动的学校，她在招生手册上见过一中艺术节的留影，灯光绚烂，类目繁多。坐在田垄的土堆上，那是郑雯在那个小小山村第一次在一张纸上瞧见地方与地方的不同。

回家后郑雯闲聊间提起这件事，毫不掩饰心里的向往和期待。

"好啊，别的不说，我们小雯的嗓子那是十里八村都知道的好。"刘媛娣边择着菜边开口，想了想还是不放心道，"但你一个女孩子也别太出头，要选什么领唱啊、独唱啊，你可别凑热闹，你跟着大家一起就好了。"

郑雯嘴张张闭闭还是没说话，闷着声应了声好。

一向寡言的郑建兵突然开口："别去了，安心学习，你和城里孩子起点不一样，更要努力追才是。"

即便郑建兵已经是那个小地方相对开明的家长，也无法免俗地觉得一切娱乐都是在浪费时间。

"你要知道，我和你妈放弃原本的生活从老家搬到城里，不是让你参加什么艺术节的。"

郑雯向来很难对父亲的指令说不，她求救似的看向妈妈。

刘媛娣看着丈夫，她常说不信神明，人只能靠自己，可她不知道，她看着丈夫的眼神永远写着虔诚。刘媛娣点点头："你爸说得也对，听你爸的。"

郑雯沉默了下，点了下头洗菜，过了半晌，嘴里才憋出一声细如蚊蚋的"好"。

下课后周围趴成一片，郑雯第无数次感慨人的入睡能力居然如此之快。

郑雯走到冯芊芊座位边，她周围拥着一圈人。郑雯与班里大部分同学都还不熟悉，无法融入他们的话题，于是默默站在圈外等候。

"哎，郑雯，你找我有事吗？"冯芊芊正在写合唱的相关事宜，她注意到郑雯，于是抬手招呼道，"你来坐这儿说吧。"她拍了拍张岳空着的椅子。

郑雯摇摇头："我就说几句话，没多长时间。"

"哦，那你说吧。"

"冯芊芊，我想……我可能不太方便参加这次活动。"郑雯低着头，背在身后的双手不自觉地打着圈。

冯芊芊一顿："为什么？"

她疑惑又有些不满地开口："选合唱就是希望大家都能参与进来，我和杨老师沟通过，他也希望参与人员一个都不要少。其他班都要占周末排练，咱们班只有晚自习半个小时已经很好了。"

郑雯："可是我晚自习没办法参加排练，会耽误大家的进度的。"

"半个小时也不行吗？顶多七点十分就结束了。"

七点十分……就算坐公交车赶过去，等到小吃街也快八点了。

郑雯："对不起……我真的参加不了。"

冯芊芊的笑容瞬间消失，周一妍忍不住开口道："郑雯，虽然你刚转过来，可能觉得跟我们都不熟悉，但是大家毕竟还要在一起相处两年，你好歹稍微参加一下班级活动吧，其他分班分过来的同学也没你这么难伺候的。"

郑雯想开口却被冯芊芊打断："行了，你不想参加就算了吧，我也不为难你。"

郑雯见冯芊芊面色冷淡，便想上前解释，但上课铃突然响起，她无奈地先回座位。

等下课郑雯匆匆走到冯芊芊身边，冯芊芊却先她一步离开。

下课后尚泽明拉着林礼嘉去二楼找苏霖曼，瞧见齐威也在这层，下意识骂了句"晦气"，却见他环顾一圈紧张兮兮地走进老师办公室。

"他偷偷摸摸干什么呢？"尚泽明奇怪道。

"不知道，办公室那么多老师，他总不能是做坏事去了。"

尚泽明耸耸肩，没几秒钟就把这事抛在脑后。

苏霖曼在座位上捧着杯水和项尔聊天，不知说到什么事情，项尔激动地牵起苏霖曼的手摇晃起来。

"哎，那男的谁啊？怎么动手动脚的？"

还没等林礼嘉反应过来，尚泽明半个身子探进窗户，一把打开项尔的手："喂，说话就说话，动什么手啊？"

项尔有些蒙圈，苏霖曼先涨红了脸，抱歉地摸摸项尔被打的手。

"苏霖曼，你差不多得了，小心我找年级主任来抓你！"尚泽明急道。

苏霖曼无语抓狂道："尚泽明，你犯什么病呢！林礼嘉你带他出门前是不是又忘记拴绳了？"

林礼嘉拉回尚泽明，板着脸，严肃开口："他是冲动，但你这样确实不太合适。"

苏霖曼反应了半晌才意识到他们说的"男生"就是眼前的项尔，她又好笑又好气地挽着项尔的手。

"你俩想什么呢，尔是女孩子好不好！"

林礼嘉和尚泽明顿时"石化"在原地。这也不怪他俩，项尔本身个子高，长相也偏英气，上高二前还去把原本及肩的头发剪成男款短发，穿上一中那身不分男女的校服，看上去倒确实难分雌雄。

林礼嘉最先反应过来，不好意思地道歉："抱歉，是我眼拙。"

项尔笑笑，摆摆手："没事，我习惯了。"

尚泽明也不好意思地挠挠头："不好意思了，兄弟。"

苏霖曼、林礼嘉、项尔同时沉默了。

尚泽明感受到突然的安静，小心翼翼地开口："难道我又说错话了？"

苏霖曼无奈地扶额："算了尔尔，你别跟他计较，他脑子还没我家'平方'清醒呢。"

"'平方'？'平方'是谁？"项尔疑惑道。

三人动作不约而同地顿住，苏霖曼和林礼嘉忽而捧腹大笑起来，尚泽明则是一脸菜色的无语凝噎。

"'平方'，'平方'是我们立方兄异父异母的亲兄弟啊。"苏霖曼忍着笑，面色正经地拍了拍尚泽明的肩膀。

尚泽明磨了磨后槽牙："苏霖曼！让那件事死在你的回忆里好吗？自来卷也怪我？"

苏霖曼文理都不差，但很小的时候她就坚定以后要去中文系学习，所以高二文理分科时毫不犹豫地选择了文科。

尚泽明和林礼嘉则是留在了理科班。

期末考试按文理志愿分考场，顺便也是新高二的分班考。

尚泽明走出考场就开始哀号："啊！那岂不是意味着我们三剑客就此要分开了！"

林礼嘉扶额："……什么时候有了个这么'中二'的名字。"

尚泽明"嘿嘿"一笑："电视剧里学的，你不觉得很有江湖气息吗？"

苏霖曼冷哼一声："江湖？我看你脑袋里塞的都是糨糊。"

"你能不能别三句话里三句半都在怼我啊，"尚泽明委屈巴巴地说道，"你对老林说话就从来不这样。"

苏霖曼警告地瞪他一眼："你再瞎说！你看你做的那些事哪件不值得我骂你？"

尚泽明讪讪然地摸摸鼻尖。

林礼嘉无奈地拍拍他："我被她怼的苦日子都在前头呢。"

"唉，你肯定能去文科重点班的，我和老林能不能分到一个班就不知道了。"尚泽明愁得趴在桌子上。

林礼嘉见他这模样，开口安慰道："没事，大不了多串串班，中午晚上咱仨还可以一起吃饭。"

尚泽明还是那副忧愁的模样，林礼嘉见状捣捣苏霖曼，示意她说几句话。

苏霖曼无奈地开口："走吧，今天放假我妈不在家，你不是一直想认识'平方'吗，我带你去见它。"

林礼嘉正在喝水，听到这话猛然咳嗽起来。

尚泽明倒是很兴奋，他和苏霖曼认识第一天就听说她有一位和自己性格相似的朋友。尚泽明已经好奇很久了，每次让苏霖曼引荐她都说不方便。

"那还等什么，快走吧！"他兴冲冲地走在最前面，林礼嘉和苏霖曼追都追不上。

林礼嘉小声问道："他不知道'平方'是只狗？"

"不知道。"苏霖曼控制不住地想笑，"他以为是未曾谋面的知己好兄弟呢。"

林礼嘉被苏霖曼这波操作折服，再一想她一直是这么个腹黑的狐狸性子倒也觉得合乎情理。

他突然有点期待尚泽明知道真相后的反应。

尚泽明没来过苏霖曼家，走着走着觉得这路熟悉："不是去你家吗，你家和老林在一栋楼上？"

苏霖曼刷卡点了二十层："嗯哼，上下楼。"

尚泽明知道他俩是青梅竹马长大，却不知道两家关系这么密切。

苏霖曼推开门，是和林礼嘉家里差不多的装修，只是色调更淡雅些。

尚泽明刚踏进一只脚，就有一个棕色的虚影扑向苏霖曼。

尚泽明下意识地挡在苏霖曼身前："什么玩意儿？"

他一低头，一只小泰迪绕着他龇牙咧嘴地转了一圈，最后扑到苏霖曼怀里呜呜咽咽的。

苏霖曼不满地看了一眼尚泽明，怜爱地摸摸"平方"的脑袋："不难过不难过，姐姐最喜欢你了。"

尚泽明：……我啥也没干啊。

"平方"被安抚好了，又一颠一颠地跑向林礼嘉，欢快地摇了摇尾巴。

尚泽明试图转移话题："你那个朋友什么时候来？"

林礼嘉神色复杂又意味深长地看了眼尚泽明，随后转过身去。

尚泽明看着他颤抖的背影只觉得莫名其妙。

尚泽明："他咋了？"

苏霖曼："犯病了吧。"

"……哦。"尚泽明又说道，"你还没回答我呢，你那个朋友呢？"

"它一直在这儿啊，你没看到吗？"

尚泽明环视一圈，没看到第四个人，顿时有点毛骨悚然："苏霖曼，你、你别吓我啊，这儿哪有别人……"

苏霖曼疑惑地指着前方："你没有看到吗，就在那里啊……"

尚泽明僵着身子，缓缓地转过头。

只见林礼嘉抱着"平方"，一人一狗无辜地看着他。林礼嘉捏着"平方"的小爪子无辜地挥了挥。

"'平方'，跟你朋友打个招呼！"

"平方"听话地"汪汪"两声。

尚泽明无语至极。

苏霖曼把"平方"塞到尚泽明怀里，一人一狗嫌弃地彼此对望一眼就偏过头去，可谁也不敢违抗眼前这个女孩。

偏偏那天他还穿了与高一入学时一样的棕色卫衣，顶着那头老天馈赠的深棕色鬈发，坐在沙发上和"平方"简直就像异父异母异物种的亲兄弟。

自此尚泽明有了一个新外号，时不时会被林礼嘉和苏霖曼拿出来嘲笑一下。

——立方兄。

2

"对了，你俩找我干吗？"

尚泽明："我就来问问你们班准备表演什么节目？"

苏霖曼："舞蹈串烧。我们班有舞蹈特长的同学很多，所以决定跳不同类型的舞蹈各一分钟，最后再排一小段合舞。"

项尔补充道："阿曼是独舞部分的压轴哦。"

苏霖曼莞尔一笑："也不是我一个人啦，我和尔尔一起。"

"哟！兄弟，你还会跳舞啊，厉害！"

气氛又一次瞬间安静。

可以感觉到尚泽明真的在努力弥补刚才的过错了，但是怎么说呢，有一种"让你造飞机，你指着游乐场的小飞机跟我说造好了"的感觉。

项尔无所谓地耸耸肩："我就是个工具人，主角还是阿曼。"

"咱们班呢？"苏霖曼问道。

"《稻香》的大合唱，伴奏自己搞，老林要弹吉他哦。"尚泽明兴奋地拍拍林礼嘉的后背。

林礼嘉被拍得一个趔趄，差点像刚才的尚泽明一样杵进去。

林礼嘉一个眼刀飞过去，尚泽明悻悻地消停下来。

苏霖曼挑眉："你居然还有主动表演节目的一天？"

"不是主动。"林礼嘉咬咬牙，想想就来气，干脆抬腿在尚泽明的屁股上踹了一脚。

呼——舒服多了。

"我旁边这位干的好事。"

尚泽明憨笑几声："我已经做出弥补了。"

杨威从办公室出来就看见自己班上的两个屁孩子站在文科班门口，一个双手抱着环在胸前拽得跟二五八万一样，一个脑袋探到人家窗户里，屁股撅得老高。

杨威气不打一处来，林礼嘉看到杨威立定站好，准备提醒尚泽明时，杨威食指贴在嘴边示意林礼嘉安静，他踱步到尚泽明后面，抬起又是一脚。

林礼嘉闭了闭眼，有点不忍心看。

尚泽明"嗷呜"一声，捂着自己多灾多难的屁股转过来："林礼嘉你也太过分了，怎么又……杨老师？杨老师好！"

"我看你们两个兔崽子不是在球场就是在三班门口，咋的，你俩脸大，咱们班教室小，装不下你俩？"

苏霖曼和项尔看着两个人如同见了老虎的小羊羔一样乖巧的模样，躲在杨威身后忍俊不禁。

齐威这时也从后面走过来，看见林礼嘉几人时动作顿了顿，还隔着那么远一段路就走了另一条道。

林礼嘉看着奇怪，却也没多想。

杨威骂得气喘吁吁，这才发现了一边的苏霖曼。

"杨老师好。"苏霖曼笑吟吟地打声招呼。

杨威作为老师实在很喜欢苏霖曼这样的学生，学习好，性格好，办事高效靠谱。虽长得好，但也不谈恋爱给他找麻烦，甚至杨威曾经亲眼见证过苏霖曼拒绝了一个高年级男生。

想当初多少老师羡慕他们班有个苏霖曼呢，可惜咯，人家一心要学文，他想尽办法也没留住，白便宜老刘了。

他笑眯眯地回了声好，揪着两个兔崽子的耳朵回了班。

"哎哟哟，杨老师您轻点，嘿！"

苏霖曼和项尔见杨威远去，乐不可支地笑作一团。

苏霖曼学的是古典舞，和项尔商量了一下于是决定选《兰亭序》。

一来流行乐曲同学们也更有共鸣，二来苏霖曼排过类似的舞蹈，会更有把握些。

自各班陆陆续续定了节目后，平常无人问津的音乐教室、美术教室和合班教室就变得炙手可热起来。

下课铃将将响了个前奏，各班负责占场子的人就开始了无声的赛跑。

三班的群舞还没编好，不参与他们的战争，独舞部分不集体练，各个 part（部分）的人私下练就好，苏霖曼和项尔商量了一下，联系了一家苏霖曼熟悉的舞室，把练习时间定在周日下午。

"今天哪个班夺冠？"

"好像是九班。"项尔趴在窗户上看了看。

"又是九班？他们班跑得真快。"

苏霖曼忍俊不禁，肯定是尚泽明抢的位置，估计是占篮球场抢出来的经验。

苏霖曼站起身跟项尔告别："尔尔，我先回家啦，明天后天考试顺利。"

"哎？你今天不等林礼嘉他俩了？"项尔诧异道。

平时苏霖曼都会等林礼嘉和尚泽明一起走的。

"嗯，今天家里……有点事，如果他俩来班里找我还麻烦你帮我解释一下。"苏霖曼笑笑，背上包出了教室。

苏霖曼到家附近时警惕地观察四周，没有从大门进，而是绕到院子后面的小门回家。

"妈妈，我回来了。"苏霖曼进家门时，沈素正抱着笔记本电脑处理工作，见到女儿回来喜笑颜开地放下电脑给她倒了杯果汁。

"尝尝，我跟你柳姨学的配方，很好喝的。"

苏霖曼灌了一大口果汁，眼神闪烁地犹豫道："那个……他没来吧？"

沈素面色不改："在楼底下等了一天，我没下楼，这会儿不知道去哪儿了，可能回家了吧。"

"这守的时间可是一年比一年少了。"沈素讥讽地笑笑。

苏霖曼放下杯子，走过去撒娇似的抱住妈妈，靠在她的肩膀上蹭了蹭："这是好事嘛。"

"我知道。"沈素安抚地拍拍苏霖曼的手背，"出是出不去了，庆祝你放假，今天我做饭，阿曼想吃什么？"

"可乐鸡翅！还有蒜薹炒肉，反正你做的我都喜欢！"

最后一节是自习课，九班把晚自习的合唱改到这会儿提前排，郑雯也被叫上去当打杂的。

四十分钟过去，冯芊芊简单指出几个问题就让大家赶快放学吃饭。

"哎哟，老杨让我自习课找他一趟我忘了，你等我一会儿啊。"尚泽明一拍脑门，话都没说完就焦急离开。

林礼嘉摇摇头，背起吉他站在教室门边拿出手机玩贪吃蛇，顺便等等尚泽明。

"郑雯，我今天晚上家里有事，能不能拜托你帮我搞下卫生？等轮到你我替你！"有女生双手合十对郑雯软声道。

"……好吧。"郑雯抿着嘴，犹豫了下还是答应了。

王铭浩看着这一幕，"啧啧"感慨："四回了。"

"什么四回？"林礼嘉问道。

"替别人搞卫生啊。打郑雯转到一中到现在四周时间已经答应替别人搞卫生四回了。前天她值日，之前那三个说好来替她的人跑得一个比一个快。"

"她不是不上晚自习吗？"

"就是因为她不上晚自习啊，一下课大家都急着吃饭，谁愿意留下来扫地啊，冤大头咯。"

林礼嘉皱皱眉："她不知道拒绝的吗？"

王铭浩两手一摊，耸耸肩："你看她那性格像是会拒绝的吗？我跟她做同桌一个月，听到最多的两个字就是'好吧'。"

王铭浩看看表也离开教室："吃饭去了。"

林礼嘉冲他挥挥手道别。

林礼嘉目光不禁转向郑雯，眼见她已经走到后面的工具箱拿起扫帚等人走完。

齐威和郑雯前后脚出门，可能是放学心急不小心撞了一下郑雯，林礼嘉下意识地扶了一把。

他蹙眉抬眼看向齐威，却见对方不仅没道歉，甚至没好气地哼了一声就径自离开。

郑雯摇摇头："谢谢你，我没事。"

"你们今天起冲突了？"

郑雯也感到莫名，认真地回想了一下，发现别说是今天，打开学到现在她和齐威就没什么来往。

"没有啊。"

林礼嘉也不再多管闲事，挥挥手道了声再见。

郑雯刚踏出门就被一把拉回去，她有些气恼地回头，以为是谁在捉弄她。

这时的她才有点像个十六岁的女孩子，昂着头看向眼前人时眉头微微蹙着，眼睛却清澈明亮。

林礼嘉微不可察地勾勾嘴角。她这样像是一个预备发射的夜光蘑菇。

"书包拉链开了。"

随着"呲呲"一串拉链的声音，郑雯有些后知后觉地尴尬。

她羞恼地低下头，耳尖染上一点红："谢……谢谢。"

甚至没来得及看林礼嘉的反应，她就那样有些慌张地跑了。

林礼嘉看着她的背影，闷闷地笑了一声。

尚泽明没注意发生的小插曲，到教室背上书包，走到林礼嘉身边奇怪道："今天苏霖曼怎么没等我们，她跟谁走了？"

林礼嘉看了眼手表上的日期："没跟谁走，她一个人回了。"

"哦……等一下，你一直跟我在一块儿，你是怎么知道她自己回了的？"尚泽明委屈道，"好哇，你俩又搞分裂！"

林礼嘉有些无语地敲了敲尚泽明的后脑勺："真要搞分裂当初还管你干吗？对了，下个月3号她生日，你准备礼物了没？"

林礼嘉没回答，好在尚泽明也就是开玩笑，被林礼嘉三两句绕过去就开始兴致勃勃地商量起怎么为苏霖曼庆祝生日。

9月29日。

这天是苏叔和沈姨的结婚纪念日。

至少曾经是。

3

2009年的新年是在林礼嘉家里过的，电视机里放的什么孩子才不在意，打从这一天起床开始，他们最期待的项目除了收红包就是放鞭炮。

还没等吃完年夜饭，苏霖曼就带着林礼嘉迫不及待地下楼放烟花。

说苏霖曼是个有娇气且矫情的公主病深度患者一点不为过，不肯拿烟花，嫌重嫌脏；不肯点火，害怕烫到自己；放了烟花又嫌声音大，但还是贪恋那夜空之中短暂绽放的美丽。

于是东西林礼嘉搬，火林礼嘉来点，苏霖曼只需站在旁边注意自己不要被冻着了就好。烟花绽放的时候，苏霖曼拿着相机想拍照，又觉得吵想捂耳朵，生平第一次觉得自己的手不够用，还在原地纠结的时候耳朵已经被一双带着凉意的手捂住。

她转过头，林礼嘉大半张脸藏在围巾下，露出一双含笑的桃花眼。

其实林礼嘉的手隔音效果并不好，苏霖曼还是能听到噪音。

但很奇怪，有一道声音穿破所有喧嚣听着异常清晰。

"阿曼，新年快乐。"

她垂眸，借着拍照的名义转过身。

许是他的手开始回温，她觉得耳朵烧得慌。

眼前是五彩斑斓的景，耳边是沉闷的响，鼻尖是他用湿纸巾擦过手后残余的淡淡香味。

这是我们认识的第十四年，我们还会有岁岁年年。

林礼嘉，新年快乐。

上了楼两人搓了搓冻得通红的脸，沈素给两个孩子一人倒了杯热茶暖手。

柳泉坐在地毯上翻着相机，突然"哈哈"大笑起来。

"你们快来看这张，哈哈哈哈哈哈，林礼嘉你快来。"

林礼嘉心中有种不祥的预感，率先一步凑过去看。苏霖曼还没走到柳泉身边，就见林礼嘉脸上好不容易消下去的红又瞬间出现，伸手就要去抢相机。

柳泉眼疾手快地把相机扔给苏霖曼："喂，林礼嘉，你还敢从你妈手里抢东西，翅膀硬了啊你。"

"妈！"林礼嘉烦躁地揉揉头发，脑袋上活像顶了个鸡窝。

苏霖曼躲到两位爸爸身后才安心去看手里的相机，这一看瞬间也是一阵爆笑，苏文斌和林格则一人牵制住林礼嘉一只胳膊凑过去看。

整间屋子只有林礼嘉一个人面色如土，其他人都在捂着肚子笑。

照片上的林礼嘉约莫四五岁的模样，嘴巴和眼皮被什么东西涂得红红的，脑袋上还别了一堆发夹，看上去活像个俏生生的小姑娘。

林礼嘉说："喂，都五分钟了，再笑就不礼貌了。"

显然没人搭理他。

林礼嘉悲愤地开口："我算是明白了，这整个家里就我一个外人！"

"你们还记得这照片什么时间拍的不？"柳泉问道。

"幼儿园的时候吧，当时林礼嘉因为没当王子闹脾气呢。"苏霖曼笑道。

林礼嘉作势要越过两位爸爸去弹苏霖曼的脑壳："我哪有那么幼稚。"

"嗯嗯，好好，对对对，你没有。"

……更气人了。

苏霖曼是记得的，林礼嘉也是。

那天也是什么节日，大人们聚会喝酒玩闹，小朋友就待在房间里玩小朋友的游戏。

苏霖曼摆弄着手里的芭比娃娃，林礼嘉在旁边安静地拼着乐高。

苏霖曼是三分钟热度的人，一个人玩了一会儿就觉得无聊，嘟着嘴趴到林礼嘉身边，时不时弄出些声响吸引他的注意。

林礼嘉第十三次被打断后，终于无奈地叹口气："说吧，你想玩什么，我陪你。"

苏霖曼笑逐颜开，黑漆漆的大眼睛骨碌转，林礼嘉一眼就知道她又在打坏主意。

苏霖曼跑到自己的小书桌旁边，踩着凳子拿下一个小盒子。

林礼嘉在地上紧张兮兮地抱着凳子腿："阿曼，妈妈和沈姨说不可以爬高高的。"

"哎呀，你不说谁知道呢。"

打开小盒子，是各式各样好看的发卡和头绳，还有一支沈素不用的口红。

苏霖曼阴恻恻地打量着林礼嘉，说："我们来玩换装游戏吧，你来当公主！"

苏霖曼觉得无论王子还是骑士，什么角色都没有公主好，公主被所有角色喜爱，即使有人不喜欢她，对她坏，也会有人来保护她。

林礼嘉骑士、林礼嘉王子都不好。

林礼嘉就要当公主，她要保护自己的小跟屁虫。

林礼嘉值得世界上一切最好最好的爱。

"我不要！公主都是女孩子，我是男子汉！"

苏霖曼反驳他："才不是呢，好看的人才能当公主。"

"那我也不要。"林礼嘉撇撇嘴，爬到未拼好的乐高旁边。

"玩嘛玩嘛，林礼嘉林礼嘉，你在我心里是最最好看的小朋友！"苏霖曼也爬过去，抓着林礼嘉的胳膊摇。

"不要！"

"玩嘛。"

"不要！"

"玩嘛。"

"不要！"林礼嘉一甩胳膊，苏霖曼被甩得一个趔趄，呆愣愣地看着林礼嘉，圆溜溜的大眼睛里瞬间泪光闪闪。

林礼嘉着急地摸摸她的胳膊："对不起阿曼，我不是故意的。"

苏霖曼摇摇头，吸吸鼻子，没让泪水落下："没关系，是我不对，阿曼不该让你做你不喜欢的事。"

"没有不喜欢，"林礼嘉推倒刚拼好一点的乐高，"这个我早就拼过了，一个人拼也很无聊的，我们来玩你说的游戏吧。"

"真的吗！你不会不开心吧！"

"不会的，"林礼嘉拍拍胸脯，"我也没玩过，说不定会觉得很好玩呢。"

苏霖曼乐呵呵地拿着口红给林礼嘉化了一个她觉得美美的妆，又在他短短的头发上别了许多粉粉嫩嫩的小卡子，还拿出自己珍藏的小裙子给他换上。

林礼嘉不忍心看镜子，苏霖曼却觉得眼前的他可爱极了。

苏霖曼让林礼嘉坐在床上，她一会儿给林礼嘉拿好吃的，一会儿给他倒饮料，一会儿给他讲故事，忙前忙后的，好像林礼嘉真的是一位公主。

沈素擦擦打哈欠流下的泪花，一看时间已经晚上十二点多了："坏了，两个孩子明天还要上学呢。"

柳泉推开肩膀上丈夫的脑袋："走吧，看看两个小崽子。"

轻轻推开卧室的门，柳泉和沈素蹑手蹑脚地走到床边，把床头灯开到最暗。

两个小家伙依依偎在一起，小礼嘉的一只胳膊被小霖曼紧紧抱在怀里，像是抱着家里最珍爱的那只玩具小熊。蓝灰格子的被子全被盖在小霖曼身上，焐得她额头上的汗水打湿了刘海。

"扑哧，礼嘉这脸……"

柳泉没忍住，发出声音稍大了些。苏霖曼哼哼唧唧地动了动身子，好在是没醒来。

沈素看到林礼嘉那张被涂得花花绿绿的脸也是忍俊不禁，又有些不好意思地歉疚笑笑："一看就是阿曼干的，一个女孩子怎么这么皮呢，等她起来，我收拾她。"

"别呀，我可不准你收拾我未来儿媳。"柳泉笑着出去叫丈夫来看儿子这副模样，顺道还去取了相机。

于是就有了这张照片。

李谷一老师一首《难忘今宵》结束，苏霖曼早已打了好几个哈欠，和林礼嘉一人抱着一个靠枕没骨头似的陷在沙发里。

本来约好要一起守岁，沈素看着两个孩子有些不忍心，赶着让两人回卧室睡觉。

苏霖曼眯着眼率先走进卧室，林礼嘉看了眼爸妈甩甩脑袋，灌了一大杯可乐。

"我不困，我再跟你俩待一会儿。"

可他连三分钟都没撑住，柳泉再看他时已经歪倒在一边睡熟了。

她有些心疼，到林礼嘉身边轻轻拍拍他，温声道："礼嘉，别撑了，回卧室吧，爸爸妈妈这个年七天都陪你。"

"真的？"林礼嘉迷迷糊糊地问道。

"真的。"

林礼嘉又去看父亲，见他也温和地点点头，才安心，打着哈欠回到卧室。

四个大人平日里工作都忙，也不是时时有时间像这样聚，在客厅喝酒聊天倒也不觉得困。

"要我说你俩也是，工作再忙也要多陪陪孩子啊，以前要打拼也就算了，现在一切都稳定下来了，怎么还是这么忙。礼嘉小时候在我这儿住的时间都比在你俩身边久。"沈素担忧地柔声劝着两位好友。

"你们自己算算，去年一年你俩加起来有没有陪他四个月？"

"知道了，我会调整的。主要我和他爸也是想着趁年轻能多赚些是一些。"柳泉叹口气，"而且我真的很喜欢我的工作，完全不觉得那是忙碌。上次我们去纽约演出……"

沈素默默摇摇头，不知道再如何开口。

时钟不知道敲了第几下，沈素轻手轻脚地走到卧室去看两个孩子。

苏文斌去了卫生间，留在桌上的手机开始振动。柳泉好奇地瞟了一眼，是个没备注的号码。

"老苏，电话。"

苏文斌擦擦手，泰然自若地挂断了："不认识，骚扰电话吧。"

柳泉点点头又倒在丈夫怀里。

苏霖曼四仰八叉地躺在床上，林礼嘉则躺在旁边的沙发椅上，两人早就陷入甜甜梦乡。

沈素轻轻拿起被子，盖在两个孩子身上，又掖了掖被角，怜爱地拨了拨苏霖曼的发丝。

苏文斌急匆匆地拿着外套来，沈素将食指放在嘴边，示意苏文斌小声点。

苏文斌走到妻子身边，靠在她的肩膀上，低声道歉："对不起老婆，德和制造的合同出了些问题，老李叫我过去一趟，说不定要出差，今晚可能不回来了，你先睡，不用等我。"

沈素埋怨道："怎么这么晚了叫你过去，还是大过年的，老李也真是的，你明明是'su'的老板，现在都快成他德和的半个员工了。"

"他那个人疑心重，信得过的人不多。"苏文斌又亲亲沈素的脸，"老婆，对不起嘛，这个合同真的很重要。下次，下次有机会我跟老李好好说说，让他以后少奴役我，我还要陪我亲爱的老婆呢。"

沈素嗔怪地推他："那好吧，你快去吧，缺什么东西就跟我说，我去给你送。"

苏文斌摸摸女儿的头，出门前又跑回来亲了亲妻子的脸。柳泉和林格则夫妻看着两位腻腻歪歪的老朋友故作嫌弃地吁了一声。

"行了你，走吧。"沈素推他出门，三十几岁的年纪仍然和十八九岁时一样娇羞。

"啧，大学的时候老苏就喜欢黏你，这么多年真是一点都没变。"

林格则闻风而动也凑到柳泉身边："我也黏你啊。"

柳泉这回是真嫌弃，一把推开林格则凑过来的脸："我们小姐妹聊天你瞎凑什么热闹。去去去，自己到老苏房间打游戏去，知道你馋了一整晚了。"

林格则"嘿嘿"一笑，在柳泉脸上印上响亮一吻。

柳泉故作无语地擦擦脸上的口水，实则嘴角的笑压都压不下去。

沈素也不戳穿她，仍是温温柔柔地笑着。

柳泉拉着沈素坐在沙发上，一人端了杯红酒。

柳泉斟酌半天不知如何开口，沈素看出她的犹豫，轻轻牵住她的手。

"咱俩谁跟谁啊，你有什么话就说吧。"

"那我就直说了啊，你不觉得老苏最近老加班吗？而且这大过年哪个企业会突然把人叫过去啊？"

沈素嗤笑一声："你不会觉得文斌不对劲了吧？安心啦，不可能的啊。"

柳泉还想再说："可是他……"

沈素打断她："我知道你是为我好啦，可是这么多年，文斌多爱我你和老林是看在眼里的呀。而且他的手机密码什么的我都知道，他的卡也和我绑定的，就连他出去买了瓶啤酒我都能收到消息，更别说是养个人了。总之，夫妻之间最重要的就是信任，我信他。"

柳泉仔细想了想，也觉得自己是疑心病重，老苏对素素好确实不是装的，况且他和素素太开诚布公，根本谈不上有什么秘密。

她吞了口酒不再纠结，继续和沈素笑说着过往，只是心里的异样始终压不下去。

4

初三是苏霖曼人生中最糟糕的一年。

妈妈说爸爸是她的盖世英雄，可没有人告诉过她——盖世英雄也会背叛她。

其实现在想想，一切早有预兆，突然频繁起来的应酬，陌生的香水味，突然送出的礼物，账户上莫名其妙的支出……

柳泉当初无心一言竟是一语成谶。

那个女人挺着微微隆起的肚子找到沈素的时候，她正在给丈夫昨天送她的花浇水。

洛神玫瑰的白与粉杂糅在一起，与香槟色的瓷瓶很相衬，看着煞是可爱。

娇艳的花，应该永远待在花瓶中，而不是躺在碎片里。

满地的碎片和水渍，抱着自己在沙发上眼圈通红眼神呆滞的妈妈。

这是苏霖曼一辈子也忘不掉的画面。

苏霖曼从前在电视剧里看到犯错的男主角在瓢泼大雨里祈求女主角原谅时，总觉得很滑稽，怎么老天爷就安排得那么巧呢。辜负真心的人活该吞一万根银针，别说是淋雨，任他受多么痛苦的责罚也无法弥补他曾经带去的伤害。

可看着自己的父亲跪在雨里的时候，她还是觉得鼻酸。

十五岁以前，父亲是她心里最伟大的形象。

父亲是那个在外一本正经，在家在地板上一圈圈地爬让她骑大马的人；父亲是那个记得她喜欢吃桃子，所以家里的冰箱一年四季都会有桃子的人；父亲是那个连续工作四十多个小时没合眼，但还是要给她讲睡前故事哄她睡觉的人；父亲是那个搂着妈妈告诉她要永远相信爱，他会永远爱自己和妈妈的人；父亲是那个对她说，"阿曼永远做自己就好，阿曼永远是爸爸的小公主"的人。

父亲不该是照片里那个左拥右抱、笑容油腻得令人作呕的人。

可是他给苏霖曼的那些爱是真真实实发生过的。所以父亲打电话的时候，她不知道该不该接，也不知道接起来后应该说些什么。

"为什么？"

电话那头只有沉默。

为什么要这么对妈妈，为什么要这么对这个家？

为什么……要这么对我？

你不是说过，我永远是你的阿曼公主吗？

你怎么舍得让你的小公主受委屈呢？

"阿曼，对不起……"

苏霖曼没再听，挂掉了电话。

她到洗手间用冷水扑着脸，似乎这样就感受不到眼底涌出的温热。

——"爸爸是妈妈的盖世英雄吗？"

——"当然啦。"

原来这就是爱，爱是橱窗里最好看的水晶球，轻轻一推就变成玻璃碴子，刺出一手的血。

妈妈看着很正常，她的崩溃在苏霖曼回家后再也没有展现出来过，这件事好像就这样不痛不痒地过去了。

但苏霖曼知道，妈妈很难过。

怎么会不难过呢，他们从青春年少时就在彼此身边，一直到如今。沈素家里条件很好，苏文斌不过是个农村出身的穷小子，沈素和苏文斌从来没有被她的家人祝福过，结婚也是沈素从家里偷出来的户口本。

沈素从两百多平方米的大房子跟着苏文斌搬到二十几平方米的出租屋两个人吃一桶泡面的时候，苏文斌一个大男人红了眼，埋在沈素的颈窝里直掉眼泪，发誓要努力赚钱，要让沈素再住进大房子。

沈素父亲去世的时候，公司被那些所谓的合伙人掏空了，沈素还是个小姑娘，除了哭什么都不会，是苏文斌这个从没被承认过的女婿跑前跑后，刷爆了所有银行卡给老人办了场风风光光的葬礼；沈素和苏文斌没办过婚礼，婚纱照也未曾有过一张，沈素把从家里带出来的值钱东西都偷偷卖了，所有钱都为了苏文斌创业砸进去。

苏文斌刚开始创业的时候经常要陪客户喝酒，有好几回都喝得差点进医院。次数多了沈素就坚持要跟着他一块儿去，盯着他让他少喝点，再不济也替他挡几杯。

有一回来的客户是个五十多岁的中年油腻男，喝多了就趁机揩沈素的油。沈素本是个大小姐性子，但一想为了这单生意苏文斌已经跑了好几个月，就在前一天晚上苏文斌抱着自己说马上就成了，总算没有白费功夫。那时候的他开心得跟个小孩一样。于是沈素忍着恶心说"老板喝醉了"，脸上挂着笑，不动声色地躲开。

是原本已经喝得不省人事的苏文斌突然一拳砸了过去。

有人报了警，如果不是饭店有监控证明对方理亏在先，苏文斌怎么着都得进派出所关几天。

这天把沈素吓得不轻。苏文斌一直是性格很温和的人，她与苏文斌自大学相识起，就没见他与人生过气，更别提打架了。

这单生意自然是黄了，回出租屋的路上，沈素一直沉默，任凭苏文斌怎么哄她，她也不说话。

她快步向前走，苏文斌就在身后默默跟着她。

进了屋子，沈素才转过头看他。

"你知不知道，你为这单生意陪人喝了多少顿酒，进了几次医院。

"你知不知道，人家合同都拿来了，就等饭局一结束就签约。

"你知不知道，如果没有监控，你要进派出所待十五天！"

沈素看着苏文斌，眼泪往下坠。

你知不知道，我会心疼你。

她话还没说完，苏文斌已经紧紧抱住她。

"我不知道。我只知道，我说过，我会一辈子对你好，我会永远保护你。素素，是我不好，我没做到，对不起，对不起……"

沈素责备的话一句也说不出来，她双手僵了僵，最终环上苏文斌的腰。

苏文斌曾经真的很爱沈素，沈素也相信，或许即使是这个时候了，他也是爱自己的。

她曾经告诉苏文斌，除了出轨和暴力，或许她可以永远原谅他。

可他明明知道的，他还是这样做了。

苏文斌说是酒后乱性，只有那一次，其他都是逢场作戏。

或许是假的，或许是真的，可那又怎样呢。

要喝到多醉，才能把独属于她一个人的爱复制粘贴给别人。

沈素不明白。

苏霖曼热了杯牛奶想给妈妈送去，在爱情这个她不太熟悉的领域，她不知道该怎么安慰妈妈。

走到妈妈房门口，她没来得及敲门就听见了里面传来压抑的哭声。

苏霖曼咬了咬嘴唇，轻手轻脚地把那杯牛奶放在门口，靠着门坐下来，她隔着一扇门安静地陪着妈妈。"平方"在苏霖曼身边绕着圈围着她转，"哈吧哈吧"地吐着舌头晃尾巴，好像努力地想让小主人开心一点。就那样过了很久很久，直到哭声停止，她才回到自己的房间。

苏霖曼打开联系人，找到父亲的电话，退出再进来，最终还是选择了拉黑。

生活真的不是苦情剧。

生活比苦情剧还要狗血。

苏霖曼爸妈离婚的事林礼嘉家里也知道，柳泉那段时间几乎住在了苏霖曼家里，一直在帮苏霖曼照顾沈素，林格则也在柳泉的要求下和苏文斌断了关系。

沈素和苏文斌正式离婚那天，柳泉夫妻俩来陪她，大人不希望两个孩子参与进来，让林礼嘉和苏霖曼乖乖在家待着。

可苏霖曼固执地想去看一眼，她想亲自见证她过往十五年的人生是如何结束的。

林礼嘉总是无条件支持她的所有决定，苏霖曼知道的，所以默认林礼嘉跟在身边。

苏霖曼站在民政局门口，看有人牵着手甜甜蜜蜜地走进去，也看到有人歇斯底里地争吵，被工作人员拉走。

这里真是一个写满悲欢离合的地方。

她突然觉得可笑起来："林礼嘉你说，爱就是这么脆弱的东西吗？"

林礼嘉不知道怎么回答。

沈素和苏文斌前后脚走出来，沈素面容平静，苏文斌则是胡子拉碴，眼下青黑一片。

柳泉走上前伸手环住沈素的肩，沈素宽慰地摇摇头。

苏文斌走上前想去拉沈素，却被柳泉拦住："林格则，你要是今晚不想睡客厅就别让这个人渣靠近素素三米以内。"

林格则走上前，神色复杂地站在苏文斌面前。

沈素被好友护着，身边的好友源源不断地给予她力量，家里的女儿说无条件支持她一切决定，她还拥有很多的爱。

她，还拥有很多的爱。

沈素这些天想过无数种这天到来时自己的反应，可真到了这个时刻，她异常平静。

时间一点点退回，回到那个她至今想想还是会觉得美好的时候。

她看着那个男人，对上他布满血丝的眼睛，过往种种如潮水般涌来。

可是沈素再也看不见当初那个穿着陈旧衬衫，骑着单车，在树下逆着阳光对她笑，与她说话就脸红的少年了。

"苏文斌，你还记得当初我们在一起时你说的那句话吗？"

苏文斌愣住，他记得的，有关于沈素的一切，其实他都是记得的。

沈素缓缓开口，声音一如既往的温和，可苏文斌听着却觉得那么冰冷。

"素素，我要给你最好最好的一切，我会给你最好最好的我，和我最好最好的爱。"明明是自己在说话，可沈素听到的却是一个少年坚定又清润的声音。

沈素低低头，轻笑一声："苏文斌，你对我做得最狠的一件事，不是出轨，也不是那个无辜的孩子。

"你让我觉得当初深信不疑的我，像个傻子。"

沈素说完头也不回地离开，柳泉恨恨地啐了一口也跟了上去。

苏文斌心痛得难以复加，腿软到几乎要跪在地上。

林格则上前撑了他一把，而后无奈地叹气："老苏，最后一次这么叫你了，朋友一场，各自保重吧。"

走在路上，沈素心情莫名轻松，她闭闭眼，风好像夹杂了青草芬芳的味道。

"小泉，你记不记得我高中的时候有一段时间特别喜欢纳兰容若。"

柳泉不说话，她知道沈素的意思。

"人生若只如初见，何事秋风悲画扇。"

——人生若只，如初见。

苏文斌木偶般看着沈素上了车，游魂般一步步走下台阶，目光游离间看到了远处树下的苏霖曼。

苏文斌下意识地理了理头发，转过身抹了把脸，跌跌撞撞地朝苏霖曼走过去。

苏霖曼转身要走，却还是被苏文斌拉住："阿曼，别不理爸爸，跟爸爸说几句话，几句话就好。"

林礼嘉察觉到苏霖曼轻微的颤抖，站在苏文斌和苏霖曼中间扯下了苏文斌的手。

苏文斌有些震惊，林礼嘉是很注重礼仪的那种孩子，像刚才那样近乎粗鲁的行为他是不会做的。

苏霖曼下意识地抓住林礼嘉的衣角，仿佛溺水之人抓住的浮木。

林礼嘉向后伸出手护住苏霖曼，一副戒备姿势。

"苏叔，阿曼她不想见您，也不想跟您说话。"

"礼嘉，你最懂事了，你劝劝阿曼，让阿曼跟我说几句话吧。阿曼，阿曼！"

苏文斌双目赤红，苏霖曼看他只觉得陌生。

那个体面的、儒雅的、英俊的父亲消失不见，眼前这个歇斯底里、姿态近乎卑微的人是谁？

苏霖曼觉得自己好像不认识他了。

"您不是最近喜得贵子了吗，有什么话去跟他说吧。"苏霖曼忍不住讥讽开口，说完便转身不去看他。她依旧是那副无所谓的矜傲模样，可林礼嘉分明看出她脚步的慌乱。

"阿曼，爸爸只有你一个孩子啊，爸爸只有你一个孩子……"

苏文斌想追上去，却被林礼嘉拦在原地。

林礼嘉叹了口气。

他的父母远不及苏叔来得可靠。他还记得那时候苏叔经常带他和阿曼出去玩，苏叔肩上坐着阿曼，粗糙的大掌紧紧牵着他。冬天，苏叔就把车停在路边买个热气腾腾的烤红薯，一掰两半，一半给阿曼，一半给他。

烤红薯氤氲着热气，他烫得小手通红，苏叔就接过去把皮都撕掉，吹到不烫才给他。

那时候他觉得苏叔好高好高，那么值得依赖、那么可靠，他握着苏叔的手心里就觉得踏实。

可现在他才发现，不知道什么时候，他已经可以与苏文斌目光齐平了。

"苏叔，身为晚辈，有些话我说不合适。但身为阿曼的朋友……"他有些不忍，于是微微低下头，不去看苏文斌的眼睛。

稍稍平缓后，他再次与苏文斌对视，眸子里的坚决、冷静让苏文斌心颤。

"您真的是一位失格的父亲。

"您对沈姨和阿曼最后的仁慈，就是不再打扰她们的生活。

"最后，祝您身体康健吧。"

林礼嘉鞠了一躬，转身去追苏霖曼。

苏文斌愣在原地，木讷地看着他们离开。

沈素的情绪是在发现床头柜里苏文斌提前准备好的结婚十七周年礼物时崩溃的。

原本看到那封长长的手写信她也是会流泪的，可不该是如今这样心酸悲伤的眼泪。

柳泉拉着丈夫提了两箱酒到沈素家里。

大人在房间里喝酒聊天，苏霖曼和林礼嘉就"无家可归"了。

小区不远处有个公园，公园里有个人工湖，下午五六点的时候，阳光照得水面波光粼粼，很是好看。苏霖曼和林礼嘉经常在那儿玩，有时候她看林礼嘉跟不认识的男孩一块儿打球，有时候她和林礼嘉一块儿打羽毛球，更多时间他们一人坐一块大石头在湖边聊天。

林礼嘉脱掉外套叠好盖在石头上，让苏霖曼坐。

即使苏霖曼一个字都没说，即使苏霖曼一滴眼泪也没掉，可是林礼嘉也能感受到她的难过。

"林礼嘉，"苏霖曼突然开口，"我爸以前说会永远爱我妈，他没做到；他以前说会一直陪着我，他也没做到。"

林礼嘉这个人不善言辞，不知道该怎么安慰苏霖曼，他只能轻轻地拍拍苏霖曼的肩膀。

看到那些照片的时候她没哭，妈妈崩溃的时候她没哭，爸爸打电话来的时候她也没哭。可是好奇怪，林礼嘉只是轻轻碰了碰她，她就想要掉眼泪了。

"林礼嘉，我好像真的，挺难过的。

"你呢？你也会离开我吗，在未来的某一天？"

林礼嘉眼睫轻颤，犹豫几番，最终站起来轻轻抱住她。

这个姿势并不容易，林礼嘉身量高，苏霖曼坐得很低，要抱住她，林礼嘉得弯下腰，时间久了会感觉腰很酸痛。

可是林礼嘉还是，坚定地、温柔地，抱住了她。

苏霖曼的眼泪终于涌出眼眶，她把脸埋在林礼嘉的肩膀上，林礼嘉一下一下拍着她的背，尽管有点笨拙，但她也会觉得很温暖。

她想起来，小时候爸爸就是这样哄自己睡觉的。

"阿曼，你尽管抬头向前走，我不会离开。"

少年的声音是独一无二的纯净悦耳。

"苏霖曼，只要你回头，我永远会在你身后。"

大多数时候苏霖曼觉得阳光是最好的画家，比如少年被染成金栗色的发梢，比如被柔和的他的轮廓，比如此刻被阳光剪碎后投入水面泛起波光粼粼的涟漪。

在这个寻常的午后，苏霖曼突然觉得，其实阳光是最会调情的爱人，云朵也会因为它的靠近羞红脸。

人们说人死前一生的回忆会如走马灯般掠过，那时的苏霖曼感受着少年怀抱的温度，她觉得如果明天就是世界末日，那么她死前的最后一幅画面一定会是这一刻。

夕阳、湖面，还有林礼嘉。

"这是你说的。"

"嗯，我说的。"

于是苏霖曼真的永远高傲，永远不低头，永远是那个"阿曼公主"。

因为林礼嘉说，他会一直在。

曾经林礼嘉在英语课上被点名造句，那时苏霖曼偷偷把写好的小抄推给他。

He is the last man to break his word.

他永远信守承诺。

林礼嘉就是我最最可靠的底气啊。

在之后的很多年，苏霖曼都这么觉得。

5

9 月 30 日是月考。一中在长假前的考试最折磨人，不仅为了让学生收心会把题目出得很难，而且长假七天老师也要休息，一直要等到假期回来后才进行阅卷。

尚泽明从考场出来后仿佛灵魂出窍，不仅是他，整个一中都是一片哀号。

"老林，你怎么样？"

林礼嘉边收拾着书包边应答："其实还行吧，感觉我假期找的那个老师还挺好的，题型都有涉及。"

尚泽明号得更惨了："不是吧，你考得好比杀了我还让我难受！"

王铭浩搭着尚泽明的肩，赞同道："既怕兄弟过得苦，又怕兄弟开路虎。"

林礼嘉笑啐一声，服气地竖起大拇指。

"快快快，"尚泽明从包里掏出纸币，"把那个老师的联系方式推给我。"

"没记住，回去给你发吧。"

两人的考场跟苏霖曼在一层，回班的路上顺便去看看她。

苏霖曼正被班里的一群人围在中间。

"苏霖曼苏霖曼，那个垄断联盟的题选什么啊？是 D 吗？"

苏霖曼翻翻卷子温和道："嗯，我选的是 D，我觉得根本原因应该是损害市场主体。"

周围哀叹和欢呼混合着响起。

尚泽明站在原地慨叹："你说她怎么在文科理科都是大家眼里的标准答案啊。刚考完试就看到这一幕真是让我备受打击。"

林礼嘉耸耸肩："从小到大都是这样的，我都麻木了，天赋和努力出现在一个人身上时就是这么打击人。"

苏霖曼瞧见远处靠在栏杆上的两人，跟周围人打了声招呼，走过来。

"你们怎么这会儿就来找我啦，老杨今天没演讲？"

尚泽明不知从哪里掏出一瓶茉莉清茶递给苏霖曼。

苏霖曼接过，瓶盖已经被拧开过，轻松地喝到其中清甜。

林礼嘉："还没回班呢，刚好在一层，顺道过来探望一下你。"

苏霖曼笑啐一声："探望？我是在监狱还是在病房啊？"

"在一中和在监狱有区别吗？"尚泽明幽怨道，想来是对被缩减的五天假期极其不满。

尚泽明表情夸张，逗得林礼嘉和苏霖曼都"扑哧"笑起来。

"那就在这里好好改造，重新做人吧，立方兄。"苏霖曼认真地拍拍尚泽明的肩膀。

"3 号一起出去玩吧，你那天应该没课吧？"林礼嘉问道。

苏霖曼认真地想了想："没有，可以啊，我再把尔尔和曦曦叫上。"

项尔正好从办公室回来，听到自己的名字也凑过来："3 号要出去吗？去哪儿？"

"没定呢，给苏霖曼过个生日。"

项尔瞪大眼睛，搭上苏霖曼的肩膀："你过生日怎么不告诉我，我都没来得及准备礼物。"

"就是找个由头大家放松放松，没那么重要。"

"生日一年就一回，怎么能不过。"项尔急道，"你们先商量吧，确定好地方跟我说就行，我得赶快想想给我们阿曼送什么东西才好。"

她撂下话就麻利地离开了。

苏霖曼看着项尔风风火火的背影，有些忍俊不禁。

"啧，我尔姐真是巾帼须眉。"尚泽明感叹。

"尔姐？"苏霖曼惊讶道，"你还挺自来熟的，刚开学你不还管人家叫兄弟嘛。"

尚泽明想起来也有些报然地"嘿嘿"一笑："人是会成长的嘛。"

三班班主任刘宪东走进教室，门口的人瞬间作鸟兽散。

刘宪东刚踏入班门，又后仰着探出半个身子，扶了扶眼镜，笑眯眯地看着苏霖曼。

"不说了不说了，我先回班了。"

林礼嘉比了个"OK"，苏霖曼小步跑进班里。

"你买了什么啊？"回班的路上尚泽明漫不经心道。

林礼嘉挑眉神秘道："保密。"

3号那天苏霖曼特意早起化了个淡妆，还喷了一点香水。

苏霖曼前一天晚上早早就睡觉了，她很爱惜自己的头发和皮肤，从来不熬夜，哪怕过生日也不行。

打开手机收件箱，蹦出许多条祝福短信，不太熟的同学苏霖曼只客气地回了句谢谢，最熟的那几个人无一例外地踩着点发来祝福。

尚泽明：荣幸吗？帅哥熬夜祝你生日快乐。

放屁吧，打游戏抽空发句祝福还差不多。

项尔：生日快乐阿曼，现在想想很感谢陌生环境的第一个同桌是你，每天都在感慨世界上怎么会有苏霖曼这样美好的女孩子。

苏霖曼心中似有暖流划过，其实她也时常感到庆幸走进班时选择的位置在项尔身边。不过她相信即使他们当初不是同桌，在未来的日子里也一定会成为很好的朋友。

李梦曦大多是些激动的语气词表达和苏霖曼小半年没见面的思念之情，还有一篇语言真诚情感真挚的小作文。苏霖曼看得泪眼汪汪，也激动地回过去一串感动的"呜呜呜呜呜呜"。

苏霖曼反复翻了好几遍收件箱，确定自己最想看到的那个人真的没有给她发来一个标点符号，甚至他们最后的聊天记录还是她给林礼嘉发送的包间预订信息。

她失落地锁屏，心中酸涩万分，不死心地又翻了一遍收件箱，最后泄愤似的狠狠地把手机砸在床上。

"什么人嘛，连句生日快乐也不知道说……"苏霖曼在心里偷偷给林礼嘉减去一分。

她刚踏出卧室就落入了一个温暖的怀抱。

"阿曼啊生日快乐！"沈素在苏霖曼脸颊上重重亲了一口，"礼物放在桌子上了，妈妈是不是第一个祝你生日快乐的人。"

"不是哦，十二点的时候林礼嘉、尚泽明、曦曦还有尔尔就跟我说过了。"苏霖曼看沈素有些失落的娇气样子，又哄她道，"不过妈妈是第一个送我礼物的人，我爱你！"

苏霖曼说："什么东西呀？我已经迫不及待要拆开看了！"她夸张地小步跑到桌子旁边抱着盒子问道。

"拆开看看。"

苏霖曼打开盒子，是一条月牙白色的裙子。她小心翼翼地提起裙子，眼睛倏地亮起。

苏霖曼被沈素推着去换衣服。

她不大了解服装，说不清这衣服的材质，但觉得摸上去应该是很好的料子，领口是小方领，稍稍有点泡泡袖，长度在膝盖上一点，露肤度适中，刚好可以露出精致的锁骨和细长白皙的腿和小臂；腰部掐得很细，她本身骨架不大，个子又高，再加上常年练舞所以身材比较纤瘦，市面上大部分这个年纪女孩子的衣服对她而言都不大合适，但这条裙子她打眼一看就知道刚好是她的尺寸。

胸口处绣了朵栩栩如生的兰花，苏霖曼惊喜地抬头看向沈素。

沈素含笑道："我设计的新系列时装叫曼兰，设计稿已经交给公司了，大概明年就能流入市场，但这条全世界仅此一条。

"阿曼，生日快乐。"

苏霖曼扑到妈妈怀里，如同她从未长大过那样。

"妈妈，能当你的女儿真好。"

沈素温柔地摇摇头："不，是妈妈很幸运，能当你的妈妈。"

● 第五章 / 银河倒泻

1

苏霖曼被沈素送到和朋友约好的地点，沈素只在车上和几人遥遥打了声招呼就离开了。

林礼嘉和尚泽明一起来得早，尚泽明远远看苏霖曼下车就扬着笑去迎她，瞧着她走过来时却呆呆地愣在原地。

苏霖曼平日的美是干净沉静的美，不施粉黛的青春之感尤盛。

而今日淡扫蛾眉后又是另一种美。

她本就是内勾外翘的眼型，双眼皮前窄后宽，极具中国女性特有的韵味，今天戴了美瞳、刷了睫毛后更加明显，长及腰间的头发半扎着，做了微微的卷，乖顺地披在身后，妩媚和清纯两种极为对立的美感在她身上碰撞，造就她独一无二的气质。

"阿曼！你今天也太好看了吧！快来让我沾沾美气。"李梦曦夸张地跑过去拥抱苏霖曼。

苏霖曼笑着推她的脑袋："好啦，别拍马屁了。"

"没有嘛，真的很好看！"

李梦曦是很可爱的甜妹长相，眼睛圆溜溜像小鹿似的，总是扎着低低的双马尾。她个子不高，在北方姑娘里算不上出挑。苏霖曼一米六八左右，今天穿了双稍带跟的制服鞋显得更高，此刻李梦曦撒娇似的靠在她肩膀上，挽着她手臂，竟然莫名有几分 CP 感。

尚泽明看着这番旁人眼里极为赏心悦目的景色心中莫名不爽。

"项尔呢，她什么时候来？"尚泽明快步走到两人面前，林礼嘉跟在他身后亦步亦趋地走着。

苏霖曼看了眼手表："尔尔现在有课，晚上吃饭的时候才能过来。"

"我们先去玩吧，我订过票了。"苏霖曼走在前面，手机"叮咚"两声，是一条信息：阿曼，爸爸祝你生日快乐，盼相见。想念万千。

后面跟着的是一条汇款信息。

苏霖曼懒得去数到底有几个零，神色冷淡地把手机装回包里。

林礼嘉注意到屏幕上熟悉的数字，不动声色地走到她身边。

苏霖曼还在为没有收到的祝福生气，不愿理他，没好气地瞥他一眼，兀自加快了脚步。

林礼嘉个高腿长，跟得很轻松。尚泽明虽然奇怪为什么这两人突然开启了竞走模式，但到底也适应地跟在旁边。唯独苦了李梦曦，追得气喘吁吁，在原地扶着腰上气不接下气道："阿曼，不要我了就直说，你们要想甩开我倒是找个隐蔽点的方式吧！"

虽知道是玩笑话，但苏霖曼还是感到抱歉，懊恼自己突然的小孩子脾气。

想来想去都怪林礼嘉，她愤愤剜了一眼林礼嘉，小步跑到李梦曦身边，挽起她的手："对不起嘛，你想玩什么？我陪你玩十遍！"

"过生日呢，你惹她干吗？"尚泽明走在林礼嘉身边小声道。

林礼嘉一脸莫名："我没有啊。"

女孩子出来玩想要拍照留念是天性，林礼嘉虽然不知道哪里惹了苏霖曼，但还是想哄好她，于是积极地拿着相机为两个女孩子拍照。

"哎，对对对，这条腿再伸出来一点。"

"这个角度很好看，李梦曦你头再歪一点。"

"阿曼你脸侧一点。"

苏霖曼和李梦曦在镜头前笑得脸都快僵了，路过的小孩还以为是游乐园新来的蜡像要上来合照，被旁边的大人生拽着走了。

尚泽明看着林礼嘉专业的架势惊叹万分："没想到啊老林，你还有这技能。"

林礼嘉笑容间透出几分自信和得意。

苏霖曼看他这副模样突然有种不祥的预感。

"拍好没？我看看。"苏霖曼向林礼嘉要相机，李梦曦也凑过来。

看到照片的两人皆是一脸无语。

"什么表情啊，让我也看看。"

看完，尚泽明同样陷入沉默。

林礼嘉面露疑惑："怎么了？不好看吗？我都是按照你们的要求拍的啊。"

李梦曦深呼吸："……礼哥，我说把我的脸拍小一点，不是让我的脸只占画面的百分之一的意思。我整个人还没有摩天轮上一颗螺丝大呢！"

苏霖曼说："林礼嘉，我说把我的腿拍长一点，不是让你只拍腿。而且为什么是俯拍啊！我近一米七啊一米七！这个蓝精灵是谁？"

林礼嘉有些尴尬地摸摸鼻子："我觉得挺好的啊……"

苏霖曼说："我不要你觉得，我要我觉得。尚泽明！"

尚泽明冷不丁被点名，下意识双脚并立定敬礼："到！"

"今天照相机就交给你了，只有一个任务——别让林礼嘉靠近它。"苏霖曼正色道。

尚泽明说："可是我也带相机了。"

"那你就拍双机位。"

林礼嘉原本想说什么，被苏霖曼瞪了一眼后，悻悻然不再出声，徒留尚泽明拿着两台相机和李梦曦在原地慼笑慼得辛苦。

尚泽明和李梦曦虽是第一次见面，但两人都是开朗的性格，这么闹了一番也熟络起来。四个人把能玩的项目都玩过一遭，最后停在鬼屋前。

"现在是考验谁是真男人的时候了。"尚泽明指着"恐怖谷"的牌子认真道。

游乐园的鬼屋设计并不可怕，大多数成人都觉得一般，在鬼屋门口排队的都是孩子，个别大人也是陪着孩子来的。

尚泽明是一堆小孩里最兴奋的，剩余三人不约而同地默默后退一步。

尚泽明说："什么意思，嫌弃我？"

苏霖曼和林礼嘉忙不迭地点头，尚泽明去看李梦曦，见她也迟疑地轻轻点了下头。

尚泽明挠挠头，干脆耍起无赖："我不管，陪我玩一次嘛，我从小到大都没来过鬼屋。"

苏霖曼沉默了下，想起尚泽明讲过的他的童年："行吧行吧，反正时间还早，我没意见。"

林礼嘉无奈地点点头："那走吧。"

李梦曦疑惑于两人突然的变卦，鬼屋不在通行票的范围里，于是她摇摇头："我对这个真不感兴趣，你们去吧，刚好前面从过山车下来我还没缓过来呢，我去买个雪糕休息会儿。"

苏霖曼看她脸色确实不大好，于是关切地答应着："行，那我们尽快出来。"

"别别别，你们慢慢来不着急，我吃东西可慢了。"

这一拨人已经陆续入场，检票员在门口催促着："你们几个进不进啊？不进就等下一场。"

李梦曦摆摆手："你们快去吧，别管我了。"

尚泽明一进去就兴奋异常，跟旁边的小朋友抢谁走在中间的位置，孩子母亲几次欲言又止。

苏霖曼尴尬地把尚泽明拉过来："别丢人了，老实待着。"

"哦。"尚泽明自然地挤进苏霖曼和林礼嘉之间，还反手抓住苏霖曼刚刚松开的手，紧紧攥着她的袖子。

"我害怕。"他颇为无辜地看着苏霖曼，苏霖曼闻言也没再说什么。

她回头回得快，没注意到尚泽明无辜表情后的狡黠和过分贴近的距离。

鬼屋内光线昏暗，恐怖的背景音乐和时不时蹦出来的道具将气氛营造得很到位。苏霖曼逐渐沉迷进去，因而未曾想过为什么在她和林礼嘉之间，"害怕"的尚泽明选择攥着她的衣角。

一半里程走过，苏霖曼拿蜘蛛扔过僵尸，僵尸掀开符纸直接跑路；扯过"女鬼"的头发，吐槽对方太抠，在这黑漆漆的房间里只有她的假发亮得能反光……

林礼嘉拉住兴致勃勃闯关的苏霖曼，明明最开始觉得幼稚的人是她，现在到处"抓鬼"令人闻风丧胆的也是她。

"你心疼心疼祖国的花朵吧。"林礼嘉心痛道。

苏霖曼不解："我带着他们快点结束还不好吗？"

好什么啊，在她这里受打击的"工作人员"更加努力，吓人吓得更起劲了。

最后一关从管道爬出去就是终点，苏霖曼看看自己的新裙子，虽说有安全裤，但还是感觉怪别扭的。

"没事，你过吧。"林礼嘉侧过身脱下身上的外套。

苏霖曼的视角只能看到他棱角分明的侧脸和深邃的眉眼。

他神色如常，一如这么多年以来一样习惯的周到。

苏霖曼爬上管道，林礼嘉把外套盖在管道口。

后面几个小孩尖叫着跑来被尚泽明拦住。

"里面有只比鬼还凶的大鬼！那个哥哥在施法呢，施法结束大鬼就不见了，我们稍微等一会儿好不好？"

一个小胖子有些无语地看着尚泽明："哥哥，我已经不是四五岁的小孩子了，你可以直接说让我们待会儿出去的。"

尚泽明说："……看把你厉害得，你今年多大？"

小胖子拍拍胸脯："我是大哥哦，我五岁半了！"

尚泽明嗤笑一声："那不还是五岁。"

"不一样！不是五岁！"

一群孩子围着尚泽明就五岁半属不属于五岁进行了激烈又友好的会谈。

一旁"施法"的林礼嘉目瞪口呆，尚泽明居然还真的就这么为苏霖曼争取到离开的时间，最难伺候的小孩子们还真没一个闹着要立刻离开。

突然出现的光线刺得苏霖曼下意识地眯了眯眼，待适应后才回头，洞的那头依旧黑暗，也没有听到什么声音，想必林礼嘉还在为她挡着他人视线。

那个洞口不算很高，但还是得举起手才能够到，明明走到一半时就可以放下了，可他就那么一直举着。

苏霖曼一直知道的，林礼嘉是个笨蛋。

她眉眼弯弯，趴在洞口喊了声："我出来了！"

没过多久就听到了孩子们的喧闹声。

林礼嘉落到最后，出来时神色凝重。

苏霖曼有些担忧："怎么了？出什么事了？"

林礼嘉凝重地摇摇头："没事，我只是在想五岁半到底算不算五岁？"

苏霖曼满脸疑惑。

林礼嘉看了眼腕表："该下一个项目了。"

游乐园的最后一站是摩天轮，苏霖曼曾听说过摩天轮的传闻，她那时不屑一顾，可轮到自己真正站在这里时，又不禁不断偷看那人的侧颜。

一个舱里坐两人，李梦曦眼见着轮到他们时果断地推着苏霖曼和林礼嘉进去。

李梦曦说："我坐过山车的劲还没缓过来呢，让小尚陪我吧，我害怕。"

如果李梦曦那张布满红光的脸上能少几分兴奋，或眼睛不激动得像电灯泡的话，尚泽明会相信这个理由。

他猝不及防被拽住，迈出的脚晚了一步，只能有些不甘地看着舱门关闭，蓝色的小圆筒渐渐升高。

"你拦我干吗？你知不知道我……"

尚泽明有些想发火，可见李梦曦一脸无辜又兴奋的表情，他顿了顿，最终还是什么话都没说。

苏霖曼和林礼嘉像这样单独相处的时候不少，可不知道为什么现在苏霖曼觉得这一刻的气氛格外不同，她甚至不大敢去看林礼嘉的眼睛。

"你今天怎么了，一整天都不怎么想理我的样子，我哪里让你不高兴了吗？说出来吧，过生日要开心才对啊。"

林礼嘉看了眼腕表后开口，苏霖曼错愕地抬头，对上他认真又温柔的眸子。

苏霖曼摇摇头又点点头。

林礼嘉一手抵唇，哑然笑了笑："没事，说吧。

"天大地大，寿星最大。"

眼前人眉眼弯弯，笑容胜过春风和煦。苏霖曼也想笑，又觉得这画面太傻，控制住了表情，她想了想还是摇摇头："没什么，不是什么重要的事。"

摩天轮爬到最高点，林礼嘉又看了眼腕表。

苏霖曼已经记不清他今天第几次去看时间，她确定林礼嘉这块表已经买了很多年，实在没有什么一直看的必要。

在他眼里和自己独处是一件如此难熬的事情吗？

苏霖曼眼中光彩暗淡几分，又努力让自己不在意地去看窗外风景。

游乐园的烟火表演通常在夜晚，可不知为什么绚烂的烟火突然在此刻腾飞。

放烟花的人应该花了大价钱，在仍是将黑未黑的深蓝色天空，五颜六色的光团炫目地绽放，比一般的夜晚还要来得盛大。

苏霖曼不自觉凑近几分，全然被景色吸引，连方才失落也忘却了几分。

"阿曼，生日快乐。"

她被突然响起的男声拉回注意，迟钝地回头，对上他含笑的眸子。

窗外烟火如银河倒转般星星点点落下光点，在即将散尽之际于夜空汇成数字"17"的模样。

尚泽明靠着栏杆，夜晚凉爽的风吹拂着他的发丝，火树银花太过耀眼，他眼睫轻垂，而后注视着摩天轮的顶端。

短信那头的人发来一句"订单已完成"，尚泽明摁灭屏幕没有回复。

"阿曼，生日快乐。"

林礼嘉晃了晃手上的表："七点十三分，生日快乐。"

七点十三分……苏霖曼在脑海中搜寻有关这串数字的回忆，放电影般回放半生，画面定格在某一瞬间。

是了……苏霖曼捂着嘴侧过头，眼睛笑成一弯新月。

七点十三分是她出生的时刻，林礼嘉说得不错，这一刻才算作是真正的"生日快乐"。

原来他不是不耐烦，原来他没忘记，原来他不是不在意。

真好。

苏霖曼这样想着，笑意又多了几分。

"还有礼物呢。"林礼嘉从包里掏出一本书递给苏霖曼，是一本诗集——《顾城哲思录》。

苏霖曼对顾城不大了解，想起来唯一熟悉的只有那句"黑夜给了我黑色的眼睛，我却用它寻找光明"。

她诧异地看向林礼嘉，这人一向对文学不感兴趣，她以为按照林礼嘉的性格，大抵是项链、口红之类的东西。

"我不会挑书，所以这只是其中一件礼物。

"那天进书店一眼看到它，我随便翻了一页就觉得一定得把它买给你才行。"

苏霖曼把碎发别到耳后，她摸着印花精美的书封，哑然笑起来。

"为什么呢？"

"你翻开有书签的那一页。"林礼嘉没应答，伸手轻轻叩了叩书皮。

苏霖曼奇怪地看他一眼，手下动作不停，翻开他说的那页。

木质书签样式精美，顶部精细地雕着一朵兰花，栩栩如生，娇俏可人。苏霖曼只看了一眼便觉爱不释手，那书签横放着挡住一行字，她珍惜地小心拿起放在手心。

"如果你是春天，就没有离开，就永远有花。"

苏霖曼怔住，错愕抬头，接着又微微低头掩去眸中悸动。

"让我看这句做什么？"

"不知道。"

"不知道还送我。"

"说了嘛，我是看到这句话就想起你来了。"

苏霖曼不依，拽着林礼嘉的袖子晃了晃，娇蛮道："你自己说的，'天大地大，寿星最大'，我就要听你说一个理由。"

林礼嘉认真地想了想，也觉得自己有些莫名，蓦地弯了嘴角。

"没什么，就是看到这句话的那一秒，很想打电话告诉你——阿曼，就像现在这样吧，永远做春天，永远会有花为你而开。

"我希望你——不，你的确如此。

"你比春天更明媚。"

他说着活跃气氛似的夸张地龇牙咧嘴："过个生日怎么搞这么肉麻。"

林礼嘉的长相很凌厉，没有表情时有些严肃冷淡，这也是为什么很多人对他的第一印象是不好接近。

可他真正笑起来时是完全不一样的，是春风融化的第一块冰，青草抽丝的第一棵芽，也是桃花枝头的第一朵蕊。

譬如此刻。

苏霖曼突然想起童年时很小很小的一件事。

2

1995 年，苏霖曼和林礼嘉第一次见面，那时他们还在彼此妈妈的肚子里。苏霖曼爸妈和林礼嘉爸妈既是生意上的伙伴，也是私下里的朋友，房子买在一块儿，大大小小的节日都一起过，甚至两位妈妈在待产的时候床位也在一块儿。

林礼嘉的抓周宴办得很热闹，一桌子摆了各式各样的东西。父亲林格则希望他以后跟自己做生意，继承自己的衣钵；柳泉嫌丈夫庸俗，把画笔和书放近了又近。

出乎所有人意料的是，小小的林礼嘉在桌子上爬了一圈又一圈，向着苏霖曼妈妈靠近，最终抓住当时在沈素怀里哭闹着的苏霖曼的指尖。原本哭闹的苏霖曼也有所感应似的用黑葡萄般的大眼睛疑惑地盯着林礼嘉，停了哭闹。

两家人笑起来，有人开玩笑说给他俩定个娃娃亲算了，这个"玩笑"一直伴着他俩长大。

林礼嘉懂事比苏霖曼早，上幼儿园的时候，苏霖曼抓着妈妈的袖子哭，不想进大门，是林礼嘉牵住苏霖曼的手，鼓着腮帮子跟苏霖曼的妈妈说："姨姨你放心，我会保护好阿曼的！"

也怪，苏霖曼一直是家里的小公主，哭闹起来谁都拿她没办法，但是从小时候起，只要林礼嘉一牵住苏霖曼的手她就不闹了。

沈素性子娇，恋爱后又一直被苏文斌惯着，本来还娇滴滴地难过，这会儿也不难过了，来了兴致，蹲在地上打趣林礼嘉："礼嘉啊，为什么要保护阿曼呢？"

小林礼嘉歪歪脑袋，眉头微微蹙着，像是在纠结该不该说，最后还是在沈素温柔地注视下开口。

"因为妈妈说，阿曼以后是要做我老婆的，妈妈还说好男人应该保护好自己的女人。"

沈素终于笑起来，摸摸林礼嘉的小脑袋："妈妈是逗你玩的，礼嘉保护阿曼，阿曼也要保护礼嘉知道吗？因为你们是好朋友，朋友就是要成为彼此的依靠的。"

苏霖曼和林礼嘉似懂非懂地点点头。

沈素看着苏霖曼和林礼嘉手牵手进了幼儿园，才拉着一脸不甘心的丈夫上车。

苏霖曼遗传了父母的优良基因，打小就长得好，所以小时候玩角色扮演游戏时，小朋友们都让她当公主，苏霖曼也开心，爸爸妈妈一直说自己是他们的小公主。其他角色是要靠抽签的，林礼嘉运气不好，一次王子也没抽中过，他好像更受骑士一角的偏爱。

小朋友们醋畅淋漓地玩完回家，各找各妈，只有林礼嘉低着头一直在沉默。

向来都是苏霖曼不开心林礼嘉在哄苏霖曼，她从没看见过林礼嘉在她面前闷闷不乐的模样。

苏霖曼学着他的样子走到他身边牵起他的小肉手："林礼嘉林礼嘉！你为什么不开心呀？"

林礼嘉抬头时，眼圈有点红："你是公主，为什么我没有抽到王子，我们不应该在一起的吗？爸爸妈妈，苏叔沈姨都是这么说的！"

苏霖曼有点哭笑不得，心想林礼嘉真幼稚，我们都是大班的大孩子啦，怎么他还会在意谁当男主角这种事。

苏霖曼安慰他说："没关系呀，骑士也很好啊，骑士的戏份比王子还多呢！"

林礼嘉还是不开心："可是……陆小蝶说，童话故事里公主都只喜欢王子的。"

原来是这样。苏霖曼拍拍林礼嘉的脑袋，忍痛从书包里翻出她前两天趁爸爸不注意偷偷藏起来的大白兔奶糖递给林礼嘉。

"陆小蝶说的都不算数，阿曼公主才不喜欢王子呢，阿曼公主最喜欢骑士啦！"

林礼嘉蓦然抬起头来，眼睛亮晶晶的："真的吗？"

"真的！"

林礼嘉开心了没两秒，又把头低下去了："可是万一明天我又抽到王子了怎么办……"

苏霖曼歪歪脑袋，觉得林礼嘉真难哄，可是妈妈说做朋友最重要的就是义气，林礼嘉勉强算得上是自己最好的朋友吧，朋友不开心，她不能不管的。

"我刚才说的不算数，阿曼公主最喜欢林礼嘉啦，林礼嘉骑士，林礼嘉王子，林礼嘉仆人……哪怕是林礼嘉后妈也可以，反正……阿曼公主最喜欢林礼嘉啦！"

林礼嘉终于破涕为笑，这才愿意和苏霖曼手牵手一起回家。

夕阳雾蒙蒙地笼罩人间，万物被模糊成柔和的光晕，树影婆娑。

"其实当骑士也没什么不好，我会一直保护阿曼公主的。"

"说话要算数哦。但是万一小壮他们又说你是我的跟屁虫怎么办？"

"跟屁虫也没关系，我会一直跟在阿曼身后的！"

两个小小的影子被拖得很长，像是晴天总有太阳，下雨要有乌云一样，林礼嘉和苏霖曼要一直一直在一起，也是如此注定的事情。

苏霖曼愣愣地看着林礼嘉，林礼嘉好笑地点点她的脑袋。

"发什么呆呢？"

"林礼嘉，你听过有一个词叫'银河倒泻'吗？"

林礼嘉摇头，调笑道："没，知道你是王老师的得意门生，出来玩还念念不忘学成语啊？"

苏霖曼被他逗笑，看着他兀自说道："这个词常被用在下雨天，形容雨势很大。"

林礼嘉往窗外望了望，万里无云，没半点下雨的迹象。

"今天要下雨吗？"

苏霖曼轻轻摇摇头，含笑看着窗外，不再开口。

我只是觉得这词用法还能多一层。

当我与你对望时常常觉得万里银河太过夸张，银河哪有万里，一切璀璨都在你眸中闪耀。

而我，我自愿被裹挟在银河里沉溺。

不必救我，任我失神也好。

林礼嘉看着窗外的火树银花，苏霖曼靠在一边，用目光描摹他的侧颜。

林礼嘉，世间事不必事事有应答，我与你此刻能共看一场烟花，只发呆也是不虚度时光，这样挺好。

第十七年啦。

她和林礼嘉一定会在一起翻山越岭走过漫长的人生，无论以何种形

115

式，他们都会永远陪在身边。

月亮有星星，蚕蛹有桑榆，苏霖曼有林礼嘉。

无论七岁、十七岁、二十七岁，还是九十七岁，苏霖曼和林礼嘉都会一直一直在一起。

这是苏霖曼一直相信的事情。

身边一直叽叽喳喳的人突然沉默下来，李梦曦有些不习惯。

她从包里掏出一盒糖果递给尚泽明："喏，吃糖。"

尚泽明接过，淡淡道了声谢，眼睛一眨不眨地盯着那个蓝色座舱，好像只要他足够专注就能看清其中情形。

尚泽明知道一个苏霖曼的秘密，对于苏霖曼而言，十七年是一座大山，她守着这座山种了树栽了花，她甚至修了一间好漂亮的小木屋，锁着一切有关于他们的回忆。

尚泽明知道他无法越过这座山，苏霖曼也不能。

他没想那么贪心的。

他就想待在他俩旁边，想和她插科打诨地开开玩笑，想看她被他气得无语跳脚的样子，这样就足够了。

只要他的生活里能时时看见她，而她偶尔回眸就好，这样就足够了。

可被李梦曦推开的那一瞬间他还是忍不住怔忡。

"像偶像剧吧！"李梦曦笑眯眯地开口。

尚泽明不解地看向她。

"阿曼和礼哥啊，从认识他俩的第一天我就觉得他俩像是偶像剧男女主一样。"

尚泽明最终还是没忍住问出口："……为什么？"

"郎才女貌，青梅竹马，而且都是很善良很美好的人。嗯……最重要的是我总觉得他们站在一起的时候就是有种旁人无法融入的和谐感。"李梦曦歪歪脑袋，似乎在疑惑他为什么会有问题。

这不是理所应当的事情吗？

尚泽明怔忡半晌。

一个台阶，两个世界。

无一例外的所有人，他们都会下意识把他推开。林礼嘉和苏霖曼是注定一起出现的名字。尚泽明？怎么看怎么突兀。

所以只有他会想尽办法把他俩分成一个卫生小组，这样他就能在课间操和苏霖曼独处；只有他会主动抱作业，然后把两个作业本放在一块儿，只为了发作业时一起念出的两个名字；也只有他会在她被点名做题时申请一起，然后理所应当地站在她身边与她共用一块黑板。

你看吧，我向她靠近一万步，还是只有我觉得我俩般配。

连我鼓起勇气想叫她一声"阿曼"，也只能说给自己听。

"这糖什么牌子的？"

李梦曦随口报出一个名字。

尚泽明太久没合上的眼睛有些酸涩，他微微垂眸。

啧，避雷了，一点也不甜。

苏霖曼和林礼嘉下了摩天轮时，就看见尚泽明扒在栏杆最前面，头昂得老高。

"哎，来了来了！"

侧面的台阶有些高，林礼嘉先下去，苏霖曼扶着他肩膀自然地往下走。

尚泽明看着心里情绪纷杂，快走到苏霖曼和林礼嘉中间挽住两人的胳膊："快走吧快走吧，尔姐已经在 KTV 等着了。"

"怎么样，好玩吗？"

苏霖曼笑笑："就坐着能有什么玩的，但上面的风景确实很不一样。"

李梦曦注意到苏霖曼怀里的书，偷偷凑到苏霖曼身边："这是礼哥送你的生日礼物？"

苏霖曼眼睛比大脑反应更快，话未出口就先弯了笑眼："嗯。"

李梦曦颇为失望地摇摇头："我还以为他会送什么呢，就一本书啊？"

苏霖曼轻轻推了推她："我就觉得这本书很好。"

"你哪里是觉得书好。"李梦曦揶揄地说道。

苏霖曼也不反驳，看了看前方林礼嘉浅笑信步的闲散样子，噙着笑挽起李梦曦的手臂。

3

苏霖曼刚进包间就被项尔一把拥入怀里，揉捏着她的脸："哎哟，我们阿曼，生日快乐啊，不好意思，我今天没陪你玩。"

"没事没事，我们还能一起过好多个生日呢。"苏霖曼忽闪忽闪着大眼睛，口齿不清地回答。

"快来吧，我点了好多吃的，你们再不来我都快吃完了。"项尔说着自然地拉着苏霖曼就座。

李梦曦早知道现在阿曼身边最好的朋友是个看上去很帅气的女孩子，

但看着这一幕难免还是觉得冲击力有点大，她有几秒恍惚这到底是不是她家阿曼背着她找的男朋友。

李梦曦下意识去看林礼嘉，却见他没什么反应，反倒是一边的尚泽明和自己一样神色复杂。

"你好，我是李梦曦。"

项尔爽朗一笑："我是她同桌，我叫项尔。"

李梦曦是坚定不移的颜值党，自来熟程度和对方颜值基本成正比，这也是初中时候她在人群中一眼选中苏霖曼和她成为朋友的原因。

她窜到项尔身边："我知道你的，我听阿曼讲你的时候就可喜欢你了。"

项尔说："她怎么说我的，快讲给我听听。"

尚泽明被她挤得一个趔趄："她早上对我可不是这个态度。"

林礼嘉忍着笑："习惯就好。"

项尔学过声乐，刚入学时还参加过校园歌手比赛，苏霖曼推着她一连唱了好几首歌。

她声音沙哑，是女生少有的低醇。李梦曦眼里星星直转："尔尔！你也太会唱了吧！"

"牛啊牛啊！我尔姐简直无所不能！"尚泽明夸张地拍着桌子，一副狂热粉丝模样。

连林礼嘉也拍拍手赞道"好听"。

项尔难得有几分羞涩："谢谢大家捧场。阿曼，你是寿星，你也得亮一嗓子才行。"

苏霖曼大方地接过话筒，起身时却被林礼嘉按住，他神色复杂地看着苏霖曼："你确定吗？"

"我确定啊，这首我练了很久的。"

林礼嘉沉默半晌，似乎是在思考这话有几分可信。

他又神色复杂地看向坐着的众人："……你们确定吗？"

项尔一脸莫名："这有什么不确定的，人唱歌能难听到哪儿去，而且阿曼声音那么好听，你是不是忘记她是广播站的新站长了？"

"是啊是啊，说起来我和阿曼认识这么多年还没听过她唱歌呢。"

"你老实坐着吧。"尚泽明也一把拉回林礼嘉，"怎么，你俩认识得久你听过就不让别人听了？"

林礼嘉看众人对他意思误解，无奈地坐到角落。

苏霖曼被几人感动："放心吧，我会好好唱的。"

伴奏响起，身穿白裙的女孩长身玉立，身子随音乐微微摇晃，斜靠在高脚凳上显得一双腿纤长细直，长及腰间的鬈发垂在胸前，灰暗的灯光下她仿若暗夜里的精灵。

她闭着的眼睫若蝶翼般轻轻颤动，随着前奏渐缓，终于朱唇轻启……

"怎么样怎么样，好听吧？我练了好久的呢，今天就让你们见识见识什么叫作绝对音感！"苏霖曼扬扬下巴，放下话筒时，从头发丝到手指尖都写满了骄傲。

死寂，死一般的寂静。

李梦曦和项尔靠在一起不知如何开口。

尚泽明吞吞口水，僵硬地鼓掌打破沉默，随后皮笑肉不笑地开口："妙啊……妙啊……正所谓'今日听君歌一曲'……"

林礼嘉面无表情："垂死病中惊坐起。"

李梦曦和项尔趁苏霖曼不注意偷偷对林礼嘉竖起大拇指。

兄弟，给你点赞了。

"有那么难听吗？"苏霖曼有些丧气地开口。

项尔搂住苏霖曼的肩膀安慰道："其实还是有救的，你拿倒放软件试一下，说不定跟原版一模一样呢。"

苏霖曼：……谢谢，你是懂安慰的。

"算了算了，我知道我在声乐方面没天赋。"

尚泽明见苏霖曼失落的模样本想开口安慰，却又听苏霖曼发言："不过我在除了声乐以外的其他方面都很有天赋啊。"

尚泽明：我就多余张一下嘴。

快到聚会结束时，灯光突然熄灭，不知道什么时候消失的尚泽明推着一个小推车走进来，昏黄的烛火映出他格外灿烂的笑容。

"祝你生日快乐，祝你生日快乐。"

尚泽明最先起头，身边的朋友一起唱起《生日歌》，苏霖曼被他们围在中间。

李梦曦要给苏霖曼戴上生日帽，苏霖曼配合地弯下腰。

"你们可真没新意，他刚走我就知道你们要干吗了。"苏霖曼一边感动，一边还不忘开口怼道。

"哎呀，不重要不重要，快吹蜡烛许愿吧。"

苏霖曼蹲在蛋糕前，闭上眼睛。

听说过生日能许三个愿望。

第一个，希望我爱的人都能健健康康，平平安安。

第二个，希望今年在我身边的人，年年都能陪我一起过生日。

第三个……

苏霖曼偷偷地睁开一只眼飞快地瞟了一下林礼嘉，嘴角的弧度更大了些。

第三个，希望我这些年一直在许的那个愿，能早日实现。

我有点等不及啦。

苏霖曼睁开眼睛，吹灭蜡烛。

天大地大，寿星最大。老天爷，你可得守信呀。

几人在黑暗里待了太久，打开灯时不适应地眯了眯眼。

"快分蛋糕吧。"项尔把手边的刀递给苏霖曼。

"你看看这蛋糕有什么不一样？"尚泽明期待地问道。

苏霖曼认真地打量了半天："丑了些？"

尚泽明闻言有些急眼："什么眼神啊，你仔细看看！"

苏霖曼仔细看了看，肉粉色的奶油上淋了一层果酱，铺满了密密麻麻的车厘子，随着推车进来时还晃掉了几颗。苏霖曼觉得或许它更适合当万圣节的节日蛋糕。

"……格外丑了些？这蛋糕你们谁买的？"

项尔眼见拉了半天苏霖曼的袖子都没反应，无奈地扶额叹息："阿曼，这是尚泽明自己做的。"

苏霖曼错愕地对上尚泽明幽怨的视线，有些尴尬地讪笑两声："其实……还是有几分独特的，有一种很凡·高式的美感。"

尚泽明依旧一副怨念滔天的模样。

苏霖曼见状先给自己切了一块，挖了大大一勺放进嘴里，发出一声满足的喟叹。

"辛苦你啦，不说别的，味道真的很好吃！"

她偷偷观察尚泽明的反应，见他脸色好了许多，才松一口气。

"这个季节你到哪里买的车厘子？"

苏霖曼吃第一口时就发觉这果实颗颗饱满多汁，鲜甜可口，绝不是罐头里的那种添加剂的味道。

"你别管，我有办法。你不是爱吃车厘子嘛，今天让你吃个够。"

项尔张开的嘴又合上。

明明前一天还来问自己哪里能买到新鲜的车厘子，找了好多水果店都不满意，最后坐大巴跑到果商的温棚里才买到这么一点，长袖下还有被树枝划开的伤口，为什么不说呢？

项尔有些不理解。对别人好当然要让对方知道，默默奉献是笨蛋才会做的事啊。

如果尚泽明知道她心中疑惑一定会哑然失笑。

可是呀，人类本是狂妄自大的动物，只是陷入爱里就一定会变成笨蛋，怯懦胆小，踯躅原地，凡是能苦心经营的多半少几分真心。

尚泽明傻气地笑着把自己那块蛋糕上的车厘子全扒拉给苏霖曼。

苏霖曼说："够了够了，再吃我要变成车厘子了。"

"我辛苦做的，你必须全吃完。"

苏霖曼无奈，尚泽明蛋糕做得太大，五个人一晚上也没分完，剩下的被苏霖曼打包带回家去。

"啊，好想上大学啊，上了大学就不用被爸妈催着早点回家了。"李梦曦走到门口时，抱着苏霖曼依依不舍地道别，"阿曼，你学习那么好，我肯定是跟你上不了一所大学的。"

"别说丧气话，再说了，就算没上一所大学我们还能去一个城市，就算没去一个城市我也可以不时坐飞机去看你。"

"我可记住了，你不许骗我。"

"不骗你，不骗你。"

明明只是聚会结束，李梦曦却好像此生无法再见一样不舍，抱着苏霖曼撒着娇说了好一会儿肉麻话才打车离开。

项尔也跟大家挥挥手："我也先走了，回家在群里报个平安。"

路过尚泽明身侧时，项尔顿了顿，意味深长地拍拍他的肩膀，最终一句话也没说就离开。

尚泽明一脸莫名其妙，不知所云的模样："她这是咋了？"

苏霖曼和林礼嘉摇摇头。

三人准备离开时，突然细细密密地下起雨来，且雨势还不小。

林礼嘉包里倒装了把伞，问题是有三个人，却只有一把伞。

这家KTV就在林礼嘉和苏霖曼家附近，苏霖曼把伞接过递给尚泽明。

"你俩打吧，我走到路口打个车就好。"尚泽明不动声色地看了眼苏霖曼的短裙正色道。

苏霖曼不听他的，把伞塞到他手里："我俩走两步就到家了，你老老实实打着伞去吧。"

"嗯，我俩一块儿回就好，快走吧，别淋湿了。"林礼嘉脱下外套罩住自己和苏霖曼，动作熟练，不难看出两人已经不止一次这样回家。

尚泽明还想再说什么，两人却没再给他开口的机会，已经跑进了雨里。

"快回吧，到家报平安！"苏霖曼转过身来嘱咐道，而后又钻进林礼嘉的臂弯。

尚泽明看着两人的背影直至模糊成夜幕里的光影，他眼里神色晦暗不明，沉默半晌才撑开了伞。

回程的路上经过一家奶茶店，苏霖曼进去点了两杯饮料，林礼嘉随意拉了两张凳子坐着等她。

店里放的歌是 Eason 的《最佳损友》，苏霖曼跟着轻轻哼。

"苏霖曼，这家店主跟你没仇吧？"

苏霖曼感到莫名其妙："我第一次来，能跟人家有什么仇啊。"

"那你为什么要把客人都吓跑。"林礼嘉面无表情地指指只踏入一步就离开的前顾客。

苏霖曼不自然地清清嗓子："说认真的，我唱歌也没有那么那么那么难听吧，我可从小就学钢琴呢。"

说起这个，林礼嘉也觉得很奇怪，在他妈妈的调教下，苏霖曼明明是钢琴可以拿教师资格证的水平，可唱歌永远没一个音是对的。

该怎么描述那个感觉。

就像是出去遛拆家欲求不满的哈士奇。她在前面跑，调也不是不想追，但确实是有些心有余而力不足。

歌曲进入副歌，苏霖曼突然伸手戳戳林礼嘉的胳膊。

"林礼嘉，高中毕业你陪我去听 Eason 的演唱会好不好？"

林礼嘉没回话，一副还在考虑的模样。

苏霖曼有些着急地补充道："这你都不答应？"

林礼嘉失笑，弹了下苏霖曼的额头。

"想什么呢。"

苏霖曼眼眸暗了暗，似乎是没想到他的拒绝。

林礼嘉看她撇着的嘴，眼睛弯了弯。

"行了，别演唐老鸭了。今天你过生日，答应你就是了。

"我刚才是在想，几张前排 VIP 的票得多少钱啊，不知道我的毕业红包够不够。"

苏霖曼的眼睛倏地亮起来："够的够的，我来买票！那说好了，你一定要陪我去！"

"知道了知道了，答应你的事我哪件没做到。"

苏霖曼咬着吸管，傻傻地笑，林礼嘉看她这模样也觉得好笑起来。

"看我干吗？"

"少臭屁，我看雨什么时候停呢，你往旁边让让。"

Eason 的歌声还在继续，苏霖曼已经想象到两年后她在台下挥舞荧光棒的模样。

> 很多东西今生只可给你，
> 保守至到永久。

另一位著名男歌手也唱过，最美不是下雨天，而是和你一起躲过雨的屋檐。

苏霖曼从前觉得这话稍显矫情，现在却觉得一点不假。

在晚夏初秋的雨天，和重要的人听喜欢的歌。

苏霖曼双手撑着下巴，只留一双眼睛时不时弯起来偷看对面的少年。

十七年，几乎五分之一的人生，幸好一直有你，幸好那个人是你。

4

"小雯，你和你爸把桌子摆出去吧，过会儿人就多了。"

郑雯摘下耳机，按了 MP3 的暂停键，应道："知道啦。"

她合上英语书。多亏了林礼嘉的礼物，那天以后她一有空闲就戴上耳机听听录音。上次背课文抽到她时，周荣惊讶地说她口语进步了很多。

郑雯很开心，觉得每一个小进步都让她的目标更近一步。

喜悦是一个深不见底的缸，人们在人生的每一步都想往里投点东西。

郑雯捏了捏手里的 MP3，微不可察地扬扬嘴角。这一次的注入物是林礼嘉给的。

"郑雯？"

郑雯擦桌子时，忽然听到有人叫她的名字，她抬眼看去，是班里的男生，名字她还没记住。

齐威走近几步："真的是你啊。"

郑雯点点头，礼貌性地打声招呼："你好。"

齐威没应话，走进来四处打量起小吃摊，眼中不加掩饰地露出嫌弃意味。

他伸手抹了把桌子，眉头皱在一起。

郑雯抽了张纸递给齐威，齐威却没接，用另一只手在兜里翻出一包餐巾纸。

郑雯伸出的手僵了僵，兀自垂下来。

"这是你家的……店？"

郑雯察觉到齐威的嫌弃和不怀好意，冷淡地点点头。

刘媛娣从后厨出来，看见个年轻小伙子站在自己女儿身边，警惕地走过去。

"小雯，你认识这位客人？"

郑雯："是我们班的同学。"

刘媛娣的表情立马变得和善，林礼嘉给她留的印象太好，以至于她现在觉得女儿班上的每位同学大概都跟小林一样好相处。

"哎哟，是同学啊，快请人家坐下。"刘媛娣乐呵呵地把齐威按在座位上。

"想吃什么随便说啊，阿姨不收你的钱。"

齐威饶有兴趣地看看郑雯，对刘媛娣笑道："阿姨，我们还来了几位同学，我能把他们叫上吗？"

郑雯心里莫名有种不舒服的感觉。

"叫啊叫啊。听我们家小雯说她的新同学人都特别好，阿姨早就想认识一下你们了。"

齐威走到远处打了个电话，不一会儿张岳就到了这里，又过了一会儿周一妍和冯芊芊也挽着手走过来。

"你今天怎么突然要请客？"张岳奇怪地问道。

"这不是支持同学嘛，你们看那是谁？"

顺着齐威的视线望去，目光尽头是抿着嘴正在擦桌子的郑雯。

"郑雯？"冯芊芊惊疑道。

郑雯心知齐威没安好心，礼貌地点点头就走进后厨，没与几人多交流。

"什么嘛，我们来支持她家生意她还那副表情，我以为她家里什么条件呢，每天那么拽。"周一妍不满道。

冯芊芊看着郑雯离开的身影兀自沉思了一会儿没说话。

几人找桌子坐下来，齐威拿着菜单开始点菜。

"服务员，服务员呢？"齐威扯着嗓子喊道。

张岳犹豫地拉住齐威："你这么喊，不太好吧。"

齐威满不在乎道："这有什么的。"

刘媛娣听到齐威的声音，手下动作一顿，有些不安地看向郑雯："小雯，你和那个男生关系不好吗？"

郑雯背对着妈妈深呼吸几次，而后转过来笑道："没有，他们跟我开玩笑呢，我去问问他们吃什么。"

刘媛娣还是有些不放心，目光紧紧追随着郑雯，见她走到那桌学生旁边后，几人也没起什么矛盾才稍安下心回到后厨。

郑雯说："你们要吃些什么？"

齐威说："这个、这个、这个，还有菜单上的所有荤菜都给我来一份。"

郑雯写字的动作顿了顿："这么多你们吃不完的。"

张岳："是啊齐威，我们就四个人，周一妍和冯芊芊饭量还小。"

"我待会儿要上舞蹈课吃不了多少。"周一妍也劝道。

齐威摆摆手："又不让你们几个付钱。"

齐威盯着郑雯，把菜单轻轻往前一甩："就按我说的上。"

郑雯看了眼齐威，神色冷淡地沉默了下。

齐威见惯了郑雯唯唯诺诺的样子，此刻被她盯得有些发毛，梗着脖子硬撑道："看什么啊，快去下单吧。"

郑雯深呼吸一口气，转身去了厨房。

冯芊芊沉默不语地双手环抱在胸前，她是不喜欢郑雯，可看着齐威这副趾高气扬的样子，她感到莫名不爽。

"你们吃吧，我走了。"她对着周一妍和张岳微微颔首就站起身离开，从始至终没再看齐威一眼。

齐威有些蒙圈，反应了半天也有些恼火："我好心请她吃饭，她这是什么态度？"

周一妍和张岳面面相觑，谁也没搭话。

菜一一上齐，齐威招呼着剩下的两人动筷子。周一妍没吃几分钟就说要上课，张岳察觉到气氛的尴尬也随意扒拉了几口便回家了。

齐威一顿饭越吃越恼火，"啪"的一声摔了筷子。

刘媛娣被吓了一跳，以为出了什么事慌张地准备出来看看。

从放假前一天开始，郑雯就觉得齐威对她有种莫名的敌对，敏感的人难以捕捉爱意，却能清晰抓住丝丝缕缕的恶念。

她不想让妈妈担心，安慰地对妈妈笑了笑："没事，我同学不小心把东西碰掉了，我去看看。你这儿还有好几个菜呢。"

刘媛娣不疑有他："你多陪陪你同学吧，我这儿不要你帮忙。"

郑雯乖巧地点点头。

她走到齐威身边："你是哪里不满意吗？"

"哪里值得我满意了？"齐威挑衅道。

小吃街鱼龙混杂，郑雯不是没遇到过难缠的客人，可齐威到底是自

125

己的同学，她不想让妈妈觉得自己在学校和大家相处得不好。

"有什么意见可以提，但是拜托你不要无理取闹，这里不是只有你用餐。"

齐威这才发现周围人不知何时投来的视线。

他不自然地清清嗓子，站起身，上下扫视郑雯一眼，嗤笑一声便起身离开。

郑雯看看桌面，一桌子菜基本没动几口。他点的都是些荤菜，刘媛娣还因为是郑雯同学偷偷加了好多量，即使小餐馆性价比高也要不少钱，生意惨淡些的时候，刘媛娣卖上一天也不一定能赚回这么些钱。

她拉住齐威，直直地对上他的眼睛，严肃道："付钱。"

"你妈说的，请客。"齐威不耐烦地甩开郑雯的手。

"请客也可以，你把这些都吃了，就算作是我请客。"

"郑雯，"齐威低低冷笑，"你不是刚拿了贫困生补助嘛，连请个客都不行？"

郑雯眼里出现片刻的诧异，而后又恢复平静："那又与你何干？补助金是学校发给我让我学习的，不是让你用来铺张浪费的。"

郑雯平日里总是像只鹌鹑一样怯懦，这会儿却展现出异于常人的固执。

齐威没理她，转身就要走。

郑雯小跑几步，两只手再次死死拽住他的袖子。

"撒开。"齐威提高了些音量，郑雯被他吼得眼睛下意识地微微红起来，却还是不动如山。

"我说撒开！"

"喂，妈。你和爸这会儿落地了吧，也不给我打个电话。我过去接你们，咱们去吃火锅吧。"

"……啊，改签了啊……"

"没事，我自己吃就好，嗯，你们注意身体，记得吃饭。拜拜。"

"嘟——"

手机屏幕暗下，林礼嘉缄默地看着落地镜里穿戴整齐的自己。

国庆五天假，他一眼也没见过父母。

他们好像总是很忙。

忙于工作，忙于生活，忙于做自己。

林礼嘉知道或许他们做得没错，可他回望父母近乎缺席的童年，还是难免感到遗憾。

他最终拿着钥匙和钱包出了门，见不到父母总不能饭都不吃。

不知不觉间他就走到了小吃街。

本想发短信叫苏霖曼和尚泽明一起，林礼嘉想了想又收回手机，站在路口犹豫半天，最终独自走了进去。

远远瞧见个熟悉的身影和"夜光蘑菇"站在一处，看着像起了争执的样子。林礼嘉下意识地快走了几步，看清了熟悉身影的长相，竟是齐威。

"夜光蘑菇"红着眼抓齐威的袖子，齐威看上去被她惹急，甩手时力气使大了些。

郑雯一时不察，没把握好平衡，眼见着要摔在地上，下意识地闭上眼睛。

想象中的疼痛并未袭来，鼻尖传来一股陌生又熟悉的清香。

郑雯抬头，是林礼嘉。

"你说巧不巧，好像每次你摔倒我都恰好在你身边。"

郑雯的脑海里飞速掠过一些画面，发现好像的确是这样的。

林礼嘉："发生什么了，发这么大脾气？"这话是说给齐威的。

齐威本意不是想真的伤害郑雯，挥开手时没来得及反应，眼下见郑雯无大碍才暗自松一口气。

林礼嘉和班里大部分同学都相处得不错，齐威见到他面色也缓和些。

"没什么，郑雯说要请客来着，没想到临时反悔，这么小气。"

郑雯被他不要脸的态度气到，说："你明明就是在故意挑事！"

林礼嘉与齐威同学一年也大概了解他是个什么性格，听着两人的话再结合一桌子的菜，心中明白刚才是什么情况。

"齐威，付钱吧，人家赚的都是辛苦钱。"林礼嘉看着齐威的目光不起波澜却莫名压迫。

齐威还想开口，却被林礼嘉打断——

"这条街人这么多，那边几个人已经看热闹看很久了，别到时候再传出去说你在这儿吃霸王餐欺负人。

"而且，到底什么情况，我相信你心里有数。老老实实付钱吧。"

齐威环视一圈发现围观的人确实不少，几个大妈在旁边表情不掩嫌弃地指指点点。齐威不甘心地指了指郑雯，最后在桌子上拍了三百多块钱转身离开。

"还差七十二块呢……"郑雯拿起钱数了数，眉间写了一个"川"字。

林礼嘉掏出一百块钱压在郑雯的手心。

突然的温度让郑雯有片刻宕机，而后很快回神。

郑雯说："你这是干吗呀，也不能让你吃这个亏。"

"谁吃亏了，我这是饭钱。"

郑雯急道："都过去多久了，说了那天是请你的。"

林礼嘉坐下来，拆了一双筷子："谁说是上一次了，我今天还没吃饭呢。"

他说着怡然自得地吃起来。

虽说那桌菜齐威等人根本没动几口，但到底算是上桌客人剩下的，按理来讲应该全部处理掉才对。

郑雯急急忙去抢林礼嘉手里的筷子："我们再给你做一些，这是人家吃过的。"

林礼嘉反应迅速地举起筷子："之前班级聚餐也不是没一起吃过饭，不碍事。

"更何况一百块钱能吃这么一桌肉，我血赚啊。"

方才的争抢让两人间的距离变得很近，郑雯对上林礼嘉的眸子，甚至能感受到他呼吸间的热气。

她瞬间大脑一片空白。

林礼嘉也意识到这距离有点不合适，轻轻咳了一声，坐直身子。他皮肤白，有一点红就会暴露出来，此刻更是从脖子延伸到了耳尖。

气氛一时间陷入莫名的尴尬。

"哎，小林又来啦。刚才那几个同学呢，都走了吗？"刘媛娣走出来，看到林礼嘉时，眼中不掩惊讶。

"嗯，阿姨好。他们有事先走了。"林礼嘉温和地笑着站起身，对刘媛娣微微鞠躬问好。

刘媛娣还没来得及说什么，突然注意到郑雯手里捏着的钱。

"哎哟，小雯！你让我说你些什么好，不是说了不要收同学钱的嘛。"

郑雯不想告诉妈妈刚才的事让她白白担心，却又不知道如何解释。

身边清悦的男声响起："他们不像我这样厚脸皮，第一次来都不好意思，等下次来的时候就不会这样了。"

刘媛娣听着笑眯眯地走到林礼嘉身边和他唠起家常。

林礼嘉配合地认真听刘媛娣念念叨叨，却抽空偷偷对着郑雯眨眨眼，示意她不必担心。

郑雯看着他不禁莞尔浅笑。

好神奇，她对这个城市陌生、抗拒、不适应，可认识林礼嘉以后心里像是淌着一条四季常温的河。

林礼嘉他，真的是温暖又善良的人啊。

　　5

　　虽然你长得凶，但其实脾气很好，好几次我回座位不小心碰到了你的桌子吵醒你，你也没有生气，有时还会问我借作业，零食买多了也会问我要不要吃。

　　知道我家的情况后你常常来支持我妈妈的生意，还帮我解决了很多麻烦。

　　我从小就不是讨人喜欢的人，来到这里亦然。我知道学校里的同学不喜欢我，我不怪他们，因为的确是我的错，我自己也会讨厌我懦弱无能的样子。

　　时间久了我也就不在乎了，反正我是来学习的，有没有朋友对我而言……不那么重要的吧。

　　可是我不知道人的恶意是那么没有理由的，也不知道一味的忍让换不来适可而止和尊重。

　　在铺天盖地的指责和讥讽中，你是第一个站出来的人。

　　是你叫我抬起头，也是你让我看到光。

　　那天是 2012 年 10 月 6 日，121006 是我最常用的密码，很多次你问我为什么用这串数字，我没有回答过你，你也因此吃了很多让我啼笑皆非的醋。

　　亲爱的 L 先生，因为那天，是我看到光的日子。

10 月 6 日早上，郑雯拖着疲惫的身子来到教室，刚刚坐到座位上就趴着睡熟了，甚至来不及把书包放下。

　　前一天小吃街人多，店里的生意好得出奇，即使后来爸爸来帮忙也把一家人累得够呛。

　　她太疲惫，以至于没有注意到周围人复杂的神色。

　　有人偷瞄郑雯一眼，趴在齐威桌子上，小声道："齐威，那天晚上你真的进医院了？"

　　"我至于拿自己身体开玩笑吗？再说了，医院的缴费单还能作假不成？"齐威没好气地说。

　　"真是吃她家东西吃的？"

　　"那可不！我那天晚上就去她家店吃了点东西，不信你问问周一妍、

129

冯芊芊和张岳他们。"

张岳突然被提到猛地抬头，斟酌着开口："确实是去她家吃饭了，不过我们三个基本没怎么吃就走了……"

"咱俩认识一年多了，你还不相信我的话吗？"齐威勾住张岳的脖子，"也得亏你们那天吃得少，不然咱们就医院四人行了。"

齐威说："唉，可能从农村来的就是对卫生方面不太注意，同学一场，也能理解。"

众人唏嘘着看向在角落趴着睡熟的郑雯。

"啧，真看不出来啊。"

冯芊芊就坐在郑雯前面，她转身看了眼，郑雯似乎真的很累，众人不算小声的议论没引起郑雯的一点反应。

"芊芊，真的是齐威说的那样吗？"有女生小声问道。

冯芊芊沉默了下，最后还是摇摇头："我走得早，我不知道。"

那女生撇撇嘴，转过身又围在齐威旁边。

冯芊芊转过来敲敲郑雯的桌子："郑雯，这周轮到你收作业了。"

郑雯在迷蒙中胡乱点点头，冯芊芊状似不满地小声嘟囔："没礼貌，我好心提醒你，怎么连句'谢谢'也不知道说。"

齐威嗤笑一声："就你善良，期中考什么时候？赶快把我从这破座位上调走吧。"

冯芊芊白了他一眼后不再说话，兀自掏出镜子照起来。

林礼嘉是早读开始前两分钟进的教室，班里人差不多齐了，他上楼时杨威就跟在身后，也算是生死时速了。

语文课代表站在讲台上，调整着话筒准备早读，底下发出"哗哗"的翻书声。他路过郑雯座位时发现她还在睡觉，周围那么多人，眼见着老杨走进来，竟没有一个愿意叫醒她的。

林礼嘉抬手轻轻叩了叩郑雯的桌子。

郑雯被突然的声响惊醒。她趴得太久，眼前的一切事物都晕成了模糊的色块。她隐约看见面前站了一个人。

郑雯揉揉眼睛，试图让视线尽快变得清晰起来，与此同时，低沉悦耳的男声传入耳朵。

"醒醒，该早读了。"

眼睛好像瞬间因为某种力量变得清晰，她蓦地对上一双黑曜石般的眼睛，愣怔片刻后慌乱地移开眼。

身后传来椅子移动的声音。

郑雯犹豫半天，转过身小声地说了声"谢谢"。

"没事，转过去吧，老杨来了。"

人在突然惊醒后心跳频率会加快，郑雯此刻就是如此，于是小幅度地深呼吸调整着。

直到呼吸彻底平缓下来，她才来得及关心自己被各种作业堆满的桌面。宕机的大脑反应了几秒，她这才缓过神来，似乎这周她是小组长。

郑雯是很不愿意当这个组长的，倒不是不愿意收作业，只是小组长不可避免地要与班里的同学交流。郑雯来到大城市学会的第一件事就是人要有自知之明，既然别人不愿意搭理她，她也不想上赶着。

好在大部分作业已经交齐，是真的自觉还是别的原因，郑雯不愿意关心。

只是一组八个人，化学作业数来数去却只有七本。

她对了人，确定还差齐威的。

早读下课后，班里同学趴成一片，郑雯走到齐威的座位旁："齐威，你的化学作业没有交。"

齐威换了一只胳膊枕着，不搭理她。

郑雯沉默了下，声音大了些："我等到第一节下课，如果你还没交的话，我就先抱过去了，你自己交给课代表或老师。"

齐威皱皱眉头仍是不答。

"你不说话我就当你知道了。"郑雯在原地等了几秒没等到回答便当他知道了，兀自回到座位。

第一节课下课，郑雯手中的化学作业仍是七本，她抬头望了望，齐威又趴下了，于是不再等他，把手里的作业传给了课代表。

齐威迷迷糊糊地上了两节课，直到做课间操时，才稍稍清醒。

他刚从座位上站起伸了个懒腰，就见王铭浩慌慌张张地跑进来。

"哎哟喂，可吓死我了！"

课间操连着体育课，尚泽明正抱着球在教室后面模仿科比打球。

尚泽明说："怎么了你，跟撞了鬼似的。"

"你是不知道，老太太今天在六班发现了好几个没交作业的发了好大火，这会儿要严查咱们班作业呢，要是忘交了这不是往枪口上撞嘛！"

九班的化学老师是位即将退休的老太太，性格稍微有些古怪，脾气好的时候比亲奶奶还慈祥，脾气不好的时候犹如火山喷发般恐怖。

尚泽明似是想到些不好的回忆，忍不住打了个寒噤。

"瞧你那样子。"

几个男生说说笑笑地准备下楼，却见齐威一个人坐在那儿不动。

王铭浩："齐威，你不下楼吗？"

"我……我睡蒙了，缓一会儿就下。"

王铭浩最后奇怪地看了一眼齐威就出了门。

齐威看着手里空白的化学作业心里直发慌。

他前段时间就因为有好几次作业不交被杨威约谈，如果这次再被发现肯定是要被叫家长的。

齐威最害怕的就是他妈，没什么文化的农村女人，一遇到事就哭个没完，动起手来又狠得要命。

好在高中老师都不收答案，作业都是自己写完后订正，齐威匆忙抄完答案又伪造了些做题痕迹。

可怎么把它放到办公室呢，齐威犯了难。

老太太的性子是只要没课就老老实实待在办公室哪儿都不去的，偷溜进去放作业这一招显然不行。

踌躇间，他目光掠过了角落里的那个座位。

齐威心头跃上一计。

体育课时，郑雯也是一个人。一中的体育课是分组制度，选择自己喜欢的项目在班里和朋友组成一个体育小组，统一集合点名后就可以分开做自己选择的项目了，每个小组在期末进行一次考核评分就好。

郑雯来到一中时大家早已分好组，九班女生的人数刚刚好，找不到缺人的小组容纳她，后来则是没有人愿意加她。

教室不让留人，所以每到体育课的时候，她总是一个人拿着书在角落背课文。

"知不可乎骤得，托遗响于悲风……"郑雯合上书回顾刚刚背完的内容，习惯性眼神放空，嘴中念念有词。

齐威拍着球，瞟见那边的郑雯，只看见她拿着本书直直地看着球场。

他对了对方向："我天，她不会是在看我吧。"

他声音不小，周围不少人都听到了。

林礼嘉看看齐威，又看看远处的郑雯，嗤笑一声，不咸不淡地看了一眼齐威没说话。

"集合了。"

上课铃响，林礼嘉看着体育老师走过来便开始整队。确定了没缺人，他领着做完一套热身操就回到了队伍。

九班没摊上个积极的体育课代表，阴凉地早就被别的班占去了，只能站在太阳底下。

郑雯被阳光刺得睁不开眼，于是低着头。倒也不突兀，在旁人眼里她一直是那副畏畏缩缩的模样。

眼前突然落下一道阴影，长长地延伸到她的脚尖，她不自觉小小后退一步。

好像没有那么炎热了。

郑雯抬头，是林礼嘉挺拔的身影。

"这节课小组考试，十分钟准备时间结束就开始。"体育老师冲着林礼嘉招招手，"林礼嘉，你们组先考，考完你负责登成绩。"

"是。"

林礼嘉脱掉校服挂在足球场的球网上，蓝白色的T恤量身定做般合适，发丝在阳光下被映照成金栗色。

尚泽明和另外几个组员跟着他去了球场。

林礼嘉好像一直是人群的焦点。

郑雯意识到这件事是因为随着他的离开，陆陆续续不少人都跟着去了球场而不是为考试做准备，郑雯甚至发现其中很多人，尤其是女孩子，根本不是九班的。

只是她没时间关心林礼嘉的瞩目，她有更紧迫的事情要考虑。

小组考试……

郑雯眼眸暗了暗，她没有什么小组。

人群散开，她走到体育老师身边。

"老师，这个考试如果不参加的话有什么影响吗？"

"肯定有的，这个占两个学分呢，学分集不满是毕不了业的。"

"可是……"郑雯本想说自己没有小组，可又怕万一老师强行把自己加到别的组里会平白惹人厌恶。

郑雯鞠躬道谢后走开。

羽毛球、排球、篮球……一中的几个项目她一个都不会，但是羽毛球小组比起另外几个会更好加入，两两组合就好。

她咬着嘴唇，在原地犹豫了一会儿，最终对于毕不了业的恐惧驱使着她走到冯芊芊身边。

"冯芊芊，待会儿考试我能不能加到你们组里……"郑雯的声音细如蚊蚋，她努力忽视她说话时几个女生面面相觑的模样。

话未说完就被周一妍打断："不好意思啊郑雯，我们组人满了，你

133

找别人吧。"

"不会很麻烦的，我不会耽误……"

"我们要去看比赛了，郑雯你找别人吧，不好意思了。"

又被打断。

冯芊芊犹豫地看了看郑雯，最终还是什么都没说，任由周一妍拉着自己离开。

郑雯看着几人看似歉疚的神色和毫不犹豫的脚步，像是被黏在原地般无法移动半分。

明明知道会被这样对待，明明早该习惯同学的不喜，可这一刻她还是会觉得难过。

为什么就不能大胆一些呢？为什么就不能在最初落落大方地和她们做朋友呢？

郑雯也看不懂自己。

女孩子们三三两两地坐在球场边线上嬉笑着聊天，郑雯隔得很远默默看着远处的一切。

她看着林礼嘉投了一个三分，看他和尚泽明默契地传球，看王铭浩与他击掌。她听着众人的欢呼，听不断有人说"好帅"，听到男生也会惊叹着感慨"厉害"。

她只是低头去背平日并不觉得晦涩的诗词，尽管半天未曾翻动一页。

第六章 / 笨蛋

1

简单的考试为节省时间，三球就定了胜负。

林礼嘉甚至没出什么汗就结束了考试，意料之中的满分，他笑着向对他恭喜的同学道谢，便拿起成绩表开始新的工作。

一个同学一个同学的成绩登下来，名字后空白的人越来越少，林礼嘉这才发现郑雯的名字后面没有分组。

他环顾一圈，在操场的角落找到了郑雯。

书页映上阴影，郑雯抬头，是林礼嘉。

她慌乱地站起身，即使站在台阶上她仍要仰视林礼嘉。

"为什么不参加分组？"

郑雯埋下头，林礼嘉本就只能看到一点点她的脸，如今更是只留下了微微发黄的头顶。

林礼嘉发现每次与她对话似乎都是这个样子，他甚少看见她的脸，同学几个月，他甚至不太清楚她的长相。

郑雯开口，声音小得难以听清："别的组都满了，没人能和我一组。"

林礼嘉闻言皱皱眉，这才记起郑雯在班里的处境。

其实也不奇怪，来到学校的大家都是平等的，社交是要有回报的，如果一个人长期关上心门就会很难有人愿意主动去敲响那扇门。

林礼嘉看着郑雯，心中产生了一些同情和怜悯，他莫名想到了苏霖曼。

阿曼是不会这样的，她永远不会这样垂着头，永远不会像只鹌鹑一样瑟缩，她也永远不会允许自己这样被封闭。

她会孤立世界，而不是被世界孤立。

如果阿曼在场的话，郑雯肯定不会是一个人了，这个世界上没有比

135

她更心疼女孩子的姑娘。

林礼嘉叹口气："走吧，我跟你一组。"

郑雯不可置信地猛然抬头："你吗？"对上那双她难以忘怀的眼睛，她又回过神来，低下头，"可是，你考过了啊……"

"没事，陪你再考一遍。"

郑雯抬头，落入一双温和带笑的眸子。

"最后一组了，郑雯……是你啊！找到组了吗？"体育老师问道。

郑雯看了看林礼嘉，不知道该怎么说。

林礼嘉挽起袖子，问同学借了一副羽毛球拍。

"你可以吗？"

郑雯点点头，又摇摇头："之前上课接触过，但不会打……"

"没事，我打轻点，你把球打过网就行了。"

郑雯轻轻应了一声。

尚泽明拉住林礼嘉："你要和她一组？"

"嗯，有问题吗？"

"没有，只是……"

尚泽明话未说尽，林礼嘉已经走到了场上。

下课铃响起，却没几个人离开，各自怀着不一样的心思，总之大部分人都留在场边看热闹。

林礼嘉对着郑雯挑挑眉："我先发球，可以吗？"

郑雯点头。

林礼嘉控制着力道，几乎把球发到了郑雯面前。郑雯慌乱地挥着拍子，球是接到了，可惜打到了一边，并没有过网。

扑哧！不知是谁带头笑出声。

郑雯站在场上，耳朵不断被灌进不加掩饰的讥笑。

她有些难堪，低着头，紧紧咬着嘴唇。

"对不起，太久没打了，有些生疏。"林礼嘉不知何时走到郑雯身边。

"下节化学课，迟到没有正当理由小心被罚站，都散了吧。"他又看向旁边的尚泽明挑挑眉。

尚泽明会意，上前搭上几个男生的肩膀："走走走，这有什么好看的，我昨儿刚买了一幅科比的海报，贼帅！还没给你们看呢。"

人走了大半，还有零零散散几个人装作聊天待在那里，眼睛却时不时往这边瞟。林礼嘉睨了他们一眼，懒得再理。

"是我疏忽，我先教你握拍吧，下节课再考。"

他站在郑雯身边，没有直接用手，而是拿着自己的拍子给她展示，错处就用球拍把手轻轻去拨。她总是做错，他也没有露出一丝不耐烦，一遍又一遍地去纠正她。

明明距离没有很近，可郑雯还是觉得自己闻到了他身上的淡淡清香，该怎么形容？大概就像阳光晒过的青草地，轻松又安心的气息。

郑雯偷偷用手背贴了贴有些燥热的脸。

苏霖曼和项尔聊着天走到操场，远远就看到林礼嘉和郑雯站在羽毛球场，手里拿着拍做着发球的动作。

项尔："林礼嘉他们？"

苏霖曼："嗯，九班上节课是体育。"

"我说呢，就我们两个人你干吗买三瓶可乐。"项尔撇撇嘴，从袋子里拿了一瓶冲着苏霖曼晃了晃，腻歪地嘟着嘴"啵啵"两声，"谢谢我们阿曼，我先去占场子，你待会儿过来找我哈。"

苏霖曼被项尔逗笑，眼睛弯成一道月牙："好。"

苏霖曼走到树荫里坐下，林礼嘉看到她，蓦地笑起来。苏霖曼冲他挥挥手，拿出瓶可乐对他晃了晃。

林礼嘉手不方便，于是挑挑眉示意自己看到了。

郑雯看到的林礼嘉一直是那副淡淡的模样，如今面对他突如其来的灿烂被恍了神，呆呆地看着他的侧脸，顺着他的目光望去，便看见坐在树下那个花一般娇艳的女孩。

女孩即使坐在石阶上脊背也是挺直的，平日里没什么表情时只觉得她长相清贵，眉眼冷淡，平白有几分倨傲，如今见她笑靥如花的模样更觉出她区别于他人的美丽。

站在林礼嘉身边的她，和林礼嘉对面与他遥遥相望的苏霖曼。

郑雯觉得这画面莫名滑稽，像是油画里的公主和王子，只不过画师失误，不小心画上了旁边的女仆。

"看她那个没见识的样子。"

苏霖曼听到这一声，下意识地皱皱眉，抬眼望去，是齐威在说话，嘲笑声不加掩饰。

她撑着下巴饶有趣味地继续听。

"她不会觉得打个羽毛球就能融进来吧，乡下人就是乡下人。"

周围几个女生注意到后面的苏霖曼，压低了声音，又捣捣齐威。

齐威看了一眼没在意，还兴冲冲地给苏霖曼打了个招呼。

苏霖曼侧过头笑了笑，没搭理他。

齐威悻悻地收回手，嘴里嘟囔了什么，苏霖曼想都不用想就知道他大抵在和别人说她装。

苏霖曼最瞧不起这种男的。

因为某些事，对于齐威这个人，她是了解几分的。凭着一张还算过得去的脸在班里人际关系搞得不错，他给苏霖曼的印象和最开始的尚泽明有点像，只是远比尚泽明要虚伪油腻得多。

她站起身，伸了个懒腰，径直朝郑雯走去。

"郑雯，球拍可以借我一下吗？"

郑雯心中惊异为何苏霖曼会知道她的名字，却来不及多想。

手里的球拍不是自己的，郑雯下意识地去看林礼嘉。

林礼嘉一眼就知道苏霖曼憋了坏水，苏霖曼冲他眨眨眼，他会心一笑："给她吧。"

郑雯伸出手，苏霖曼道了句谢。

苏霖曼乜斜一眼齐威，嘴角轻勾，用力挥拍，羽毛球在空中划出漂亮的弧线，砸在了他的脑袋上。

其实没有多疼，但苏霖曼用了全力，还是在齐威的脑门留了个红印。

苏霖曼愉悦地勾起嘴角，挑衅地对齐威挑挑眉，而后走到郑雯身边，把球拍还给她，轻声在她耳边说道："当无缘无故地挨打时，就应该狠狠回击。"

苏霖曼拍拍郑雯的肩膀，对她微微一笑后转身，独留郑雯一人在原地怔忡。

齐威拦住苏霖曼的脚步，有些不甘心地开口："我就开个玩笑而已，你不是这样爱多管闲事的人吧。"

"我是什么样的人用得着你说？"苏霖曼讥讽道，"况且……没人教过你基本礼仪吗？玩笑只有对方觉得好笑的时候才是玩笑，否则跟语言暴力有什么区别？"

齐威知道苏霖曼不是像郑雯那样任他揉扁搓圆的性格，只能不甘心地冷哼一声悻悻然离开。

林礼嘉以手抵唇闷闷地笑了几声，随后愉悦地看向郑雯："快上课了，你先回教室吧，下节课再考就行。"

郑雯连忙点头，低着头，小声道了句"谢谢"，快步离开球场。

她走到苏霖曼身边时脚下步子停住，苏霖曼瞧见她站在原地深呼吸像是为自己打气的样子觉得还挺可爱。

"那个……苏霖曼，刚才，谢谢你。"她的声音细如蚊蚋，但那句谢谢却是清晰坚定。

苏霖曼无所谓地笑笑："没事，别放在心上，其实我也不太喜欢那个人才这样做的。"

身边传来一声闷笑，苏霖曼回头，正是林礼嘉发出来的。

"你笑什么？"

"没什么，笑你快意恩仇顺便行侠仗义。"林礼嘉眉眼弯弯，"顺便。"

苏霖曼剜了一眼林礼嘉，伸手去掐他的胳膊。

"哎，碰不到。"林礼嘉侧身躲开，幼稚地晃晃脑袋。

苏霖曼到底有几分包袱，看着郑雯在场没与他闹，只贴近他身边低语："放学别走啊，小伙子。"

"不走不走，看曼姐'摇人'打我。"

苏霖曼有些无语。林礼嘉这人平日里稳重自持得要命，幼稚起来却让人觉得完全可以遣返幼儿园。

郑雯隔着不近不远一段距离跟在他们身后，看着二人打闹也不禁弯了嘴角。

他们的青春真美好啊。

可以大大方方地和在意的人玩闹，不去遮掩真实的情绪，遇到开心的事就开怀大笑，遇到不爽的人就锱铢必较。

他们无畏任何风浪和冷眼，他们共赏一场又一场春花秋月。

郑雯好羡慕，却不觉得嫉妒。

很奇怪，好像觉得这样明媚自信的人生来就该享受这样的人生。

那我呢？郑雯问自己。

我为什么不能像这样生活呢？

是贫穷吗？

她隐隐知道不是这个原因。

那是为什么呢？

她有些茫然，却找不到答案。

2

先前郑雯总是低头沉默，苏霖曼这才看清她的五官。

其实郑雯五官不差，一双圆润的杏眼，鼻子小巧秀气，笑起来时眉眼和嘴巴都像天上的新月，嘴边还有两个浅浅的酒窝，是很可爱的长相。

只是过于瘦了，不是为了追求美的那种纤瘦，而是看着很虚弱的干瘦，显得人有些羸弱。她在风口多站一会儿，苏霖曼都会担心她会不会被卷走。

苏霖曼听尚泽明陆陆续续提过几次，大概知道郑雯家庭条件一般，因为刚转来不太适应，再加上本身性格内向，所以总是怯怯的，和班里同学关系也很一般。

她又想起之前林礼嘉告诉她郑雯妈妈说的那句话。

或许因为自己也是女孩子，苏霖曼总是会对女孩格外包容和怜悯些，她看着郑雯忍不住开口："喏，请你喝水。"

苏霖曼从袋子里拿出一瓶可乐递给她。

郑雯连连摆手。

"没事，你拿着吧，某人已经失去喝可乐的资格了。"苏霖曼温和地笑着。

站在她身后的林礼嘉揉着胳膊，无奈又包容地翘着嘴角："别客气了，你拿着吧，她不喜欢喝碳酸饮料。"

郑雯有些羞赧地接过："谢谢。"

"没事，还要麻烦你帮我把这瓶带给尚泽明。"苏霖曼把手里的袋子也递给郑雯，"麻烦你了。"

"没事没事。"郑雯头摇得像拨浪鼓，似乎是很开心能帮到一点点忙。

郑雯和林礼嘉几乎是踩着上课铃到的教室，老师已经进去了，郑雯咬咬唇，做好了挨骂的心理准备。

"干吗去？"林礼嘉一把拉住她。

"……进教室上课啊。"郑雯满头雾水。

"从前门进你这节课就别想坐着上了。"

林礼嘉带着郑雯走到后面，郑雯这才发现他竟然一直未曾松手。

后门留了一条缝，郑雯想应该是林礼嘉和尚泽明达成的某种默契。

林礼嘉做了个蹲下的手势，郑雯乖乖蹲在他身边。

"稍等一会儿就好。"

上课时的走廊空无一人，楼下高耸的梧桐树贴着墙壁生长，许久未经修理的枝叶有一些挤进教学楼里发出"沙沙"的声响。

"这声音听起来很舒服吧。"林礼嘉突然回头，郑雯对上他蕴含着笑意的眸子。

"嗯？"

"教室里的讲课声、四楼音乐教室的大合唱，还有树叶的伴奏。你运气不好，有时候还会有鸟叫。

"很像睡前听的白噪音吧。"

郑雯不知道什么叫白噪音，但她大致能理解林礼嘉的意思，闭上眼认真感受一会儿，有种莫名的轻松，好像因为迟到充斥的紧张被驱散了不少。

他的手仍未松开，郑雯感觉自己紧张到手心有些出汗。

后门突然被打开一半，郑雯还没反应过来已经被林礼嘉带进教室，她的反应突然灵敏起来，立刻回到了座位。

化学老师听到后面的动静停下了写板书的动作，转过身严厉道："后面那几个怎么回事？"

"老师，刚才突然起了阵风，林礼嘉去关门了。"尚泽明笑嘻嘻地举手回答。

王铭浩配合地点点头，林礼嘉煞有介事地拿出张湿巾："这门多久没擦了。"

只有前排从小到大遵规守纪的郑雯低着头不敢与台上的老师对视。

老太太将信将疑地继续写起板书。

林礼嘉说："你看吧，我说不用站就不用站。"

郑雯笑着微微偏头："嗯，你真厉害。"

她嘴角的酒窝盛着些未经雕琢的可爱，轻轻抬眼，恰与林礼嘉的视线撞上，而后稍显慌乱地躲开。

林礼嘉的手一顿，有些不自然地收回来摸了摸后脖颈。

"……其实也没什么骄傲的，倒也不用这么夸的。"

尚泽明听课听得昏昏欲睡，想着找林礼嘉聊天提提神，转头却像发现什么稀奇事一样低声惊呼。

"老林，你的耳朵怎么红了？"

林礼嘉懊恼地扔了一块橡皮丢尚泽明，被尚泽明双手合十接住。

"别管！听你的课。"

讲完本章内容时离下课还有几分钟，老太太戴上老花镜，讲课时的和蔼一扫而空，转而换上一副严峻面容。

"你们班少作业，这节课我们查一查是谁不好好交作业。"

齐威闻言身子僵了僵，又很快若无其事一般写起作业。

"给你们一次机会，主动站起来承认的，我们略施小惩就好，不承认的……我这个老太婆就跟你好好耗一耗。"老太太声音压得低，听起来颇有压迫感。

陆陆续续有三四个人举手，老太太点了点人数，还差一个。

"最后一个人，还不承认是想让我严查是吧？"

学生们面面相觑，都在好奇这最后一个人是谁，等了半天也没人再举手。

郑雯下意识地看了眼齐威的方向。

不知道为什么，她总有种不祥的预感。

"行。"老太太怒极反笑，"那就查吧，全体起立。"

名字一个个念过去，还站着的人寥寥无几。

"杨凯文、胡锦、李轩……"

郑雯关注着，自己这组的人一个个坐下，最后还站着的果然是齐威。

齐威原本低着头，听到没了声音才错愕地抬头："老师，我交了啊。"

"你交了？你交了这儿怎么没你的作业？别想着是不是我没拿全，我老太婆眼睛还没差到那个程度！"

齐威着急忙慌地翻了一遍课桌，又把书包里的东西倒出来："我真的交了……我想起来了，我放在郑雯的桌子上了！"

郑雯突然被点名，下意识地站起身："不在我这儿，我、我跟他说，我说那个、那个作业要他自己……"

所有人都转过来，包括老师在内的大家都直直盯着郑雯，她越想解释就越说不出来话，急得额头都沁出一层细密的汗珠。

一上课就会莫名紧张，被点到回答问题明明会却答不上来，郑雯知道自己平日里有这些问题，但她总觉得无关紧要，可到这一刻她才发现这是件多么麻烦的事。

明明知道对方不怀好意，明明被针对被误会却无法替自己解释，这感觉真是太难受了。

"你先别急，先翻翻看他的作业到底在不在你这儿。"林礼嘉安抚地开口。

他的声音仿佛溺水之人抓到的救生索，郑雯好像瞬间有了主心骨，点点头，蹲下来翻着桌子。

桌面上没有，书兜里没有，桌膛……为什么齐威的作业会出现在自己的桌膛里？明明都说过让他自己交了。

郑雯拿着那本作业，惊愕地抬头。

她对上齐威的视线，混在周围或好奇或厌恶或平淡的目光里，他背对着老师，毫不掩饰地对她释放着恶意。

还有什么不明白的呢。

"老师你看，我真的交了，只是想必是郑雯同学粗心把我的作业混到别的书里了。"

"我没有，老师……"郑雯看着齐威那副模样觉得委屈，鼓起勇气想要解释。

"行了，既然是误会就先放你一马，下次早点交作业。刚才没交作业的几个同学跟我来一趟办公室。下课铃也响过了，你们先休息吧。"老太太不耐烦地摆摆手让两人坐下，而后疲惫地揉揉太阳穴。

"那个同学，叫什么来着？你下次收作业记得细心点。"

老太太说完也不等郑雯回答，面色不快地招呼课代表抱着作业走了。王铭浩忙不迭地跟上。

他看着郑雯眼睛红红的模样，也不知道该如何安慰，只撂下句"没事的"就连忙去追老太太。

"余正平请假了，老林，帮一把。"

林礼嘉点点头，从座位上站起来："你先平复一下心情，等缓好了再去解释吧。"

郑雯感激地看了一眼两人，咬着唇，点点头。

"没事，老奶奶虽然脾气火暴了点，但说话算数，她说不追究就是真的不追究了。"尚泽明也拍拍郑雯安慰道。

"可是……真的不是我……"郑雯抹了把眼睛，却见齐威朝着她走过来，最终站定在她面前。

"郑雯，我俩那天是有点矛盾，但你不至于把我作业藏着不交害我被老师误会吧？"

郑雯再次感受到周围人炙热的目光，灼得她得拼尽全力才能维持抬头不要低下。

"明明……明明就不是我，你真的太欺负人了。"她倔强地与齐威对视。

齐威微不可察地扬眉，郑雯清晰辨出他眉梢的一丝得意。

"原本在你家吃出毛病那事我不想再追究了，只觉得班里同学不要再被害就好，可你这样我真的很难办的。"

吃出毛病？

郑雯猛地抬头："你在说什么？"

齐威还没说话便有关系好的男生代他开口嗤笑："装什么呢，你家的东西不干净把人吃出病了心里也没数？"

"不可能，我们家的东西都很干净的……"郑雯连忙解释道。

"干不干净的，藏在后面谁知道。"又有人讥讽地说。

"不是这样的……"

"人家都有医院开的证明，全班都知道，你还有什么可狡辩的？"

郑雯不可置信地看向齐威，对方脸上无奈又委屈，对上她视线时却轻轻勾勾嘴角。

她又去看尚泽明，尚泽明茫然地摇摇头。

郑雯几次想张口都被打断，好像没有人愿意停下来听她的解释。

几张鄙夷的脸环在她身边，郑雯觉得自己仿佛被一口巨大的钟罩住，钟外有许多人不停地敲击着。

她被黑暗吞噬，陷入难以回神的眩晕。

郑雯干脆不再挣扎，任由那些话语越来越过分，如同弯弓拉满刺穿她的身体，一箭又一箭，密密麻麻地覆盖在她身上，直至看不见本体。

脊背弯成山脉，诽谤是看不见的大山。

她的头越埋越低，任由眼泪簌簌地落下。

3

"郑雯，我个子高着呢，不用你低头也能看见黑板。"

一道声音划破黑暗，照亮郑雯的眼前光景。

她蓦然回头。

林礼嘉就站在她身后。

蓝白色的短袖被他穿得像大牌，下巴微微抬着，双手插进裤兜，眼睛被半长的刘海稍稍遮住一点，可那一刻郑雯还是清晰看到林礼嘉眼里的不可一世。

"郑雯，把头抬起来。"

她听见他这样说。

心跳漏了半拍，她努力睁大微微肿着的眼睛想要看清光影里他的模样。

林礼嘉抽了张纸巾递给她，放轻声音道："擦擦眼泪。"

郑雯接过纸巾，小声说了句"谢谢"。

林礼嘉看着齐威冷言道："我吃过几次，郑雯妈妈的手艺很好。不巧，那天我也在，并且和你吃了同一桌菜，怎么我就好好的？"

"……每个人体质不同，我从小肠胃就敏感，吃的饭一点不干净就会胃疼。"齐威语气无辜地说着。

林礼嘉没理他："你们谁有他的入院单，我看看。"

有看热闹的同学贡献出自己的手机："他发空间了，你们没看到？"

尚泽明嗤笑一声："什么人都能待在我们列表吗？早就删好友了。"

"我没加过。"林礼嘉补刀道。

齐威身子僵了僵。

林礼嘉打开那张图片看了一会儿，突然发出一声不屑的笑。

齐威心里隐隐有些不安，仔细回想了一遍确实没发现自己有什么纰漏，这才放心地装作无奈地开口："你现在看到了吧，我真的是吃她家东西造成的。"

林礼嘉抬头睨他一眼，翘起嘴角，讥讽地开口："先不说你入院的原因……"

"重复利用是好事，可用在污蔑同学这上面可不太合适吧。"

围着看热闹的同学不少，顿时一阵哗然。

齐威语气有些怒意地解释："我不知道你在说什么胡话，你看清楚了，上面的开具时间就是那天晚上。"

林礼嘉把手机还给那个男生，看着齐威的眼神微沉，轻轻靠在身后的桌子上，淡淡开口："这几日天气二十多度，天气晴朗，无雨。"

周围人一脸莫名其妙。

"哟，齐威，这么热的天医院还有人穿雪地靴呢？"尚泽明夸张地大声说着，表情毫不掩饰嘲讽。

齐威如遭雷击，在原地张张嘴不知道如何解释。

"我……那个……我大半夜去的，那会儿比较冷！"

"不对，右上角那个人虽然只露出下半身，但是能看出是一件羽绒服和淋湿的雨伞。"林礼嘉又补充道。

"我想起来了！"王洋突然开口，"去年冬天齐威因为胃痛请过假来着，我这儿还有记录。"

尚泽明像是想起什么，脸上嫌恶溢于言表："一年过去了，你还是喜欢玩道德绑架和舆论抨击这套啊。"

齐威这回是真的说不出话来，豆大的汗珠自额头滴落，脑子里疯狂在想该用什么样的理由才能让一切看起来合理。

议论声还在继续，只是指责的对象换了个人。

齐威有些难堪，面如菜色变了又变。

郑雯听着几人为她说话，冰凉的手心好像有些回温，心中像有了底气一般被注入勇敢。

——"当无缘无故地挨打时，就应该狠狠回击。"

那道清脆悦耳的女声在脑海响起，郑雯站在起跑线前，被那道声音狠狠推了一把。

她猛地站起，嘈杂的哄闹声当即停下。

"明明就是你。"她声音不大，但很坚定。

好像第一个字说出口，后面的一切就会容易很多。

"明明就是你，趁我不在偷偷把作业塞在我的桌膛里，我告诉过你自己去交，当时有人看见了的。"

郑雯去看记忆里在现场的几人，却见他们把身子缩了又缩。

她眼眸微微一暗，而后又很快振作："明明就是你，点了好几百块钱的菜不吃又不肯付钱，浪费食物，蛮不讲理。"

"你没付钱？"周一妍皱眉道，"你说你要请客我才走的。"

冯芊芊在座位上抱着胳膊，冷眼看向齐威。

齐威眼神闪烁，没敢与她们对视。

郑雯说："明明就是你，欺软怕硬，把一切不敢承担的责任推到我身上。"

齐威不习惯于郑雯的反抗，一时间竟忘记反驳，只讷讷站在原地，仿佛被她震慑住。

"懦弱，无能，诬陷别人，耍心机耍手段，不负责任只会逃避。

"你真可怜。"

郑雯声音越来越大，最后那句却轻飘飘地落下。

齐威像是被蓦地点燃："你说谁可怜？"

他作势要冲过来，被一边的尚泽明和王铭浩伸手拦住。

郑雯瑟缩了下身子，下意识地低头后退一步。

身前覆上一道阴影，她抬头，眼前是蓝白相间的布料。

往上，是从衣领露出的一截白皙修长的脖子。

再往上，是少年清隽冷峻的侧颜。

他说："别慌。"

我不慌的，我只是有点被吓到，郑雯这样想。

不知道是不是因为误打误撞站在你身后很多次，现在看到你的背影就会不自觉地感到安心。

张岳眼见着形势不对连忙上前打圆场："哎哟，你是不是忘了那天中午咱俩吃饭前还吃了个冰激凌，我当时吃完那个冰激凌就觉得不对。"

"回座位吧，快上课了小心让荣姐抓到。"他挥挥手疏散开周围人，生拉硬拽着不甘心的齐威回到座位。

"行啊郑雯，终于不是'小蘑菇'了啊！"尚泽明激动地拍拍郑雯的肩膀。

郑雯有些羞赧地腼腆笑笑，半边身子被他压得倾了倾。

她灵敏地捕捉到其中三个字，困惑地回望过去。

尚泽明尴尬地笑笑："老林起的，我觉得还挺像。"

林礼嘉没想到他卖兄弟卖得这么快，因他自小受到的教育，私下给别人起外号这事实在有些无礼。

他歉疚地笑笑，不知如何解释。

他总不能说我一看你就觉得你晚上会吐泡泡。

郑雯摸摸自己的头发，眼睛弯起，扬唇笑了笑："啊，没事的，我自己也觉得挺像的。刚才谢谢你们替我说话，真的非常非常非常感激。"

郑雯的表情过于严肃真诚，搞得王铭浩和尚泽明都有些不好意思。

"我们也没帮什么，"王铭浩"嘿嘿"一笑，指了指林礼嘉，"多亏老林火眼金睛。没事，他自己自作孽不可活而已。"

郑雯还是认真道了句谢谢。

趁着周荣又迟到，郑雯没忍住偷偷转过去，低声询问："……那个，我感觉你们挺不喜欢齐威的，我能知道是为什么吗？"

尚泽明一听到这名字就下意识地皱眉："告诉你也没什么。

"高一那阵他座位离我们挺近，我和老林也跟他在一块儿打球，大家关系都还不错。阿曼有时候来球场找我们时会看在一个班的份上顺便给他带瓶水，他莫名就开始浮想联翩，整日凑在阿曼周围。阿曼一开始是感到很不舒服的，但也只是默默拉开了距离没说什么。只是后来他越来越过分，甚至跟外班的人说他和阿曼关系多么多么好，还打着阿曼的旗号收了别人不少好处，答应了一堆莫名其妙的破事。直到有人来找阿曼质问她为什么约定好的局却不到场，我们才知道这事。"

林礼嘉接着补充："后来阿曼知道的时候气得浑身发抖，在走廊当着所有人的面问齐威叫什么名字是哪个班的，自己怎么对他这个人没有一点印象，然后大骂了齐威一顿。这下全校都知道齐威和阿曼不熟了。"

尚泽明想起来还是觉得生气，此刻面色冷峻，语气恨恨。

"所以后来我和老林都不怎么与他来往了。"

郑雯也听得皱起眉头："……他真的好过分。"

"不过……"王铭浩突然发声，"苏霖曼算是有个原因，可你与他无甚交集，他又为何短短时间内几次三番地折腾你？"

郑雯也不清楚缘由，苦着脸摇摇头。

"是哦，这确实很奇怪。"尚泽明被王铭浩这么一提醒也觉得其中另有玄机。

四个人凑在一块儿想了半天也没想出什么结果。

4

郑雯因为这事心情很不好，偏偏勤勉的一中老师加班加点地批完了试卷，当天下午就出了成绩。

一中每次考完试都会把年级理科前一百和文科前三十的名单做成红榜贴在楼下公告栏，其余人则掩去名字以每班一张 A4 纸的形式跟在后面。

其实各班都会在班会时候公布成绩，但大家总是想早点有个心理准备，郑雯混在人流里跟出去看成绩。

公告栏被人山人海包围着，郑雯个子小又存在感不高，始终待在外围圈，怎么挤也挤不进去。

她像是乘了早高峰的公交车，免费在学校体验了一把武侠小说里轻功的感觉。

"阿曼！你又是第一！"

郑雯听到熟悉的名字下意识地抬头，最前面有个短发……女生？听声音应该是，正激动地喊着苏霖曼的名字。

"我知道，你别挤了，快出来吧。"苏霖曼笑着从远处走来，马尾轻轻晃动。

郑雯听到人群中的议论。

"太可怕了吧，文理不分科的时候，她就一直是年级前三，现在文理分科成了文科第一！我们班主任之前是她的数学老师，高一就老在我们班说她是天生学理科的料，没想到最后选了文科。"

"是啊是啊，而且好像家庭条件也挺不错的，她头上那个皮筋看着简单，但我听人说是某个品牌的赠品，得是会员才给送呢。"

"而且她真的好好看，每一个地方都长在我的审美点上了！"

"何止！你们知道她人多好吗？上次我体育课时碰上生理期没拿卫生巾，她特意从操场跑到班里给我取，害得她都迟到了。"

…………

很奇怪，大家穿着一样的衣服，郑雯却觉得苏霖曼好像整个人都披着一层独特的光晕。

从广播里听到的苏霖曼，从别人故事里了解的苏霖曼，操场上帅气反击的苏霖曼，如今拿到第一宠辱不惊的苏霖曼。

她好像一直都是那副模样，骄傲矜贵，昂首挺胸。

自鼎沸的欢呼褒赞中走来而淡定自若。

没有值得她惊慌的事情，没有她解决不了的问题，没有她踟蹰苦恼的麻烦。

princess，郑雯想起今早背过的单词。

公主，她像一位真正的公主。

不是童话故事里须得依靠男人成长的公主，而是王国贵女，站在城墙上睥睨群山，她潇洒肆意却又淡定从容，她自己就是自己的靠山。

郑雯隐隐感觉先前的迷茫有一点被驱散，却仍寻不到因果。

"小心，不要挤，注意安全。"

郑雯低着头失神沉思，一时间没注意到前方突然后退的人群。一条白皙的胳膊出现在她面前，撑住即将撞上她的男生。

苏霖曼收回手摆摆胳膊，回头对上一双惊喜的眼睛："郑雯？你要看成绩吗？"

郑雯用力地点点头。

"这会儿人多，你不要强行挤，安全第一。等待会儿人少了再看，或者等晚自习时老杨也会将成绩贴在教室后面的。"

郑雯又用力地点点头，不知为何就是觉得苏霖曼说什么都是对的。

苏霖曼见她的模样觉得好笑，轻轻勾勾嘴角："准备回教室吧，快上课了。"

郑雯再次用力地点点头，见着苏霖曼离开，小步跑着跟在她身后。

苏霖曼注意到她的动作停下脚步，转身对郑雯挑挑眉："一起走？"

郑雯眼睛倏地亮了亮，上前一步走到苏霖曼身边，边走边不住地用余光偷偷看她。

她真的好好看哦，每次见到苏霖曼，郑雯都会这么想。

没有嫉妒，但有些羡慕，更多的是对于优秀者的向往和赞赏。

"早上的事我听林礼嘉说了。"走到幽静的长廊，苏霖曼突然开口。

郑雯愣了愣。

"很委屈吧？"她听见身边人柔声道。

原本她觉得这事已经过去了，只要她把那些话语丢在某个角落，只要她不在意。

可这一刻她发现自己是在意的，她远没有那么豁达。

在意为什么会被诬陷，在意为什么成为众矢之的，在意曾经被孤立的每个瞬间，在意从小到大听的每一句"可惜是个女娃"……

她在意，她凭什么不在意。

伤害就是伤害，劝他人豁达宽容不是创可贴，是浇在伤口上的浓盐水。

郑雯这么想，看着苏霖曼的眼睛止不住地淌下泪水。

苏霖曼从兜里拿出纸巾，微微俯下身，温柔地替她擦眼泪。

"……我不太会安慰人，只能给你灌些鸡汤。"苏霖曼轻轻拉起郑雯的手，坐在长廊的木椅上。

郑雯还在抽泣，苏霖曼看着心软，伸手轻柔地抚过她的脑袋。

"齐威是个浑蛋，可无关旁人的利益也不能说他们的'冷漠'有错。我和冯芊芊聊过天，她其实一开始很喜欢你，但觉得你对她的态度总是很敷衍，所以才慢慢不理你。

"郑雯，有一件事毋庸置疑，这世上的人没几个逃得过群众效应。

"捧一个人就争着捧，踩一个人也要轮番踩。如果希望别人友好温暖地对待你，就要先敞开心门去接纳别人，你得当那个第一个把自己捧起来的人才行。

"听不懂的话题就说不会，不会写的题目就大大方方地请教，帮一些力所能及的忙，直视对方的眼睛真诚地说句谢谢。

"其实社交没有那么困难，你可以先试试看啊。"

从来没有人与她说过这些话。

郑雯停止啜泣，蒙着水雾的眼睛愣愣地看着苏霖曼，直直撞进她眼里的是永远不变的自信和镇定。

"情绪有好一点吗？"

郑雯讷讷地点点头。

远处项尔正站在树下等苏霖曼，苏霖曼对项尔挥挥手。

"那就回班吧，我也要走了。"她把口袋里的那包纸放在郑雯的手心。

纸巾的味道很好闻，郑雯那一颗懵懵懂懂的心里有颗种子蓄势待发。

意料之中，班会课上先谈起考试。

杨威只点名表扬了前十名和进步较大的同学，这两项林礼嘉都在其中。

"我天！老林，明明咱俩玩游戏一直都一起的啊，怎么你一下子成第三了？我把你当兄弟，你背着我偷偷学习！"尚泽明抓狂地摇着林礼嘉身子。

"是啊，你这个进步速度也太可怕了吧，名次一次比一次高。我记得高一第一次考试咱俩是一个考场的啊，怎么现在你第三我还是三十三？"王铭浩也在一边哀号。

林礼嘉叹气："你们根本不知道我经历了什么。"

三双眼睛直勾勾地看着他。

林礼嘉又是一声叹息。

"上次期末我不是退步了嘛，不知道阿曼跟我妈说了什么，我妈把我每个月的零花钱全给她了，她直接找了个全科家教老师住我家，每天从早到晚课程安排得满满的，跑神一次扣十块钱。"

尚泽明："那也还好吧，你跑神了几次？"

林礼嘉摇摇头。

王铭浩诧异："没跑神过？"

林礼嘉有些尴尬地笑了笑："……记不清了，反正前几天给她过生日买的那条项链是预支的下个假期的零花钱……"

尚泽明说："……其实应该问你精神集中了几回吧。"

林礼嘉讪讪地笑笑。

林礼嘉虽然语气十分哀怨，但考到一中的学生没有不上进的，大家都想在三年后有一个好成绩，林礼嘉也不例外。

所以他其实可以反抗，但还是乖乖听苏霖曼安排。

"郑雯，你来一趟我办公室。"杨威路过时，敲了敲郑雯的桌子。

郑雯猝不及防被点名，有些蒙蒙地点点头。

林礼嘉看着郑雯离去的背影，疑惑问道："老杨找郑雯干什么？"

尚泽明犹豫了下，压低声音凑到林礼嘉耳边："老杨印成绩单的时候我在办公室，郑雯……这次考得不太好。"

"不太好？第几？"

"……倒数第四。"

林礼嘉眉头微蹙，班里的最后几名基本都是艺术生，这么看来郑雯的成绩的确不大理想。

他想了想，从座位上站起来。

"老林，你干啥去？"

林礼嘉没回头，摆了摆手。

"上厕所。"

5

"郑雯啊，你知道自己的成绩吗？"

郑雯讪讪地摇摇头。

杨威语气尽量和缓，但还是免不了焦急："全班第四十五名，年级排到五百五十名开外了！"

九班共四十八人，高二理科人数约莫六百上下。

"你是因为成绩优异才从地方县转过来的，我和你爸爸妈妈聊过，他们对你期望很大，可这个样子下去的话是上不了一本线的啊。

"而且……这个贫困补助其中一项要求学习成绩优异，老师很担心学校会不会驳回你的申请啊。这个名额一班一个，我在两个人里选了你，就希望你不要浪费了，否则很对不起另一位同学。"

郑雯知道她原本还算优异的成绩来到这里或许什么也不是，她清楚地感觉到自己在课程跟进方面和同学的差距。

她原本也不是聪明的脑袋，说白了不过比先前环境里的人多了成倍的努力。

而一中最不缺的就是聪明又努力的人。

她预料到这次的成绩不会好，但也没想到这么差。

想到父母的期待和村主任临行前的寄语，郑雯羞愧得想掉眼泪。

她真的真的对不起那些爱她、重视她、寄希望于她的人。

杨威见郑雯埋头肩膀轻颤的模样有些不忍心。

"不过你也别太沮丧，毕竟刚转过来还不太适应。老师知道你是踏实又勤奋的孩子，相信过段时间你就会进步的。"

可万一没有呢，郑雯想。那她是不是又多辜负了一个信任她的人。

先前不算数落的话尽数灌进脑袋，此刻的安慰却一句也没钻入耳朵。

教育资源不一样，天赋不一样。跟不上就是跟不上，学得差就是学得差，高考才不会在乎她是不是不适应。

"你实话跟老师说，现在上课听讲有困难吗？"

"……有一点。"郑雯吸吸鼻子。

"课下完成作业呢？困难吗？"

郑雯又是沉默半天才小声道："……有一点。"

"是觉得学得吃力吗？"

郑雯点点头。

杨威沉思了一会儿："这样，咱们班高一实行过互助计划，还算有所成效，你让我想想派谁来和你一起学习。"

杨威喃喃着："班长？不行，她还参加学生会，平时太忙了；冯芊芊呢？算了，艺术节有得她忙的。派谁好呢……"

"报告。"正当杨威苦恼时，一道清悦的男声打断他的思路。

林礼嘉不紧不慢地走到杨威桌前站定："杨老师，我找您有点事。"

杨威眼睛倏地亮起，对了！这儿就有个现成的嘛。

虽说平时他没少怼这小子，可他心里知道这孩子善良又负责任，教养好，品行也是十分端正的。上学期除了期末考那次有些拉胯，但总体来说相较起入学成绩一直在进步，这次更是直接到了第三。

再加上郑雯和林礼嘉就是前后桌，平日里教个题目问个问题也方便。

这不就是送上门的最佳人选。

"你的事待会儿再说，"杨威急急道，"老师给你派个任务，你愿不愿意？"

"您先说。"

"为了展现咱们九班团结友爱的良好风气，我打算让你带带郑雯同学的学习，帮助她更快融入我们，不知道你愿不愿意……"

郑雯蓦地抬头，引得杨威微微侧目，她又慌张地低下头，生怕被杨威看出些什么。

她胸膛里像被上了发条，一颗心"扑通扑通"直跳，绯红自脖颈攀上她的耳尖，时间似乎一瞬间停止。

她期待又害怕地等待着一个回答。

"这……"林礼嘉表情为难地拉长尾音。

郑雯甚至没来得及看他一眼，方才如沸水般汹涌的喜悦就被这一个字熄了个彻底，只剩下一缕黑烟熏得她睁不开眼。

杨威拍拍林礼嘉肩膀："就这么定了，我看去年苏霖曼带你就带得很好嘛，今年也该你出师了。"

一旁的刘宪东吹吹手里的保温杯，开口插话："老杨啊，人已经到我们班了，你怎么说都没用咯。"

杨威笑哼一声没再理他。

"那就这样吧，你们俩先回班吧。"

林礼嘉点点头准备出门，却见郑雯还仿佛没听见一般站在原地，他悄悄拉了下她的衣袖。

"哦对了，林礼嘉，你刚才找我是有什么事？"杨威突然转身，林礼嘉迅速地收回手。

"哦，那个……没什么事，就想说您的新眼镜真好看，哪儿配的？我也想配一副。"

杨威拿眼剜他："臭小子，一天到晚没个正形，滚滚滚！"

林礼嘉讨好地笑笑，跟办公室里的老师说了再见才离开。

"你要是觉得为难的话可以不用管，我不会告诉杨老师的……"回班的路上，郑雯低着头开口，声音里有一丝并不明显的鼻音。

林礼嘉有些蒙圈："不为难啊，你为什么会这么想？"

郑雯觉得林礼嘉是在哄她，于是闷声道："刚才在办公室里感觉你不太情愿的样子。"

林礼嘉反应过来，轻笑一声解释："那不是不愿意，是担心我教不好。"

郑雯迟钝地抬头望向林礼嘉，他这才发现她有些红肿的眼睛。

她今天好像哭了好多回。

"小蘑菇"老是掉眼泪可不好，林礼嘉胡乱地想。

郑雯后知后觉地反应过来，瞬间破涕为笑，表情是抑制不住的喜悦。

"我还以为……"

"以为什么？"

郑雯摇摇头。

我还以为……你也觉得我麻烦呢。

我就知道你不会。

郑雯还没高兴几分钟，整个人瞬间又萎靡起来。

林礼嘉发觉她的郁郁寡欢，以为她还是在意成绩，温和地安慰道："别着急，很快就能赶上来的。"

郑雯还是很沉默。

林礼嘉迟疑道："……怎么了？不开心吗？"

"没有……只是觉得有点羡慕你们。"郑雯眼眸无光，语气失落道。

"我们？"

"嗯。"郑雯点点头，"像是你、尚泽明，还有苏霖曼。"

林礼嘉有些惊讶："我们有什么可羡慕的。"

"很多地方啊，"郑雯掰着手指，"你们都很好看，学习都很好，有很多人喜欢你们，最重要的是……你们好像都能不畏惧他人议论，遵从本心地做自己，该怎么形容……勇敢又自在地生活。大概是那样的感觉。"

"啊！"林礼嘉失笑，"遵从本心地做自己……原来是很困难的事情吗？"

时间的齿轮被倒转，他站在长廊梧桐树洒下的阴影与阳光交汇处兀自失神。

"好像曾经……的确不是件容易的事。"

林礼嘉人生中最大的原则就是说到做到。

小时候答应了妈妈上学不许哭，所以掐得自己手上留下瘀青也没让眼泪掉下来；答应了爸爸他不在家时要照顾好妈妈，所以爸爸出差时他连一杯水也没让妈妈自己倒过；答应了沈姨要保护阿曼，所以天大的事他也挡在阿曼前面。

现在他答应了阿曼要永远陪着她，他也要做到。

可是林礼嘉看着自己上学期的成绩单犯了愁。原本觉得成绩嘛，够上高中就行。可苏霖曼是年级第一，她是一定要上最好的高中的，他总不能为了实现自己的承诺逼着苏霖曼就低不就高，白白毁了她的前程。虽然林礼嘉相信以苏霖曼的性格和能力，即使是让她去读最烂最烂的高中她也是能考上好大学的。可要是他真这么做了，先不说沈姨，他妈得先扒他两层皮。

所以唯一的办法，就是自己得考到一中。

"……现在距离中考还有一百六十四天，假设我的体育是满分，那么我离一中去年的分数线差 103.6 分……"计算器"啪嗒啪嗒"地响，林礼嘉口中念念有词，"……也就是说，只要我每天进步约 0.6317 分，我就能和阿曼一起上一中，她肯定是要进实验班的吧。实验班也就再高二十分，平均下来每天多不了零点几分。不在一个班也没关系，大不了我多爬爬楼梯当锻炼身体了……哈，我还是很有希望的吧……"

林礼嘉努力维持脸上越发僵硬的笑，最后还是忍不住泄气地趴在桌子上："……啊，少壮不努力，老大徒伤悲。古人诚不欺我啊！"

短信铃声响起，林礼嘉点开，是损友孙顺发来的消息：老林老林，你知道不。有传闻说师大一中要和十九中签个防止尖子生流走的合同，一诊成绩在年级前五十的学生都可以签约进一中！

孙顺就是好学生中比上不足比下有余的那一类，这个消息简直就像为他量身定做的，林礼嘉隔着屏幕都能想象到他有多兴奋。

年级前五十……

尽管希望渺茫，但林礼嘉仍然感觉看到了希望。

他尚且阅历不足的人生的每一个阶段身边都是苏霖曼，他从没意识到他们或许有一天也会分离，苏叔的事和苏霖曼突然挂起的中考不足半年的倒计时让他每一分每一秒都在被迫面对一个事实——

其实人与人的分离是那么突然的事情。

我们一起走到岔路口，有的人停下脚步，有的人返程，有的人选择与你完全不同的那条路。

苏霖曼接通电话，对面是长久的沉默，她不耐烦地叫了几声"林礼嘉"，没听见回答，正准备挂掉电话时，却听那头的人开口——

"阿曼，我们一起考一中吧。"少年声音悦耳，温和而坚定。

还有一些人，携风踏月，走过凄风苦雨，披荆斩棘也要来到你的前路。

林礼嘉其实底子不算差，甚至脑子很好，只是对于学习的态度实在怠懒。初一到初二，他一直是年级中下游的存在。

也是，一个上课趴着睡觉，几乎不写作业，下课只知道打篮球的人怎么会学习好呢。

可开学后的林礼嘉让所有人大跌眼镜，他突然变得特别特别特别努力。

上课从来不睡觉，每节课都认认真真地听，下了课就缠着老师问问题，哪怕有些问题听起来真的很弱智很丢人。

同学和老师都有些费解，若是说开窍，怎么开得这么及时。

只有苏霖曼知道为什么。

一诊成绩下来，出人意料，林礼嘉不仅进步了，甚至真的一举迈入了年级前五十的大榜。

"双木林，礼物的礼……林礼嘉，真的是你！"苏霖曼像条小泥鳅一样挤到人群的最前面，看到那个名字跃然浮现在眼前时，她心里有一万束烟花齐声绽放。

她也在那张榜上，高高地挂在第一个，可她一点也不在意。

苏霖曼兴奋地指着角落里的名字："林礼嘉你看到了吗？你在这里！"

林礼嘉看着自己的名字不可置信。他虽然知道这次答题时手感很好，应该会有个不错的成绩，但进步这么大确实有点出乎他意料。

"看到了，你别跳了，这么多人，小心摔了。"林礼嘉抓住苏霖曼校服袖子，把她从人群里拽出来。

"等回家你先别说话，这个消息必须让我告诉阿姨，我都担心阿姨不相信！你想吃冰激凌吗？我最近发了零花钱，林礼嘉，我请你吃哈根达斯当奖励吧。你想吃什么味道的？你喜欢巧克力，巧克力味怎么样……"

回班的路上苏霖曼蹦蹦跳跳，马尾辫一甩一甩的，看起来比林礼嘉这个当事人还要雀跃十倍百倍。

"行啊，吃到你破产。"林礼嘉两手交叉抱在脑后，心情同样喜悦。

苏霖曼走到后门时，几个同学正凑在一起聊天。

"……你们看到了吗，林礼嘉上榜了！"

"看到了看到了，林大校草多招眼啊。"

"你们说这成绩是他自己考的吗？我看啊……学得好不如投胎好，哈哈哈哈哈，你们说他这么自欺欺人有什么意义呢？像我，不会就是不会，有什么可遮遮掩掩的。"

陡然传来的哄笑声让苏霖曼觉得整个身子都在抖，她认出几道声音，有从未说过话的普通同学，有平时看似相处十分融洽的"朋友"，最滑稽的，有一位曾经很欣赏林礼嘉的女同学，她的笑声最尖厉刺耳。

"也不一定吧，我看他这段时间学习挺努力的啊……"

有人看不过去，小心翼翼地出口替林礼嘉说话，又很快被讥讽和嘲笑淹没。

"这你就天真了，一中合约那事你们还没听说吗？人家爸妈想安排也肯定得找个由头啊，不能太明显了啊，哪有突如其来的成功呢。"

苏霖曼想站出去反驳，肩膀却被一只手稳稳按住。林礼嘉不知什么时候出现在她身后，也不知道那些话他听到了多少。

她想要出声，林礼嘉轻轻摇头。

"没关系，清者自清。"他对着苏霖曼笑了笑，一贯的洒脱肆意，好似全然不在意自己受到了怎样的污蔑，"我去卫生间，你别冲动。"

苏霖曼知道林礼嘉惯常是个无所谓的性子，样貌好、性格好、家庭条件好，旁人只看到他被赞美包围，被羡慕环绕，他好似走在鲜花铺就的路上，他无忧无虑，他生活美满幸福，所以他的一切不满都显得如此矫情。

是从什么时候起呢，林礼嘉从非议中路过时变得充耳不闻。

或许从第一次被带着酸味叫"林大少爷"开始，或许从某次吐露烦恼却被身边的朋友当作无病呻吟开始，也许是许许多多微不足道的瞬间，这些事情共同塑造了他"不烦不扰淡泊不失"的性子。

其实他并不张扬，他没有很多大牌衣服，也没有挥金如土。林格则白手起家，节俭是刻在骨子里的习惯，他们住在普通小区里，开的也不是名贵的车。

只是并没有人在意，亲属栏里"林格则"三个字好像代表了一切。

——"听说他爸给学校捐了好多钱。"

——"哎，你没觉得班主任特别关注他吗？"

——"你说老师阅卷敢给他扣分吗？"

——"装什么啊，我去加他QQ，他居然不理我。"

…………

他享乐，大把大把的时间用在游戏和篮球上；他桀骜不驯，对成绩的好与坏，老师的喜与恶都无所谓。他一步一步活成他人眼里的"林大少爷"。

苏霖曼不是不想拉他一把，流言蜚语似刀剑，没插到自己身上难以体会其中痛楚。她从前常常劝林礼嘉，甚至任性地抢走他的游戏机，可最终的结果不过是第二天他又拿着崭新的游戏机出现在最后一排。若是林礼嘉自己选择下潜，她如何努力又有何用呢。

可这次不一样，苏霖曼真的看到了林礼嘉决心改变的坚定。

有个笨蛋答应过她，会永远在她身后。

这个笨蛋真的在认真地兑现诺言。

1

苏霖曼大步踏入教室后门，抱着胳膊站在众人中间，环视一圈寻找到最后那段发言声音的源头。

或许因为外貌，苏霖曼人缘一直都不错，虽然不与谁太疏离，也不与谁太亲近，除去和林礼嘉以及她为数不多的朋友在一块儿的时候，她总是一个人安安静静地坐在座位上读书，但与她搭话的时候她也总是会笑着回应，人很多的时候，她也能体贴地照顾到每个人的感受。

她总是规规矩矩地穿着校服，领子扣到最上面一颗，头发一丝不苟地全部束起，光滑饱满的额头不需要发丝修饰就很好看。苏霖曼是标准的北方女生长相，皮肤白皙干净，嘴唇很薄，嘴角微挑，驼峰鼻。一双丹凤眼，眼角轻勾时转盼流光，人看着有些凌厉不好接近，在这个冬天总是氤氲着雾气，夏天景色被灼热烤得扭曲的北方，她身影仿若幽兰，她就是天地间开得最好的那株剑兰。

而此刻她直直对上那女生的眼睛，不起波澜却莫名强横逼人地开口："没有突如其来的成功？你说得不错。"

她又将目光转向另一人："自欺欺人？你说得也对。"

苏霖曼……不是来替林礼嘉出头的？

众人微微放松下来，下一瞬却又听苏霖曼开口："只不过，自欺欺人的不是林礼嘉……"

她挑眉对上一双双仓皇的眼睛，漫不经心地用手指一个个点过去。

"……而是你、你，还有你。"

"没有突如其来的成功，这话不假。可这并不意味着你看到的成功都是别人通过下作的手段偷来的，你没有见过他刷题到半夜，也没有盯着他背完三年的古诗和单词，更没有仔细看过他因为每天只睡五个多小时留下的黑眼圈，你只是恰好看到了他成功的那一瞬间而已。到底是谁在自欺欺人？是你们，是你们羞于承认别人的努力和自己的偏见罢了。

"我原本以为我说出这些话的时候会很愤怒的，可我现在才发现其实并没有。我只觉得你们嫉妒的嘴脸，还真是挺可笑的。"

苏霖曼从始至终态度平和，却反而衬得她眼里的讥讽之色越发明显。

几人憋红了脸，那个女生率先忍不住恼羞成怒地开口："我们说的是林礼嘉，关你什么事！大道理一堆，不过是替自己的朋友洗白罢了！也不知道林大少爷给你灌了什么迷魂汤，让你这么上赶着来护他。"

苏霖曼嗤笑一声，正准备反驳，却被不知从哪儿冒出来的林礼嘉拉住手腕，安抚地拍了拍她的背。

"我这人平时不爱多计较，但凡是人总是有底线的。首先，我的成绩是不是作伪，自有监考老师和监控证明，你们在这儿乱嚼舌根实在显得愚蠢；其次，我和阿曼是从小一起长大的朋友，不要用你们那些龌龊的思想去胡乱揣摩我们的关系，也别用你没什么沟壑的脑子去评价她是什么样的人。"

林礼嘉平日里乐呵呵的，看上去性格总是很好的样子，但他冷脸的时候是很有威慑力的，譬如此刻。他眉头微蹙，微眯着眼俯视那些人，眼神里泄露出些冷厉，校服衣袖被挽起，露出一截青筋虬露的手臂，肌肉线条的起伏看着很是唬人。

苏霖曼眼睫颤了颤，在眼底投下一片阴影。

"最后，有本事就当面说，有意见就往上提，同学一场，我给句忠告，过街老鼠也比活在阴沟里好。"

苏霖曼一个没忍住，侧过头捂着嘴"扑哧"笑了出来，刚刚替林礼嘉辩驳的几个同学也跟着笑起来。

几人的脸色变了又变，看着林礼嘉阴郁的神色，张张嘴又怯懦地退回去。

苏霖曼笑够了也懒得再去看他们的反应，转身出了班门。

"不是叫你别冲动，怎么还跟他们硬刚。"林礼嘉扯扯苏霖曼的马尾辫，轻轻挑眉笑道。

苏霖曼撇撇嘴，瞪了眼林礼嘉，而后边整着头发边开口："拜托，打狗还要看主人，你可从小就是我苏霖曼的小跟屁虫。我才不要乖乖听你的话。"

"多久以前的事了，你还记得。"林礼嘉无奈地扶额，他那点黑历史在苏霖曼面前简直无处遁形。

"所以呀，你可别轻易惹我，你说的每一句话我都记得清清楚楚，你要惹恼了我的话，我就全给你抖出去。"苏霖曼恶狠狠地龇龇牙。

林礼嘉配合地抖了抖身子："不敢不敢，一定不敢。"

北方的教学楼总有条长长的走廊，开两个窗子让阳光投进来。阳光拉长他与她的影子，苏霖曼悄悄挪了一小步，看着那两个影子挨在一起。

她突然想起儿时说出"跟屁虫"这个笑话的那个午后。

"林礼嘉骑士，阿曼公主命令你，想生气就生气，想大笑就大笑，自由自在的，不做不烦不扰淡泊不失的那种人，做个快乐逍遥的普通人就好。"

林礼嘉愣在原地，而后不自在地挠挠头："你又在发什么疯，小爷活得自在得很……"

他对上苏霖曼认真的眼睛，突然什么话也说不出口。

夏天的风会挠痒痒，让人忍不住打心眼里暖洋洋的，想要和煦地笑。

已经过了放学的时间，走廊安静得很，林礼嘉或许被苏霖曼的一本正经感染，竟也愿意陪她闹，认认真真行了个骑士礼。

"遵命，阿曼公主。"

梧桐树"沙沙"作响，剪碎的光晕斑驳在白墙上。

"咦，你好恶心。"

林礼嘉无语："喂，苏霖曼，到底是谁先开始的！"

"报告。"林礼嘉刚敲开办公室的门就被华玲老师笑着按在她办公桌旁的椅子上。

林礼嘉敢发誓，打他入校以来，华玲就没对他有过这么和蔼的表情。

"林礼嘉，你这次进步很大嘛，老师早就说过你这孩子是很有潜力的，就是不用心！你看看，现在终于开窍了！"华玲说给林礼嘉递了杯温水，林礼嘉诚惶诚恐地接过，恨不得立刻站起来给华玲鞠两个躬。

"谢谢老师谢谢老师……华老师，其实我就是想问下，那个一中合约的事……是真的吗？"林礼嘉不安地摩挲着手里的纸杯。

华玲笑容微微滞了滞："这个事老师之前也有听说，一直没澄清是因为老师觉得这对你们也是一种激励，只是这合约的事嘛……"

华玲话未说尽，林礼嘉却是什么都明白了。

合约的事是谣传，学校觉得能鼓励中层学生好好学习，也正好撞到一诊的时间点上怕一部分学生泄气，所以干脆不去解释这个美丽的误会。

161

林礼嘉不发一言地点点头，眼眸里期盼的光芒倏然黯淡。他理解学校的想法，但同时难免觉得难过。

华玲许是看出林礼嘉的落寞，纠结再三还是不忍心地开口："你也别太失望，合约虽然是假的，但我听说一个消息，应该是挺靠谱的。"

林礼嘉不抱什么希望，但还是礼貌地等待着华老师的下文。

"一中今年开了个国际部，线下十五分的学生都能收，说是国际部，其实跟普通学生没差别，就是可能相对而言学费会高一点，具体消息等到你们中考完就会公布了。"

林礼嘉蓦然抬起头："真的吗？华老师！"

华玲递给林礼嘉一个高深莫测的眼神。

日子不声不响地过，日历一页一页被越撕越薄，那些对林礼嘉的质疑声在他不断攀升的成绩中逐渐消失。

2010 年 6 月 27 日，苏霖曼和林礼嘉一同踏入一中考场。

"一起上一中。"

"说到做到。"

出中考成绩前一天，苏霖曼一个人去了兰城最有名的潜山寺。

潜山寺建在兰城最高的山上，没有缆车，只能一步一步走上去。苏霖曼讨厌运动，也不喜欢檀香味，但有一个信念支持着她不断前行。

路过无数棵青葱的菩提树，苏霖曼走了三个多小时终于到了寺里。

寺里有棵菩提树挂着许多祈愿牌，红色的丝带在微风中飘荡，树叶"沙沙"作响混着偶尔木牌互相击撞的声音莫名悦耳。

苏霖曼也问小僧人要了两块木牌。

路过的阿婆弯着腰，双手背在身后，眯着眼看了看苏霖曼，露出个慈祥的笑。

"小阿妹求姻缘啊？"

苏霖曼连忙反驳，绯红渐渐攀上耳尖。

"不是的阿婆，我还是学生呢。"

"学生怎么啦，学生也可以求姻缘啊。"

苏霖曼慌张地摆手，和阿婆道了再见。

小僧人捻着手里的佛珠，轻轻笑了一声："施主莫怪，刘阿婆年纪大了眼睛花，但心肠是很好的。"

苏霖曼握着手里的木牌，摇头笑道"没关系"。

寺院的猫好像都带着禅意，懒洋洋地自苏霖曼身边掠过，尾巴轻轻擦着她的裤脚。

"猫师傅，你说这祈愿牌会灵验吗？"苏霖曼蹲下来，摸着它毛茸茸的脑袋。

猫师傅"喵呜"一声跳开了，走了几步又躲在梧桐树后，偷偷瞧苏霖曼。

苏霖曼被它逗笑："那我就当你说会啦。"

苏霖曼站起身，夏日正午的阳光晃眼睛，她双手合十，虔诚地在树下祈愿。

"保佑我在乎的每个人，平安顺遂。

"保佑林礼嘉考试顺利。

"保佑我们一年又一年地在一起。

"保佑……"她眼睫微微颤动，头埋得更低了些。

"保佑他顺遂无忧，皆得所愿，永远是少年。"

山风撩起她的发丝，山风混着檀香拂过她的裙摆，丝丝缕缕的红丝线在树上伴着树叶奏响的纯音乐里摇曳着身子。

倘若我足够坚定真诚，或许会得上天垂怜。

祈愿牌相互碰撞，仿若有人轻轻应答。

2

出成绩那天，苏霖曼早早打通了林礼嘉的电话。

"什么？还没查？林礼嘉，你气死我了！平时浑不懔也就算了，这么大的事你还不上心！算了算了，我替你查！"

苏霖曼本来跷着腿趴在床上看小说，听到林礼嘉这话顿时急得从床上跳起。

"我？我肯定能考上，你还是担心担心自己吧！

"……0117，确定……"看着屏幕上不停转动的小圆圈，苏霖曼心急如焚，一边咬着指甲，一边捂住眼睛，又忍不住偷偷地从指缝里去瞧。

"……6……643！林礼嘉你643分！线下多少分以内能交择校费来着？十五分是吧，是十五分吧！"苏霖曼惊呼着一跃而起。

"是，不过还不知道今年补录线是多少分。"林礼嘉其实已经提前打了电话去查，成绩早就了然于心，但他莫名想见到苏霖曼亲眼看到后的反应。

"你这跟以往补录线的分都差不多了，肯定能行的！"

苏霖曼仰头倒在床上，脑袋蒙蒙的，好像在梦中一样，过了好半晌，

163

她才尖叫着躺在床上胡乱蹬着腿："啊啊啊啊！林礼嘉，你太厉害了！我们能一起上高中咯！"

林礼嘉只听声音就能想象出电话那头苏霖曼的模样，他禁不住跟着她一块儿笑起来。

"嗯，说到做到，一直陪着你。"

沈素和柳泉昨晚闺蜜聚会到深夜，两人本来在沈素的卧室睡得正沉，突然被苏霖曼的尖叫惊醒。

沈素揉揉惺忪的睡眼："才八点刚过，这丫头又发什么神经。"

柳泉大半张脸埋在被子里，伸出半截胳膊挥了挥："他们小年轻的事我们不懂，继续睡。"

"不过我总觉得自己忘了些重要的事。"

"我也是。"

于是两位妈妈又毫不犹豫地沉沉睡去。

打不通儿子的电话，又不敢给一想就知道还在睡的老婆打电话且深深担忧儿子成绩的林格则在办公室里坐立不安，忍不住叫了秘书进来。

"你说中考成绩是今天公布吗？"

秘书看了眼日历："林总，是今天没错。"

那我怎么感觉全世界就我一个人关心这事呢？

苏霖曼全校第三，市排名第五十七；林礼嘉真的考上了一中，虽然是踩着能交择校费的分进去的。这是苏霖曼十五年人生里最开心的一天。

那天晚上虽然不是什么节日，但是林礼嘉带着苏霖曼去河堤放了烟花，这是他们独有的庆祝仪式。

仙女棒在黑夜里发着光，苏霖曼背着林礼嘉偷偷笑。

"林礼嘉，以后每年今天，你都带我来放烟花吧。"

林礼嘉没有问为什么，只是侧着头嘴角噙着笑说好。

"林礼嘉！"

他回头看苏霖曼，她笑着不说话。

"林礼嘉！"

"嗯？"

"林礼嘉林礼嘉林礼嘉！"

明知道她是故意折腾他，可无论重来多少次，他总会心甘情愿地上当。林礼嘉无奈地看着苏霖曼，对着她狡黠明亮的眼睛一次次妥协。

"林礼嘉，2011 年啦。"

"嗯，我知道。"

不，你才不知道。苏霖曼在心里偷偷反驳他。火光映着他的脸变成和煦的暖黄色，柔和了少年故作冷硬的侧颜。她无比熟悉林礼嘉的容颜，可还是会一遍遍在心里描绘他的脸。

我们啊，一起走过了一年又一年。

她差点以为爱是世上最大的谎话，就像天长地久跟着有时尽，此恨绵绵才是无绝期。可在每个那样的时刻，有人会在喧嚣中捂着她的耳朵，告诉她不必怕，有我在。围着带着他气味的围巾，苏霖曼看着眼前的人，突然觉得——

她真想和他有永远。

"林礼嘉，林礼嘉？"

林礼嘉倏地回神："不好意思，刚才想起点事。"

"没关系。"郑雯抿着唇，摇摇头，"那个，我还不太了解……互助小组该怎么互助呢？"

"其实主要是起监督作用，但如果老师讲的内容没有完全理解或者是有题目不懂也可以找搭档解决。我想想……周日的早上你有时间吗？"

突然被问到这样的问题，郑雯下意识紧张到结巴。

"有、有的。"

"那就好。"林礼嘉满意地点点头，"你知道省图书馆怎么走吗？这周乐队要排练……我们下周日早上八点半在省图开始第一次互助吧。"

林礼嘉见郑雯还是一副懵懂的模样，解释："既然已经答应了，就想让你守住奖学金。"他说着略有些赧然地摸摸脑袋。

其实他也很心虚来着，讲讲题他还行，但还没有给人当老师这种经历，也不知道能不能胜任。

林礼嘉突然感到有些头疼，不知道为什么，刚才在办公室莫名就站出来了。

可能是觉得她一个人埋头站在那里的单薄背影太过萧瑟孤单。

又或许只是觉得办公室坐北朝南的位置太优越，下午的阳光未免太炙热些，她恰恰站在窗边，是不是已经烤得汗流浃背？

如果有个人挡去些阳光会不会好一点呢。

或许只是这样简单的想法而已。

郑雯不记得自己的反应，是胡乱点点头还是讷讷说声好，只记得如同提线木偶般毫无知觉地回班，好几次同手同脚被身边的人忍着笑提醒，她心跳声一下胜过一下地响。

虽然是老师指派，虽然只为了正事，但这意味着，周日还可以见到林礼嘉哎。

郑雯趴在桌上，脑袋埋在双臂间，兀自傻气地扬起嘴角。

——"其实社交没有那么困难，你可以先试试看啊。"

耳畔突然回响这句话。

郑雯转过身，轻轻敲了敲林礼嘉的桌子。

"嗯？"林礼嘉从题海中脱身，露出疑惑不解的表情。

"那个……"郑雯抿抿嘴，抬起头时目光清澈真挚，直直地对上少年的眼睛。

"谢谢你。"她声音不大，但字字坚定。

林礼嘉被她眼底的赤忱灼到，不自然地摸了摸后脖颈："小事。"

郑雯料到他的回答，眯眼弯了弯嘴角，转过身，林礼嘉看着她的背影心里有些异样的感觉。

好像刚才被灼到的那一下，余韵在心里泛起涟漪。

九班乐队排练场地是王洋找的，就在她补习班借了一间空教室。

王铭浩和尚泽明不会什么乐器，为着凑热闹也早早到地方等待，甚至比几个乐队成员到得还要早些。

冯芊芊合上手机："等着吧，班长说她刚下课。"

"就是这一层没错吧，我转了好几圈了，人在哪儿呢？"王铭浩扒在柱子上张望，不放过任何一个经过的女孩。

林礼嘉半掩着脸把人拉到身边："你别丢人了，别让人家以为你是变态。"

王铭浩回头一看，原本站在一起的几人不知何时已经和他拉开距离。

"这边！"过道的尽头出现一个女孩，一手还拿着鼓槌。穿着白色无袖 T 恤，短款牛仔服半脱半穿地搭在胳膊上，短裤搭上黑色马丁靴，头发高高扎起，耳朵上坠着一对金属十字架耳环。

半晌没人说话，尚泽明夸张地张开嘴。

"……那个，是班长？"

不怪他不敢认，实在是王洋这副打扮与平日里在学校扎着低马尾、戴着金属边的眼镜，校服拉链拉到最高的乖乖女模样大相径庭。

王洋看着几人模样大致能猜到原因，手背在身后，腼腆地笑笑："……快来吧，不然教室会被别人占了。"

林礼嘉最先反应过来，背上吉他，走到王洋身边时，真诚地赞叹道：

"很好看，很适合你。"

他目光坦荡，没有恶意的打量，与他对视时轻易便感受到他是发自内心的赞美。

王洋也因为他的话感觉自然许多。

大家陆陆续续走到王洋身边，冯芊芊和周一妍两个女孩更是惊喜地围着她又蹦又跳。

倒是一开始最急迫的王铭浩落在了最后，黝黑的皮肤竟然能瞧出一点绯红。

"瞧你那没出息的样子！上啊，上去啊！"尚泽明贴在好友耳边焦急道，"夸她好看有那么难吗！"

"你懂什么！"王铭浩任凭尚泽明怎么推他也岿然不动。

他多看王洋一眼都觉得她漂亮得让人移不开眼，哪里还敢做其他的事情。

教室门口挂着使用时间表，冯芊芊瞟了一眼，瞬间睁大了眼睛。

"哇，班长，你早上八点不到就来了！"

从早上八点到现在，王洋已经一个人练习了近六个小时。

冯芊芊有些惊讶，她是高一时偶然看见王洋在资料表的特长一栏的角落写了架子鼓。因为学架子鼓的女生实在是少，所以难免印象深刻了些，这次也是她求了很久才说服王洋参与乐队的。

原本没想着对方会多认真，毕竟在她眼里王洋是那种爱学习胜过一切的人。

"我只在小时候学过一点，怕拖大家后腿，所以要更努力一点。"王洋笑笑。

租借的教室和苏霖曼上舞蹈课的地方很近，尚泽明在群里发了消息约着一起吃饭，刚好今天沈素去参加高中同学聚会，苏霖曼想了想，懒得回家换衣服，干脆直接来与林礼嘉和尚泽明汇合。

墙壁上有一扇窗，许是为了透光，里面的人没有关闭百叶窗，苏霖曼到达时他们正在合练，她没有打扰，耐心地站在门口等待。

她不常看见林礼嘉在外人面前表演的模样，坐在高脚凳中间位置，时而闲散放松，时而下意识勾起一点嘴角，看向他时，即使听不见里面的乐曲，也莫名相信是不会差的。

然而苏霖曼只短短注视他几秒，无法抗拒地被角落的王洋吸引了注意力。

她实在与平时太不一样，太热闹、太闪亮、太生机勃勃。

平日里不苟言笑，说话前斟酌万分的人，此刻即使没什么动作，脸上也挂着微笑，那是发自内心的灿烂和热爱。

3

"是王洋啊！"

年轻男子的声音里带着惊喜，苏霖曼看向他，来人胸前挂着一张工作证，看样子是这里的老师。

年轻男子注意到苏霖曼的视线，乐呵呵地开口："你是小洋的朋友吗？"

苏霖曼礼貌地浅笑着点点头。

"我姓赵，是这里教架子鼓的老师。"赵老师说话期间时不时就看向室内，"王洋以前跟我学架子鼓来着。"

"以前？"

"嗯，后来她家长不让学了。"他说话时语气惋惜。

"我觉得她很有天赋来着，虽然是女孩子，但比很多男孩刻苦认真，她也蛮喜欢的。

"你看她拿着鼓槌的样子，感觉这孩子一下就生动起来了。"

两股目光挤进一扇窗，被黏在一个人身上。

"为什么不让她学呢？"苏霖曼声音低沉，像是呢喃，也像询问。

赵老师叹口气："王洋家里好像是什么书香门第，她妈妈以前工作在外地，爷爷奶奶带着看她喜欢什么就让去学。直到前些年她妈妈调回本地来看她打鼓，觉得没个女孩样子，于是就不让学了。"

苏霖曼皱皱眉："王洋性格挺有主见的，她没反抗吗？"

"怎么没！"说起这个，赵老师音量陡然提高许多，"后来过了段时间她又来找我上课，我寻思是她和家长谈判成功了呢，谁知道其实是她自己攒的钱。没过几天就被她妈发现了，来我们这儿闹了好一通，还把王洋的鼓面捣坏了，后来就没见王洋了，学校也不敢再收她。"

赵老师看了眼墙上的钟，匆匆跟苏霖曼说了再见便跑去上课。

苏霖曼沉默良久，又看看教室里难得笑容明快轻松的王洋，心里却堵着难受。

隔壁教室门突然打开，开门的脏辫男孩猝不及防地与被声音吸引下意识回头的苏霖曼对上视线，嘴巴轻轻张了张，说了句什么感慨词，苏霖曼没有听清。

待那男孩回了教室，苏霖曼往里瞟了眼，里面的人穿着统一的服装，乐器也是和九班人员差不多的分配，听谈话内容应该是某个刚组建起来的小乐队。

主唱女孩和吉他手率先出门站在门口等候，苏霖曼往旁边走了几步拉开些距离。

不知道两人发现什么，兴冲冲地招呼着其他成员："陈飞！过来！"

"怎么了？"有人应着声出来，正是那个脏辫男孩。

主唱兴奋道："你看，那个乐队的鼓手是个女生哎，不知道技术怎么样！"

陈飞不屑地嗤笑一声："一个女的学什么架子鼓。"

苏霖曼踱步的动作顿了顿，眼神冷冽许多。

他瞟了一眼苏霖曼，声音又洪亮些："不说踩镲、碎镲、点镲、水镲她能不能分清，连着打半个小时一个女的能坚持下来吗？

"我毕竟打架子鼓快十年了，这点眼力还是有的。照我看架子鼓不过是她显得自己与众不同的手段罢了，女孩毕竟还是学些古筝啊、钢琴啊、跳个舞啊才可爱些，她这样摆摆花架子还可以，论起真刀实枪的……呵。"

陈飞话未说完，嗤笑一声便没了后续。

另外两人显然是习惯了他的自大，也跟着应和。

苏霖曼反复深呼吸了几次，最终还是没忍住。

"眼力？我怎么没发现你长眼睛了？嗯……直肠、大脑和眼睛是一条路？"

陈飞从打开门一刹那就注意到门口这个女孩，实在是难以见到的漂亮姑娘。他就看了那么一眼心里就痒痒，说话间有意无意透露优越表现着自己。

谁承想这姑娘一张嘴和外貌简直是大相径庭。

陈飞打小就是个目中无人的，他家庭条件还不错，自己学了几年架子鼓，虽然算不上什么佼佼者，但在这个小乐队还是绰绰有余的。

他回头看苏霖曼的动作迟缓，似乎还有点愣怔，余光扫到一旁几人想笑不敢笑的模样才有些羞恼地涨红了脸。

"你这人说话怎么这么难听，关你什么事啊！"

苏霖曼说话时不动声色地走到王洋等人所在教室的门口。

她看见林礼嘉的右手垂在身侧，苏霖曼知道，那是乐曲即将结束时林礼嘉的习惯性动作。

她心下了然，没了与陈飞争论的兴趣。

"说你以貌取人，我觉得你没长眼睛，与其留那两个孔在你的脸上浪费空间，还不如堵上算了；说你不会说话，我觉得跟狗抢吃的，吃多了说话这么臭也是理所当然。

"女孩子怎么样才算'可爱'我不知道，但你这个人，的确是与你呼吸同一片空气也觉得晦气的程度。"

教室里的尚泽明看到苏霖曼，眼睛倏地亮起来。苏霖曼冲他眨眨眼，下巴微微冲着门锁的方向扬了一下。

尚泽明会意，打开了门锁但没开门。他扫视了一圈外面站着的人，目光锁定在脏辫男身上。

看着他就有种莫名不爽的感觉。

苏霖曼说话期间，陈飞的脸变了好几种颜色，嘴张张合合，似乎被眼前人外貌和性格的反差冲击得不小。

"还有，我说话为什么这么难听？"苏霖曼背靠着门，手搭在门把手上。

"你那件 T 恤我有件差不多的。"

几人注意力被拉到陈飞身上的衣服上，那是乐队定的队服，蓝紫撞色底图上印着白色的手写字——"永远年轻，永远热泪盈眶"。

不得不说，设计的人审美还不错，只看队服很有摇滚热血的感觉。

苏霖曼忽而灿烂地笑起来。

"只不过我那件衣服上的字和你的不太一样。"

她抬手，手心冲着眼前人，大拇指、中指、无名指搭在一起，做了一个摇滚的手势。

苏霖曼笑靥如花，手指修长莹白，这幅画面实在是赏心悦目，陈飞心里的火一时间被惊艳压住，半张着嘴说不出话来。

"我的衣服上写的是……"

"永远年轻，永远骂人难听。"

她右手转了个方向，手背对着对面，赫然只有中指竖立着直指陈飞，嘴角也压成直线。

苏霖曼见好就收，迅速压下门把手钻进教室，猝不及防地撞入一人胸膛。

"干……干啥呢你？"

尚泽明双手撑在苏霖曼肩膀上推开她。

心跳……好快。

这个人怎么突然进门不吱声的啊！

我在说什么啊！

"你傻了吧，说话颠三倒四的。"苏霖曼没多在意，揉着自己的鼻子走开。

远远抛来一瓶矿泉水，苏霖曼下意识地接住，抬眼对上林礼嘉的视线："你也不怕把我砸死。"

林礼嘉笑笑没说话，放下吉他迎过来。

他刚走到苏霖曼身边停下，门突然被人一把推开。

苏霖曼还没反应过来，眼前突然一黑。

两堵人墙结结实实地挡在她面前。

"你这个……"陈飞踹开门后，没看见那女人，唯有两个高他一头的男人充满了眼前的画面。

他下意识地吞了吞口水。

"我找……我找……"

"找谁？"尚泽明冷声开口，故意低头靠近陈飞，半垂着眼看他。

林礼嘉没说话，只是挽了挽袖子露出一截肌肉结实的小臂。

"你们有人认识他吗？"王铭浩也从角落走上前来，他不明所以，但看好友姿态不怎么友好，于是也冷着声音。

他个子比两人更高，留着寸头，皮肤又黑，看起来特别唬人。

陈飞下意识后退一步，梗着脖子找台阶下："算了，算了，我不与女人……"

苏霖曼戳戳林礼嘉的后腰，林礼嘉又上前一步，苏霖曼躲在他身后探出个脑袋，另一只手握拳在耳边扬了扬。

"我不与她计较，快走吧，我还要去赶演出。"他退出教室快步离开，身边的男生疑惑问道，"飞哥，酒吧老板不是说今天不用你吗？"

陈飞骂了句脏话，踹他一脚，步子更快了。

尚泽明目送着他远去，转身想邀功时看见身后空空如也。

苏霖曼紧紧贴在林礼嘉身后。

他肩膀微不可察地塌了一点。

"怎么回事啊你，又惹事？"虽是问句，语气里却没有责怪，他知道苏霖曼不会无缘无故做伤害别人的事情。

苏霖曼原本义愤填膺地想吐槽，余光瞥到角落里好奇地探头探脑的王洋。

脑海里飘过赵老师的那些话，苏霖曼把已经到嘴边的话吞了回去。

"没什么，看不惯而已。"

林礼嘉知道她有不能说的理由，于是没有追问，一向好奇心最重的

171

尚泽明却是奇怪地没再说话。

苏霖曼欣慰地想这孩子总算长大了些。

跟冯芊芊和王洋打过招呼，苏霖曼站在一旁看了一遍几人正式版的合练。

"作为半专业选手，我建议你们立刻退赛。"

气氛一时间有些凝滞。

苏霖曼眼睛一转，夸张地开口。

"你们严重威胁到了我们班拿第一！我要求你们立刻退赛，给我们一条活路！"

众人提着的心这才落地，高兴地笑了起来。

"尤其是王洋，"待大家稍稍安静些，苏霖曼看向王洋，嘴角弯起一个令人安心的弧度，"你是我见过的最好的鼓手，真的很棒。"

王洋眼睛微微睁大，脸颊迅速漫上红晕。她习惯性地去推眼镜才发现自己今天戴的是隐形眼镜，于是局促地握紧了鼓槌。

目光对上苏霖曼温柔漂亮的眼睛，她的心也沉静下来："谢谢你，阿曼。"

回程的路上，苏霖曼走在王洋身边，看着前面几人打打闹闹，如同带小孩出门的妈妈一样无奈地笑笑。

王洋蓦地开口："其实你不说，我也知道他们说了什么。那个男生叫陈飞，我和他以前都是赵老师的学生。"

苏霖曼脚步微顿，平生第一次面对一个人不知道该说什么才好。

"王洋……嗯，虽然之前和你来往不多，但我一直觉得你很好，你很棒，你架子鼓打得也很好。嗯，我是想说……"

"没事的阿曼，我没事。"王洋看着苏霖曼，她一向不擅长对别人露出和善的微笑，像妈妈说的那样，她得每一件事都做到最好才行。她总是在计算什么弧度的笑才算完美，可她算不出来，于是干脆放弃。

面对这样好看的笑容，是很难继续紧张的，苏霖曼亦然。

她停下脚步，王洋不明所以地与她面对面。

"其实我是想说，不要放弃，或许你不知道，当你握着鼓槌的时候，真的在发光。"

此刻已是傍晚，橘子糖果色的城市是挤压橘子皮后的酸甜气息，汁水"呲"的一声喷出，像是在阳光的海里打开一瓶汽水，二氧化碳"咕噜咕噜"从人心里冒出，酸胀温暖。

"我没有放弃呀，阿曼。"王洋眼睛弯起来，"偷偷告诉你，我最喜欢的一套鼓市价两万三。

"我已经攒了一半啦。"

一干而尽那瓶汽水，她干脆豪爽地打个嗝。

试图困住我的，都会使我马不停蹄地奔向自由。

苏霖曼莫名松了一口气，尽管这个梦想与她毫无关系。

"恭喜你。提货那天，请告诉我。"

那晚王洋写完作业趴在床上，手指无意识地敲打着鼓点。手机突然振动一声，她解锁屏幕，是王铭浩发来的消息：忘记说了，今天你真的很好看，鼓也打得很好，班长，你真厉害！

屏幕是自动熄灭的，它的主人一直没有关机。

不知过了多久，被揉成团的被子里传出一道含笑的声音。

"傻子。"

4

　　你很受欢迎，有很多朋友，无论男生女生总是一个个地想凑在你身边，你好像是许多人追逐的对象。只有一个人除外。

　　一看S小姐就知道她和你是一样的人，S小姐很漂亮，是我不小心瞥到她都会自卑的漂亮。

　　她的优秀却不止因为漂亮，她是我最崇拜的人，是我心里最最帅气的女孩。

　　S小姐和你关系好，我听别人说，你和她青梅竹马长大，是彼此最信赖和依靠的人，你们是对方生命中不可或缺的一部分。

　　我艳羡着，却不知道到底在艳羡着什么。

第二周周日早上郑雯起得很早，换上前一天晚上翻箱倒柜找出来的连衣裙，蹑手蹑脚地到卫生间沾水顺了顺毛糙的头发。

郑雯其实原本肤色不黑，只是因为从前在村里常年下地劳作遭太阳长时间暴晒才成了有些黄黑的肤色，近些日子待在教学楼里已经白回来了许多。

镜子里的女孩一双杏眼灵动清亮，难以抑制的兴奋让她的脸颊也是红扑扑的。

郑雯别扭地转转胳膊，她的衣服有些不合身，那是三年前买的，郑雯平时不舍得穿，只有逢年过节或者什么大场合才拿来"撑场子"。

好在她个子不高又很瘦，虽然袖子短了些，但不仔细看就没什么问题。

她心虚地瞥了好几眼爸妈的房间，确定两人还没起床，才小心翼翼地轻轻拉开柜子，拿出刘媛娣不常用的唇膏在嘴唇上胡乱抹了几下，又用手垫着关上柜门。

一套动作虽磕磕绊绊但胜在没发出一点声音，郑雯稍稍松口气。

明明也没干什么坏事，但她还是莫名觉得心虚。

"小雯，怎么起这么早啊。"爸爸打着哈欠，声音带着睡意未消的朦胧。

"啊？哦，我、我去图书馆，杨老师让同学帮我补习。"

郑雯的声音微不可察地抖了抖，好在郑建兵未曾发觉她的异常，注意力被引到别的地方。

"嘿哟！这不麻烦人家吧！"

"不麻烦不麻烦，杨老师问过他的意见的，时间也是他定的。"

郑雯拉开门，快步走出来，头微侧着避过郑建兵，嘴唇紧紧抿在一起。

"这五十块钱你拿着，人家帮你补习已经很照顾咱们了，拿着请人家吃顿饭知道吗？"

郑雯本不想要，但看着爸爸不容置疑的模样，又想想确实是她在麻烦人家，最终收下。

只是她更坚定要好好学习的念头。

省图离他们的出租屋不算远，约定的时间是八点半，郑雯七点五十出门，准备花半个小时走过去。

星期天的这个时间街上人不算多，昨晚下了大雨，砖石路有些潮湿，朝露滑过叶片发出细微的声响。

郑雯提着裙子小心翼翼地避过路上的水坑。

她比自己想象中走得快许多，到图书馆时将将八点十分。为梦想奋斗的人不少，自习室的门口蹲着一排人拿着各不相同的小册子在背东西。

虽是开门没多久，可郑雯透过窗子发现剩余的空位已然没几个了。

她探头张望两边的马路，没看到熟悉的身影，抿抿唇，提着包先进去占座位。

零零星星的散位是有的，但是……

郑雯掠过几个位置走向更深处。

幸好，在最角落里仍有两个空位。不远处有人也盯上这两个座位，郑雯加快脚步，先一步放下包。

呼——

她长舒一口气，又为自己难得的好胜心脸红。

苏霖曼没有睡懒觉的习惯，无论上学还是周末都是早早起床。刚上高一时因为林礼嘉赖床的坏习惯害得她好几次差点迟到，后来说什么也不跟他一块儿走了。

她讨厌那种踩着警戒线做事的感觉，不够从容，缺了些味道，且大部分情况下也是匆匆完成却做不到最好的。

出成绩的那一周对于有些人是煎熬，对于苏霖曼而言是难得的放纵日，她决定花大半天时间去图书馆读读平日里没时间看的"闲书"。

换了身衣服，苏霖曼打算去街口阿婆那儿买份早餐路上吃。

苏霖曼人看着清冷，实际最爱吃些甜口的食物。阿婆的豆沙包做得一绝，逢工作日早被上班族抢得一个不剩，也就周末苏霖曼能侥幸拿上几个。甜香钻入鼻腔里，她像是餍足的猫，眯了眯眼睛。

一声急刹，有人轻轻扯了扯她的头发，不疼，是某种默契的亲昵。

"活见鬼，周末还能在早上八点见到你。"

她懒洋洋地把手里剩的包子扔到林礼嘉身上，又探着头问阿婆多要了一份豆浆。

"再加两个肉包吧，您就不找钱了。"

"谢了。"林礼嘉也不多客气，把自行车停好，靠在一边解开塑料袋。

阿婆家的豆浆是早上起来现磨的，有种未经加工的醇香。苏霖曼走到林礼嘉对面，腮帮子一鼓一鼓地咬着吸管："起这么早去干吗？和尚泽明他们约了打球吗？"

"没，去图书馆。"

苏霖曼有些惊诧地开口："什么情况啊，林礼嘉还能主动去图书馆？我喊了你多少回你都没去过。"

林礼嘉嘴里塞满了肉馅，说话时有些含糊："老杨让我帮郑雯提成绩，我和她约了今天，我想着图书馆学习氛围好一点，而且不用花钱。"

苏霖曼知道一点郑雯家里的情况。

吸管中的液体陡然退回塑料杯，苏霖曼动作一顿，而后漫不经心地搅着吸管。

"老杨威胁你了？"

林礼嘉奇怪地看一眼苏霖曼："没啊。"

"那你怎么突然答应这事？"

"就……就答应了呗，帮助同学嘛，而且她家里真的挺困难的。"林礼嘉眼神飘忽，从斜倚着自行车的姿势变成端正地站着。

175

苏霖曼没有忽视他的小动作，她不知为何心中一沉。

理智上讲，没关系的，她知道林礼嘉有许多让人无法忽视的优点。

善良、心软、乐于助人，以及他与生俱来的同理心……

可有某种出自她隐秘情感的第六感明明白白地告诉她：别做无用功了，其实你根本没办法压下心里的异常，也根本寻不到一个足够具有信服力的理由支撑林礼嘉的决定。

苏霖曼垂着的眼睫微微颤动。

剩下的小半杯豆浆划成抛物线，直直落进垃圾桶。

"走吧。"

林礼嘉三下五除二解决了手里的包子，推着自行车匆匆跟上苏霖曼。

"你呢，你干吗去？"

"跟你一样，去图书馆。"苏霖曼没回头，自顾自坐上自行车的后座，"我去查资料，想想'金槐杯'的文章怎么写。"

她和林礼嘉一起坐过轿车，一起挤过公交车，小时候挤在绿皮火车的同一张床上看小人书，也曾经在飞机的同一个窗口翱翔云端之上。

可在繁多的交通工具中苏霖曼还是最喜欢坐在林礼嘉的自行车后座。

随着他摇摇晃晃，颠簸时自然地环住他的腰，不断收紧。她靠在他的脊背上，和他紧密相贴，鼻尖是马黛茶的味道，如他一般干净清冽。

虽然大概率他只是随手拿来喷喷衣服，但那毕竟是她送给他的生日礼物。每次闻到这个味道时，苏霖曼都会感到格外安心。

嗅觉是最具侵略性的感官，记忆会褪色，可也会在闻到熟悉味道时变得鲜明，这大概是人类进化后留在骨子里的本能。

自行车远不止这点值得她喜欢。

林礼嘉在一切运动方面都极具天赋，当初一起开始学自行车，苏霖曼每年暑假都学一遍还是不会，林礼嘉却不需要什么辅助地无师自通。

他喜欢把车骑得飞快，世界飞速倒转，他们逆着世界前行。

她只需要抱紧，再抱紧。她闭眼，紧紧闭着双眼，感受呼啸而过的风，感受心脏的狂跳。

在这一刻，她什么都不用顾忌。

什么面子，什么情谊，什么尴尬都不用顾忌。

她只需要放肆地感受一切就好。

可今天不一样。

林礼嘉好心情地哼着歌，苏霖曼却没什么表情。

他的衬衫依然干净整洁，隐隐有淡淡清香。

不是马黛茶，没有桃花心木，只有最最普通的皂角味而已。

她捏着衬衫的手无意识攥紧。

"你是不是走错路了？"

"没啊，这就是去图书馆的路，三四个月前修好的小道，你没走过？"

苏霖曼没回答，只盯着天边柔软的白云。

没走过，也不想走。

在座位上坐了一会儿，手中的笔转了几番始终无法落字，郑雯时不时抬头看向门口，又一次次失望地低头。

悬在对面的挂钟分针刚指向罗马数字"4"，郑雯始终无法平静，原本充斥着亢奋的一颗心慢慢地被紧张取代，且随着时间的推移变得更加深刻。

如果他八点半到自习室，站在大门口可以在二十八分就见到他。

如果她努力伸长脖子，再敏锐地注意道路两头，见到他的时间又可以更早一些。

这样计算着，郑雯站起身裹上外套，一路小步跑到大门口。

图书馆院子里的流浪猫轻轻一跃爬上砖墙轻盈地前行，寻了一处地方停下，舔舔爪子，四处张望，"喵呜——喵呜——"地叫起来。

橘猫先生也即将与想见的人面会吗？

她从未觉得五分钟可以过得这样漫长，漫长到她几乎数清地上的那些落叶共有几个锯齿样的尖锐。

远处传来自行车铃，"丁零丁零"，敲得她心猛然一颤。

郑雯捋捋头发，抬头去寻声音来处。

骑车的男孩笑容灿烂，平日里总遮着小半张脸的发丝被风扬起，露出完整的含笑眉眼。身后的女孩一手抱着他的腰，另一只手挡在眼前遮蔽刺眼的阳光。

衣摆也像自己的主人那样，蓝色外衫向后摇曳，无数次亲昵地拂过女孩的腰间。

任谁看都会感叹这养眼的青春校园偶像剧如此美好。

郑雯却如同吸入一大口裹挟着冷意的空气。

林礼嘉把自行车停在车棚里，从苏霖曼手里接过自己的书包。

郑雯无措地在原地等着他们朝自己走来。

苏霖曼和平日在学校几乎没什么区别，除了高高束起的头发被披下来垂至腰间，在阳光下被渲染成棕色。

她只穿了最基本的白T和牛仔裤，下摆塞进裤子，掐出盈盈一握的细腰，身材比例好到吓人，紧身牛仔裤勾勒出柔美的线条，更显得一双腿又直又长。

林礼嘉与她差不多的打扮，浅蓝色直筒裤和白T恤，多加了一件蓝色的衬衫外套。

"我的包呢，把我的包给我。"

"你背了多少东西啊，重死了。"

"还好吧，就一些教辅。"

…………

郑雯微微侧头就能看到玻璃门倒映着她的身影。她眸子暗了暗，抬手慌乱地擦着嘴唇，背在身后时紧紧攥在一起，用力到发白。

对比起苏霖曼的随意，她的精心打扮就像一场笑话。

5

"郑雯，你来得这么早啊？"

林礼嘉抬手打了声招呼，方才肆意开怀的笑容变成礼貌的浅笑。

"啊，忘记说了，阿曼刚好今天也要来图书馆，我俩就顺路一起来了。"

苏霖曼笑着点点头，模样与林礼嘉有八分像："你好啊，又见面了。"

"你好。"郑雯紧张地抿抿嘴，"那个……不好意思，我不知道你也要来，只占了两个位置……"

"没事，她不去自习室，"林礼嘉无所谓地摆摆手，"她去四楼。"

苏霖曼俏皮地眨眨眼睛："对，我不是来学习的，我来消磨时间。"

三人并排走进图书馆后，在一楼分别。

"中午吃饭来找我们。"林礼嘉嘱咐道，"饭还是要吃的，你晚上还要上课。"

"知道了知道了，数你最啰唆。"苏霖曼有些不耐烦地摆摆手，对郑雯温柔地说了声"待会儿见"就小步跑上楼梯。

"一点不让人省心……"他状似抱怨地小声嘟囔着，话语虽是责怪，可语气里没有一丝怨怼。

"走吧，我先带你梳理一下高一的知识。"

"嗯。"郑雯扯扯嘴角，心思回到正事上。

苏霖曼随手拿了本小说集找了个单人沙发坐下。

材质较软的布艺沙发有种让人一坐上去就想瘫着的神奇魔力，图书馆内不少人也的确是这样做的。在阳光明媚的午后，窝在沙发里读喜欢的书，面前再放一杯刚泡好的热茶的确是一种人生享受。

可苏霖曼一出门就不由自主地背起包袱——即使坐在沙发上也不爱坐满，脊背挺得板直，双腿交叠，把书放在上面。

一页书翻来覆去看了几遍，却没有一点内容进入脑海。

从未有过的浮躁弄得她心烦意乱，苏霖曼知道放不下那点猜疑实在是她敏感，可是……

口袋里的手机振动，苏霖曼打开屏幕，是尚泽明发来的消息：在干吗呢？

"不好好陪爷爷给我发消息干吗……"苏霖曼小声嘟囔着，却还是敲起键盘：看书。

消息还未发出，对面的人又传来一条彩信。

图片的内容是两只玻璃窗外亲密依靠在一起的鸽子。

尚泽明又发来消息：在我爷爷病房拍的，无语，这年头鸽子都是成双成对的。

苏霖曼忍不住"扑哧"轻笑一声，回消息：羡慕啊？你问问公的那只怎么找到的对象，反正你们都说鸟语。

她心情被尚泽明逗得晴朗许多，不再过多纠结，把手机调到静音后专心致志看起书来。

林礼嘉是从学渣逆袭的典例，他的思路会比辅导书或者学霸讲解更适合郑雯现阶段的学习，加上他本身是个细致耐心的性格，郑雯回答的速度稍微慢了些，他就知道问题所在，也不会着急，只是娓娓道来地换种思路。

郑雯在学习方面脑子不差，只是一开始的基础打得不太好，从一开始的满头雾水到现在时不时能抢答一两句可谓是进步飞快。

其实也不能总是专注。

比如这一刻。

林礼嘉写字时习惯把头埋得更低些，肩膀会不可避免地与她轻轻相撞，很细微，所以不痛，另一处撞得更厉害。

"……所以形成的固态物质颗粒较小，因此以胶体存在。"

距离有些近了，她趁他专注题目时禁不住偷偷用目光触碰他。

"能听得懂吗？"

林礼嘉抬头。他怕影响到他人自习，所以声音压得格外低，或许也正因如此，落入郑雯耳朵里时莫名觉得比平日多了几分温柔。

像秋末最后一片落叶被风惊动，落入平静无波的水面泛起涟漪。

郑雯敏捷又慌乱地垂下眼眸："可以的。"

笔尖划过关键字词，郑雯能感觉到她略高处那股温热的气息。

那燥热顺着发梢爬至她身上各个角落，直烧得她脑袋也止不住发蒙，唯独手却是冰凉的，没什么知觉地捏紧衣袖，松开，再捏紧，再松开。规律的节奏与胸腔里疯狂跳动的心脏大相径庭。

"例题讲完了，你把相关训练做一下吧。"

"哦，哦……好的。"

郑雯有些羞愧于自己的走神，尤其是为这样一件不敢启齿的事情。

她甩甩脑袋，似是想把脑子里那些无关的东西清理干净，专注于纸上的数字。

贴着大腿的手机振动，林礼嘉拿出查看，是来自苏霖曼的消息：喝咖啡吗？

他看了眼身边的郑雯，见她咬着笔杆，很专注的模样。

他回复：不了。

专心做一件事的时候时间总是过得很快，郑雯写完一整页题目时已然近一个小时过去，她靠在椅背上稍稍活动了下有些酸痛的胳膊。

目光下意识地攀上身边的人，却无意间看到他的手机屏幕，郑雯动作顿了顿。

收件人是苏霖曼。

所以刚才，他一直都在和苏霖曼聊天是吗？

郑雯有些自嘲自己这一天的情绪变化还真是够反复。

起床时的激动，见面时的苦涩，讲题时的悸动，再到这一刻。

郑雯知道自己在意起林礼嘉是在他说出那句"把头抬起来"的时候。

可从更早的时候开始，她就已经下意识地关注他了。

下课、放学、活动课，林礼嘉总是跟在苏霖曼身边，有时往苏霖曼帽子里塞一听可乐，有时扯扯苏霖曼的头发，看她气急败坏地瞪他，而林礼嘉就跑在前面转过头看着她笑。

而且有一句话至今仍常常在郑雯脑海中回荡。她更加笃定，苏霖曼是她见过的最好最优秀的女孩。

可是……

可是，你明明就坐在我旁边，但我知道，我和你还是相隔千里，隔着无法跨越的山海。

你大概永远不会明白这种心酸。

林礼嘉突然抬头，郑雯猝不及防地回神，掩饰似的侧头打了个哈欠

林礼嘉看她眼角泛红的模样，以手抵唇轻轻弯弯嘴角："你是困了吗？"

他看了眼腕表："刚好十二点，我们去吃饭吧。"

郑雯忙不迭点点头。

早上出门太急没吃早饭来着，她这会儿确实是有些饿了。

苏霖曼收到林礼嘉的消息后，把书放回原位便走下楼。

"吃什么？"她走到林礼嘉身边，侧过身对郑雯笑着挥挥手。

"就那家韩餐呗。"林礼嘉划拉着手机，"你来这边不是只吃那家嘛。"

郑雯听不懂他们的加密通话，慢慢落后几步跟在他们身后。

或许十几年的熟稔自然会形成一种奇怪的氛围，郑雯站在他们身边，却觉得无论如何也无法融入。

这么想想，她还挺佩服尚泽明的。

她口袋里的手捏了捏那张纸币，三个人……不知道够不够。

苏霖曼似有所感地回头，看到身后低头若有所思小步前进的郑雯。

"那家有点吃腻了，你知道附近有什么好吃的吗？"

郑雯的手腕突然被一只柔软温凉的手抓住，那只手的主人带着她快步上前，待她站定时已然出现在苏霖曼和林礼嘉中间。

郑雯无措地看向苏霖曼，却见她挂着淡淡浅笑，眉目温和："或者你有没有什么想吃的？"

郑雯："我……我不挑食，我都可以吃。"

"那还是去吃牛肉面吧，也很久没吃过了。"

林礼嘉点点头，而后想起什么似的蹙起眉头："你上课前不是不吃主食吗？"

腰突然被人隐蔽地戳了一下，他一脸错愕。

趁着郑雯又把头埋下去，苏霖曼突然充满警示意味地使了个眼神："今天我想吃还不行啊？"

林礼嘉不知所云，但还是老实地没再开口。

郑雯低着头，悄悄吐出一口气，幸好幸好，这样的话钱应该是够的。

"你饭量大吗？那家一碗面分量很大，林礼嘉那么能吃也就刚好，如果你不介意咱俩吃一碗吧。"

郑雯忙不迭点点头。

她一路上好几次忍不住偷偷看苏霖曼的侧脸，怎么会有这么好看的女孩子呢。

她好像完全不能对苏霖曼说"不"，虽然她也一向不会拒绝别人。

可苏霖曼用那双漂亮勾人的眼睛看她时，郑雯什么都听不进去，只想点头说"嗯啊真对"。

苏霖曼看郑雯这副呆呆的模样觉得莫名可爱，嘴角的笑意不禁真切了几分。

这个点的牛肉面馆人不少，林礼嘉环视一圈，让苏霖曼和郑雯去占位置，自己去买面。

"我去吧。"郑雯不依，挡在林礼嘉面前，"今天已经很麻烦你了，而且上次你还替我说话……还有苏霖曼。"

郑雯眼睛亮晶晶地看向她，苏霖曼有些动容。

她从眼前这个小姑娘眼里读出一种难得的纯朴的赤诚。

不经修饰，没有加工的真诚的感激。

"很感谢你对我说的那句话……带给了我很大的勇气。"

郑雯说着腼腆地笑笑，转身的背影有些羞赧地落荒而逃。

她大抵是不习惯这种直接的表达。

林礼嘉还想去追郑雯，却被苏霖曼一把拦下。

"你拦我付钱干吗，虽然这儿的饭价格不贵，但是她家里条件一般，你是知道的。"林礼嘉说话时蹙着眉头，似是很不理解苏霖曼的行为。

苏霖曼见他看着自己的模样下意识愣了愣。

他已经很久没有对她有过这样的表情了。

"我说你傻你还真傻是不是？让郑雯一直欠着你，她心里能好受吗？人家是家里条件不好，但不是没心没肺，她也有自尊心。"

苏霖曼刚开口说话时，声音有些不易察觉的晦涩，又很快恢复正常冷静地解释。

林礼嘉也被她点醒，慢慢回过神来。他突然明白为什么阿曼要来牛肉面馆吃饭。图书馆附近餐馆不多，他建议的那家韩餐对他们而言人均消费不高，对郑雯却不一定。

苏霖曼早就知道今天郑雯不会让他请客。

"不好意思。"他有些羞愧，不仅因为语气，也为自己对朋友的不信任。

其实他知道的，以阿曼的性格，她做不出那样的事，只是一时间着急没反应过来。

182

苏霖曼没理他，兀自掏出纸巾擦着三个人的桌面。

林礼嘉后知后觉自己刚才语气冲了些，尴尬地舔舔嘴唇，夺过苏霖曼手里的纸巾："我来我来，你喝口水。"

● 第八章／献花

1

郑雯拿着小票回来时就见两人沉默着对坐，苏霖曼面色平淡如水，林礼嘉却时不时心虚地瞟两眼对面的女孩，气氛一时间有些不对。

"点好了吗？"林礼嘉像看到救星，"小票给我吧，我去取餐，你拿不住。"

郑雯刚准备说取餐而已，没什么困难的，可见林礼嘉神色间似有哀求，她犹豫着点点头。

林礼嘉如蒙大赦地离开了餐桌。

郑雯站在桌侧犹豫了下，还是选择坐在苏霖曼身边。

不知道为什么，明明跟林礼嘉更熟悉些，明明她有些不可告人的心思，明明看到苏霖曼和林礼嘉互动时会忍不住冒起酸气，可她还是莫名觉得坐在苏霖曼身边更令人安心。

"那个……你们吵架了吗？"郑雯小心翼翼地开口。

苏霖曼调整下表情，压下心里的异样，宽慰地对郑雯笑了笑："放心吧，没有。"

林礼嘉端着托盘走来，两大碗面、三个鸡蛋、一盘肉，还有三碟小菜加三瓶橘子汽水，不可谓不丰盛。

"我取餐的时候都吓了一跳，怎么点这么多。"林礼嘉把面放到两个女生面前，碗壁的温度烫得他立刻用手捏了捏耳垂。

苏霖曼看他冒冒失失的样子，暗自轻叹口气，从餐盘上拿了瓶汽水塞到林礼嘉手里。

手里的冰凉一并驱散了刚才的慌张。林礼嘉猝不及防地愣了愣，很快知道这是和好的台阶，憨笑着主动道："刚才不好意思，我请你喝一个

184

月饮料，不，一学期！"

"算你识相。"苏霖曼没绷住表情，傲娇地抬抬下巴，"你是把脑子落在图书馆了吗？拿起子开饮料啊。"

林礼嘉屁颠屁颠地转身问服务员借起子，还举一反三地拿来了三根吸管。

郑雯一头雾水地听着两人对话，但看着饭桌上气氛缓和下来，也暗自松一口气："今天辛苦你们了，多吃一点吧。"

吃完饭回到图书馆继续上午的任务，林礼嘉辅导郑雯功课。苏霖曼看完手上的书时已经快到自习室关闭时间，干脆挑了几本书准备带回家看，她走到楼下等林礼嘉和郑雯。

看到林礼嘉和郑雯对面恰好余出一个空位，苏霖曼坐了下来。

对面的两人太过沉浸，甚至没有发现她的到来。

看着两颗越凑越近的脑袋，苏霖曼靠在椅背上，说不出来心里是什么感觉。

她只是突然在想，分明从前彼此之间插不下别人的向来是自己和对面的男孩来着。

如今站在旁观者的视角才知道原来之前他人眼里的苏霖曼和林礼嘉是这副模样。

"这道题应该就是要强行算。"

"可是这样的话计算量未免太大了。"

林礼嘉翻了翻答案："标准答案也是在强行算。"

"标准答案仅供参考，用这个公式会更简单。"

突然在耳畔响起的女声吓得两人下意识想要尖叫，想起来这是在图书馆又强行憋了回去。

"你走路没声的啊！"林礼嘉小声低吼。

苏霖曼睨他一眼："在图书馆走路我还能敲着锣来不成？"

郑雯被他俩的拌嘴逗笑，双手遮掩下的嘴和露出的眼睛都弯成月牙。

"看题。"苏霖曼不多与他闹，低声为两人讲起思路。

"哇，好厉害！不过这个公式我从来没听说过。"

"是大学里的，高一老杨讲过。"

林礼嘉闻言不动声色地侧头看向窗外，装作没听到下半句话的模样。

苏霖曼懒得理他，又耐心地询问郑雯："怎么样，能听懂吗？"

"嗯！苏霖曼你真的好厉害哦！"

185

许是郑雯看她的目光过于灼热，一向稳重自持的苏霖曼也有些羞涩。

"不过，你不是学文科的吗？为什么理科也这么厉害？"

苏霖曼还没开口，林礼嘉似是终于找到倾诉对象一般哀怨夹杂着几分与有荣焉地得意道："介绍一下，老杨和老刘，也就是咱们班班主任和他们班班主任。他们俩唯——次'吵架'就是为猜测这位'文理俱佳'的好苗子究竟花落谁家。"

不知是不是苏霖曼的错觉，眼前女孩眼睛里亮闪闪的……崇拜？好像又璀璨了几分。

"收拾收拾包准备走吧，工作人员开始催了。"苏霖曼转移话题道。

其实一直以来她都很习惯于他人的艳羡，可像郑雯表现得这么不加掩饰的还是头一回。

苏霖曼背上包离开时的脚步几乎有几分落荒而逃的意味。

"我是不是吓到她了？"郑雯有些不好意思地问林礼嘉。

林礼嘉看着苏霖曼的背影，努力憋笑："没事，她这人就是不禁夸。"

他说话时有点含糊，郑雯转头去看他。

林礼嘉嘴巴一鼓一鼓的，被发现后有些不好意思似的，从兜里摸出块水果糖。

"吃吗？橘子味的。"

郑雯接过，透明的玻璃纸随着角度不同折射出好看的光彩，柑橘的清甜在嘴里弥散开。

三人在图书馆大门口道别，林礼嘉载着苏霖曼上舞蹈课，郑雯赶去小吃街帮忙。

坐在公交车上，窗外云彩被晚霞映照成暖黄色，整个世界加了一层朦胧柔和的滤镜，说不出的惬意舒心。

郑雯翻开今天的笔记。

一行清秀的字夹着一行狂放的，几个娟秀的混着几个凌乱的。

执笔人应当习惯潦草的书写，许是为了让她看得明白些才刻意让字迹工整点，字里行间透露出一股别扭的可爱。

公交车陆陆续续还在上人，她看着苏霖曼和林礼嘉摇摇晃晃地离开。

路口恰是红灯，林礼嘉在自行车上忽而转过身和她招手，她猝不及防被他粲然绚烂的笑容击中，于是也被他感染，悄悄弯了弯嘴角。

郑雯低头莞尔，刚要抬起手回应时，单车却已随着绿灯的亮起远去。

马路上车水马龙，街道人来人往，可苏霖曼和林礼嘉的身影还是那样瞩目。

公交车发动，她却还是固执地盯着那单车在路的尽头变成几不可见的黑点。

橘子味的夕阳，和暮霭沉沉下的少年。

我有一个秘密，不能让任何人窥见。

郑雯小心翼翼地摸着那几行字，生怕蹭花了墨迹，心脏也跟着横折弯钩上下起伏。

两天短暂的期中考后就迎来了艺术节。

这段时间每周郑雯都会和林礼嘉去图书馆，苏霖曼不是每周都来，偶尔来时就跟他们俩一起吃饭。

这次考试成绩虽然还没出来，但答题时郑雯明显感觉到自己会了不少，她知道这一大半是林礼嘉的功劳。

或许因为想离他更近一点，或许因为不想辜负他的付出，郑雯不自觉地更加努力。

周三是艺术节，前一天学校要求每个班选出一名颁奖时负责献花的同学。

林礼嘉只是睡了一觉起来就被通知上半节晚自习去参加彩排。

被激烈的掌声吵醒，他半睁着蒙眬睡眼，疑惑发问："什么玩意儿？"

尚泽明一边兴奋鼓掌，一边贴在林礼嘉耳边解释："你，礼仪小姐，懂？"

他从桌子上直起身，这才注意到周围人忍着笑意的注视。

林礼嘉无奈地举手："文艺委员，就不能换个人吗？"

冯芊芊仍在鼓掌："不可以哦，我们采取民主投票，没办法，你高票当选咯。"

郑雯不太明白他的抗拒，侧过头小声问王铭浩："这是份很不好的工作吗？"

王铭浩回头观察了下林礼嘉没注意到这边，这才憋不住笑地解释："这倒不是，就是献花这活在咱们学校一直都是女孩子负责。咱们班高一的时候报的是苏霖曼，但她临时被广播站拉去主持，老林为了救场就上了。"

他说着转过身，小声问尚泽明要相机。

尚泽明立刻就明白他要干什么，鬼鬼祟祟地躲着林礼嘉把相机调好从桌子下面递过去。

"小心点，我怕我被灭口。"

王铭浩比了个"OK"的手势。

"给你看。"王铭浩语气间溢出的笑声让郑雯更加好奇。

她接过相机，只看了一眼便没忍住趴在桌子上"扑哧"一声笑出来，而后又在王铭浩紧张又好笑的注视下用手捂住嘴。

照片里的林礼嘉手里捧着一大束鲜花，蓝白校服规规矩矩地拉到最上面，他立如芝兰玉树，是台上所有人中最突出的那个。

彩带，鲜花，聚光灯，和灯下意气风发的他。

这本该是多么耀眼的画面。

如果没有他那毫无表情的脸上的两坨高原红和殷红的嘴唇的话。

"这是什么时候拍的啊？"郑雯忍俊不禁问道。

王铭浩咂着嘴回想："高一下学期吧，当时咱们学校办社团活动展示来着。

"当时有省里的领导参观，学校给所有上台的人都化了妆，化到他的时候时间不够了，所以……嘿嘿，略显潦草。"

林礼嘉看着周围三个人不约而同埋下头抖动的肩膀，心里萌发一种不祥的预感。

他把头探向前面两人之间的缝隙，脸瞬间涨得通红。

"别看了，别看了！"

林礼嘉伸手去抢相机，王铭浩吃准林礼嘉不会跟女生动手，一把将相机推给郑雯，郑雯下意识地把相机抱在怀里。

一套动作行云流水，两人茫然对视，王铭浩和尚泽明靠在一起看热闹。

林礼嘉揉揉眉心，用手遮掩着狠狠地剜了两眼自己的好兄弟。

王铭浩和尚泽明默契地一左一右移开视线不与他对视。

"郑雯，给我吧。"林礼嘉有些扭捏地开口，郑雯从他语气里听到难得的羞涩。

她还从未见过这副模样的林礼嘉，觉得有些新鲜。

林礼嘉是许多女生都羡慕的冷白皮，脸上有一点瑕疵、泛红都很明显，此刻绯红更是从蓝色领子处的修长脖颈一直蔓延到耳尖。

有点可爱。

好像对他那层模糊的滤镜稍淡了一些，郑雯竟然有了片刻勇气与林礼嘉对视。

他清澈的双眼里盛满了无奈，此刻直勾勾地看着她，盯得她心跳也漏了两拍，脑子"嗡"的一声炸开。

于是她又匆匆别开视线。

"郑雯，咱们得有骨气，不能给！"尚泽明看热闹似的挑事。

郑雯此刻什么也听不进去，只听到末尾的"给"，于是呆呆傻傻地把手里的东西递过去。

林礼嘉似是也没想到要东西要得如此顺利，错愕几秒后接过，莞尔道："谢谢。"

他一脚踹上尚泽明的椅子，好在课间喧闹，声响不算明显。

"你还有脸说，你不是说你删了吗！"

"那也不能怪我，苏霖曼说别删。"尚泽明小声念叨，而后把话题转向郑雯。

"郑雯你厚此薄彼！怎么听他的不听我的？"他夸张地捂着心口，"这一个多月的情谊终究是错付了。"

郑雯脸涨得通红，脑海中却组织不出一句完整的解释。她甚至不敢用余光去看林礼嘉的反应，只能慌张地摆手，速度快到在空中都摆出了虚影。

林礼嘉见状挑眉："你说厚此薄彼是不是，那你怎么听苏霖曼的不听我的？"

尚泽明动作僵住，抬头对上王铭浩灼灼的目光，他梗梗脖子，自暴自弃道："来来来，要不你打我，我就不删。"

他的一头鬈发随着他脑袋的晃动而奓起，活像只被踩了尾巴的棕色大狗。

林礼嘉适时地停了话头，一手撑着尚泽明的脑袋，另一只手抓着相机永久性删除了那张黑历史。

晚自习上半节艺术教室热闹非凡，除去献花学生的培训，还有主持人的最后一次彩排。

苏霖曼见到林礼嘉出现在这里时还有些意外："我还以为打死你也不来了呢。"

林礼嘉无奈地耸肩："睡了一觉起来痛失选举权。"

苏霖曼莞尔，在林礼嘉的人生里睡觉的重要程度大概能排前三。

其实献花的流程并不复杂，主要是排一下上台顺序。

林礼嘉作为为数不多的男丁被特别关照负责和个人杰出奖获得者对接。

负责人安排好一切后，离下课也没剩几分钟，林礼嘉索性在角落坐下来等苏霖曼结束。

一中说大方也大方，说抠却也确实抠，譬如四楼因为不常有人，楼道的灯总是关着的。

苏霖曼双手背在身后数着步数，黑暗中不太能看清身边人的脸，但她还是转头去看林礼嘉的眼睛。

"你要给第一颁奖吗？"

林礼嘉漫不经心地"嗯"了一声。

"那你记得选束好看些的花。"

林礼嘉不知所以，几秒后反应过来哑然失笑："你倒是挺自信。"

她莞尔，不置可否地勾勾嘴角。

"林礼嘉，说好了，我拿第一，你要给我颁奖。"

林礼嘉有些奇怪她莫名的严肃，他站在低于苏霖曼几个台阶的地方，与她对视时惊讶于她眼里的认真和笃定。

"只要你是第一。不过我觉得你肯定没问题。

"怎么突然这么严肃，"林礼嘉笑了笑，"你不缺这种奖吧。"

不缺，苏霖曼在心里默默回答。

可我不想你给别人送花。

2

你还记得高二的艺术节吗？

我记得，那是对我很重要的日子。

我在学校的礼堂里见到两颗星星。

两颗星星比肩而立，意气风发。

一颗是我不敢摘的星星，一颗是我想成为的星星。

你知道吗？人若是下定决心要改变就一定会有收获，我在那天明白这个道理，我平淡无华的人生也从那起有了转折。

第二天一早就是艺术节的开幕式，各班早早到校化妆、搬道具，一时间楼道里热闹非凡。郑雯上楼梯时几乎是贴着墙走的，生怕撞到别人。

她是唯一一个不用化妆的人，原本按照学校规定的时间到校就好，可出于心里的愧疚还是早早到校，甚至比不少同学还要提前些。

本着能省就省的原则，九班没有特意请化妆师，会化妆的女生自己在家化完了全妆，剩下的人则由冯芊芊和周一妍负责。

冯芊芊左手拿口红，右手拿粉扑，指缝里还夹着几支化妆刷。

"你这是模仿剪刀手爱德华？"张岳调侃道。

冯芊芊不客气地用粉扑公报私仇似的狠狠拍了几下他的脸。

"我想着一个半小时怎么着都够了，怎么都这个点了还有这么多人没化呢。"冯芊芊看着表有些焦急。

郑雯环顾一圈，似乎就自己一个闲人。

打开心扉，打开心扉；努力社交，努力社交；没什么难的，没什么难的。

她在心里给自己打了打气，走到冯芊芊身边小声道："我可以帮忙吗？"

冯芊芊原本面无表情，闻言有些惊讶："你会化妆吗？"

郑雯摇摇头，犹豫了下又点点头："我会涂唇膏。"

冯芊芊被郑雯逗笑，因为郑雯的主动开口对她的印象好了几分。

她看了看后面的人，还有十几个。

"男生的妆不需要什么技巧，你来吧。"冯芊芊说着从化妆包里翻出一支眉笔和一管口红，"就化个眉毛，给嘴巴上个色，看着有精神些就好，辛苦了。"

郑雯接过东西，惶恐地摇头："没事的，你们才是辛苦。"

她走到队伍末尾，剩的男生不多，都是几个睡过头的。

"你们来我这儿吧。"

给第一个人弄时，郑雯还有些不熟悉，后面的就越来越得心应手了。

不到二十分钟郑雯就完成任务。

她站起身走到窗边，活动了下有些酸痛的腰，转过身时见给"顾客"安排的椅子上又坐下了新的人。

来人头发毛毛糙糙，想来是出门时间太紧张连梳头的工夫都没有。

林礼嘉擦了把眼角泛出的泪花，看见郑雯时愣了愣。

"冯芊芊叫我来这里化妆，是你负责吗？"

郑雯点点头，坐在林礼嘉对面拿起眉笔："只是帮忙。"她握着眉笔的手有些微不可察的颤抖，"我不太熟练，没化好的话……"

她似是被难住，思忖了半晌才认真地看向对面的人。

"那我就去求冯芊芊给你再化一遍。"

林礼嘉被她逗笑，声音打着战："没事，你放心发挥，我天生丽质，只要不上那粉坨坨就化不丑的。"

郑雯又反应了半天才明白他口中的粉坨坨是腮红。

原本已经被淡忘的照片又清晰起来，郑雯又忍不住地想笑，原本有些紧张的心情也松快不少。

她提起笔挨上林礼嘉的眉骨，对面人下意识地后缩，被郑雯眼疾手快地按住。

"别动。"她另一只手轻轻捧着林礼嘉的脸，以起固定作用。

林礼嘉揣在兜里的手无意识地揪着缝合处的线头。他想咽咽口水，却又觉得这动作有些怪异，喉咙处上不下的不舒服。

他试着分散注意力，于是目光放在眼前人的身上。

许久没这么近距离地观察过一个人，近到他认真分辨时几乎可以感受到两人交织的呼吸。

嘴唇、鼻子、眼睛……他视线逐渐上移。

"那个，你、你先把眼睛闭上。"

郑雯猝不及防地与一双好看的棕黑色眸子对视，几乎是立刻从工作状态中抽离出来，慌乱地直起身子。

林礼嘉不明所以，但还是"哦"了一声乖乖配合。

她偷偷瞥了好几眼对面的人，确定他没再睁眼才敢捏捏自己发烫的耳朵，紧紧捂着胸口。

"太没出息了。"郑雯兀自呢喃。

接下来的工作显然不如之前认真，郑雯随便划拉了两笔就结束了林礼嘉的妆容。

"好了。"郑雯转过头收拾东西，头发掩盖着泛红的耳朵。

"老林，你化完了？"尚泽明围过来细细端详，"感觉没区别啊。"

"你没听过那句话吗？最好的化妆技术就是化了跟没化一样。"林礼嘉懒散地往嘴里丢了颗橘子糖，拿起镜子瞟了两眼。

啧，举报她消极怠工，区别对待。

王铭浩勾住尚泽明的脖子，压得他身子往下沉了沉。

"还说老林呢。来，让我再看一遍你的猴屁股。"

许是尚泽明皮肤白，周一妍匆匆间化下的两坨腮红在他脸上格外明显些，已经被班里男生嘲笑了好一会儿。

"你是不是想死！"尚泽明磨磨牙，把脖子上挂着的相机丢给林礼嘉，撒开腿去追跑走的王铭浩。

林礼嘉坐在椅子上咧着嘴看着两人的追逐赛，又拿起尚泽明的相机准备抓拍几张丑照当把柄。

镜框的十字瞄不准兄弟快出残影的背影，却瞄准了意外的人。

微风吹动蓝色窗帘，窗帘时不时笼罩住窗边的郑雯。她趴在窗台上发呆，早晨七八点的阳光只是亮却并不刺眼，好心地为阳光下的人染了好看的发色，而她微眯着眼，像只懒洋洋的猫在晒太阳。

林礼嘉从来都不会拍照，什么是好的光影结构，人应该放在九宫格的哪个框他一直不明白，可即便迟钝如他也觉得这一幕美好。

"郑雯。"

他还没有反应过来的时候，放在拍摄键的手指就已经先一步按下。

"咔嚓！"

郑雯慢半拍地开口小心询问："……你是在拍我吗？"

"……啊，没。"林礼嘉有些懊恼，不明白自己为何撒谎，"拍尚泽明和王铭浩呢，你刚才挡住了点儿。"

可是她明明贴着墙啊。

郑雯有些奇怪，但还是没出声追问。

约莫又过了十几分钟，全员都准备就绪，王洋组织着大家有序下楼，班委会的几个人跟在后面负责拿道具。

"我来吧。"王铭浩接过王洋手中的纸箱，"男生就是要这个时候利用的。"

王洋推推眼镜，道了声谢，跟在他身边。

郑雯走到礼堂门口，蹲在门边系鞋带，系完左边系右边，两边都系好又觉得蝴蝶结不够漂亮。

她时不时地抬抬眼皮，注视人潮的方向。

"快走快走，不然抢不到前面的位置了。"尚泽明急急忙忙地推着林礼嘉。

林礼嘉奇怪地看他一眼："这种活动你不是一向都要躲后面玩游戏机的吗？"

"我今天想看节目还不成吗？"尚泽明焦急地眺望礼堂里的座位情况，"算了，你慢慢走吧，我先去占位置。"

林礼嘉背着吉他不好跟着尚泽明挤，小心地躲着人流以防吉他磕到别人。

郑雯蹲到腿都有些麻木，终于看到了想见的身影，眼见林礼嘉目光流转，她又把头埋得很低。

见他走了进去，郑雯才站起身，隔着几个人不近不远地跟上去。

各班区域的第一排都是班主任，没几个人往前挤，除了尚泽明这个异类。

杨威狐疑地看了看尚泽明和林礼嘉："我怎么觉得你俩没憋好事。"

尚泽明和林礼嘉沉默，人与人之间的信任呢。

尚泽明拍拍相机，"嘿嘿"一笑："这不是要多多记录嘛。"

"这装备好啊，来，给我拍两张。"

王铭浩放好东西过来会合，见着尚泽明苦着脸被老杨拉到一边摆姿势拍照，毫不留情地留在原地幸灾乐祸。

"啧，看不出来老杨还挺……妖娆的。"

林礼嘉捂着嘴笑，不住地点头以示赞同。

眼见老杨又换了个姿势，两人捂着肚子笑得直抽抽。

郑雯坐在林礼嘉身后捧着一本课外书，却全然不知讲了什么故事。

耳朵里不断灌入少年爽朗的笑声，郑雯眼里也染上几分笑意。

3

校领导在念着长达三四页 A4 纸的开幕词。

林礼嘉早上起得急没睡醒，此刻抱着手瘫在座位上补觉。

他是被身边骤然响起的掌声和欢呼声吵醒的。

身边的尚泽明像只刚放出来的猴子，要不是老杨在他身边恐怕能激动地跳到椅子上。

目光转向舞台，四位主持人男女岔开站立，苏霖曼在最中央。

她穿着洁白的礼服裙，一字肩的款式露出好看的肩颈线条，灯光照射下蓬蓬的裙摆边缘如同星河点缀。

长及腰间的头发被卷成波浪状，一半披在身后，一半垂在胸前，随她呼吸微微起伏。她本就是艳丽大气的长相，一抹红唇毫不保留地展现出她藏在青涩年龄背后的成熟魅力。

外貌艳丽胜过牡丹，然气质如兰，两种天然对立的形容在她身上奇妙地融合。

"尊敬的老师，亲爱的同学们。我是本次兰城一中艺术节的主持人——苏霖曼。"

高二（3）班和高二（9）班同学的掌声在雷鸣般的掌声里尤为明显，甚至有人发出夸张的欢呼。

林礼嘉嫌弃地拉了拉身边的尚泽明："差不多得了，你像是峨眉山刚跑出来的猴子。"

"这不给我们曼姐排面嘛，来，王铭浩你跟我一起。"尚泽明不以为然，甚至还隔着座位去扯王铭浩的袖子。

王铭浩打着哈欠转身，不动声色地躲过了罪恶之手。

"咳咳。"老杨适度地咳嗽几声，尚泽明这才坐回座位，把相机的放大倍数拉到最大。

九班的大合唱被放到倒数第二个，三班的节目在他们前两个。

刚开始大家还都聚精会神地看节目，到中途有些乏累后也只在上场和结尾捧场地鼓鼓掌。

"大家准备一下，我们要去候场了。"冯芊芊站起身走到前排，招呼着人去后台准备。

"可是不是还有两个节目才到我们吗？"尚泽明有些着急，"你们不给苏霖曼加油吗？"

"就是要给她加油才去后台啊，这会儿她也在后台准备着吧。"冯芊芊解释道，随后领着人离开座位。

林礼嘉打着哈欠摘下耳机，环顾一圈发现了坐在自己后面的郑雯。

"能不能麻烦你帮我收一下 MP3 ？"林礼嘉趴在座位上，把手里的东西递给郑雯，"虽说礼堂里都是同学，但到底人来人往的，我有些不放心。"

眼前突然出现一只骨节分明的手，掌心躺着的 MP3 和自己听英语的那部是同款。

郑雯接过东西时指尖无可避免地划过林礼嘉掌心，有些痒，像是春天被柳絮拂过鼻子。

"那你表演完一定要记得来拿。"她说话声音本来就小，这会儿更是被淹没在喧嚣中。

林礼嘉只看见她嘴张张闭闭，却听不清她说了什么，他无奈，又把身子俯低了些："你说什么？"

他猝不及防地靠近，郑雯下意识地向后躲了躲，又犹豫着贴近他的耳朵，双手聚拢，让声音更大些。

"我说，你要记得来找我拿的呀。"

她声音有些平时并不明显的甜软，呼吸喷洒在林礼嘉耳畔，那只耳朵仿佛被沸水煮过一般。

他点了点头没言语，几大步跟上离开的大部队。

郑雯按着胸膛，根本无法抑制疯狂跳动的心脏。

来到后台，苏霖曼果然在做准备，身上换了素色纱衣，头发半扎着，口红也换了更清淡的颜色。

她在一旁的栏杆上压腿，尚泽明和林礼嘉走到她身边。

"别紧张啊别紧张，你没问题的。"尚泽明像只袋鼠一样双手缩在胸前上下挥舞。

苏霖曼忍俊不禁："你从哪里看出我紧张了？"

项尔叫她候场，她打了声招呼后没再与林礼嘉和尚泽明闲聊。

苏霖曼迈出几步又忽而回头。

"林礼嘉。"

林礼嘉抬头，仍保持着双手插兜的闲散模样。

他投去一个疑惑的眼神。

"你会给我颁奖的吧？"

背着舞台光的少女笼罩着光晕，林礼嘉的视角看不清她清亮又带着隐隐期盼的眼睛，他只当苏霖曼是当惯了第一，即使是这种娱乐性质的小比赛也不愿屈居人后。

他没说话，只挑了挑眉，露出肆意张扬的笑容，从口袋里抽出一只手竖起大拇指。

去吧，我见你乘风破浪，也知你战无不胜。

苏霖曼见状松快地笑笑，不再踌躇地奔向闪着光的舞台。

尚泽明无言看着这一幕的发生，深吸一口气，拍了拍林礼嘉的肩膀："我去拍照，要是通知了什么事就转告我。"

他冲出后台，生怕错过更多。

听到主持人说下一个节目来自高二（3）班后，郑雯不由自主地离开座位走到更近的台前。

确定一、二排的人都离开且没有回来的计划，郑雯这才放心坐下来。她摸了摸兜，确定林礼嘉的MP3有被自己好好保管着。

身边突然响起粗重的呼吸，郑雯被吓了一大跳。

她转头，竟然是原本早已去后台的尚泽明。

"你不用去准备的吗？"郑雯指指舞台旁边的红布。

尚泽明呼吸仍是不稳，靠在椅背上，边调着手里的相机边搭话："都准备好了，现在也就干等着而已。"

郑雯点了点头，见他把镜头对准舞台没什么心思说话的模样也不再开口。

明亮的舞台灯下，苏霖曼和项尔扮演的一对恩爱夫妇正亲密地嬉闹，随着苏霖曼借力在空中转身，伴奏忽而变得缓慢悲伤。项尔饰演的男主人背上行囊离家，苏霖曼似是想追却跟跄几步停在原地，只能把手里的信紧紧抱在怀里。

灯光忽而暗下去，众人正疑惑时又亮起一盏。

那束光照着苏霖曼。

舞台上的她并未化厚重的舞台妆，只淡淡描了眉眼，头发扎起一半，剩下一半如乌黑的绸缎散在身后，随着舞蹈动作在空中跳跃。身上牙白色的纱裙应是用了特殊的材质，在聚光灯照耀下仿佛在发光。

每一个动作表情都拿捏得恰到好处，她那样自信从容地展示着自己的优秀。

那束光打得太好，郑雯突然就明白为什么她面对苏霖曼总是仰望又崇拜。

她愣愣地盯着聚光灯，直到眼睛有些刺痛才合上，两滴泪水从眼角滑落。

不只是舞台，甚至这个世界上也总有一束光只打在苏霖曼身上。

那束光只为她而亮。

其实这样的说法也不准确。

因为她本身就已是耀眼夺目的存在。

她是珍贵，是美丽，是强大……她是一切褒义词本身。

那是她自己为自己打的光。

郑雯愣愣地看着，几乎忘记呼吸。

她想成为苏霖曼这样的人。

苏霖曼如同月光下的精灵般轻盈起舞，裙摆飘舞间仙气凛然，动作柔美却有力量，娇俏却有气节。

《兰亭序》尾音落下，逐渐转换成更富有力量的乐曲。

随着苏霖曼在台中央的旋转，方才上场过的同学也一并返回舞台，所有演员站成一排，苏霖曼站在中央，引着所有人鞠躬谢幕，而后伴着余音不绝的掌声有序下台。

尚泽明的掌声响到郑雯耳膜震得生疼。

她不得不拿手微微拢着些耳朵。

眼见着苏霖曼压轴下台，身边的人匆匆撂下一句"再见"就离开，只留下忽起的一阵风，郑雯甚至没来得及回一句"好的"。

"真奇怪……"为什么这么慌慌张张的模样呢？

左右也与她无关。

郑雯不再多想，只安心看起节目来。

"太美了，阿曼！"项尔一下台就激动地抱住苏霖曼，"天啊！仙女姐姐下凡真是辛苦了！"

苏霖曼被她的浮夸逗笑："谢谢尔尔。"

她在项尔怀里环视一圈寻找熟悉的身影却一无所获。

是在另一边的场侧吧。

苏霖曼还急着去换主持服，没在场侧多逗留，匆匆跟班里同学说了再见就准备离开。

"等、等一下！"

苏霖曼突然被叫住，转身看见了气喘吁吁的尚泽明。

"你怎么从台下过来了？九班不是已经在后台准备了吗？"

"我、我去取东西了。"尚泽明眼神飘忽，磕磕绊绊地解释。

"喏，我的胸花没拿。"

"那个，你能不能帮我戴一下，我不太会，怕把自己扎到。"他对着苏霖曼伸出手，掌心躺着一株塑料稻谷胸花。

尚泽明感受着衬衫下急速加快的心跳，说话时的心虚紧张让他忍不住舔了舔嘴唇，藏在身后的那只手偷偷蹭着衣服来吸附不断泌出的手汗。

苏霖曼不疑有他，接过胸花靠近他："那你赶快去找大部队会合啊，下一个就是九班的节目了，别误了。"

尚泽明鼻尖被苏霖曼头发上残留的洗发水的清香萦绕，是一股淡淡的柑橘味。他莫名觉得口干舌燥，眨眼的频率直线上升，不自然地想要偏开视线。

只是他的在意无法欺骗自己，尚泽明慢慢低头，盯着女孩的头顶，即使是一个小发旋也让他觉得可爱。

"别紧张，表演个节目而已。你看你心跳成什么样了，我隔着衣服都感觉它要蹦出来了。"

苏霖曼别好胸花后，后退两步，她以为尚泽明是因为上台所以紧张，于是毫不留情地嘲笑道。

眼前的人没什么反应，只别扭又僵硬地转了转脖子，苏霖曼觉得有些无趣。她站在原地等了几秒，见尚泽明不说话就准备离开："我去换衣服了，祝你演出顺利。"

尚泽明挣扎半晌，看见她真的转身，还是心急地开口。

"苏霖曼！"身后的男孩忽而声音洪亮地叫住她。

苏霖曼轻轻歪了歪脑袋，用眼神表达疑惑。

尚泽明低头，用舌尖顶了顶侧颊，有些嘲弄自己突如其来的胆怯。

有什么不好意思的。

再抬头时他又是那个大方爽朗的少年。

尚泽明露出一个灿烂的微笑："苏霖曼。"

"到底怎么了？"女孩的语气颇有些无奈。

"你刚才很棒，还有这衣服很适合你，嗯……还有你今天很好看。"他说这话时眼睛微微上扬，没敢与苏霖曼对视。

她那么聪明，一不小心就会露馅的。

"真的……很好看。"

"德行。"苏霖曼没忍住噗笑他一声，"怎么，我平时哪天不好看啊？"

"真走了。"台上的节目临近结尾，苏霖曼不与尚泽明多闹，挥挥手转身。

"你俩还真是好朋友啊，绕这么一大圈也要来说句恭喜。"三班认识的男生调笑开口。

尚泽明愣了愣，而后低头哑然，无声地勾勾嘴角。

他抬头时仍注视着那个背影，眼里仿若流光溢彩般明亮。

"是吧。"

只是朋友吗？不是。

她之于我，是坠入海底后抓住的麻绳，是跨越沙漠时的一场甘霖，她是我口中的亲密朋友……是我心里的隐秘存在。

尚泽明摩挲着胸前廉价的塑料花，那花贴着胸膛，随着心脏跳动。

4

林礼嘉和负责乐器的几个同学在左场侧，尚泽明和其他人则是在右边。九班的节目串词恰好是苏霖曼负责念，下台时她与林礼嘉擦肩而过。

"好好弹，别丢柳姨的脸。"

"那不行，"林礼嘉懒散地开口，"我怕技惊四座会羞煞旁人。"

"嘚瑟。"

苏霖曼语气嫌弃，但嘴角的弧度不曾少过半分。

合唱台和乐队需要的板凳都已准备好，林礼嘉在大部队的左前方落座。两条修长笔直的腿叠在一起，他低头调音时利落的下颌线清晰好看。

前排有小范围的喧嚣，大都是年轻女孩子的议论。

冯芊芊确定大家准备就绪，冲着林礼嘉点点头。

林礼嘉得了指令，轻轻勾动琴弦，现场很快安静下来。

吉他声响起，流畅的音符自他指尖流出，连接成《稻香》流畅好听的前奏。

"哇，好帅！"

大屏幕上投射出林礼嘉，由他的手转向脸，再放小到全身。

郑雯听到身边有女孩子低声惊呼。

"这就是林礼嘉吗？校篮球队的那个。"

"对啊，你居然才对上人！"

"高一、高二、高三三栋楼嘛，平时又见不到。他本人比贴吧里的更帅哎！"

"啊啊啊啊，贴吧上说他和苏霖曼经常在一块儿玩……哎呀，就是刚才跳舞的小姐姐，他们什么关系呀？"

"他们俩是好朋友，不过是青梅竹马哦！"

"青梅竹马，郎才女貌，还都这么优秀！这是什么天选的偶像剧设定，啊啊啊！"

郑雯无意识地咬咬嘴唇，台上林礼嘉随着音乐轻轻摇晃身子，因为做着喜欢的事，所以嘴角的弧度都很柔和。

台侧依稀可以看到那个曼妙的身影，她静静注视着台上的少年，即使看不清她的表情也能感受到与有荣焉的骄傲。

郑雯垂眸，眼睫覆下一片阴影。怀里的 MP3 烫得她有些拿不住。

在这部令人哗然的偶像剧里，林礼嘉是清贵自矜的王子，苏霖曼是艳绝无双的公主，那么她呢？

她是角落里无名的一棵树，是被当作背景板匆匆掠过的小群演，是故事里匆匆带过的标点符号。

她是鼓掌喝彩的旁观者，她是怯懦无名的仰慕者。

——你得当那个第一个把自己捧起来的人才行。

郑雯十余年的人生里有无数次类似此刻感到灰暗难堪的时刻，可这一次，她想起来一个人。

那包心相印纸巾还在书包里，郑雯忽而笑了笑。

我不要在别人的故事里继续灰暗。

她看向侧台，苏霖曼正拿着手机记录台上的画面。

我想要成为像苏霖曼一样厉害的女孩。

吉他独奏一小节后重复之前的片段，依次加入口琴、钢琴和架子鼓。随着鼓点落下，台上的同学分声部开始合唱。

对这个世界如果你有太多的抱怨，跌倒了就不敢往前走。
为什么，人要这么的脆弱堕落。
请你打开电视看看，
多少人为生命在努力勇敢地走下去。

二院的病房里，银白头发的老人难得没在看书，戴着老花镜乐呵呵地盯着电视。他听不懂年轻人的歌曲，摇晃身体的节奏总比电视里的学生慢一拍："小李你瞧瞧，那个是不是我家泽明？"

我靠着 稻草人 吹着风 唱着歌 睡着了，
午后吉他在虫鸣中更清脆。

郑雯认真扫过每一位同学的面容，全班四十八个人，只有她在台下。没能参加进去会遗憾，可她不会后悔。

耳边是歌声，脑海是童年躺在田垄的蓝天白云，想到父亲佝偻的背脊和母亲粗糙的手，没什么可后悔的。

郑雯曾经觉得这里除了痛苦和压力没别的，父母的付出是动力，也是重得让她直不起身的一座山。

可这一刻好像觉得来到这里也是件幸运的事，她见过更广阔的天地，遇见值得追逐的人、崇拜的对象，也看清了内心的迷茫。

以及……她看着弹着吉他的少年弯了眉眼。

她寻到了童年的玻璃珠，遇见了一个舒朗如清月的少年。

王洋把鼓棒高高抛出，重回到手里又重重击下，随着鼓点越发激烈，歌曲进入副歌，大家情绪越发高涨。

永远年轻，永远骂人难听。

永远追逐自我，永远无惧风霜。

你说女孩子不适合学架子鼓，可我要你在台下为我摇旗呐喊，要你心甘情愿地说这姑娘真的很帅。

还记得你说家是唯一的城堡，
随着稻香河流继续奔跑，
微微笑小时候的梦我知道。

苏霖曼难得不顾形象地在场边大声合唱，台上的少年闪闪发光，她看着他，也只有他，十七年的人生里苏霖曼每一天都活得热烈不后悔，胸膛里那颗心也十余年如一日地为之跳动。

——苏霖曼，只要你回头，我永远会在你身后。

彩带从舞台上方落下，林礼嘉仰起头看着头顶的灯光，笑容肆意，意气风发。

苏霖曼想，即使重来一万次她也会贪恋那个午后的暖意。

不要哭，让萤火虫带着你逃跑。

台上的人看着台下的人，台下的人与之对望。

人声鼎沸里，独独尚泽明看向其他方向。

有一个姑娘灿烂如朝晖，美丽胜百花。她没在看他，于是尚泽明的注视越发肆无忌惮。

我的姑娘，希望你的人生每一天都像今天一样笑容明媚。

乡间的歌谣永远的依靠。

蝉鸣不静，盛夏不止。

回家吧，回到最初的美好。

当我从写不完的试卷里惊醒，看见窗外的晚霞，当永不停止的工地作业声间穿插着蝉鸣，当这一刻我从座位上站起放声跟唱，当我忘记规定打开手机闪光灯摇晃，当我余光注视着那个人又惊慌收回……

你知道那时我想说什么吗？

我的青春永不停歇，我们也将永远热烈。

5

节目在全校的大合唱里结束，鞠躬谢幕的一刻掌声经久不息。

下了台，周围人三五成群地拥抱在一起，冯芊芊周围的人最多，她情绪格外激动些，兀自红了眼睛。

"芊芊啊，你太棒了！"周一妍抱着她安慰，不断有人来向她祝贺。

苏霖曼走到冯芊芊身边轻轻拥抱下她："节目很好看，策划者应该花了不少心思。"

冯芊芊小声说了句谢谢。

她又走到林礼嘉和尚泽明身边："很棒，调很准。"她含笑的眼睛看着林礼嘉。

林礼嘉喝着水挑挑眉。

"你沙锤也使得挺好。"苏霖曼又看向尚泽明，伸手在他肩膀轻轻敲了一下。

"何止，你不知道王铭浩他们几个差点打错拍，还好我力挽狂澜。"

尚泽明得意一笑，夸张地描述起自己的"决定性作用"。

换作平时苏霖曼肯定会踹他一脚让他别得了便宜还卖乖，今天看在他格外兴奋的份上只默默听着，时不时还应答两句。

"来来来，尚泽明，你的相机呢？来给大家拍个照。"老杨刚刚从一众老师的夸赞中走出，脸上得意的笑容还未退散，抬手招呼着尚泽明。

他又瞄到一边的苏霖曼："来，苏霖曼，你也来！你也是咱们九班的同学嘛！"

苏霖曼错愕地指了指自己，远处已经站好队的几个同学兴奋地冲她招手。

"来啊，曼曼！"

"快来快来，苏霖曼！"

"呜呜呜，我要站美女旁边！谁也不许跟我抢！"

身边人笑闹一声，附在那人耳边小声开口："人家身边轮得到你站？"

话毕，两人捂着嘴"哧哧"地笑起来。

苏霖曼被班里几个活宝逗笑，提起裙摆走过去。

脑海什么记忆划过，苏霖曼拍了拍一边替她提裙摆的林礼嘉和尚泽明。

"郑雯是不是还在台下？"

林礼嘉原本就打算去叫郑雯，闻言点点头："对。"

苏霖曼望见他蹙起的眉头，先前心里的异样再次涌现。

她沉默了下："尚泽明，你去叫一下郑雯吧。"

"不用，"林礼嘉按住尚泽明，"我去吧，我东西还在她那儿。"

尚泽明没多想，"哦"了一声，接过林礼嘉手里苏霖曼的裙摆。

林礼嘉已经跑向台下，苏霖曼盯着他背影两三秒，最后什么都没说，在老杨的呼唤里走过去。

郑雯见大家许久没出来正犹豫着要不要进去，便见林礼嘉迈着大步朝她走来。

道路旁有两个女生推推搡搡，最终短头发的那个站出来挡在林礼嘉面前。

不知道她们说了些什么，郑雯忽见林礼嘉抬手指了指自己，她与他目光对上，他笑容灿烂地招招手。

郑雯不明所以地走过去。

"我朋友来了，谢谢你们，天天开心呀。"

那女孩也没纠缠，红着脸说了句"谢谢学长"就跑开。

郑雯从兜里掏出 MP3 递给林礼嘉："给你。"

"谢了。"小小的金属块上还残存着上一个持有者的体温，林礼嘉手指摩挲着音量键，把它塞回兜里。

"很好听，你们好厉害！嗯……还有……"

林礼嘉听着身边人突然没了声音，侧过头问道："还有什么？"

"还有你吉他弹得真好！"她的脸因为兴奋有些潮红，眼睛也亮晶晶的，或许因为情绪高涨极了，居然比平时看着大胆外向不少。

林礼嘉"扑哧"一声笑起来："谢谢啦。"

"怎么只有你一个？"郑雯伸着脑袋望了望，"其他人呢？"

"老杨让我们在后台拍照，我来叫你。"

郑雯有些错愕地指了指自己："我吗？我也可以一起吗？"

先不说她还没有融入新班级，和同学们并不算熟稔的事，这次活动她全程没有参与过，最多也就是帮着跑跑腿做做后勤。合照……也有她的位置吗？

"当然了，"林礼嘉看着她，眼神确定，笑意清浅，"你也是我们班的一分子啊。"

我也是……一分子。

郑雯愣了愣，脸上蓦然显现粲然的笑意。

来到后台时大家已经站好，和演出时的站位一样，只是乐队单独站一排，苏霖曼被安排在中间，挨着林礼嘉的位置。

"可等到你俩了，快来。"老杨远远见到两人喜笑颜开地喊着。

林礼嘉应了一声，小步跑到苏霖曼左边。

冯芊芊也看着郑雯笑了笑，招招手让她快过来。

郑雯喜出望外，跑了几步却有些无措地慢下脚步。

一个尴尬的问题，她不知道自己该站在哪里。

苏霖曼看着林礼嘉和郑雯说说笑笑地走来，眼神复杂，林礼嘉站到她左边时也没有什么反应。

或许是第六感，她每每见到郑雯和林礼嘉比肩而立时总是难以抑制地产生异样感。

苏霖曼见郑雯一个人站在原地下意识皱皱眉头。

她看了看身边的少年，犹豫片刻后，还是出声叫她的名字："郑雯。"

郑雯抬头，对上一双好看勾人的眸子。

"你来，站我身边。"

郑雯惊喜地微微张着嘴巴，见周围人都没什么反对的表现才走到苏霖曼身边。

"谢谢你。"郑雯眉眼弯如新月地看着苏霖曼。

怎么会有这么好的姑娘。

苏霖曼嘴角弧度不变，摇了摇头。

她还是没忍住，把郑雯拉到自己右边。

"三，二，一！"

"茄子！"

被拉来当壮丁的同学离开，苏霖曼自觉地接过相机："我来给新的九班拍一张吧。"

尚泽明有些不满地反驳："哪有什么新旧。"

"就是就是，"周一妍跟着搭话，"曼曼你是不是有新欢忘旧爱了。"

苏霖曼被她逗笑："哪有什么新欢旧爱，这不是项尔在旁边看着嘛。"

她俏皮地眨了眨眼："你一直是我的新欢。"

突然被叫到的项尔配合地把手环成望远镜的模样放在眼前。

大家哄笑一阵，也不再纠结什么新旧，只站齐由着苏霖曼拍。

苏霖曼笑意刹不住，低头摆弄手里的相机，许是太自信自己对尚泽明相机的熟悉程度，手一滑按错了键，把快门按成了回看。

许多照片被列成九宫格的形式出现在她眼前，苏霖曼没有偷看他人隐私的习惯，迅速地切换回去。

有一张照片在她脑海停留片刻后滑过，苏霖曼没太在意。

"准备好哦，我要开拍了。"

郑雯忽然感觉侧边的光暗了暗，余光瞥到是林礼嘉。

先前两人之间隔着个苏霖曼，她去拍照后这块地方自然空下来，他走近些调整间距倒也正常。

只是郑雯还是感觉心跳加快，她悄悄又挪了一小步，两人间的距离更近了些。

苏霖曼喊出数字"一"的一瞬间，郑雯状似不经意歪了歪脑袋，偏向林礼嘉那边。

请原谅，我这个你的故事里的路人甲，只能以这样的方式靠近你。

大家拥上来看照片，苏霖曼和林礼嘉一样不喜热闹，两人站在人群外面，看着他们的目光仿佛看一群活泼好动的孩子。

"你不去看看？这么放心我的拍照技术？"

林礼嘉打个哈欠，懒散道："主要是放心我的脸。"

苏霖曼被他无语到，没再开口说话。两个人沉默地站着，气氛却并不尴尬。

郑雯知道自己挤不进去，于是只乖乖地在外面等着大家散开些再去看成片。

冯芊芊从中间探出颗脑袋，东张西望了半天，看到林礼嘉和苏霖曼时眼睛倏地亮起。

"阿曼！林礼嘉！给你俩也拍张合照啊！"

被点到名的两位主人公有些莫名其妙。

周一妍补充道："我们要做回忆录用的，你俩先拍，拍完我也要和曼曼拍的。"

苏霖曼闻言点点头，整理了下头发。

林礼嘉也直起身子立在苏霖曼身边。

尚泽明被冯芊芊推着拍照，他随意地按了几下快门，问道："怎么就叫他俩拍，我长得也不差吧。"

冯芊芊似乎是对他的问题费解："他们青梅竹马一起长大，合照数不胜数，今天也一起合影不是很顺其自然的事情吗？"

尚泽明当然知道，于是抿抿嘴没说话。

拍完合照杨威也不拘着这群年轻人，由着他们散开自由活动。

"不过不许给我惹是生非知道吗，五点五十前都回座位坐好。"

苏霖曼被几个同学拉着拍了好多照片，她被围在中间，听着周围人叽叽喳喳，偶尔配合着露出适当的表情。

尚泽明捏着相机的手白了白："苏霖曼……咱俩也拍一张吧。"

照相机遮住他大半张脸，尚泽明只庆幸礼堂音乐声太大盖住他震耳欲聋的心跳。

苏霖曼点点头，眉眼生动地说声"好啊"，往旁边挪了一小步给尚泽明腾出空地来。

林礼嘉要拿相机，却被尚泽明嫌弃地躲开。

"我还想在自己的相机里有个人形。"

林礼嘉被他气笑，掌心向上做了个"请随意"的手势。

尚泽明把相机交给余正平，走向苏霖曼时，低着头整理衣服头发，没敢与她对视。

他站定在苏霖曼身边，深呼吸几次。余光无法控制地黏在她身上，暖黄色灯光下身着白纱裙的苏霖曼……尚泽明不由自主地幻想她披上婚纱的模样。

"准备好了吗？三，二……"

"等一下！"

尚泽明突然走出画面："老余，外套借我一下，早上把油弄校服上了。"

余正平眯眼找了半天也没看到哪里有油点，但还是配合地脱下西装。

黑色西装配上蓝色的校裤格格不入的别扭，苏霖曼莫名其妙地看尚泽明。

"隔那么远能看清什么？"

"你别管，形象管理懂不懂。"尚泽明兀自傻笑着扣着西装扣，重新站在苏霖曼身边。

他顺手拿过桌上为献礼准备的花束。

"你拿着些东西，双手搭在一块儿，感觉你要对我说'欢迎光——临'。"苏霖曼没好气地瞪他一眼。

尚泽明折腾一番终于准备好，他悄悄踢远了些苏霖曼的裙摆，和她肩并着肩站在一起。

"我拍啦？三，二，一！"

"咔嚓咔嚓"几声响后，苏霖曼终于吐出一口气。她笑得脸都要僵了。

"到我的 part（环节）了，你们好好玩，我先上台了。"苏霖曼匆匆给大家告别后，提着裙摆快步离开。

"哎，摄影师还没看呢。"余正平还没审阅自己的摄影成果就被尚泽明抢走了手里的相机。

"去去去，马上主持了还有心情看照片。"尚泽明只捧着相机，有人要看时就警惕地遮住屏幕。

"这张我也太丑了，谁也不许看！"他随意扯了个理由解释道，不理会旁人起哄说他小气的发言。

时间定格的那一秒，屏幕里的少女歪着脑袋，笑容温婉得体。身边的少年黑色西装露出蓝白色的领子，目光黏着身边的女孩子，眼角眉梢都是掩不住的笑意，一只手背在身后，另一只手悄悄在她脑袋上比了个"耶"。

尚泽明躲在角落里，把照片放大了，自顾自地傻乐。

明明我们的合影也不赖。

周围的朋友是亲朋满座，台下的欢呼四舍五入也算认同。

即使有这样想法的只有我一个人，我也会一直这么认为。

台下响起欢呼，是苏霖曼站在聚光灯下采访上一个节目的同学，她巧笑嫣然，是花园里唯一那朵花期不败的花儿。

尚泽明看看苏霖曼，又看看照片。

她是最耀眼的姑娘，值得一切真挚的情感。

尚泽明，永远永远都会守护苏霖曼。

♦ 第九章 / 衰败春日

1

全部演出结束后就到了颁奖环节，苏霖曼被通知这一环节的主持不用她负责时心里就有了结果。

林礼嘉抱着花束和奖状站在场侧，苏霖曼站在相对的另一侧与他遥遥相视。

虽未发一言，但彼此却已心有结论，林礼嘉轻轻晃了晃手里的花。

菟葵和花毛茛，斜插几条野燕麦，这已经是林礼嘉在校领导的审美下选出最好看的一束。

余正平看到手中的名单顿时面露喜色。

"集体奖第三名，高二（7）班。

"集体奖第二名，高一（13）班。

"集体奖第一名——"

台下的喧嚣瞬间安静下来，虽然只是校级比赛，但几乎每个人都为班级的荣誉努力过，自然希望能得到好的结果。

"集体奖第一名是——"

余正平制造悬念般又重复了一遍台词，引得台下人呼吸停滞片刻。

郑雯双手攥成拳头放在腿上，回头看，几乎班里每个同学都如她此刻一样紧张，连老杨也站在过道里探着脑袋。

"高二（9）班！第一名是高二（9）班！"

欢呼声骤起，尚泽明和王铭浩激动地搂住杨威的脖子，杨威竟也乐呵呵的没在意。

杨威被几个男孩又蹦又跳地环在中间，一时间有些无法脱身，只能遥遥呼唤郑雯。

"郑雯，你告诉冯芊芊，让她代表咱们班上台领奖！"

"哦。"郑雯应声，转头去寻冯芊芊，她正被几个女生拉着拍照。

郑雯在隔着几步的地方停下，耐心等旁人离开。冯芊芊和几位朋友挥手告别才注意到一旁等待的郑雯。

"那个，冯芊芊，杨老师叫你去领奖。"

"怪了，这种事不都是班长去的吗？"冯芊芊自顾自念叨着就提步离开，她知道郑雯的性子，估计她来叫自己也是被老杨逼的，没指望郑雯能跟自己搭话。

她掠过郑雯，却突然被人拉住，然后脖颈处搭上一颗毛茸茸的"小蘑菇头"。

"恭喜你呀。这次演出你最辛苦啦，如果以后还有机会的话……可以让我帮忙吗？"

冯芊芊身量在女生里算中上高度，郑雯则是娇小很多，她抱着冯芊芊的样子像是家养的小猫撒娇。

是超市最便宜的洗发水的味道，但娇纵惯了的冯大小姐却不觉得难闻。她其实一开始很喜欢郑雯，说不上来理由。或许是在第一天开学，趴在栏杆上看到对面女孩东张西望，眼睛亮晶晶的时候，或许是在看到她书包上的猫猫挂件恰好是自己最喜欢的布偶猫的时候。

就是那么奇怪，有些人是只需一眼就想与她产生羁绊的。

可是后来郑雯总是躲避，冯芊芊自然觉得郑雯不愿意和自己做朋友，热脸贴冷屁股的事冯芊芊不想做。

反正她也不缺朋友，不过是一个恰好有几分好感的人罢了，对方甚至是很多人讨厌的对象。

她才不稀罕，只是偶尔也会犹豫。

在齐威捉弄郑雯时犹豫要不要发声，在同学议论她时犹豫要不要站在她身边，在周一妍拉走自己的每一次犹豫要不要回头。

看着镜子的时候，被怯懦击退的时候，被迫成为沉默的加害者的时候……

这样总是耽于犹豫的自己，是自己想要成为的人吗？

这一次冯芊芊没有犹豫地伸出手，回抱住郑雯，也抱住那个终于勇敢的她。

"好哇，说好了，下次一定要帮我呀。"

那些曾经因为各种各样的原因生出的隔阂被一个拥抱击散，无声无息地消失在记忆的角落。

集体奖后就是个人杰出奖，没什么悬念地念出那个名字的一瞬间，整个礼堂似是提前排练过一样整齐划一地响起欢呼。

身边是熟悉的老师好友，苏霖曼在大家的祝贺下走上舞台。

聚光灯汇于一点的那时刻，苏霖曼用余光注视隐在侧台黑暗中的那人，等他走上台后，终于落落大方地与他对视。

两个人眼里都是温和的笑意。

捧花递交，林礼嘉被留在台上合影。

苏霖曼喜欢这个时刻，非常喜欢。

在欢呼声里，在聚光灯下，在众人仰慕间，我和你，只有我和你。

她想起《致橡树》的那一小节：

我们分担寒潮、风雷、霹雳

我们共享雾霭、流岚、虹霓

仿佛永远分离，却又终身相依

"恭喜。"林礼嘉用只有他们两人能听到的音量在苏霖曼耳边低声说。

苏霖曼没有回话，但原本在照相机镜头下略显刻意的微笑明显真切几分。

淹没在众人的尖叫声里，郑雯看着台上的人轻轻鼓掌。

艺术节终于圆满落下帷幕，老师们被召集回去开会，学生们难得拥有一个不用上晚自习的夜晚。

林礼嘉、苏霖曼、尚泽明约着一起去吃火锅，等苏霖曼换好衣服，三人走出礼堂，才发现不知何时下起了雨，雨势还不小。

林礼嘉从包里拿出伞，果然见另外两人眼巴巴地看着他。

他无奈地叹口气，有时候感觉自己像十七岁带两个娃。

三个人只有一把伞，挤一挤倒是也能撑到车站。

"叫个车吧，我今天好累，实在不想坐公交车。"苏霖曼捏了捏酸痛的肩膀提议道。

后台空调开得有些低，女生的礼服又单薄，苏霖曼吸吸鼻子，疑心自己有些感冒了。

尚泽明望见她眼底的疲色，默不作声地抢过她手里装礼服的袋子，把包里总装着的茉莉清茶递给她。

"那必须打车，我们苏大小姐的鞋怎么能沾泥呢。要不小人把你背到车上去？"

他滑稽地做了个古代太监拍袖子的动作，谄媚的模样学了个十成十。苏霖曼被他逗笑，一拧就开的饮料咽下肚，感觉整个人都轻松许多。

"哈哈哈哈哈，尚泽明，你要是穿越到清宫剧里一定混得很好，哈哈哈哈哈！"

林礼嘉也跟着一抽一抽地笑。

"那个……打扰一下，你们有带手机吗？能借我打个电话吗？"

三人正笑闹时，郑雯匆匆忙忙地跑到他们面前，眼睛微微红着，头发也有些凌乱。

林礼嘉的手机恰好拿在手里，没问原因，迅速点开通话页面递给郑雯。

甚至没来得及说一声"谢谢"，郑雯只微微对着林礼嘉点了点头就急忙拨打电话。

大约持续了一分钟，郑雯挂断重新拨过去，依然没有人接。

她神色随着时间推移变得凝重焦急，咬着嘴唇的牙齿越发用力，隐隐发颤。

苏霖曼注意到郑雯小半边身子仍在雨里，把她拉到身边，顺手环住她肩膀。

"别着急，是出什么事了吗？"

其实苏霖曼体质偏寒，身体一年四季常是冰凉的，雨天更甚，但郑雯仍然觉得自己从这个带着馨香的怀抱里获得几分镇定的力量。

她抬起湿漉漉的眼睛望着苏霖曼。

"杨老师去开会前告诉班长，看节目的时候我爸给他打了好几个电话，现场太吵他没有听到，爸爸就给他发了消息说让我尽快给他回个电话有重要的事情要说。"

郑雯说着，想到什么似的，声音都带上了哭腔。

"我爸一般是不会和老师联系的，这种事一直都是我妈妈在负责。前两天小吃店太忙妈妈差点低血糖晕倒，我让她去医院看看她一直嫌贵不肯，我害怕……"

郑雯越说越害怕，这下眼泪是真的落下来了。

在场三个人都有些无措，苏霖曼下意识地去看林礼嘉，却没等到意想之中的对视。

或许他自己都没有意识到他此刻是多么担忧的模样。

眉头紧紧皱在一起，目光像是被黏在了郑雯身上，身侧的手捏成拳头用力到发白，另一只手起起落落，想要拍拍她告诉她别担心，又怕吓到她的小心模样。

那是苏霖曼太陌生的样子，她讨厌一切毫无预警突然出现的事物，击得她猝不及防。

那神色不是悲悯，不是可怜，其实说是担忧也不全对。

……怜惜。或许用这个词更合适。

这是个太微妙的词语。

苏霖曼心脏沉了又沉，她不明白为什么会在林礼嘉的脸上看到这样的表情，尤其是对着一个相识不久的女孩。

她很快收回目光不愿再去看第二眼。

"……别太担心，如果发生什么事，你爸爸肯定会在短信里说明或者直接来学校找你的，只是说让你尽快回电话的话应该不是什么大事。"苏霖曼压下脑子里乱七八糟的事情，软着声音安抚郑雯。

"到路口我们带你打辆车，你先赶快回家去看看……"

话未说完便被打断，出声的人是林礼嘉："不慌，我带你去。"

林礼嘉拽住郑雯的手腕，轻轻一拉把她从苏霖曼怀里拉出来："我带你打车，我陪你一起过去，要是有什么事我也能帮忙。"

方才搭着郑雯的手还僵在半空，苏霖曼有些蒙，眼睁睁看着对面两人距离蓦然拉近。

明明站在林礼嘉身边，苏霖曼却觉得他突然离她好远。

郑雯飞速摇着脑袋："不用了，那也太麻烦你了。"

郑雯把手机还给林礼嘉，看了眼天空，仍是大雨如注。她咬咬牙，脱下外套支在头顶。

"我先走了，再见。"

她还未踏出一步，手腕再次被人抓住。

仍是林礼嘉。

郑雯对上他满是担忧的眼睛。

"你们刚来兰城，对一切都还不熟悉，有个信得过的人总方便些。"受父母的影响，其实林礼嘉骨子里是很有决断性的人，只是平日里他大都表现出温和的一面，这时展露出那种威严就显得很不容置疑了。

郑雯听了这话开始踟蹰起来，最终对家人的担忧战胜了她的那点羞怯，她迟缓地点点头。

"那就走吧。"林礼嘉话音未落已经率先进入雨幕，忽而又折返回来走到苏霖曼面前，把手里的伞递给她。

"你们俩先吃，不等我了。打不到车就给我打电话，我让我爸给你们安排司机。"

不等苏霖曼回话，他又急匆匆转身，反而是郑雯这个当事人慢了几拍，对着苏霖曼和尚泽明小声道谢后才跟上林礼嘉。

苏霖曼全程没说一个字。

她想拦下林礼嘉，可她知道林礼嘉的话没有错。

只是……

她低垂的眼睫颤了颤，踌躇几回才抬起去看前方的两人。

郑雯个子小，躲在林礼嘉身前几乎隐去了大半个身子。林礼嘉撑着校服举得很高，因为一前一后的站位，他怕踩到身前的人于是把步子放得很慢，两脚之间距离隔得很远，从背后看这姿势颇为滑稽，像是只蹚水的鸭子。

可他一点不在乎是否会有人嗤笑，他在乎的只是身前人不要被雨水浸染就好。

像是高山流水的绝景，依靠在一起。

苏霖曼心里沉闷，呼吸也变得粗重，她抿着嘴，手里那把伞像是用钢筋所筑般沉重，坠得有些拿不住。

她莫名有种灵魂抽离的感觉，飘在空中，看着自己和林礼嘉远去，魂体被一巴掌拍回身体，才恍觉自己看错了人。

突然想到了什么，苏霖曼把伞递给尚泽明，拿过他手里的相机。

"今天这个相机只有你一个人用过吗？"她状似不经意地询问。

尚泽明仔细回想了会儿："不是，老林也用了吧。"

苏霖曼没接话，只专心翻着照片。

上一张，再上一张……

虽是站在屋檐下，但偶有雨滴溅进来，尚泽明把撑开的伞挡在苏霖曼斜上方。

"……要不，我们也一块儿去看看吧。"他敏感地察觉到苏霖曼情绪不对。

曾经他也无数次站在这把伞下看着他们远去，默默期望着某一天站在她身边的人是自己。

而如今这把伞下是他们两个人了，尚泽明却开心不起来。

其实他还是更希望她能高兴些。

划到那张图，放大，角落里有尚泽明和王铭浩勾肩搭背的身影。

苏霖曼眼皮微垂。

"我一直都觉得林礼嘉不会拍照来着……"

"他确实不会啊，不然这个世界上咱俩的丑照能少一半呢。"尚泽明语气轻松，眼睛却一直瞄着苏霖曼的反应。

身边的女孩突然发出一声轻不可闻的笑："其实是我们误会他了。"

她把相机还给尚泽明，径自迈步前行。

"你慢点，小心淋着雨了。"

尚泽明来不及把相机收好便急急追出去，直到和苏霖曼步伐一致才得空去关心手里的宝贝。

"你说你也是……"他突然顿住，目光担忧地转向苏霖曼。

尚泽明明白为什么苏霖曼刚才会说那些不着调的话了。

照片上的人站在窗边，阳光倾泻进窗户，照得少女发丝变成好看的金黄色，周身都披着光晕。

应该是突然被人叫住，回头时的表情还有些憨傻的可爱，嘴巴微张，眉毛轻轻上挑，圆滚滚的眼睛灵动异常。

她若有六分容貌，照片也拍成了八分。

他相机里的女生单人照只有苏霖曼，这张自然不会是他拍的。

被拍的人是郑雯。而拍摄者，是林礼嘉。

苏霖曼故作轻松地开口："真是不够朋友啊，我和他认识十七年，你说他怎么从来没把我拍得好看过。"

真是不够……朋友。

2

因为下雨小吃街没什么人，摊主们躲在门后听雨声"哗啦啦"，三五聚在一起话家常。

郑雯和林礼嘉没空关心这里难得的悠闲，匆匆忙忙地跑到刘媛娣的店门口。

"妈！妈！"郑雯撞开门冲进去，前堂没有人，她又去后厨寻，正好与听见声响从后厨走出来的刘媛娣撞上。

"干什么呢，你这丫头，慌里慌张的。"刘媛娣后退好几步扶住桌子才站稳，抬眼没好气地瞪郑雯。

郑雯没说话，上前一步拉着刘媛娣上上下下地扫视一圈，见她面色红润身体温暖才放心下来，眼圈却因为一路上的担忧蓦然红了："呜呜呜……妈，你吓死我了！"

刘媛娣满头雾水，正好林礼嘉关上门走进来，于是忧虑地看着他："小林啊，这丫头怎么了？受委屈了？"

来的路上林礼嘉早已冷静下来，细细想郑父的语气其实不像是出了什么大事，此刻见到刘媛娣终于确定这不过一场乌龙。

两位女性抱作一团，林礼嘉开口替郑雯解释："老杨……杨老师说家里出了事，让郑雯尽快给叔叔回个电话。她打了好几个也没打通，又联想到您前几天低血糖的事，心里担心您出什么事，所以才急成这样。"

"嗐，"刘媛娣拍了拍大腿，"哪有什么大事，我从小干农活长大的，只是瘦了些而已，身体好得很呢。"

她本来想斥责郑雯大惊小怪，但想到女儿是因为担心自己才成这副泫然欲泣的模样，心又软了大半，哄小孩一样抱着郑雯给她擦眼泪。

"天气预报没说今天会下这么大雨来着，今天中午店里生意特别好，你爸和我两个人都有些忙不过来，我收拾卫生的时候又闪了腰，你爸担心下午他不在我顶不住事，所以才跟你们杨老师说叫你下午早点过来。"

"没事啊，不担心了。"刘媛娣拍拍郑雯，语气轻缓，"我这不好好的吗，多大的人了还爱撒娇。"

她又看了眼被淋得整个湿透了的林礼嘉，眼里染上些笑意："小林还在呢，你也不怕人家笑话。"

郑雯身子僵了僵，飞快地从刘媛娣怀里跳出来，脸颊慢慢染上绯红，看到林礼嘉淋湿的衣服和头发又愧疚起来。

"对不起啊，害你淋成这样。"

"没事。"林礼嘉宽慰地笑笑，接过刘媛娣递来的毛巾，慢条斯理地擦着头发。

"哎哟，"刘媛娣忽而想起什么，懊恼地拍了拍脑袋，"手推车还在停车场呢，我得去盖块塑料布。"

郑建兵几次送郑雯上学的时候发现校门口的早餐摊生意很红火，种类不多，味道其实也就那样，但因为学生赶时间的心理，只要手速够快卖得就不会差。

他把这事告诉刘媛娣，夫妻俩一商量，咬咬牙也租了一辆早餐车，每天早上在小吃街附近的学校做生意。刘媛娣老实本分，用料扎实，手艺也好，没多久就有了名气。这些天下来因为这个早餐车一家人生活好了不少，郑建兵也不怎么为了钱接半夜出车的活了。

在乡下种田，男人是主要的劳动力，刘媛娣得仰仗着丈夫生活；而在城市，她扛起这个家的一大半，隐隐约约找到了自己的位置。

对于刘媛娣来说，这辆早餐车就是她的宝贝疙瘩。

她扶着腰就要去后厨拿外套，还没走几步就被林礼嘉拦下。

"阿姨，您刚扭了腰还是在店里好好休息吧，您把东西给我，我替您去盖，反正湿都湿了，也不差这一回。"

刘媛娣本不想再麻烦林礼嘉，可走了几步路腰间确实有些刺痛，于是推了推郑雯："辛苦你了小林，让我们家小雯跟你一块儿去，你不认识路。"

刘媛娣把伞和塑料布递给郑雯，林礼嘉先一步接过。

林礼嘉个子高，郑雯替他打伞时有些费劲，得一直踮着脚才行。到了停车场，三两下盖好布，林礼嘉拿过伞，终于可以直起身子。

他抬脚准备回店里，郑雯轻轻勾住他的衣角。

女孩厚厚的刘海被打湿，干脆从中分开掖在耳后，露出漂亮干净的额头，像一头雨后于森林穿梭的小鹿。

"林礼嘉，谢谢你哦。我请你喝热饮好不好呀？"

小鹿的眼睛清亮亮湿漉漉，好心的人类毫无意识地被那双眼睛蛊惑到森林深处。

等林礼嘉反应过来，人已经坐在奶茶店的椅子上了。

郑雯买了四杯奶茶，想了想又走到前台："你一杯，我一杯，爸爸妈妈一人一杯……再给苏霖曼和尚泽明买两杯，谢谢你们平时照顾我……"

这家奶茶店消费不贵，但六杯下来也要将近小一百。林礼嘉想替郑雯付钱，却被她拦下："我家是穷，但最近情况已经好很多啦。"她说着转过身，认认真真对上林礼嘉的眼睛。

林礼嘉想起去图书馆那次，也是这样，郑雯要请客，他想阻拦。

那时候阿曼怎么说的来着？

郑雯只是贫穷，可她也有她的尊严和坚持。

于是林礼嘉没再反驳，任由郑雯付了钱。

等奶茶的间隙，气氛有些沉默，林礼嘉率先打破尴尬。

"你来兰城快三个月了吧？怎么样，适应得好吗？"

郑雯认真想了想，摇摇脑袋："不好，很不好。"

从她来到这里的第一天到现在，郑雯从来没有觉得自己属于这座城市，哪怕一刻也没有。

她的家乡贫瘠、荒凉、所拥无几，可她仍然深深眷恋那片土地。听到城市轿车飞驰而过的喇叭声，她怀念挤在庄稼间低空掠过的鸟鸣；夜晚五光十色的霓虹灯闪烁，她看着漂亮明星的面庞，想念的是躺在茅草垛上眼前一望无际的星河满天。

即使父母就在身边，郑雯还是会觉得孤单，觉得自己大抵是一个太过念旧的人，"此心安处是吾乡"这句话太贴切她的想法。

"那为什么一定要来这里呢，"林礼嘉不解，"其实安稳的生活也很好，不是吗？"

郑雯又像刚才那样仰着脑袋想了会儿，忽而笑开："要来的，一定要来的。

"我在夔县的老师姓李，她是教语文的女老师，在去夔县支教前她在一中工作，我能来一中读书多亏她的帮助。

"我们家祖祖辈辈都是农民，也挺好的，劳动最光荣嘛！可是爸爸说从我爷爷的爷爷的爷爷那辈人开始，就特别希望我们家出个读书人，可惜一直没实现，直到有了我。

"其实我也算不上学得多好，只是夔县的孩子大都不爱读书，我听话，老师让背什么就背什么，让写什么作业就写什么，这么一对比就显得我学习很好的样子。

"我从前觉得李老师很漂亮，说不上来原因，我只觉得她和我们那儿的女人都不一样，她好漂亮，好灿烂，好明媚……我初二那年奶奶要让我辍学，说女人读那么多书没用，还不如早早回家帮忙干活，再找个男人嫁了过日子。我喜欢读书，可是奶奶、姨姨、妈妈……她们从前都是这么过来的，学校里的女孩子也越来越少，加上我只剩四五个了。

"爸爸和奶奶吵架的次数越来越多，我想，算了吧，如果那是我注定要经历的人生，早一点晚一点又有什么关系呢。"

她说到那些回忆的时候整个人都会黯淡下去，脊背忍不住伛偻着，像是一只刚探出壳的蜗牛又缩了回去。

林礼嘉不知道该说些什么，只觉得心里难受，两只手局促地交错着，想要一把拉住蜗牛的触角，告诉她"别害怕啦"。

"不过李老师拦住了我，我去递申请的时候，她问我喜不喜欢读书。奶奶要说话被她拦下，她搂着我，比妈妈还温柔，她告诉我，不要怕，跟随自己的本心，想要过什么样的生活。

"想读书，我想读书。我不想过奶奶和妈妈那样的生活，我说不上来那样有什么不好，可我就是不愿意。

"我来兰城的前一天，李老师布置给我一个任务——'没有人能决定最好的归宿到底是什么，你自己的答案，你要去见见外面的世界才能明白。'

"我之前一直在想，我为什么不想过奶奶和妈妈那样的生活，我到底要过什么样的人生，我又到底要成为什么样的人……

217

"我之前一直想不明白，直到今天，我看见苏霖曼站在聚光灯下泰然自若地拎起裙角鞠躬的那一刻，我突然就想明白了。

"我想成为她那样的女孩，坚强，美好，自信，坦然。不惧风浪，不畏风霜，天大地大，自有我的大海去遨游。"

她眼里星河闪烁，是从未有过的光芒万丈。

"我是认真的！林礼嘉，我对你们说的每一句谢谢都发自真心，你、尚泽明……还有阿曼！我可以这么叫她吗？我真的很喜欢她，我现在没什么本事，只能请你们喝奶茶，等我以后有钱了，发达了，我就买好多好多东西给爸爸妈妈和你们。你喜欢什么呀？尚泽明呢，阿曼呢？"

林礼嘉不知道为什么今天的郑雯显得格外兴奋，语无伦次叽叽喳喳，好像某个春天被唤醒，一千只鸟儿正在体内蓄势待发。

她声音越来越大，林礼嘉却不想打断她。

他好像一位历经万水千山的寻宝人。

在这个秋日雨后，他发现了一朵含苞的花儿。

幸运还是不幸，似乎只有他发现了她的悄悄绽放。

林礼嘉觉得最近的苏霖曼很不对劲。

她去小卖部时不再多买一瓶饮料，放学也不再等他一起回家，除非他早早跑下楼在三班门口等她。

他奇怪地问她，是否他无意间做了错事惹她生气，他愿意补偿、道歉，哪怕无缘由也可以。

林礼嘉只觉得苏霖曼那时的神色奇怪，苦涩，又有种莫名的悲戚。

苏霖曼平静无波的眼睛只是定定地看着他，陌生的，遥远的。

"你没做错什么，林礼嘉。真的，你没做错什么。"

难过的正是他什么也没错，苏霖曼想。她甚至无法具象出一个确切的理由，只凭着某种隐秘的直觉和猜测，站在一个尴尬的地位任性地责怪他。她之前太自信自己和林礼嘉的结局，以至于这一刻横生枝节时她只觉得茫然。

是她错了吗？

苏霖曼太了解林礼嘉，她知道在那个情况下换作任何一个亲密些的朋友，林礼嘉都会做出同样的决定，她喜欢他的那份善良和正义。可为什么，那个人是郑雯就让她这样难过。

苏霖曼不明白，也不敢想。

好在还有尚泽明这个黏合剂，微不可察的裂痕被打着哈哈遮掩住，一切又好似回到以前那样自然。

只有苏霖曼知道有些事情不一样了。

后来某个周六放学路上，她看着落日喃喃开口："林礼嘉，我们是……朋友吗？"

"当然，苏霖曼，"林礼嘉看着她，"你永远是我最重要的朋友。"

苏霖曼没有搭话。

这句话她听过太多次，以前只觉得雀跃，喜于自己在他心里的独一无二，可现在听来只觉得胸口发闷。

3

    L先生是惊艳了我一整个青春的人，可很奇怪，我回想那段时光，你却不是我记忆里最耀眼的存在。

    那个人是谁呢？

    她教我以牙还牙，教我独立自主，教我打开心扉。

    那个在舞台上穿着纱裙舞动的女孩，她是我永远仰望的存在。

    我曾经许过三个愿，其中一个是希望她永远像十七岁时一样明媚，尽管失联多年，我仍然相信，即使没有上天保佑，这个愿望也一定会实现。

艺术节之后就公布了期中成绩，或许因为进步空间大，郑雯成绩一跃而起好几名，她的名字赫然被杨威贴在了进步榜榜首，和林礼嘉紧紧挨在一起。放学后人潮散去，她愣愣地站在那张红布前，说不上是欣慰多一点还是喜悦多一点。

不知道是不是错觉，班里同学总觉得郑雯似乎改变了许多，爱笑了，话也多了些，虽然还是害羞内向的性格，但偶尔也愿意主动参与话题，最先发现这一点的是周一妍。

自从那次"食品安全"事件后，齐威在班里的处境有些微妙的尴尬。周一妍性子直爽，以前因为友情滤镜总觉得这人只是有些小毛病，如今站在局外人的视角，才发觉这些毛病简直令人发指，于是慢慢和他疏远了关系。

这周是她值日，齐威和她一组，她安排齐威扫地，齐威囫囵地答应着，下课后拿起打扫工具走向郑雯。

周一妍离得远，听不见他说了些什么，但到底能猜到齐威又是仗着郑雯是个软柿子的性格欺负她。

"我呸，真不要脸。"

周一妍虽然也不喜欢郑雯，但更看不惯齐威欺软怕硬，正准备上前拦下他，却见郑雯低着头收拾好书包，然后绕开齐威走出教室，全程没有丢给他一个眼神。

齐威尴尬地立在原地，脸色由青变白又变红，周一妍却乐得直不起腰。

可能是最近的物理课和数学课实在太令人头秃，周一妍看着满地的头发只觉得头疼。她搞卫生最害怕扫这样的地，头发粘到扫帚上，怎么抖都抖不掉，非得用手撕下来才行。周一妍看着刚刚涂过护手霜的纤纤玉手长吁短叹。郑雯不知从哪儿突然出现，拿走她手上的扫帚。

郑雯从储物柜拿出卷胶带缠在扫帚，干净利落地扫完地取下胶带丢进垃圾桶里。

周一妍目瞪口呆地看着她："……你能再来一遍吗？我没看清。"

"像这样把透明胶反着粘上去就好，很简单的。"郑雯演示了一遍。

周一妍像发现了新大陆一样惊呼："郑雯你好聪明！你是怎么想到这么好的办法的？"

郑雯有些赧然地笑了笑："我家店有个常客叫泡泡，她好像业余写小说经常卡文，每次来吃完饭地上都是一堆头发，时间久了我就慢慢琢磨出来了。"

就这样聊着天，周一妍不知不觉就和郑雯搭伙一起走到了路口，等上车那一刻还有些恍惚。

刚才那个人……真的是郑雯吗？

苏霖曼下楼给刘宪东送文件，她最近不太想见到林礼嘉，路过九班时只是从过道最外侧匆匆掠过。

"苏霖曼！"

苏霖曼错愕地回头，郑雯正挥着手向她打招呼，眼里有着不知缘由的激动。

她有些莫名，并不觉得自己和郑雯的关系算得上亲近。

可出于礼貌，苏霖曼还是微笑着点点头。

王铭浩从睡梦中醒来看到的就是这样一幅画面，自己的同桌略低着脑袋，带着一脸莫名傻气的笑容。

想到班长的叮嘱，他有些担心地开口询问："郑雯，你没事吧？"

郑雯没答话，只"嘿嘿"地笑了两声。

王铭浩：……完了，孩子疯了！

"她刚才对我点头了耶！"

王铭浩：……谁？你在说什么？

"咚咚！"

刘宪东不在，只有零散几个老师坐在办公室里，苏霖曼把文件放到他桌子上就准备离开，路过杨威桌子时鞠躬问了声好。

"苏霖曼？你来得正好。你们班下节是自习吗？"杨威正在电脑上飞快输入着字符，看见苏霖曼眼睛蓦地亮了亮，如释重负般松了松肩膀。

苏霖曼点点头。

"麻烦你帮我个忙，这份文件要得很急，我已经在打印了，等全部打印完，你帮我在每页纸右下角把这个章盖上，"他说着，有些不好意思地挠挠头，"我本来要从九班找人的，但这份文件下课前就要送去教务处，咱们班下节又是我的课……"

未等杨威解释完，苏霖曼已经善解人意地走到打印机前，拿起那沓纸："放心吧杨老师，您赶快去上课吧，我盖完章替您交过去就好了。"

或许因为刚才太匆忙，杨威桌面上一片狼藉。苏霖曼想找块空处盖章却有些无从下手。

苏霖曼叹息一声杨老师还是和以前一样"不拘小节"，认命地开始替他整理桌面，一如高一那样。

匆忙间几张纸落到地上，苏霖曼捡起来拍去尘土，目光触及纸上的字蓦然顿住。

是郑雯的贫困补助申请表。

这并不让她惊讶，她先前就了解郑雯的家庭环境。

惊讶的是手里是两张申请表，在郑雯的表下压着的那份，来自齐威。

同样是贫困补助的申请。

苏霖曼从未特意去了解过齐威的家庭条件，但从他平时的吃穿用度来看大抵是不错的，甚至有几次他还大张旗鼓地请同学们喝饮料，对朋友足够大方，这也是他人缘一直还不错的原因。

可这样的人也需要申请补助吗？

苏霖曼甚至有些恶毒地想，会不会是齐威为了欺负郑雯故意去抢她的名额。

可这个念头很快被她否定，从表上信息来看，从高一开始齐威就已经在拿补助了。

会不会是他伪造了信息呢？

苏霖曼再次排除这个可能。一中对于学生信息的收集很严格，杨老师也是个做事认真的人，不可能允许学生通过不正当的方式领取补助。

那么只有一个可能，这一年多时间里齐威所表现出的豪爽、大方、富裕，都是强撑着的伪装。

可他为什么要这样做呢？苏霖曼想不明白。

脑子里想着事情手上做事的速度自然而然地慢下来，等到杨威下课回到办公室，苏霖曼将将把活干完。

"辛苦你了哈，给，请你吃糖。"杨威乐呵呵地伸出手，像逗小孩一样。

苏霖曼接过，状似无意地开口："杨老师，这学期的贫困补助申请是不是开始报了？我看刘老师一直没通知，他是不是忘记了？"

"嗐，他都报完了。"杨威摆摆手，"咱们班有点特殊情况，我还没报呢，不过也快了。"

想到了什么，杨威欣慰地笑笑，暗自嘀咕："好在学校还是给我批了。"

苏霖曼没再多说，拿着文件去教务处的路上大脑飞快运转，大致有了思路。

贫困补助每个班是一个名额，从表上的信息来看，高一时这份补助一直是给到齐威的，但是高二这学期变成了郑雯。

苏霖曼大概明白齐威针对郑雯的原因了。

郑雯有理由、有必要知道这件事，至于郑雯和齐威未来如何相处，就是他们之间的事了。

她和郑雯不算熟络，这件事由她去提醒郑雯不太合适，那该让谁转达呢？

与她和郑雯都熟悉，而且是信得过的人。

脑海有一个明确的名字，可苏霖曼还是选择忽视。

她也有私心，是个普通人。

苏霖曼最终决定让尚泽明担任这项任务。

绕到九班门口，苏霖曼想要叫尚泽明出来，无可避免地走到窗边。

她还没来得及叫尚泽明出来，声音就卡在喉咙里，难得地上下翻涌。

因为那一年的傍晚，后来的每一天她最喜欢的时刻就是下午四五点。吃晚饭前拉着林礼嘉到阳台晒太阳，阳光跨越亿万斯年照在他和她身上，一起盖一床温暖的被子。像太阳亘古不变地升起，我们也会永远在彼此身边。

这个时刻对于苏霖曼而言是这样浪漫的意义。

墙上的挂钟恰好走到"4:55"，苏霖曼立在墙边的阴影中，看着窗边的人。

她不知道林礼嘉和王铭浩是什么时候换的座位，也不想知道为什么要换。

郑雯趴在桌子上浅眠，阳光扑进窗子落在她身上，身边的少年安静地看着书。

林礼嘉看书一向是副懒散样子，不会端端正正地挺着脊背把书放在桌子上，他习惯单手拿着书，另一只手环在胸前，整个人没骨头似的靠在椅背上。苏霖曼为此骂过他好多次，怎么也说不动。

这一刻的他也如平时一样右手捏着书，唯独不同的是，他身体微微前倾，看上去有些局促的别扭。

刚刚好，他的影子在郑雯脸上投下荫翳；恰恰好，挡下一片阳光遮住了郑雯的眼睛。

多浪漫，多贴心。

如果她不是苏霖曼，大抵会为这一刻动容。

她从来没有被林礼嘉忽视过，无论多轻手轻脚，无论林礼嘉正在做什么，只要她出现，哪怕是他目光无法触及的盲区，他也能心灵感应般发现她。

可她已经在这里站了好久了啊，站到身子发麻，难以分辨是腿还是胸膛的皮肉之下。

苏霖曼那一刻说不上来自己的心情，她只是突然在想，为什么这些日子，她总觉得自己像是个局外人，她甚至不知道自己在观看的是哪个局，她又在为谁做配角。为什么她越来越多的时间有一个奇怪的想法——那个位置上的人，怎么就不是我了呢。

看了看林礼嘉，又看了看郑雯，苏霖曼面无表情地扯扯嘴角，最终什么也没说，转身离开。

4

林礼嘉觉得苏霖曼越来越奇怪了。之前只是不愿意搭理他，现在甚至开始躲避他。他试过几次想和苏霖曼谈谈，可她一直在回避。林礼嘉脾气上来，两个人陷入莫名其妙的，十余年来从未有过的冷战状态。

这可苦了尚泽明，小心翼翼地问过几次苏霖曼是怎么回事，都被搪塞过去，只说让他别多想。没法子，尚泽明只能每天被迫在二楼、三楼上上下下两头跑，他感觉自己的小腿肌肉都发达了不少。

223

他试着去找林礼嘉。

"老林，礼哥，"尚泽明搓搓手，"要不……你去服个软？"

"不可能。"林礼嘉态度坚决，中指推了推鼻梁上架着的眼镜。

因为周末要为补习备课，他看书的时间直线上升，上周觉得看黑板有些模糊就去眼镜店配了副眼镜。

他本来想去找苏霖曼给他参考意见，从小苏霖曼审美就比他好，她挑的衣服或是生活用品别人总说比他自己挑的好，也更适合自己。

久而久之林礼嘉也习惯了，要不不逛街，要逛街就和苏霖曼一起。

可走到楼梯口，林礼嘉突然想起他和苏霖曼在冷战的事。

他发誓他有认真反思，可他真的什么也没做错。

林礼嘉觉得自己不能这么惯着苏霖曼了，她老这么无理取闹算怎么回事。

他这次要抗战到底，必须让苏霖曼先承认自己有错才好。

窗外雨丝如银河泻落，发泄般地敲在玻璃窗上。

最后一节是语文课，老师站在讲台上慷慨激昂地念着课文，苏霖曼却无心听课。

今天尚泽明要去医院，于是又是她一个人回家。

已经将近一个月了，她和林礼嘉陷入冷战。

放学时，她心情实在差劲，收拾东西的速度也慢了许多，等到教室里只剩下她一个人了，才慢悠悠地关上门离开。

苏霖曼脑袋放空地扶着栏杆看了一会儿雨，回神时却看到一个熟悉的身影。

林礼嘉站在二楼的楼梯口和一个男生聊着什么，他双手怀抱在一起，苏霖曼知道那代表他对当前的话题并不感兴趣。

他斜背着书包，校服外套敞着，露出里面的卫衣。

林礼嘉的每一件衣服她都熟悉，因为其中或多或少都有她的手笔。他现在穿的这件应该是新买的，她从未见过。

他为什么会在二楼驻足？苏霖曼知道，从初三以后，林礼嘉就不再是会委屈自己和别人虚与委蛇的那种人。

她心里有个猜测的答案。

其实这几天苏霖曼也有些后悔，她知道自己的冷漠对于林礼嘉来说完全是无妄之灾，他只是变得对她更有底线了些，他不再无止境地包容她，也不再纵容她的脾气。

他只是变了一点点而已，他没做错任何事。

自己还欠林礼嘉一个道歉，苏霖曼想。

背对着林礼嘉，苏霖曼暗暗下定决心，提步朝林礼嘉走过去。

那男生已经离开，林礼嘉却还在原地。

苏霖曼更加确信自己的猜测。

她步子大了又大。

坚持了四分之一个人生的从容和优雅几乎快被苏霖曼抛到脑后，她只想更早地走到那个人身边。

脚步陡然顿住，像在公交车上遇到急刹车的乘客，稍不注意就要趔趄到地上。

郑雯笑容灿烂地跑下楼，林礼嘉对她微笑，尽管站得太远听不清他们的对话，苏霖曼这个局外人也感受到了气氛的欢快。

苏霖曼只看了几秒钟，伴着自嘲似的一声轻笑，泄气地低头撩了下头发。

转身的时候，苏霖曼想，林礼嘉千万不要回头，不要看到她逃跑似的背影。

她没精力控制迈出每一步是否距离适宜，也无法控制自己修长的脖颈一如往日的高昂，她只是想离开而已。

哪一刻最难过呢？

是在逼着自己目不斜视地与他擦肩而过，还是下意识拿起一瓶可乐又放回货架，抑或是刚才的懦弱逃离。

好像都不是。站在屋檐下的苏霖曼想，现在这一刻才最难过。

从前她包里从来不会带伞，可不知出于什么心理，在艺术节之后，每逢天气预报说可能要下雨，无论概率多小，她出门时总会下意识地拿把伞。

沈素说她终于长记性了，可苏霖曼只觉得自己的逃避幼稚又可笑。

前方教学楼门口站着个人，苏霖曼视力好，看见那是郑雯。

她嘴唇紧紧抿着，泛起苍白，一手紧贴着下腹。苏霖曼身为女孩子自然明白那种感受，握着伞柄的手泛了白。

她不知道自己是怎么走到郑雯身边的，她不喜欢这样的自己，好得不纯粹，坏得不彻底。

"伞给你，我要去打车。"

郑雯感觉自己是否下一刻就要昏过去时，头顶忽而覆了一片阴影，耳边响起清晰悦耳的女声。

她侧过头看见苏霖曼好看的面庞如覆冰霜。

"苏霖曼！"郑雯惊喜出声，可也只说了这一句话。她实在疼得有些没力气了。

苏霖曼不愿靠近，只把伞向前递去，自己半个身子就到了雨里，灰色连帽衫迅速被印上渐渐沥沥的黑色斑点。

郑雯瞧着，顾不上说话，伸手把苏霖曼拽进伞下。

"我不要，你被淋湿的话也会生病的。"她说着把苏霖曼的伞递还。

苏霖曼沉默许久，定定看着郑雯，看得郑雯浑身都有些不自在起来。

苏霖曼莫名感到生气，对郑雯，也对自己。她知道那是一种毫无理由的迁怒。

眼前的女孩做错了什么吗？什么也没有。

她只是为了更好的人生来到一中，恰好在繁杂的分班系统中被分到九班，恰好全班只剩下那一个空座位，恰好一次次地和林礼嘉产生羁绊，恰如其分地、横冲直撞地、毫无预示地闯入自己规划好的人生中。

可苏霖曼讨厌这种恰好，也真的真的好讨厌这样不讲道理的自己。在她过往所接受的一切教育里，这样的迁怒都是足以令她羞耻的。与其说她最近在逃避林礼嘉，逃避郑雯，不如说她在逃避面对他们时卑劣的自己。

她木着脸从伞下退出去："不用替我操心，你拿着就好。"

苏霖曼戴上连帽衫的帽子，踏入雨幕。

溅起的雨点沾上她新买的白鞋，她真讨厌雨天。可从前她是很喜欢雨天的，喜欢雨水混着马黛茶的味道；喜欢站在伞下一只耳机里周杰伦的声音；喜欢有人轻轻侧身，为她挡下汽车掠过溅起的污水时，含着些无语的叹息。

那么为什么现在不喜欢呢？

她有些困惑。

直到路过那家熟悉的奶茶店，店里依然放着 Eason 的歌，隔着帘子也听得很清楚，这次是《富士山下》。

讨厌雨天，因为没有人为她遮雨了。

——谁能凭爱意要富士山私有。

她的心里有一座富士山，近些时日大雾四起，她闭上眼睛。如今雾气散尽。

再睁眼，富士山上樱花已开，却不是为她而开。

"滴答滴答"，是雨打伞面的声音，不知何时有人为她撑起一片干爽，身后的人比她略矮些，高高举起的手因为长时间的凭空止不住地颤抖。

"那起码让我送你上车。"

苏霖曼本不想理郑雯，只自顾自地走，可偏偏那把伞一直不偏不倚地笼罩在她头顶。

明明是个软柿子，怎么突然强硬得像块石头，她无奈叹息一声停下脚步。

郑雯猝不及防直直撞上苏霖曼，痛得她忍不住摸摸鼻子，委屈巴巴地抬头看着她。

"给我吧。"苏霖曼接过郑雯手中的伞，转过身等了一会儿，没见郑雯有什么反应。

苏霖曼微微侧过头，摘下帽子，冷着脸瞥她一眼："到我身边来啊。"

两人比肩沉默着走出很远，苏霖曼终于忍不住开口："想说什么就直说，怎么一直偷看我。"

被抓个正着的郑雯脸羞得通红，轻轻咬下嘴唇，攥着手指，鼓起勇气开口："你今天不开心吗？"

虽然苏霖曼与郑雯并不熟悉，可几次来往间郑雯从她身上感受到的往往是善良、仁慈和坚强，或许内心越强大的人往往会外化出越柔和的力量。她从未见过这样情绪化的苏霖曼，很反常，像一只炸毛的波斯猫。可猫猫即使生气时也是好看的，郑雯忍不住想让她开心一点。

"怎么才能让你高兴呢？"不自觉地把心中所思呢喃出口，郑雯懊恼地捂住嘴巴。

原本已经平静的烦躁再次翻涌，苏霖曼深吸几口气，压着性子，开口叹息道："没事儿，只是一些……私事，不是因为你。"

她沉默了下，继而补充道："对不起，刚才我语气有些不好。"

郑雯把头摇成拨浪鼓："没关系没关系，还要谢谢你把伞借给我。"

话题截止，气氛又陷入了尴尬的沉默。

苏霖曼在心里吐槽：这讨厌的出租车怎么还不来？

她低头瞥到洁白的鞋带蹚在污水里，心情更加郁闷。她蹲下身去系鞋带，又把伞交给郑雯。

待她起身恰好掠过眼前的女孩沾上雨点的肩膀。大半个伞面撑着自己，若非见到这片潮湿，苏霖曼甚至恍惚间有种雨早已停止的错觉。

终于有出租车愿意停在她们面前，郑雯送苏霖曼上车，伞一直伸到车顶。

5

窗外的世界，灰蒙蒙的，西北的城市总是这样，努力发展的背后是化工厂常年冒着黑气的烟囱。

苏霖曼觉得自己的内心也如这座城市一样，春意盎然的某个隐秘角落，正悄然冒着恶念。

说不清是挫败还是茫然，她只是突然觉得自己似乎远不如家人朋友甚至自己眼中的那样好。

林礼嘉说她是春天，可他从没说过春天也会衰败。就像是他曾经说过会一直在她身后，如今蓦然回首，来路空空如也。

可能下雨天人就容易多愁善感，苏霖曼突然觉得鼻子酸涩难忍。

说来可笑，原因居然是自己带了雨伞。

回家的路上她盯着鞋面上的污点，蹲下身擦了擦，手指被磨得发红。

帆布鞋的料子，泥水早就渗进织布的缝隙，哪是她能擦干净的。

她深深呼出一口气，起身踏入雨幕。

在快到家的转角，苏霖曼被一个人拽进一旁的巷道，她呼吸骤停，恐惧一股脑涌上心头。

她下意识想要尖叫，又被一只大手捂住嘴巴。

"别喊，是我，阿曼。是爸爸。"

苏霖曼动作一顿，挣扎得更厉害。她奋力甩开苏文斌，靠在墙上大口大口地呼吸，眼神狠绝地瞪着对面的男人。

"阿曼，是爸爸啊。"苏文斌试探地向前一步，苏霖曼却一下退得好远。

尽管早已料到她的反应，苏文斌还是眼神灰暗下去。他苦笑一声："非得做到这一步吗？阿曼。"

苏霖曼似是听到什么好笑的话，冷笑一声，抬眼盯着苏文斌："这话应该我问您吧，父亲？

"非得做到这一步吗？非得不到三个月就和那个女人领证；非得一边阖家欢乐地拍全家福，一边又说放不下我妈；非得说我是您唯一的孩子，又恨不得昭告全世界，您苏文斌有儿子了。"

从她在林礼嘉手机上看到苏文斌的朋友圈的那天起，苏霖曼就料到有这一天。

苏霖曼想过某天她会和苏文斌像这样对峙，将过往全撕成碎片，苏文斌的好与坏从此不用狰狞地交织成困住她的梦魇，她不必徘徊于养育之恩和家破之恨。只是苏霖曼希望那一天来得体面些，至少绝不像现在这般狼狈——

他们被泡在大雨里，望着对方的眼睛说不清爱恨。整整一天的愁闷被发泄在那个人身上，他无措又惊慌，她却觉得荒谬又好笑。

可苏霖曼本不想这样的。

她想那天他们穿着体面地走进儿时最爱的那家餐厅，点一碗最喜欢的阳春面，吞下面条的最后一秒，把所有情感叹成一口气，然后平静无波地告诉他：

"我不恨您了，也不爱您，作为您女儿的身份就到今天为止，从今往后就只当见面也不会打招呼的陌生人好了。"

苏霖曼从前在书上看到过一段话，那时感触并不觉得深刻。

　　我慢慢地、慢慢地了解到，所谓父女母子一场，只不过意味着，你和他的缘分就是今生今世不断地在目送他的背影渐行渐远。你站在小路的这一端，看着他逐渐消失在小路转弯的地方，而且，他用背影默默地告诉你，不用追。

她和苏文斌的父女之路走了十五年，大半回忆都算得上美好，停在这里也算作结局。

可为什么偏偏是在这一天，苏霖曼突然有些崩溃起来，从未如此不顾形象地在雨中喊出声来。

"为什么会这样呢，爸爸？"苏霖曼声音都在颤抖，"人为什么会变得这样突然呢？"

苏文斌的嘴张张闭闭，他偶尔也会感到羞愧，在这样的时刻，在看着那双和前妻过于相似的眼睛的时刻。

"阿曼，我和那个女人离婚了，之前那个孩子出了意外，我才发现他根本不是我的孩子。"苏文斌声音哽咽着，"阿曼，再给爸爸一次机会可以吗？破坏咱们家的所有因素都已经被我解决了！"

苏霖曼只觉得好笑，他现在这副癫狂的模样，到底想骗谁，又能骗过谁呢？

她低头吸吸鼻子，懒得再和他多纠缠，转身便要离开。

手臂再次被人抓住，她试图摆脱，只是男女力量毕竟悬殊，好不容易甩开苏文斌的手臂，自己却也因为惯性控制不住地后退。苏霖曼不想在雨天跌一身泥，更不想在苏文斌面前那样狼狈，可她没有办法，只能紧紧闭上眼睛。

脚踝狠狠折了一下，苏霖曼吃痛，腿当即一软，整个人几乎要栽到地上。

后背贴上一片温热，代替污浊冰凉的泥地的，是林礼嘉令人安心的胸膛。

"你怎么在这儿？"苏霖曼诧异一瞬，别扭地偏过头，"不是不等我了吗？"

"到底是谁不等谁？"为了接住苏霖曼，雨伞被林礼嘉甩在一边，左膝狠狠撞在泥地上，牛仔裤正"滴答滴答"地落着泥水。

林礼嘉拾起雨伞塞到苏霖曼手里，把她拉到自己身后。他高大宽阔的身影完全掩盖住苏霖曼，一根头发丝也没被露出来。

"有我在，没有人能欺负你。"

少年望着对面的男人目光冷冽狠绝。

"您也不可以。"

下午放学时林礼嘉看着窗外发呆，雨水已经打湿整个地面，天空灰蒙蒙的，教室里光线很暗，连带着人心情也沉闷。

"老林，林礼嘉，礼哥？"

林礼嘉回神应了声："怎么了？"

王铭浩："你发什么呆呢？叫你那么多声也不理人。"

"没什么。"林礼嘉收拾好心情，扯扯嘴角，"你有事？"

"也没啥事，"王铭浩突然有些赧然，"我就跟你说一声，我今儿不跟你走。对了，外面雨很大，你带伞了吧？"

"带了。"林礼嘉掂了掂手里的伞。伞面足够大，打开来站两个人刚刚好，若一个人撑着这把伞走在人群里倒显得怪异。

王洋路过了敲王铭浩的桌子："快走了。"

"好嘞！"王铭浩屁颠屁颠地提起书包追上去。林礼嘉惊讶地挑挑眉，望着王铭浩的背影咂舌，仿佛看见一只摇着尾巴的哈巴狗。

他笑着摇摇头转身，王铭浩又突然出现，"啪"的一声趴在后门上。

林礼嘉被吓得浑身一颤："你要死啊。"

"尚泽明让我给你带句话，今天他要去医院，苏霖曼一个人回家。"王铭浩叹口气，语重心长得像一位长辈，"小林啊，不是我说你，女孩子嘛，得哄。"

他对林礼嘉眨眨眼又闪身离开。

林礼嘉没好气地往他屁股上狠狠踹了一脚。

"……莫名其妙。"

林礼嘉真没觉得自己在等苏霖曼，只是恰好走到二楼时鞋带突然松开了，好不容易系好了左边的，右边的又松开了；路过的男生是小学在一个班待了一个月后转学的老同学，林礼嘉抓着人家热切关心了好一番他的近况。

远远看见那个熟悉的身影，林礼嘉匆匆和那男生说了再见。

他才没有低头，反正碰巧遇到了，干脆顺路搭伙一块儿回好了。

林礼嘉清清嗓子走向苏霖曼时，突然被人叫住。

"林礼嘉！"他回头，是郑雯。

从艺术节之后她也跟着大家一起上晚自习。

郑雯正急急忙忙地从三楼往下跑，一边跑还一边从包里掏着什么东西。

林礼嘉看着苏霖曼走远有些心急，又不好意思直接离开去追苏霖曼不管郑雯。

迈下最后一级台阶时，郑雯踉跄一步，幸好被林礼嘉伸手扶了一把才免于摔倒。

郑雯气喘吁吁地停在他面前："我妈让我给你带些特产，"她掏出一盒点心，"这是我们家乡的小吃，我妈昨天刚做的，你带回去给阿曼和尚泽明他们一起尝尝。"

苏霖曼已经不见人影了，林礼嘉无奈地叹口气，接过郑雯手中的东西："行，那我不客气了。"

他掂了掂手里的东西分量不小，也不知道郑雯这小身板是怎么把这一大包东西背过来的。

"谢谢你，也替我谢谢阿姨。"

郑雯摆摆手，笑容甜软。

"我有点急事，先走一步。"他说完也没来得及等郑雯反应就急匆匆地跑下楼。

林礼嘉特意绕了条路，恰好能与苏霖曼面对面迎上。

"苏……"他举起手里的点心晃了晃，想以此为话题和对面的女孩搭上话，苏霖曼却径直与他擦肩而过。

笑容僵在脸上，林礼嘉不可置信地看着苏霖曼漠然走远。

雨中的窈窕身影决绝，林礼嘉捏着伞柄的手紧了紧。

尽管步伐有些沉重，但他同样转身头也不回地离开。

231

● 第十章 / 生日

1

一进门就对上墙壁上挂着的一排从小到大和苏霖曼的合照，林礼嘉一阵气急，一把取下来扣在桌面上，没好气地嗤笑一声。

书包被随意扔在一边，林礼嘉没骨头似的趴在沙发上。

窗外雨越下越大，肚子在"咕咕"叫，可他没什么心情吃饭，于是靠在阳台落地窗边叼着泡面叉子发呆。

他这个样子，如果苏霖曼在场是一定会骂他的。

似乎一直没有看到那个身影出现在楼下。

"我市最近出现多起失踪案，失踪人员皆为二十岁左右的年轻女性，请各位市民出行时注意个人安全……"

电视被打开调在新闻台，却是没人在看，打开它的人似乎只是想要营造出热闹的氛围而已。

一个女孩子这么晚还不回家，也不怕让人担心。

想到这里，林礼嘉又撇撇嘴，嘲笑自己多管闲事。

人家又没把你当回事，你瞎操什么心？

泡面被飞快地搅动着，面汤形成小小的漩涡，林礼嘉看着逐渐归于平静的面汤发呆。

其实他知道，他远没有看上去那么无所谓，像是看似波澜不惊的湖泊，只需一阵最轻不过的风就可被吹皱整个湖面，泛着久久无法平息的涟漪。

正愣神时，手机突然响起铃声，是苏霖曼无聊时给他设置的《富士山下》。

来电人是沈素。

林礼嘉刚接起电话就听到沈素焦急的声音："礼嘉，阿曼现在跟你

232

在一块儿吗？"

"……不在，我们最近没一起走。"

一向最知心体贴的沈素，居然没从林礼嘉委屈的话语中听出他告状的小心思，也没有追问两个孩子是否产生了什么矛盾，只是更急切地开口："那你帮阿姨去看看阿曼回家了没，好吗？"

"她还没回家？"

林礼嘉手中动作一顿，猛地站起身来，泡面汤被溅到桌面上却无人去擦，林礼嘉已经撞开门跑到楼下。

他用力拍着门，手掌被震得麻木。

"苏霖曼，苏霖曼开门，是我！阿曼！"

约莫半分钟仍无人应话。

"沈姨，阿曼有没有跟你说她今天要去找朋友之类的？"

"没有啊，我还特意叮嘱了她今天下雨赶快回家，她也答应了的，阿曼一向是很听话的孩子啊。"

林礼嘉顾不上电话那头的沈素，大脑飞速运转，突然想起曾经阿曼告诉过他备用钥匙的位置。

从鞋柜三层的最深处拿出一个带着密码锁的小盒子，心灵感应般输入了苏霖曼的生日，顺利拿出了钥匙。

对了几次门锁都对不准，林礼嘉深深呼出一口气，终于打开房门。其实从苏霖曼仍放在门口的拖鞋就能看出答案，但林礼嘉仍然不死心地找遍家里的每一个角落。

那则新闻在他脑海重播了无数遍，越来越清晰，想象力从来匮乏的他，此刻竟无法抑制自己的浮想联翩。

尽管某个声音告诉他不会的，阿曼那么好，那样糟糕的事不会发生在她身上。可林礼嘉还是无法抑制内心的焦急和忧虑。

都怪我，林礼嘉想。

这么多年都这样过来了，偶尔让她无理取闹几次又能怎样呢？

"阿姨，阿曼不在家，我现在就出门，去找她，您要是有消息告诉我一声。"

电梯久久不到二十楼，林礼嘉暴躁地重复点了无数遍按钮，耐心被耗尽的最后一秒，干脆从楼梯上跑下去。

他试着打电话，那头却一直是机械冰冷的女声。林礼嘉又开始给项尔、尚泽明和李梦曦几人发送消息。

大脑疯狂计算着苏霖曼能去的所有地方，被雨一淋，他反而冷静了些。

好在老天对他们不薄。

莫名任性想换条路走的林礼嘉站在巷子口看着对峙的那两个人时这样想。

好在老天对我不薄。

情理之中，意料之外。

看到苏文斌的那一刻，林礼嘉一时间不知道先该庆幸，还是先该愤怒。

"这个点，您不给自己儿子讲睡前故事，反而来这里打扰别人休息是做什么？"林礼嘉嘲讽地开口，"噢——我想起来了，半个月前您就把他送到他亲爹那里去了，连同他那位年轻的母亲一起。"

"您还真是善良呢，他们一定很感激您吧，所以才天天去'su'的楼下等您。"

他语气神态太尖酸刻薄。

那画面其实相当冲突，他用尽一切阴鸷狠厉的话语如刀剑般刺向对面的人，却抬手温柔包容地护住身后的少女。

苏文斌恍觉他那时的想法是不对的。

三年前在民政局前，苏文斌觉得自己仿佛从未认识过这个在自己身边长大的男孩，他为什么会变得和以前那么不一样。

其实他没有变过，他本能地、坚决地、充满信任和"偏见"地保护苏霖曼，这本就是林礼嘉性格的一部分，是他生命中不常展示的决绝。

只是在很久以前，在场的三个人没有任何一个人想过，有一天苏文斌会是那个伤害苏霖曼的人。

林礼嘉手指在手机键盘上摆弄几下，拿着手机对苏文斌晃了晃。

"我已经告诉沈姨了，沈姨说……"似乎面对了什么好笑的问题，林礼嘉嗤笑一声，"您是现在离开，还是十分钟后和我们一起观赏'su'的董事长婚内出轨的新闻出现在新闻头条上。"

苏文斌身子陡然僵住。

他记忆里的沈素是个温柔的女人，心善好说话，人生中说得最多的一句话就是"没关系，不要紧"。

她从来都是他身后那株温柔娴淑的菟丝花，被她包容得太久，以至于他已经忘记她也是雷厉风行的女强人，是受人景仰的设计师。

人格、性格、品格，她都不比他差，甚至胜于他。

苏文斌在这一刻突然意识到，他真的与沈素分离得，太久，太久了。

从很久很久以前，比离婚更早的时候，他们就已经在分离了。

趁着苏文斌发呆的时候，苏霖曼和林礼嘉已经离开。

望着他们背影许久，苏文斌也孑然离去。

很奇怪，他的人生从未有这样孤独的时刻。

林礼嘉搀扶着苏霖曼走了几步路，伸长脖颈的天鹅小姐总是要兼顾自己的仪态端庄，如今伤了一只脚蹼的天鹅走路更是步履蹒跚。

林礼嘉叹口气，上前几步蹲在苏霖曼身前。

"我不要。"苏霖曼沉默了下，固执地独自往前挪。

从前的她一定会毫不犹豫地跳到林礼嘉身上，可现在的她还赌着气，上不去下不来，噎得她时常难眠。

"你瞎逞什么强。"他抓住她的手腕用力一带，不由分说地背起她。

挣扎几下无果，苏霖曼慢慢地、慢慢地将脸贴在他的后背上。

她试着努力嗅了嗅，或许是因为雨势太大，所以他身上没留下一点马黛茶的香水气息。

她还是没忍住难过地闭上眼睛。

到底是谁先低头呢。

苏霖曼不知道。

她只记得那条路很短，她在林礼嘉背上很安心，像小时候玩累了趴在爸爸的背上，觉得在豪华的房子也不及他温暖踏实的臂膀。

停在苏霖曼家门口时，林礼嘉顿了顿突然开口："那个，我家冰箱里有茉莉清茶，你想喝吗？"

什么蹩脚的理由。

苏霖曼想笑，眼睛却觉得酸涩："……傻子，我才不要。"

这样的求和已经是林礼嘉的极限，背上的人却不领情。他一口气憋在胸口上不去下不来，干脆不再说话。

"下雨天，得喝姜汁可乐才行啊。"背上的人轻轻点点他的脑袋。

"小跟屁虫，我请你喝吧。"

高二上学期在纷飞的试卷中落下帷幕，小吃店和早餐摊的生意越来越好，郑雯一家在这座城市逐渐站稳脚跟。

在冯芊芊家写作业时，郑雯被撺掇着注册了人生中的第一个 QQ 号。冯芊芊问她要起什么名字时，郑雯犹豫着沉思了很久，最后敲下一串数字。

"1006？这是什么意思？"

郑雯轻轻笑了笑："是个特别的日子。"

那一天第一次有人告诉我，面对伤害就要狠狠回击，也是那天第一次有人站在我身前，为我挡住一切凄风苦雨。

她用这个号加了几位关系稍近些的朋友，林礼嘉、尚泽明、冯芊芊、周一妍、王铭浩，最后犹豫着给署名为"苏霖曼"的人也发去了申请。

郑雯没什么机会上网倒也没什么消息需要看，这个号就交给了冯芊芊替她管理。

发送了申请的几位陆陆续续与她加上了好友，唯有苏霖曼一直没有什么消息。

"阿曼不怎么上网，可能没看到吧。"冯芊芊在电话那头小心翼翼地安慰着郑雯。其实前几天她还刷到了阿曼去旅游的照片。

阿曼一向是爱憎分明又宽厚随和的性格，她这么做必然有自己的理由，可冯芊芊实在想不出郑雯和阿曼之间会有什么矛盾。

郑雯乖巧地应了声好，心中却止不住地落寞。

假期的某一天，郑雯突然接到了一条陌生人的好友申请，是一个刚注册的新号，没有任何身份信息。

她试着询问对方的身份却一直没有得到回答，刚刚通过了对方的好友申请，对面立刻甩了几段话和几张图片。

新号：齐威之所以针对你，是因为杨老师把高二第一学期的贫困补助名额给了你。在此之前，九班的这个名额一直是给齐威的。虽然只是第一个月，但也足够齐威对你和杨老师产生不满。

新号：教务处的记录显示，从第二个月开始，杨老师就已经向学校申请了第二份贫困补助，并且获得了批准。

郑雯放大那几张图片，是她和齐威的申请书，以及杨威填写的第二份补助申请，隐私信息均被打了码。

她说不清心里的感受，大概是有点可悲，有点愧疚，有点感激，还有一点释怀。

——原来我一直所恐惧的，所不敢面对的伤害，不过来自这样一个怯懦的胆小鬼而已。

2

前段时间我从朋友那里看到了那个伤害过我的男生的近况。他现在过着平淡的生活，有一份工资不算高的工作，妻子算不上漂亮，但看着很有福气，他们最近刚刚生了个小女儿，我看着觉得实在可爱，很是喜欢。

我觉得时间实在是太神奇的东西，从前那样极端悲观的人现在享受着平淡的幸福，曾经觉得永远无法释怀的仇恨，如今也可以真心说一句祝好。

　　我的青春最大的收获大概是因为你，因为 S 小姐，因为那群朋友，所以坚信——即使是我这样微小平凡的人，也可以身如蝼蚁，心栽光明。

"谢谢您。"

郑雯等了许久却始终没有回信，真是个奇怪的人。

郑雯把这件事告诉了几位朋友，希望大家群策群力帮她找到那个人。

然而在尽力试图发掘一些关于对方身份的蛛丝马迹后，却终究一无所获。

三人组约饭时聊起这事，火锅氤氲着热辣的雾气，尚泽明含着口酸梅汤缓解舌尖上的辣感。大多数时间是林礼嘉和尚泽明在讨论，苏霖曼偶尔应答两声，好像对此毫不关心。

尚泽明忽而捣捣苏霖曼的手肘，她好不容易捞到的鱼丸重新回到锅里，溅起的汤汁落到她袖子上几滴。

苏霖曼危险地眯了眯眼，尚泽明感到后脖颈一凉，讪讪地摸了摸鼻子："我给你洗，我给你买新的，你冷静哈，阿曼。"

本来林礼嘉过分殷切的关心让苏霖曼的心情不可避免地变得有些差劲，现下被尚泽明一打岔也忘了大半。

她没好气地哼哼一声："有事说事。"

"我和老林就是说，这个假期学校不是给你们广播站开了自由进出学校的权限嘛，你就没发现是谁偷偷摸摸进了教务处拍了那些照片？"

苏霖曼莫名其妙地拍了筷子："什么话，什么叫偷偷摸摸？"

对面两人吞咽的动作一顿，她似乎也察觉到自己的反常，清了清嗓子补充道："我身为广播站站长，了解并认可我们广播站的每一位成员的人品，这种事情怎么会是广播站成员干的。

"就不能是某个什么热心人翻墙吗？学校的墙有多好翻，你们两个教务处迟到常客还不知道？

"总之，这件事跟我们广播站肯定，绝对，一定没有关系！"

她把双手比成个叉抱在胸前："没有！"

林礼嘉没多想，继续和那块煮老了的毛肚做斗争，尚泽明却撇着嘴挑了挑眉。

"……所以知道那些事以后，郑雯要怎么处理？"苏霖曼咬着吸管，状似不经意地开口。

"还能怎么处理？当然是原谅他咯。"尚泽明摆摆手。

苏霖曼："原谅他？郑雯是这么说的？"

林礼嘉也诧异问道："就这么轻易放过齐威？他造的谣可不少。"

"八九不离十吧。"说到这儿，尚泽明也有些无奈，"以郑雯的性格，做出这样的决定也不奇怪。

"我听冯芊芊说，她找她爸简单调查了一下。齐威也蛮苦的，他爸是工人，十几年前出了意外人没了，厂子那边说是他爸个人操作失误才酿成的悲剧，随便给了笔钱应付了事。他妈想查监控，但那里恰好是一个监控死角，他那时候还小，他妈又是个懦弱的性格，这事也就这么草草了结了。

"后来养家的责任就全落在了他妈身上。齐威他妈没什么文化，之前也没有工作经历，于是只能找个扫大街的活，一个月工资大概也就一千多一点吧。"

尚泽明说到这儿不禁叹了口气，可怜之人必有可恨之处，这句话用在齐威身上还真是恰当。

尚泽明："郑雯那人心软，居然真的觉得是自己抢了他的补助。"

这顿饭的后半程几乎没有人说话，尚泽明饶有兴趣地时不时看看苏霖曼，苏霖曼和林礼嘉各自沉默着不知道在想什么。

同一天，郑雯再次收到了那个神秘人发来的信息。

新号：对方撤回了一条消息。

新号：对方撤回了一条消息。

新号：对方撤回了一条消息。

新号：我无心掺和别人的私事。但如果你想直接原谅他，我并不建议你这么做。学校如何分配补助有科学公平的规定，贫困补助是为了维护每一个人受教育的平等权利，它不为任何个人专项设立。所以不存在谁抢了谁的补助这一回事。

新号：无论从当时的家庭环境和对于补助者的要求，这份补助发给你都没有任何问题，所以不要轻易地原谅，至少也要听到一句认真端正的对不起。

郑雯感动的同时也有些莫名，与此同时，收到了林礼嘉发来的消息：齐威那事你要怎么办？

其实郑雯原本打算无声无息地把这页翻过去，她不会再和齐威来往，也不愿意他继续干扰自己的生活。

可看到那些真切又别扭的话，她突然变了主意：我想和他当面聊聊，我要听到他说对不起。

林礼嘉被这份与郑雯不相符的锋芒惊到愣了愣，如果没有看到昵称，他甚至可能会误会成另外一个熟悉的人。

他弯了嘴角，眼睛也随即弯起来。

那时他发现的那朵花，真的在绚丽绽放。

他很快意识到这个回答与尚泽明所说的不同，凭着他的机敏和对尚泽明的了解，他很快就悟出了整件事的来龙去脉。

找到郑雯发给他的图片，他调高亮度，放大再放大，果然在电脑屏幕的灰暗处看到了熟悉样式的手机壳。

别扭鬼。林礼嘉有些想吐槽，又怕自己贸然说出口会让那只高昂着头颅的天鹅小姐恼羞成怒地逃跑。

拧巴也善良，高傲却无私……许许多多纠结的词组成了她。

林礼嘉欣慰，也庆幸。

这样好的人，竟是他一生的好友。

高二下半学年开始时，学校的板报焕然一新，艺术节林礼嘉和苏霖曼的那张合影被放在最中央。照片上的两人靠得很近，一起捧着一束花，一样从容好看的微笑，几乎没有人能在路过时不多看这照片几眼。

郑雯也不例外。

她不知道自己站在那里多久了，直到听见有人叫她的名字。

"……郑雯？"

她转过身，对上齐威错愕的表情。

倒也不怪他，一个假期过去，郑雯的确变化很大。

原本厚厚的齐刘海长长许多，分成两半用发夹别在耳后，露出光洁干净的额头，一双眼睛像小鹿似的又黑又亮，不说话时也是灵动的。

她漂亮许多，然而这是次要的。她真正的变化齐威说不上来，大概是因为太琐碎，展露在许多的细节里。

比如原本过长的裤脚被挽起来，大大方方地露出发黄的球鞋；比如挺立的脊背，比如对视时不再闪躲的磊落。

再比如看他的眼神，这是最明显的。起初是惧怕，后来是厌恶，而现在无波无澜，更像是一汪充满生机的清泉。

磊落的话语突然被堵在喉咙里，怎么也说不出来，他支支吾吾半天，最后还是郑雯先开口："齐威，我们谈谈吧。"

郑雯提前打印出那几张图片。

她递给齐威，看着他脸色越变越差，原本设想中的那点幸灾乐祸居然没有发生。

比起谎言更令人难受的，是谎言被戳破的瞬间。尤其那个持针的人，是你用刀剑狠狠刺过的人。

齐威模样看着有些癫狂，那几页纸被他撕碎扔到地上："所以你要干什么呢？你想听我向你求饶吗？我绝不会。你一定把这件事情告诉很多人了吧？九班全班是不是都知道了？是不是等我回到班上就会被人挖苦，你的那些'朋友'呢，是不是也要讽刺我嘲笑我？我不在乎，你以为我会在乎吗？"

"郑雯，其实这么做对你没好处的。"他忽然软了声音，带着一点乞求，一点嘲讽。

"你以为你是他们的朋友吗？不会的，像他们那种人永远不会把我们这样的人当朋友的，世界上哪有真心。所有联系着的关系不过是靠利益维系，你能给他们什么呢？你贫穷，学习不好，长得也不过如此，你什么也不能给他们，他们凭什么会把你当作朋友？"

齐威说着冲上来抓住郑雯的肩膀摇晃，郑雯皱皱眉，用了力气甩开他："他们是哪种人，我们又是哪种人？

"富人和穷人吗？"

被他捏过的地方隐隐作痛，郑雯疑心那里是否已经青紫一片。

"可你从前表现得像个有钱人，你呢，你得到你想要的东西了吗？

"你没有，齐威。"

郑雯想到什么，低头浅浅勾了勾嘴角。

"因为一个人，我去看了一本书，是《简·爱》。里面有一句话我很喜欢。"

——人生而平等，我必须，我也可以平等地追求爱。

她至今仍记得摩挲过那行字时来自她灵魂的震颤。

3

"齐威，我们是什么样的人呢，难道因为贫穷，我们就应该低人一等吗？落后、贫困、苦难，或许是高山，可那些山是用来跨越的，为什么要把它们背在身上？到底是别人看低你，还是你在弯腰仰望别人呢？"

"现在有人替你撑腰，你就把话说得这么好听，当初你不也一样被排挤，一样自卑吗？"齐威眼睛泛红，像个固执的孩子。

"可那不是因为我贫穷，而是因为你让他们觉得我是个卑劣、贪婪、懦弱的人。是因为我曾经也看不起自己，一直把头埋在尘埃里。"

不远处有窸窣的声响，两人齐刷刷望去，林礼嘉靠在门上对他们挥了挥手，冯芊芊和尚泽明几人站在他身边。

郑雯愣怔片刻后，弯起嘴角。

"齐威，我已经改变了，我喜欢现在的自己。你也是时候成为新的，更好的人了。"

她转身时突然被齐威叫住，齐威背对着她的身子微不可察地弯了弯，他低着头声音有些哑然。

"……可是郑雯，像我们这样的人，得多努力才可以过得幸福呢。"

郑雯愣住，发现自己不知道该怎么回答这个问题，她沉思许久，似乎想不到一个完善的答案。

铁门"吱呀"一声，郑雯被引去注意。苏霖曼神色淡漠地靠在林礼嘉身边的位置摆弄着手机。

她没有说一个字，也没有任何多余的举动。

可她只是站在那里，郑雯就如同吃下定心丸般安心。

"可以的，齐威。我们这样的人，也可以过得幸福。"

在小小的出租房里被妈妈叫起床的时候，在和爸爸妈妈一起去小吃店为未来忙碌的时候，在成绩上涨的每一分里，在某个阳光灿烂的下午和少年四目相对的怦然时候，在每个仰望那个少女时内心颤动的时刻，在无数个这样细微的温暖瞬间，郑雯都觉得自己是幸福的。

"齐威，只要你想，或早或晚总会有那一天的。长成参天大树也好，身如蝼蚁也罢，我们都可以过得幸福。"

齐威抬头时看到的就是这幅画面：少女奔向那群他曾经仰望，拼命想融却融不进去的人。她的发丝被阳光染成栗色，跳跃时偶尔露出白皙的脖颈，纤细、脆弱、不堪一折。

齐威透过这个看似瘦弱的躯体，看见的是一朵含苞的、生机勃勃的、吐露花蕊的花儿。

林礼嘉的生日在 5 月底，恰好是上学日。林礼嘉一向是个不大在意仪式感的人，对于十八岁的成人礼他没什么特别的感觉，从小到大类似的活动也一直都是苏霖曼和沈素更上心些。

虽然考试复习紧张，但苏霖曼还是和尚泽明认真商量了怎么给林礼嘉过生日。

一个月前苏霖曼就想好了要送什么礼物给林礼嘉。

"你俩最喜欢的那个球星，叫什么名字来着？"

尚泽明愣了愣："……科比？你问这个干吗，你不是对篮球完全不感兴趣吗？"

"不是这个，另一个，这个太贵了。"

"……罗斯？德里克·罗斯，你说的是他吗？"

没回答尚泽明，苏霖曼手指飞快地敲动着字符，过了一会儿才松一口气地打了个响指："可以，这个价格可以。"

尚泽明："你要给他送什么啊？球衣？海报？"

苏霖曼神秘地摆摆手指："先保密，反正他肯定会喜欢的啦。"

尚泽明问了半天也问不出来，撇撇嘴继续和苏霖曼商量生日惊喜的事。

时间转眼就到了5月22日。

虽然说对生日这事不太在意，但到底十八岁生日也是人生重要的日子，林礼嘉一早起床就觉得格外振奋。

从进校门开始就不断收到许多朋友的祝福和礼物，林礼嘉一一回应。

好像生日就是这样的一天，比起庆祝许多年前自己的到来，更重要的意义是和朋友家人的集会。

只是这一年的生日依然是林礼嘉一个人。

柳泉和林格则的飞机因天气延迟，最早也得明天早上才能到。

虽然说了没关系，但林礼嘉还是止不住地失落。

坐到教室时周围人已经到了差不多，尚泽明戴着耳机趴在桌子上补觉，郑雯和王铭浩见到林礼嘉立刻转过身。

"生日快乐啊老林！"王铭浩说着递过来一个未拆封的礼盒，是一副头戴式耳机。

"谢了。"林礼嘉接来，没忍住诧异地挑眉，"你这……下血本了啊。"

王铭浩憨厚一笑："也没，我和班长一起合资送你的。"

"什么！"原本沉睡的尚泽明突然从桌子上弹起来，"你小子！背着我过好日子是不是！"

周围人被他吓了一跳，林礼嘉一巴掌拍在他后脖颈："你小子！发癫是不是！"

顾不上管这些，尚泽明勾着王铭浩凑近些："什么情况啊！"

王铭浩又是憨憨地笑了两声："嘿嘿，嘿嘿，我跟她现在上一个物理老师的一对二，那天看礼物的时候，我顺嘴提了一句，王洋就说要不我和她合资。嘿嘿嘿嘿。"

林礼嘉唏嘘道："我和班长可没这么熟哦。"

知道尚泽明肯定不会忘记今天，林礼嘉不客气地把手伸到尚泽明面前勾了勾。

尚泽明故意装傻，把手搭在林礼嘉的手上："Yes, I do.（我愿意。）"

"怎么，立方少爷，你的爱这么一文不值吗？"换作平时林礼嘉一定会打着寒战地嫌弃尚泽明，可今天他心情好，竟也好脾气地和尚泽明开着玩笑。

尚泽明没见到他想看的反应觉得无趣，双手一摊："不在我这儿。"

"你小子要是真忘了，今天咱们就……"林礼嘉勒住尚泽明，语气带了几分威胁。

"停停停！肯定没忘啊，花了哥们儿好几个月的零花钱呢。我直接寄到你家了，你今天中午记得回家看。"

顿了顿，尚泽明垂下眼睛，再抬头时眼里神色复杂却认真地看向林礼嘉："你一定要记得回家，有一个……很重要的惊喜。"

林礼嘉觉得他怪怪的，却也没多想，只觉得或许是因为尚泽明送的礼物太贵重，所以才让他格外操心些。

尚泽明和王铭浩送给林礼嘉的礼物都颇为昂贵，郑雯眼眸暗了暗，即使明白许多大道理，可在这一刻她还是忍不住地觉得自卑。

在这样一个重要的日子，面对这样一个重要的人，她却无法送出一份与他一样重要的礼物。

桌膛里那份礼物被她推向最深处。

见郑雯许久没说话，林礼嘉以为是她忘记了，这个想法浮现的时候，他不知道为什么觉得胸口有些发闷。见王铭浩和尚泽明都看着郑雯，林礼嘉第一反应是替她解围。

他推了推两人："谢谢二位了，赶快找找上周五发的卷子，老杨下节课要讲的。"

王铭浩和尚泽明都有写完的试卷到处乱扔的习惯，闻言立刻慌里慌张地翻桌膛，一时间没有人注意郑雯的沉默。

郑雯看着林礼嘉，几次想开口又犹豫着沉默下去。上课铃适时响起，这个抉择时刻也无奈被推后。

早自习下课的时间几乎所有人都在补觉，林礼嘉却一反常态地走出教室。

243

第一节课和早自习之间的课间很短，只有五分钟，尽管如此他还是奔跑到楼下。因为速度太快，即使一向体育很好的他也有些气喘吁吁。

说来蛮奇怪，从前每年的生日苏霖曼都是第一个对他说生日快乐的人。

小时候大人们不许他们熬夜，苏霖曼会偷偷在十二点时躲在被窝里给他打电话，有时她控制不好自己的音量，有时声音太小，那声"生日快乐"被传给他时不大清晰，但林礼嘉还是会擦擦被吵醒后困出的眼泪花花，回一句"谢谢阿曼"。

后来他们长大了些，苏霖曼娇蛮地命令他一起床就捂住耳朵，直到看见第二天上学时守在他自行车边的她才能松开。一大早吃蛋糕胃会难受，苏霖曼会笑靥如花地捧着一块插着棉签的好丽友派对他说"生日快乐哦，林礼嘉"。

再再再后来，苏霖曼有时干脆提前一天住在他家，最注意形象的她会蓬头垢面地打着哈欠说一声"早上好，生日快乐"，然后晃晃悠悠地一头倒在沙发上继续睡，被吵醒的他就把她抱回卧室让她继续睡。

可今年好反常。

昨晚没有抱着睡衣的她出现在门口，今早的单车旁她也不在，甚至短信和电话也没有。

已经收到了无数句生日快乐，可她还是没有出现。

林礼嘉的确不是一个注重仪式感的人，可他还是会觉得难以言表地不适应。

林礼嘉想，如果他现在听不见那句想听的话，或许这一整天的课都上不好。

苏霖曼，快点，祝贺我。

我比你率先一步到达我们说过的未来了耶。

4

我和 L 先生度过的第一个生日是在我们高二的结尾。

农田里有一种杂草叫作稗子，我们叫它稻田里的伪装者，样子与稻谷相似，却比它矮小丑陋得多。稗子的春天总是过得小心翼翼，渴望阳光和雨露又怕被农民发现，所以要想办法伪装自己才能存活。

我时常觉得我便是那林稗子，怕 L 先生发现我小心翼翼的贪婪目光，怕他发现每一次擦肩时我不自觉加重的呼吸。

我的礼物最寒酸，可他说他喜欢。他悉心捧起的不只是脆弱易碎的水晶球，还是我十七岁敏感怯懦的少女心，是我这棵稗子的一整个春天。

到三班门口时，苏霖曼恰好走出来，林礼嘉抬手挥了挥，苏霖曼匆匆应了声好就与他擦肩而过。

林礼嘉愕然，小跑几步追了上去："早上好。"

苏霖曼一脸莫名其妙地看向他："你也好。"

"今天是周五了对吧？"

"嗯，明天还要上课，距离你的周末还早。"

他清了清嗓子："现在是五月底了对吧？"

"对啊，距离你的暑假也还早。"

"苏霖曼，你不觉得你忘记了什么重要的事吗？"

苏霖曼闻言低下头认真沉思了一会儿，然后懊恼地拍了拍脑袋："刘老师让我给他交表来着，我怎么给忘了！我现在就去。"

林礼嘉：……我真的要闹了！

看到了想看的反应，苏霖曼终于"扑哧"一声笑出来："好了，不闹你了。"

她含笑对上那双清亮的眸子："林礼嘉，生日快乐。"

十八年，不止生日，在未曾缺席的每一天，都愿你开心快乐。

苏霖曼挑挑下巴，林礼嘉会意地把手伸到苏霖曼面前，换来轻柔的一个击掌。

再低头时手心里静静躺着一根可乐味的棒棒糖，他哑然失笑："这么打发我？"

"怎么可能。"苏霖曼神秘地压低声音，"今天中午记得回家，神秘礼物等着你哦。"

想到那份费了不少精力和财力的礼物，虽然过程有些许波折，但想到他收到时的表情，苏霖曼笑容灿烂许多："你一定会很开心的，我保证。"

"……你和尚泽明都怪怪的。"上课铃响起，林礼嘉终于听到了那句想听到的话，于是不多纠结礼物的事，心满意足地离开。

三班的最后两节课是语文和体育，苏霖曼请了假提前回家。

临近会考林礼嘉不愿意请假，晚自习又要上得很晚，只有中午的时间还算空余。

刚出电梯的地面被她铺上"欢迎来到成人世界"的标识，箭头长长地一直指到家门口。

来自父母亲友的礼物堆积如山，最上层是一个缠着蝴蝶结的透明盒子，里面稳固地盛着一个篮球，上面有黑色记号笔的签名。

"德里克·罗斯"，和他卧室海报右下角的描绘一致。

越过礼物又是一个新的箭头，这次指向楼道。

苏霖曼提前和物业商量好暂时关闭二十一层和二十层的感应灯，折回的楼梯扶手被她缠上闪着暖光光晕的灯带，以时间推移的顺序挂着林礼嘉从小到大的照片，单独的，和爸爸妈妈的，和沈素等，还有和苏霖曼的。

那张林礼嘉变成漂亮的小公主的照片恰好在拐角处，最显眼。苏霖曼发觉，无论第几次看到这张照片她还是会忍不住被逗乐。

十七岁，二十七岁，七十岁。

从咿呀学语到步履蹒跚的那时候，照片恐怕得挂满整个小区的楼道才够。

那不是几张纸片，而是我和你度过的漫长岁月。

苏霖曼站在箭头的尽头，给尚泽明发去消息，尚泽明几乎立刻回了句"OK"。

她捧着蛋糕隐在黑暗里，迫不及待地想看到林礼嘉的反应。

苏霖曼的任务是布置场地，尚泽明则负责生拉硬拽把林礼嘉带回去。

收到苏霖曼的消息时，最后一节课上了一半，尚泽明顿时没什么心思上课，转头看到林礼嘉聚精会神的模样惊叹地咂舌。

真是，这种日子也有心情上课。

"刘老师，我打断一下。"杨威突然推门进来，歉意地冲着物理老师点点头，"尚泽明，你跟我出来一下。"

全班的目光瞬间聚集到尚泽明身上。

尚泽明与林礼嘉对视，林礼嘉疑惑地挑挑眉。

尚泽明不明所以地眨眨眼，跟着杨威出去。

门外的杨威不复刚才淡定的模样，焦急地在原地踱步。

"杨老师，您找我什么事？"

没来得及回复尚泽明，杨威已经迈步离开，招招手示意尚泽明跟上。

"杨老师，物理课还没上完，我不用回去了吗？"尚泽明一头雾水地跟到杨威身边。

"还上什么课啊，医院那边说你爷爷刚才突然休克，现在正在手术，你爸爸的车已经在校门口等你了。"

脑袋"嗡"的一声变得一片空白，尚泽明一瞬间立在原地无法动弹。

那个教他念书识字，给予他新的人生的老人，要离开了吗？

尚斯铭的病很早以前就到了无药可治的地步，后来的一切治疗手段不过是在拖时间，尚泽明对最坏的结果早有准备，可真正来到这一天，还是发觉自己无法抑制心里的恐惧和无措。

杨威着急上来抓尚泽明的胳膊，尚泽明被带得一个趔趄。

"你这孩子犯什么傻呢，快走啊！"

被叫回神，尚泽明越过杨威奔跑起来，从教学楼到校门的那段路他走过无数次，从未有这样慌张急切的时候。

快一点，再快一点，即使喉咙泛起腥咸也要继续加速。

等等我，拜托。

那是我在这个世界上，唯一的亲人啊。

见尚泽明久久没有回来，郑雯和王铭浩转过身担忧地问林礼嘉有关尚泽明的情况。

林礼嘉低头发着消息，摇摇头："我也不知道，给他发消息他也没回。"

他又安慰两人道："应该不会有什么事，你俩先安心上课吧，有消息我给你们说。"

直到下课铃响起，身边的座位仍然是空的，打去的几个电话不是无人接听就是被挂断，林礼嘉也开始有些担忧。

尚泽明：有急事，见面再说，中午记得回家收礼物。

正准备去尚泽明家看看时，林礼嘉终于收到了尚泽明的短信，长吁一口气，想问他到底发生了什么又被咽回去。

尚泽明说回来说，就等他回来好了。

林礼嘉有些纳闷为什么一个两个都叮嘱他一定要回家，到三班找苏霖曼时被项尔告知苏霖曼第三节课后就已经回家了。

"回家了？她又去忙什么了？"

林礼嘉试图给苏霖曼打电话，可前一晚忘记了充电，刚才又因为担心尚泽明而使用过度的手机早就在衣兜里悄悄罢工休息。

本来想中午一起吃火锅过个生日，包间他都订好了，结果一个两个的都有事。

出校门时学校里已经没什么人，林礼嘉拖沓着脚步垂头丧气地准备回家。

"小林！"忽然被熟悉的声音叫住，林礼嘉回头，是郑雯和她妈妈。

刘媛娣笑容灿烂，和蔼地对林礼嘉招招手，想说什么又被郑雯蹙着眉头拉住。母女俩在原地小声争论一番，最终刘媛娣甩开郑雯快步迎过去。

"阿姨好。"虽然有些莫名，但林礼嘉还是礼貌地打了招呼。

"哎哎。"听到林礼嘉的声音，刘媛娣忙不迭地回应，"小林，我听我们家郑雯说今天是你生日啊。"

"是的，阿姨。"

"感谢你对我们家小雯的照顾啊，十八岁的小伙子了，这声祝福阿姨必须亲自说给你。"

林礼嘉连忙鞠躬道谢。

"我听小雯说你爸妈不在家啊，是约了朋友一起去吃饭庆祝吗？"

闻言，林礼嘉眼神暗了暗："本来是……但是他们今天都临时有事。"

刘媛娣惊呼一声，心疼地拉住林礼嘉的胳膊："那你今天要一个人过生日吗？"

林礼嘉迟缓地点点头。

"那怎么可以的呀！"眉毛皱在一起，刘媛娣声音陡然提高，"这样，今天去阿姨那儿，阿姨给你做好吃的。"

"妈！"郑雯走上前拉住刘媛娣，凑在她耳边低声道，"人家有自己的规划的，你不要让他为难。"

"这有什么为难的。"刘媛娣责怪地瞪了一眼郑雯，又怜惜地拍拍林礼嘉的手，"阿姨肯定给你做顿大餐，再不济，一碗长寿面还是要吃的。"

不等林礼嘉说话，刘媛娣已经抬手拦下辆出租车，赶着郑雯坐进去，刘媛娣又把林礼嘉塞进车。

林礼嘉脑袋蒙蒙的，还没反应过来时，母女俩已经一左一右坐在他身边。出租车司机也是个爽快人，等人一齐就踩下油门扬长而去。

刘媛娣后知后觉自己的唐突，刚才听到林礼嘉说要一个人过生日心里的母爱顿时有些泛滥，代入郑雯就觉得心疼得不行。

她有些责怪林礼嘉的父母，突然觉得穷些也没什么。

赚那么多钱有什么用，连孩子这么重要的时刻也无法参与，是再多奇珍异宝也无法弥补的空缺。

刘媛娣有些歉疚地搓搓手："小林啊，阿姨刚才太着急了，你没有别的行程吧？"

从前见到刘媛娣时她大多忙碌于生计，林礼嘉从未发觉她与郑雯模样这样相似，尤其此时小心翼翼的样子几乎如出一辙。

反正礼物下午也可以拿，他现在的确无事可做。

他安抚地笑了笑："没有了，阿姨，原本计划回家点外卖的，现在能跟你们一起吃也蛮好的。"

"那就好，那就好。"刘媛娣长舒一口气，终于安心地靠在车椅背上，拉着郑雯问着学校里的家长里短。

下车时林礼嘉下意识掏出钱包付钱，却一把被刘媛娣按住。

"小林，阿姨知道你比一般的孩子成熟，可至少在大人面前不用这样的。"

她转过头时笑容温柔，背光显得轮廓更加柔和温暖。

"对于孩子而言，好的大人就是可以被依靠和托付的那个人啊。"

许是光影模糊了她的面颊，即使那样近的距离，林礼嘉隐隐约约看到的却是儿时母亲对他张开双臂的模样。

那不是被光笼罩的人，那是光源本身。

他眼眶忽而有些热："阿姨，谢谢您。"

"这孩子，说什么谢。"

"对哦，不可以说谢谢。"郑雯转过头看他，"林礼嘉，我们老家有个习俗，过生日的人在生日那一天不可以说谢谢的。"

"为什么？"林礼嘉失笑，"好奇怪的习俗。"

"嗯……我也不知道，"看到林礼嘉笑起来，郑雯也下意识地弯起嘴角，"大概是寿星的特权吧，为寿星做任何事都是理所当然的。"

"那寿星拜托你，"林礼嘉靠近些压低声音，"下午体育课别逃课了，体育委员撒谎太多次，鼻子已经变得很长了。"

郑雯的脸"噌"地变红，瞪大眼睛："原来你知道！"

林礼嘉觉得她这模样好玩，忍不住笑出声，不置可否地眨眨眼。

下车时刘媛娣注意到女儿的脸色奇怪，关切地问郑雯是不是不舒服，郑雯只含糊着说是车里太热了。

知道一切的林礼嘉躲在两人身后无声大笑。

5

到了上学的时间，刘媛娣送两个孩子上车。坐在公交车最后一排，林礼嘉摸到书包夹层鼓鼓的。

打开拉链，一阵窸窸窣窣的声响，林礼嘉摸到的不是书本，而是一个大塑料袋。

郑雯和林礼嘉望着腿上的一大袋青枣陷入沉默。

"应该是我妈妈塞进去的。"郑雯有些脸红，看着林礼嘉一脸蒙的模样又有些羞赧，"这是……我们老家的特产，前两天村里寄了几箱给我们。"

林礼嘉突然想到刚才吃饭的时候台子上放了几颗枣，他顺手拿了一个丢进嘴里，诧异那枣清甜得过分没忍住把剩下几颗都吃掉了。

想来是刘媛娣看到了那一幕觉得他很喜欢，直接给怕他不好意思，所以才偷给他装进书包。

郑雯还在替母亲解释这个有些冒失，也有些关切的行为，林礼嘉却突然粲然地笑起来。

他拿起一颗枣，也不介意是否洗过，在衣服上蹭了蹭就塞进嘴里。

"我很喜欢，谢谢阿姨。"

公交车颠簸着发出轰鸣，各种味道混杂在一起，车厢里的空气并不好闻。司机偶尔因为堵车说着不入流的脏话。

这是个不怎么美妙的场景，可少年眉眼弯弯，脸颊鼓鼓的模样太可爱，像是只吃饱喝足的花栗鼠。那一刻郑雯觉得也不算糟糕，她突然觉得眼前的少年并不遥远。

她伸出手，小心翼翼地向前点了点，真实地碰到了他。

其实他没有自己想象中那样遥远啊。

郑雯也笑，笑得有些没来由。两个穿着校服的孩子在车上分着一袋枣，偶尔说到什么趣事，少年爽朗地舒展了眉眼，少女捂住嘴巴，只露出弯弯的眼睛。

大概没有任何一个疲于生活的人不会被这幅画面治愈，前排打着电话的阿嬷也不自觉压低了声音。

第一节是体育，郑雯想起中午林礼嘉的叮嘱，放下背诵的册子，挽起冯芊芊的手。

"哟，天上掉下个郑妹妹呀。"冯芊芊打趣道。

郑雯有些嗔怪地轻轻拍了拍她的肩膀。

刚走到楼梯口，郑雯突然想到什么，让冯芊芊稍等，自己折了回去。

教室里的人已经走得差不多，郑雯从桌膛深处掏出那份礼物，仍然纠结半天，最后心一横，闭了闭眼，把东西放到林礼嘉的桌子上。

我最最最真诚的心意——生日快乐，林礼嘉。

13:27。

放学已过一个小时，林礼嘉还是没有回来。

即使是夏天，楼道间也比其他地方阴冷，苏霖曼穿着短袖校服，光洁的胳膊被冻出一片鸡皮疙瘩，她哈口气搓着身体。

已经不知道给林礼嘉打了多少电话，那头始终无人接听，她确定自己没有错过任何声响，林礼嘉的确是未曾出现。

苏霖试着给尚泽明打电话，也是无人接听。

她眼皮沉重地耷拉下去时被手机消息声吵醒。她以为是林礼嘉，急急忙忙地打开手机，却是尚泽明发来的消息：爷爷那边临时有事需要我，你们吃，不用管我。

苏霖曼不好再打扰尚泽明，只让他放心去忙。

"林礼嘉，你去哪儿了呢？"

丢下我也就算了，怎么过生日也不回家呀。

黑暗阴湿的楼道间，点点荧光被苏霖曼一盏盏熄灭。

与最后一丝光亮一同消失的，是苏霖曼眼里的灿烂。

下午上学时苏霖曼哈欠连天，数十年按时午睡的习惯被打破，只觉得眼皮沉重得马上要合住。

走出高楼接触到阳光的那瞬间，苏霖曼被刺得睁不开眼，突然感到有些生气。

即使已经用了最快的速度跑去学校，到达时预备铃还是已响。

人倒霉时坏事总是一连串发生，下午的值班老师是苏霖曼的班主任刘宪东。老刘一向是"严于律己，宽以待人"，于是十几个迟到的学生里只有苏霖曼被他单独留下来教育。

好在苏霖曼一年来的表现都还算乖巧，在老刘那儿的印象又一贯不错，于是也没多苛责她。

"你先等一下。"

苏霖曼心陡然提起来。

"下学期开学'金槐杯'复赛就要交稿了，你没忘记吧，思路有了吗？交稿之前记得拿给我和你们语文老师看一下。"

当然没有，苏霖曼乖巧地点点头。没有忘记交稿，却也没有好到令她满意的思路。

"行了，快回班吧。好好听课，不许睡觉知道吗？"刘宪东看着苏霖曼忍着不打哈欠的辛苦模样，还是没忍住叮嘱道。

苏霖曼又是乖巧地点头。

走进教学楼，苏霖曼却掠过二楼，穿过熙攘的人群径自上了三楼。

到了九班门口看见空空如也的教室她才恍觉九班这节课是体育。

说不上懊恼和无奈哪个更多一点，苏霖曼拍拍脑袋，长吁一口气，准备下楼。

目光掠过林礼嘉的座位，她突然被一个陌生的物件吸引了注意力。

想要看得真切些，推开后门，苏霖曼一点一点靠近。

桌子上放着一个水晶球，底下压着一张卡片。水晶球里盛着大块大块的闪片，里面不是常见的旋转木马或雪人，而是几株和大麦相似的青绿色植物。苏霖曼也有收藏水晶球的爱好，轻易便知道这个塑料质感的礼物并不昂贵。

苏霖曼拿起那张卡片。

很普通，书店一块钱一张的那种，印着廉价土气的花纹。

卡片背面是几行娟秀的字体，苏霖曼眼睫颤了颤。

　　如果给你寄一本书，我不会寄给你诗歌，我要给你一本关于植物，关于庄稼的。告诉你稻子和稗子的区别，告诉你一棵稗子提心吊胆的春天。

苏霖曼垂在身侧的那只手攥得紧紧的，显出没有半点血色的苍白。

她知道这段话出自哪里，也轻易品出其中深意。

手指小心翼翼地挪开，落款人的名字刺痛苏霖曼的眼睛。

她眼睫颤了颤，不敢想林礼嘉看到这张卡片后会发生什么样的故事。

教室门突然被推开，苏霖曼被吓一跳，下意识地把手背到身后。

"阿曼？你怎么在这儿？"林礼嘉捡起被落在角落的篮球，惊诧地问道。

"我……我去找老师，顺路看看尚泽明来了没有。"苏霖曼不知道自己为什么要慌乱，也不知道自己为什么要藏着那张卡片。

说到这儿，林礼嘉也皱起眉："他从上午最后一节课被老杨叫走就一直没消息。"

"至少能确定人是安全的。"苏霖曼道，"他给我发了消息，说是他爷爷的事。"

"要不咱们今天放学后去医院看看他爷爷吧？"林礼嘉提议道。

苏霖曼思考过后，摇摇头："他爷爷生病这么久，能突然把他叫回去的事一定不是小事。虽然尚泽明说都解决了，但我们还是等过段时间再去吧，今天让尚爷爷和尚泽明都好好休息一下。"

林礼嘉点点头，苏霖曼总是想得比他周全些。

预备铃响起，林礼嘉抱着球走出教室，回头对苏霖曼招招手："要不要一起下楼？"

苏霖曼不知道在想什么，过了几秒才慢半拍地迟钝点头。

两人并肩走着，气氛莫名沉默。

"……你今天中午为什么没回家？"苏霖曼突兀地开口。她低着头，林礼嘉看不清她说话时的神色。

林礼嘉："郑雯妈妈叫我过去吃饭，我想着反正没什么重要的事就答应了。你还真别说，她妈妈手艺真的很好，郑雯和她妈妈都是善良的人啊。"

苏霖曼顿在原地，身后捏着卡片的手蓦然一紧，平整的纸面上顿时出现好几条纹路。

林礼嘉说话时脚步未停，身边的人不知何时被他落在身后，正直愣愣地站在原地。

"……怎么了？走啊。"

"你说，没什么重要的事？"话未说完便被苏霖曼打断。

她声音明明一如往常，平静无波，林礼嘉却莫名听出几分悲凄。

"对呀，你们不是就让我回去取快递吗？我晚上回去取也一样的。"

"你怎么知道……"苏霖曼想说自己给他准备了惊喜，想说尚泽明和她很早之前就在策划了，她想说很多，却又突然觉得没意思。

苏霖曼自嘲般勾了勾嘴角："……算了。"

上课铃响了第二遍，林礼嘉这回真有些着急了起来，毕竟他是体委，还要负责整队。

"我先不跟你说了哈，你也赶快去上课。"

他从苏霖曼身边掠过，掀起一阵不大的风，却扰得苏霖曼身子晃了晃。

其实，好像的确是不能怪他的。

毕竟他的确不知道有人为他准备了惊喜，就像他不知道一个根本不懂篮球的人要拿到那个签名有多麻烦，不知道灯串翘起来的铁丝扎进肉里会有多疼，也不知道漆黑的楼道间是多钻入骨髓的冷。

就像他不知道炽热的心是一点点冷下去的，不知道炎炎夏日被泼一头冷水并不会觉得舒爽。

就像他不知道，比起突然离开，更心痛的事，是看着那个人一步步走向别人。

苏霖曼站在分岔路口，她面前有两条背道而驰的路。

把卡片放回林礼嘉的桌子，又或是让它出现在某个垃圾桶的角落。

苏霖曼捏捏手指，伤口处又渗出血丝，默然看着那抹殷红许久，她毫不犹豫地走下楼梯。

她未曾回头一次。

体育课上到一半，郑雯突然请假提前回了教室。林礼嘉想问她怎么了，却被体育老师绊住，陪着他搬器材去了。

看着郑雯离开的背影虽然仓促却不像是不舒服的样子，林礼嘉稍稍安定下来。

等该归置的器材都回到原位，林礼嘉路过球场，对着王铭浩摆摆手转身走向教学楼。

教室里只有郑雯一个人，林礼嘉叫她时她好像被吓一跳，神色慌张地跌坐在座位上。

"干什么呢你？"林礼嘉"扑哧"一声笑出来，抓起桌子上的水杯"咕咚咕咚"地灌进嘴里。

溢出的水珠顺着他下颌划过脖子隐入衣领，郑雯眼神不自觉跟随着，直到水珠消失，才后知后觉地红了脸。

"怎么看着贼兮兮的，你偷偷做坏事了？"

"没……没有。"

林礼嘉本来就是逗郑雯玩，见郑雯脸红起来识趣地不再多言，放下水杯时，目光触到桌面上凭空出现的水晶球。

林礼嘉愣了愣，随即反应过来赠送人是谁。

"你提前上来……就是为了放这个吗？"

郑雯闻言愣了两秒，顺着他手指的方向看过去，赫然指着自己送给他的水晶球。

她沉默了几秒，表情似乎有些纠结。

"嗯……算是吧。"郑雯又有些小心翼翼地问，"你现在才看到吗？"

看着林礼嘉点头，郑雯说不上是轻松还是遗憾地点了点头。

林礼嘉有些不明所以。他捧起那个水晶球，从小到大，似乎还是第一次有人送他这样"女孩子气"的礼物。

他在苏霖曼的陈列架上见过不少水晶球，一个顶个的好看，大雪纷飞的冬天，遍地金黄的秋日，恋人亲吻的瞬间，公主裙摆飞舞的模样……他那时候看着苏霖曼亮晶晶的眼睛，好像突然明白了为什么有人迷恋这样易碎的工艺品。

将美好的瞬间封存成永恒，大概是这样美妙的含义。

可从未有水晶球长得这样……朴实？或许该用这个词吗？

翠绿色的青稞排排齐列，虽然林礼嘉不知道为什么它们看上去有些萎蔫，但他还是觉得开心。

"谢谢你，很漂亮。"

"真的吗！我还担心……算了，你喜欢就好。"郑雯放在桌面上的手攥紧了一些。

我担心它被埋没在贵重千万倍的礼物里布满尘埃，如它的上一位短暂的主人一样。

"我喜欢。"林礼嘉对上女孩的眼睛，直勾勾，清亮亮，"非常，非常，非常，喜欢。"

教室里没有任何声音，除了隔壁教室物理老师念公式的声音透过墙壁隐隐约约地响，然而郑雯觉得这世界聒噪，震耳欲聋。

一声大过一声的心跳，震得她头晕目眩，唯有眼前人，清晰异常。

● 第十一章 / 漫长的告别

1

尚泽明是在第二天下午回校的。林礼嘉一进教室就看见他趴在桌子上睡觉，第一节课已经开始十分钟，林礼嘉推了推尚泽明叫他起来上课。

身边人没清醒，没两分钟便又重回桌面一枕酣甜。如此反复几回，想着他这两天或许实在是疲惫，林礼嘉干脆不再叫他由着他睡去，又悄悄给苏霖曼发去消息。

尚泽明在两节课后的大课间悠悠转醒，一睁眼就被眼前两张无限放大的脸吓得从座位一跃而起。

他心脏狂跳不止，摸着胸口喘气。

"你们两个！要吓死谁啊！"

苏霖曼讪讪一笑，不知道从哪儿变出一瓶可乐，"砰"的一声放在尚泽明的面前。

"嘿嘿，对不起啦。喏，请你喝饮料。"

两人的神色太过小心翼翼，尚泽明很想像往常一样插科打诨，笑嘻嘻地说几句玩笑让气氛不要太沉闷。

只是可乐瓶在手里来回滚动几圈，速度越来越慢，最终停在右手静静地躺着。

"昨天爷爷突然进了ICU（重症监护室），人是今天早上才有些意识，他看见我说的第一句话就是快去上课，我想留下，但拗不过他。"

"那爷爷现在……怎么样了？医生怎么说的？"苏霖曼拍拍他的手臂。

尚泽明扯扯嘴角，眼圈蓦地红了："医生说，就这几个月了。"

虽说较之洪荒，人生几十年不过白驹过隙，可即使蜉蝣般短暂也会有人珍之重之，思之念之。

生死太过沉重，苏霖曼和林礼嘉甚至说不出一个安慰的字眼，因为任何话语都显得苍白。

"你们怎么看着比我还难过啊。"尚泽明摆摆手，"我刚到这个家的时候，爷爷就已经病得很重了。他第一次进 ICU 的时候，我哭得厉害；后来等他好一点的时候，我问他：'像您这样的人，也会怕死吗？'"

尚泽明那天的记忆尤为鲜亮，他甚至记得起因是那天电视正好放着某部苦情剧，剧里大家族的老爷子刚去世，一大群儿女和孙辈趴在棺椁上号啕大哭。尚泽明只觉得晦气，皱着眉头关掉电视。

"你干吗呀，"尚斯铭有些孩子气似的抱怨，"我还觉得挺好看的呢。"

说来有趣，阳春白雪了一辈子的尚斯铭，临了最爱的竟是追剧。

"我看着闹心。"尚泽明撇着嘴，气闷地削着苹果。

尚斯铭见孙子是真的不高兴了，"嘿嘿"笑两声便由着他去。

尚泽明看他悠哉的模样越发郁闷，于是没忍住问了那个稍显冒犯的问题。

"当然会啊。"尚斯铭气息有些虚弱，笑容却依旧和煦，"这世上哪有人不怕死的。"

"我可没看出来。"尚泽明没好气地怼他，"昨天您是不是又偷着喝酒了，我鼻子可灵了！"

尚斯铭讪讪地摸了摸鼻子："就一小口而已，谁让老刘自己喝不带我。"

守在门口的刘管家无语。

看天，看地，看白云，就是不看小少爷的眼睛。

气氛短暂活跃，又随着医生注射的一针药剂再次陷入沉默。

尚斯铭用那双历经岁月洗涤却依然清明的眸子看着坐在身边的男孩。

尚泽明脑袋突然被人狠狠揉了一把，蒙蒙地抬头。

"傻小子，怎么比我还难过。

"我怕死，因为这件事太未知，没有任何人能留下一字半句的经验，可我觉得我是可以坦然面对，从容接受这件事的。

"你还小，很多事情都不明白，我这一生啊，有过低谷，有过巅峰，我见过最深最脏的泥沼，也去过最高最净的云端。"

他不再看着尚泽明，眼里流光溢彩间，仿佛这一生种种沉浮在眼前掠过。

"我有过刻骨铭心的情感，我十八岁时当过胆小鬼，但也在二十四岁时做了我人生中最勇敢最胆大妄为的事。

"我不是个多好的人，但也不坏。我有我喜欢的事业，拿到了我想要的成就。我还捐了很多钱，想想这些功德应该足够我在地府用了。"

突然插入的玩笑话让尚泽明没忍住弯了弯嘴角。

见到孙子收回即将夺眶而出的眼泪，尚斯铭偷偷呼出一口气。腰腹处袭来日复一日的疼痛，他又摸了摸尚泽明的头掩过自己的异样。

"最重要的是，我还有一个这么好的孙子，对吧？虽然我那个儿子实在混账，但好在他给我找的这个孙子蛮不赖。"

尚泽明听着发笑，笑着笑着鼻子红，眼睛也跟着红。他知道这个男人再强大也会对泪水无措，于是蒙头抱住尚斯铭。

"爷爷。"

"嗯？"

男孩的声音有些鼻音，尚斯铭隐隐感觉到衣服粘在身上的濡湿。

"那可不可以拜托您，晚一点，再晚一点，再再再晚一点啊？"

抚着他脑袋的手顿了顿，尚泽明没等到回答，过了好久好久才听到一声叹息。

很轻很淡，挤过窗子，乘着花香，飘散在往昔里。

"很奇怪，他接受了死亡，我却至今无法释怀他会离开这件事。他给了我思想，给了我灵魂，给了我新的人生。他是我最后的，唯一的亲人，我无法想象失去他，我真的不能失去他。

"但是吧，要是万一万一真的到那一天，其实我觉得我也会接受的。

"我会像他希望的那样成为很好的大人，给他想要的，安静的，只有最亲近的亲朋好友的葬礼。没有眼泪，没有哭闹，只有真正在乎的人送他人生最后一程，我会和他约定好在下一班列车重逢。

"这么想想，其实也不算差，对吧。"

尚泽明神态平和，虽然与那位老人素未谋面，但苏霖曼莫名觉得尚泽明现在的样子应该与他十分相似。

"人"字是互相撑着的，人也一样。苏霖曼和林礼嘉不知道说什么，只是贴着他的手臂和肩膀，好像要把自己的力量源源不断地注入。

"等爷爷好一点了，我们可以去看看他吗？"苏霖曼弯着一点嘴角看向尚泽明，"我也想见见我的家人的家人。"

尚泽明愣了愣，又转头去看林礼嘉，见他肯定地点了点头。

家人的家人……

尚泽明在心里默念许多遍这句话，终于忍不住低头笑笑。

"他也一直很想见见我最重要的朋友们。"顿了顿，尚泽明又说道，"也是我……新的家人。"

虽然一直表现出乐观的样子，可尚泽明还是无法时刻忽视内心深处的难过，整个人较往常安静许多。

"尚泽明，下节体育课打球去吗？"王铭浩大致知道尚泽明家里出了事，又不好细问，看着好兄弟明显消沉的情绪，心里也不是滋味。

"不了，你们去吧。"尚泽明晃了晃手里的作业本，"请假落下的作业，老杨让我补完交给他呢。"

他说着做出一副惆怅的模样："你等着，我今天就和这破物理不死不休，等我补完作业，下次打球完虐你。"

平时听他这样贱兮兮地说话，王铭浩总恨不得两拳揍死他，可现今听到这话心里反而觉得舒坦。

"行吧，那我先走了。"

尚泽明跟王铭浩和林礼嘉说了再见，目送两人离开，脊背瞬间弯了下去。烂泥般瘫在桌子上许久，他撑起身子拍拍脸，想到什么走到后面的柜子前。

尚泽明打开自己的柜子，摸了许久一直没有找到自己要找的那个东西。

他身子瞬间僵住。

他的钢笔呢？

那是他刚来尚家时爷爷送给他的，自打爷爷病重他就把钢笔带到身边偶尔拿出来看看，哪怕只是件冷冰冰的物件也会让他觉得安心。

尚泽明又仔细翻了翻书包和桌膛，仍然一无所获。

他迫使自己冷静下来。

丢是不可能丢的，他上次拿出来看过就一直放在柜子里，柜子的钥匙也只有自己手上这一把，可他又实在想不出自己把笔放到了哪里。

巡视教室一圈，尚泽明直勾勾盯着黑板上方的监控。

他记忆力不好，机器却能清晰地记下所有容易忽视的细节。

去找老杨调下监控一切就都明朗了。

那支笔实在重要，也不管杨威这会儿是不是在办公室，尚泽明径自冲了过去。

杨威果然不在，尚泽明借了办公室其他老师的手机发送短信给杨威说明了缘由。杨威很快回复了电脑和监控的密码，没有多问任何话。

他大脑飞速运转，记忆里最后一次见到自己的钢笔……是在老林生日那天。

5 月 22 日。

他聚精会神地盯着屏幕，直到某分某刻，他的瞳孔猛然缩小……

第二周周末，苏霖曼和林礼嘉带着鲜花和礼品前往医院看望尚斯铭。

病房内有新换的鲜花，空气清新剂的味道并不刺鼻，而是清淡的茶香。坐在床上的老人气质儒雅，眉眼俊秀，戴着金丝边眼镜安静地看书，蓝白条的病号服穿在他身上也像合身的睡衣一般。如果不说他已患病多年，或许两人只会觉得此行不过是去朋友家里探望长辈罢了。

全程也没有两人想象中的尴尬，尚斯铭实在是很会聊天的人，也意外地懂得很多年轻人之间流行的话题，他总能适时地引导聊天的节奏，始终让气氛保持在欢愉的模式。

到了尚斯铭该休息的时候，苏霖曼给林礼嘉使了个眼色，林礼嘉会意地向尚斯铭告别。

"行行行，那等下次有机会再来找爷爷玩啊。"

苏霖曼和林礼嘉笑着应了。

临出门前，苏霖曼突然被叫住。

"嗯？"苏霖曼有些奇怪地看着尚斯铭。

尚斯铭没说话，只是定定注视她几秒便摆摆手让她离开。

"没什么，小苏你也太瘦了，我知道你们这个年纪的女孩都爱美，但还是要注意身体知道吗？"

苏霖曼隐隐觉得那几秒的目光并不是这个含义，但还是礼貌地道谢后，才走出病房。

尚泽明目送两人远去才急匆匆走到尚斯铭身边。

"爷爷，咱们不是说好了要含蓄点嘛！"

尚斯铭一脸无辜："怎么了？我觉得我表现得很好啊。"

尚泽明无奈地扶额："你、你都快把她盯穿了！"

"哦？谁啊？小林吗？"尚斯铭故意装傻。

尚泽明愤愤看他几眼，又无可奈何地躲在角落一个人别扭去了。

嗯，退休生活就是好。尚斯铭美滋滋地靠在床边。

老年生活三大每日必做事项：吃饭，睡觉，逗孙子。

2

第二天上学时，林礼嘉打着哈欠，睡眼迷蒙地来到自行车前，却发现车上赫然坐着个女孩。

再仔细一看，这女孩不就是早该去学校了的苏霖曼吗。

林礼嘉以为是自己今天难得起早，抬起手腕看了眼表。

距离早读铃响还有不到十分钟。

很好，稳定发挥。

"你今儿怎么起这么晚？"

"没有起晚，"苏霖曼合上手里的英语书，"我只是在等你。"

"等我？"林礼嘉"扑哧"一声笑出来，"你不是嫌我起得晚，每次都得从大门跑到班里，所以不跟我一起走了吗？"

话虽这么说，但林礼嘉还是老实地跨上单车驶向学校。

"那是以前，我想了想，你骑车载我再加上跑步进学校，每天早上可以省下十分钟。高三了，我得抓紧一切时间学习。"

林礼嘉闻言又是一笑："大小姐，你这成绩还在乎什么十分八分啊？不影响你考最高学府！而且这不是快到'金槐杯'决赛了吗？到时候你准能拿到加分，就更不用乎咯。"

苏霖曼嗔怒地轻拍他后背："反正以后你稍微早起一点，我要开始我的蹭车之旅。"

"行行行。"

微凉的风划过皮肤，苏霖曼嘟囔一声"有点凉"，前面的人立刻扔来校服和书包。

"辛苦你帮我抱一下，要没手拿的话，给我当会儿晾衣架也行。"

虽然不明白他为什么总能把好话说得这么气人，苏霖曼还是心头泛着些甜，披上衣服。

下车后林礼嘉接回自己的书包，拉链不知何时被人挂上一个蓝白色的小玩偶，黑滚滚的眼睛藏在长毛里，丑萌丑萌的。

"这是什么？"林礼嘉提起书包晃了晃。

"昨天路过抓娃娃机抓到的，感觉这个很像你。"

"嗯？"林礼嘉左看右看，实在没看出这个丑娃娃和自己哪里像。

"苏霖曼，骂人可以不必这么含蓄。"

"谁骂你了。"苏霖曼憋着笑，"难道不像吗？不一样都是永远没睡醒的样子。"

无可辩驳的林礼嘉勉强接受了这个说法。

苏霖曼绑的是死结，林礼嘉试着解了一下没解开。刚好书包拉链几天前断了锁头只剩下个小铁环，每次拉书包都怪麻烦的，干脆让这个小玩偶充当锁头的身份。

图方便的代价就是一进教室便被尚泽明和王铭浩狠狠嘲笑了一番。

"噗，哈哈哈哈，老林！你这么有少女心呢！"王铭浩扒拉着小玩偶笑。

"虽然说每个男孩心里都住着一位公主，但你这……住的是金刚芭比吧。"尚泽明跟着补刀，"物以类聚，人以群分。这玩意儿跟它主人一样丑。"

林礼嘉不多言，赏了他俩一人一个栗暴。

郑雯被三人打闹的动静扰到，转过头一眼便看到林礼嘉书包上的玩偶。

"丑吗？我觉得挺可爱的哎。"郑雯笑着撩起小玩偶的毛，露出两颗黑漆漆的眼睛。

大眼睛，呆脑袋，长刘海……怎么有点眼熟。

"哎，你们还别说，这么一看我觉得这个玩偶跟郑雯有点像哎！"王铭浩突然惊呼出声，话音未落脑袋又被人狠狠敲了一下。

"你干什么啊！怎么合起伙来欺负我。"王铭浩委屈巴巴地看向尚泽明。

尚泽明使了好几个眼色，对面这傻小子还没领悟过来。

他无奈地扶了扶额头："郑雯，王铭浩没别的意思，就是这玩偶脑袋上的毛耷拉下来的时候有点像你上学期刘海没长长的样子，还挺可爱的。"

愣了几秒，郑雯无所谓地摆摆手："我都没有想到那里去。"

林礼嘉这才仔细打量起这个玩偶，果真是越看越像，没忍住"扑哧"一声笑出来。

上课铃响，林礼嘉推着几人回到座位。

路过郑雯，他又没忍住勾起微笑，故意捏着那个玩偶："那就拜托我们的小郑分身陪我好好学习吧。"

郑雯被他戏弄得有点羞赧，难得胆大地嗔怒林礼嘉一眼。

林礼嘉也不恼，反而饶有趣味地对上她的视线，眉眼弯弯，嘴角也是弯的："小郑本体也要加油哦。"

郑雯没回答他，只是转过身去。

林礼嘉闹够便低头看书，大家也随着老师的进入安静下来。没有人注意的时候，少女用冰凉的手贴住滚烫的耳朵。

郑雯今天心情好，周围人体会得明显，虽然不知缘由，但正值年华的少女清浅的笑容是比病毒更具感染力的东西。

这份好心情在放学时被打破。

"郑雯。"郑雯转身，看见苏霖曼笑容和煦的面庞。

"还好遇见你。"她突如其来的亲切让郑雯有些无措，又有些欣喜。

"苏霖曼，你找我有事吗？"

"也不是什么大事，刚才走路的时候书包上的挂件突然断掉了，能不能拜托你帮我挂一下？"苏霖曼笑意太温和，可郑雯见过太多人们各怀心机的神色，她觉得那笑容有丝丝缕缕看不清的复杂情感和温柔善良交织着拧巴在一起。

可苏霖曼不会是坏人的。郑雯想，或许是自己太敏感。

"哦，当然可以呀。"郑雯从苏霖曼手里接过那个挂件，动作蓦然顿住。

粉白相间的小团子，和今早林礼嘉书包上的那个挂件除了颜色不同，其他细节几乎一模一样。

苏霖曼背对着她看不清神色平淡开口："这是我周末夹娃娃夹到的，本来是两个，我想着可以交替着用。"

似乎是想到什么有趣的事，她轻轻笑一声才接着说道："林礼嘉看到了非要把那个蓝色的要走，也不知道他一个男生能用到哪里去。"

郑雯心中瞬间酸涩万分。

她知道林礼嘉用到哪里去了。

像是童年得到的小红花被别在胸口，恨不得向全世界炫耀。

锁扣很大，可郑雯挂了好几次也没挂上。等那小玩偶在苏霖曼书包上摇晃后，她匆匆对苏霖曼说了再见。

天空阴了，郑雯的心情也随之跌入谷底，不闻回响。

好像最近的她太沉溺于虚幻的梦里，还觉得自己已经靠近再靠近，几乎可以触到他的指尖。

可这一刻郑雯恍觉，原来她以为的咫尺，竟是无法跨越的天涯。

郑雯离开时的步伐几乎算得上是慌乱，苏霖曼觉得自己该笑的，像所有青春校园偶像剧里的恶毒女配角那样，为自己的大获全胜而雀跃。

她扯扯嘴角，却一点也笑不出来，只替自己悲哀。

她本是炎炎夏日的细雨一场，为何会化作大雪飞扬。

我不喜欢喝饮料，但偶尔我去超市买很多很多可乐囤在冰箱里，这是我和L先生唯一共同喜欢的饮品。

昨天他使坏提前摇晃一瓶可乐叫我打开，汽水呲我俩一身时，我突然想到从前。

那时我对他的感觉复杂。

当只有我和他相处时，我偶尔觉得他离我很近，我可以踩着他的影子前进，也可以装作迷惑般一道题问他好几遍。

可他和 S 小姐在一起时，我又觉得我们好远，就像一场戏总有主角配角，我是《罗密欧与朱丽叶》中换好几套戏服的无名演员。

我从未想过他会走向我，灰姑娘的故事是最童话的童话。

可是突然有一天，我睁开眼，发现自己坐在南瓜马车里面。

我的感情是他书包里的可乐，随他的行动上下跳跃，气体充满整个瓶子，终于"哧"的一声被打开，一直坠入月光里。

林礼嘉生日后没多久就是高考，眼泪和离别带来的是一拨人全新的开始，也是准高三生距高考 365 天的倒计时。

在高三开始前，学校组织大家把想去的大学写在纸上，叠成纸飞机挂上心愿墙，等拿到录取通知书再重新打开。

苏霖曼想去最高学府学文学，林礼嘉想去警校，尚泽明没什么方向，唯一的心愿是跟苏霖曼和林礼嘉考到一个城市，这样就能常常见面。交纸飞机的那天，三个人在秘密基地许下一起去北京的心愿。

尚泽明幼稚地非要把三个人的纸飞机挂得最高。

"你们不懂，我听学长学姐说咱们学校的心愿墙很玄乎的，挂得越高才越容易实现。"

另外两个人虽然嘴上说尚泽明幼稚迷信，但三颗脑袋还是凑在一起嘀嘀咕咕地出主意。

林礼嘉背着尚泽明，苏霖曼小心翼翼地张开手在旁边搀扶，三个人在心愿墙前摇摇晃晃，终于在"老古董"发现的前一秒挂了上去。

进入高三日子没有苏霖曼想象中那样紧张，时间只是在无波无澜地流逝，安静地守候在每个人身边。

一中即将召开运动会，高三生自然没有被列入计划当中，尚泽明上蹿下跳地拉拢人一起去抗议。也不知是不是他的诚心感动了上苍，最终下达的文书里参与人员一栏居然还真加入了"全体高三同学"。

"真是尚泽明把'老古董'动员了？"苏霖曼倚在栏杆上，饶有趣味地用下巴点了点远处公告栏前指着文书兴奋得手舞足蹈的尚泽明。

"老古董"是高三学生给高三教导主任起的外号，因其为人过于一板一眼，墨守成规而得名。

"哪能呢。"林礼嘉也笑，说话时声音清晰，嘴巴却是一动不动，对着转过身邀功似骄傲的尚泽明竖起大拇指，"好像是老杨觉得咱们三年来都没办过什么活动挺遗憾的，联合了几个班主任一起去找'老古董'求的情。"

林礼嘉："要报项目吗？"

苏霖曼指了指自己，没忍住"扑哧"一声笑出来："你说我吗？"

"能坐着绝不站着，能请假绝不跑操，能聊天绝不上体育课。"苏霖曼说着，十分应景地打了个哈欠，"就我这样，你觉得我会报名吗？"

"也是。"林礼嘉后知后觉自己的问题实在愚蠢。

他该是最了解苏霖曼的人，从小到大的运动会她从来没有主动参与过，这次又如何会例外。

3

上课铃响，正巧这节是杨威的课，一进教室就听到噪音一片，反复维持了几次纪律都无济于事，深深的一口气叹出，杨威的身影看上去有些萧瑟悲凉，这反而比斥责有用得多，教室迅速安静下来。

所有人都紧张地看着讲台，杨威悲戚的表情维持片刻，突然变成一副兴高采烈的模样，从身后拿出几张 A4 纸。

"反正你们和我都不想上课，这节课我们来报项目吧！"

讲台下的同学如出一辙的无语表情，杨威讪讪地笑了笑。

"来，体育委员，林礼嘉，"杨威招招手，"上来帮忙。"

林礼嘉刚刚起身便被王铭浩和尚泽明一人一只胳膊拉着跌回座位，两人双手合十面色虔诚地对着林礼嘉拜了又拜。郑雯不明所以，却见随着林礼嘉走向讲台，几乎每个人无一例外地对着林礼嘉做出一样的动作和表情。

瞧见郑雯一头雾水的懵懂模样，王铭浩开口解释："一中有个规矩，可以在赛程上摆烂，但每一个项目必须报满，没有特殊情况坚决不许弃权。"

"士不可以不弘毅，任重而道远。"尚泽明笑嘻嘻，"尊重校训嘛。"

王铭浩继续补充道："而每年势必有一个项目会拖到报名截止的最后一天才被各班确定，那就是——男女子组长跑。"

"男子组还好，每年都会变成整活大赛。"王铭浩冲着尚泽明努努嘴，"这小子，高一的时候在跑道上吃泡面，还热情邀请了'老古董'一起，差点把老杨气死。"

"那能怪我嘛！"尚泽明梗着脖子狡辩，"还不是老杨，实在找不到人非拉我当替死鬼，是他跟我说只要报名干什么都行的嘛。"

王铭浩嗤笑一声，懒得陪他耍宝："总之，待会儿你也向老林求情吧，报名表在他手里，最后每个项目归谁还是由他负责。每年女生到最后都是从没报项目的人里抽，可千万别把你抽上去了。"

尚泽明看看郑雯两条小细腿，赞同地点点头："嗯，我都怕你晕倒在赛道上。"

"哪有那么夸张啦。"郑雯小声嘟囔着，"我以前要在家里做很多农活的，哪有你们想象的那么弱。"

她说着抬起一点视线，尽管此刻所有人都注视着讲台上的少年，她仍然有种偷偷窥视他的错觉，像她无数遍重复的那样。

林礼嘉似有所感地抬头，目光与郑雯交汇。郑雯脑海一片空白，几乎是下意识地学着尚泽明的模样双手合十拜了拜，反应过来自己刚才的动作羞恼地红了脸。

林礼嘉被她逗笑，面上却是不动声色，只是说话时的声音明显轻快许多。

在郑雯甚至没有听清每个项目复杂名字背后的简单解释时，稍轻松些的项目都被一抢而空，偏偏这么巧，最后剩下的项目只有三千米，最后剩下尚且一个项目都没报的女生也只有郑雯。

林礼嘉对了几遍名单，抿了抿嘴，沉声开口："三千米……只剩郑雯了。这个项目完成起来比较困难，你可以吗？"

并非他不想让郑雯参加轻松的项目，只是规则如此，打破它对于郑雯和其他女同学都是不公。

"哎呀，这可怎么办！"最先开口的是冯芊芊，被细细修过的好看眉毛蹙成八字，担心地看向后排。

"要不我替你吧。"犹豫片刻，冯芊芊对着郑雯说，"我从小练舞，体能还算不错，跑三千米……没事，走我总归是能走下来的。"

"你担心她做什么，"齐威仍是一贯的不屑语气，"像她这样在农村长大的女生，这点路程跑起来可比你轻松多了。"

根本不屑分他一个眼神，冯芊芊只是直勾勾地看着郑雯。

郑雯觉得那一刻的自己像被阳光晒着的被子。她弯着眼睛回望冯芊芊，拨浪鼓似的摇头。

"别担心，我可以的。"郑雯又看向林礼嘉，"就这么定吧体委，我可以完成。"

"郑雯报了三千米？"苏霖曼知道这件事是课间闲聊时从尚泽明嘴里说出来的。

　　"对啊，不是我看不起郑雯，她那小身板，真不像能坚持下来的，就算跑下来了也得累死半条命。"尚泽明嘴里叼着根棒棒糖，两臂环在胸前靠在墙边，看起来颇像是流里流气的纨绔子弟。

　　正说着话，林礼嘉出现在楼梯口，尚泽明忙不迭地招手："我说你人呢，怎么一下课就没影了。"

　　林礼嘉摊开空着的手，道："交表去了。"

　　"这么快！以往不都是卡点交吗？"

　　"以前女子三千米都被拖到最后才定，今年这项也定了，干脆就早点交咯。"

　　"不是吧老林，"尚泽明眼睛瞪得像铜铃，"好歹小郑也算咱们的朋友了吧，你真就看着她往油锅里跳一点不拦着啊。"

　　"这有什么可拦着的，"林礼嘉反倒露出一脸疑惑的模样，"冯芊芊提过要和她交换项目，可是她拒绝了，这是她自己的选择。

　　"她相信自己可以做到，所以我也相信她。她愿意，这是我支持她的理由。"

　　苏霖曼安静地立在原地不发一言。

　　这段话好像很耳熟，好像从前在每个想要后退的瞬间，总有人用这句话撑住她，推着她，向前走。

　　这句话依然撑着人向前，只是这个人不再是她。

　　"这么巧啊，"苏霖曼猛然抬头，一脸惊喜地看着林礼嘉，"我今年也报了三千米。"

　　项尔一脸莫名地挑了挑眉，正准备说什么时被苏霖曼不动声色地捏了捏手指，嘴边的话被生生吞了回去。

　　"你？怎么突然报这个，你不是说你一个项目也不参加吗，上午刚刚说过的。"林礼嘉皱起眉。

　　"项尔求我的，她找了一圈人也没找到一个愿意报名的，我只好为朋友两肋插刀咯。"

　　苏霖曼说着转过头对项尔微笑："对吧，尔尔。"

　　项尔反应很快，当即点头："是这样的，谢谢阿曼。"

　　项尔说着亲昵地靠在苏霖曼肩头，用只有她们俩能听到的音量低声道："一言为定哦，我待会儿可就把你的名字写上去了，不许反悔！"

苏霖曼的声音几乎算是咬牙切齿地从齿缝间溢出："……一、言、为、定。"

"你和郑雯都要参加，一边是三年情谊，一边是班级荣誉，我现在就要开始纠结该支持谁了。"尚泽明摸着下巴，一副很苦恼的模样。

"是啊，我也很好奇，我和郑雯谁的名次更靠前呢？"苏霖曼挑起嘴角，"不如我们来打赌吧。"

"林礼嘉，你猜是谁呢？"

气氛突然冷了下来，猝不及防地被点名，林礼嘉抿着唇没出声。

"大家量力而行就好，这个项目本来就没人会在意名次嘛。"尚泽明率先出声打破沉默，乐呵呵地搭上林礼嘉的肩膀，"走了老林，快上课了，我可不想被罚站。"

无言地看着两人走远，项尔不动声色地探进窗子，把苏霖曼的名字写在三千米一栏，又小心翼翼地回到原位。

苏霖曼一直保持着凝望的动作未变，嘴角的弧度也是，分不清是自然为之还是僵在原地。

"阿曼……你还好吧？"她大概知道阿曼如此反常的原因，却又不敢笃定。

苏霖曼也会有那样的一面吗，拧巴的，孩子气的，咄咄逼人的。

与希望的自己，与别人眼里的她，大相径庭。

并不感到崩坏，项尔只是有些惊讶。

但这样的苏霖曼好像才是鲜活的，才不是个完美无缺的瓷娃娃。

"我很好啊！"好像刚才的失神只是错觉，苏霖曼迅速恢复如常，"我们也进教室吧。"

英语课项尔几乎没怎么好好听课，余光时不时瞥向身边的人。

苏霖曼终于忍不住转过头，项尔"唰"一下移开目光。

"尔尔，我真没事，你好好听课好不好嘛，周老师都看了我俩好几次了。"苏霖曼软着声音撒娇似的低声道。

"你没事就好，那个三千米你随便跑就好，名次什么的不重要。"

"不，我要好好跑，不仅如此……"苏霖曼目光坚定，"我要拿第一，我一定会拿第一。"

她也知道自己实在幼稚，连小学生怕是也不屑于用这种方式去争高低。可是怎么办呢，胸口始终混沌着一口气，堵得她难受，非得吐出去不可。

即使知道无意义也要坚持去做的事，即使两败俱伤也要头破血流去做的事。

苏霖曼想，林礼嘉是值得她有这样愚昧的时刻的。

运动会在两周后，苏霖曼把训练的时间定在了晚自习课间的半个小时和周六放学后。

沈素知道苏霖曼报了三千米后十分惊讶，家里有一面柜子专门用来盛放苏霖曼从小到大获得的各项奖章，可其中从未有一项关乎运动会。

"你不是最不喜欢运动会了吗，怎么突然这么积极地参加？"

"哎呀，帮尔尔忙嘛。"苏霖曼含糊地解释。

"不要逞强知道吗，"这几天苏霖曼每天到家都很疲惫的样子，沈素忍不住嘱咐，"随便参加一下就好了，身体第一！"

任由发软的身体陷入沙发，苏霖曼休息片刻后，挣扎地站起身："知道啦，我自己有数的。你呢，就把柜子里的灰擦一擦，等我拿奖回来好不好？"

第二日是周日，左右也没什么重要的事，苏霖曼干脆决定去学校练习练习。余光瞥到桌面上的图书馆借阅证，似乎是想到了什么，她沉思了一会儿，掏出手机编辑着短信。

林礼嘉手机连续振动了两回，一条信息来自郑雯，另一条来自苏霖曼。

郑雯：我明天有点事，就不去图书馆啦。

苏霖曼：明天有时间吗？拜托你帮忙练下三千米。

不知道是不是自己的错觉，林礼嘉总觉得自从上次苏霖曼突然的提问后，他和阿曼之间的气氛莫名尴尬几分，却又说不上是为什么。至于那个问题本身，林礼嘉没有深想，他似乎也无法做出明确的回答。

习惯告诉他，他好像应该回答出足够笃定的三个字，可某种隐秘的力量捂住了他的嘴巴。

那种力量太过未知，林礼嘉有些不敢触碰。

第二天一早林礼嘉提前一个小时出门，他和苏霖曼常吃的那个早餐摊换了地方。在原地思考几秒，林礼嘉还是决定绕点路带两份早餐过去算作表达歉意，尽管他并不明白这些天心头时不时浮现的愧疚来自哪里。

还没走到阿嬷附近，林礼嘉先看到熟悉的身影，白色上衣和黑色短裤，头发利落地高高束起，赫然是苏霖曼。

刚出锅的包子冒着热气，和香醇的豆浆搭配在一起，是苏霖曼和林礼嘉吃了十多年的早餐。

苏霖曼手上提着一个布满雾气的塑料袋，眼睛直勾勾地盯着阿嬷灵活游走于案台的手。林礼嘉知道，他和阿曼奇怪的默契大概再次出现了。

苏霖曼似有所感地回头，正好与林礼嘉对视。

苏霖曼晃了晃手里的袋子，挑眉："愣着干吗，来吃早餐。"

"来了。"林礼嘉接过包子，三两口吞进肚子。

一切如常，那天的尴尬被大家默契地抛弃，谁也不去提起。

周日的学校空荡荡，除了看门保安和值班的老师几乎没什么人。苏霖曼让林礼嘉去找老师要操场大门的钥匙，自己拿着两人的东西先去操场门口等他。

等苏霖曼走到操场，却发现本该关着的大门半敞着，远远看见跑道上有个纤细瘦弱的女孩正缓慢地跑着。

等人渐渐靠近，苏霖曼终于认出来那女孩正是郑雯。

郑雯也注意到跑道边上的苏霖曼，减缓速度跑到苏霖曼面前撑着膝盖喘气，呼吸还未调整好就急匆匆地向苏霖曼打招呼。

"好……好巧，我听尚……尚泽明他们说你也报了三千米，你也是……也是来练习的吗？"

心突然就沉了下去。

那天她的问题没有得到林礼嘉的回复，苏霖曼明白自己一时冲动不好再提，可那个回答像是醋泡不软的鱼刺卡在嗓子一样惹人心烦。她知道每周日林礼嘉和郑雯约定在图书馆补习，可她还是发出邀约。

很庆幸，林礼嘉答应了她，苏霖曼以为这就是林礼嘉的回答。

可事情好像并不如她想象的那样。

蛮可笑的，苏霖曼。她对自己说。

你从来没想过这一天吧，原来你也会成为他的 Plan B（B 计划）。

4

"你跑步的姿势好像有点问题。"苏霖曼没有回答郑雯的问题，"我也不是很专业，等待会儿林礼嘉来了，我让他给你讲讲。"

苏霖曼笑笑，把包放到跑道边，郑雯随意一眼便认出书包的主人。

"林礼嘉？他也来了吗？"

"嗯。"苏霖曼的表情带上了几分无可奈何，"我都这么大的人了，他还非要来陪我练习，真是拿他没办法。"

郑雯一声未吭，只是撑着膝盖的手更用力了些。

"不过我还真没想到除了我还会有人来练习，我以为其他参赛者都会放弃呢。"苏霖曼做着专业的热身运动，说话时语气淡淡的。

"祝你取得好名次，我很好奇……第一会是你还是我呢。"

高三十三个班，意味着三千米项目有十三位参赛者，郑雯不知道为什么苏霖曼这么笃定第一会在她们两人中产生。

只是被苏霖曼将自己和她相提并论的时候，郑雯的第一感受既不是欣喜也不是激动。她仔细辨别那种复杂的情绪……是窘迫，也是自卑。

郑雯下意识地摆手："一定是你啊，怎么会是我呢，苏霖曼你那么厉害，第一一定是你的。"

苏霖曼看着郑雯的模样，心情更加烦躁。这姑娘……怎么总是这样单纯。

余光瞥见少年的身影出现在路的尽头，苏霖曼侧身挡在郑雯面前。

"我们来比赛吧，也算训练的一种方式。"苏霖曼双臂交叉在胸前，"三千米太耗体力。一千米吧，我们今天就比一千米，我来计时。

"你同意的话就点点头。"

郑雯呆头呆脑地点头，反应过来才发现她好像总是下意识去听苏霖曼的话。

不过苏霖曼说得对，不和别人比赛，她永远也不知道自己的练习是不是有效。

林礼嘉到操场时，两人的比赛已经开始，还没来得及惊讶体育老师说的那个早早来练习的人居然就是郑雯。苏霖曼路过林礼嘉时，把手表抛到他怀里，竖起食指晃了晃。林礼嘉会意，打开手表，果然正在计时。

只简单看了一眼场上形势林礼嘉便已断定获胜者一定是阿曼。

不说两人的身体条件差异，受训练的程度和体能差距，单是苏霖曼的好胜性格就不会允许自己败下任何一场比赛，无论大小。

两人之间始终有小半圈的差距，最后一个拐弯处苏霖曼稍侧头看了眼身后脚步沉重的郑雯，眸光暗了暗，终点时距离被缩小到不到十米。

郑雯感到喉咙泛起血腥味，身体软到站也站不住，直直地便要往下坠，快坐到地上时，胳膊被一只手撑住。

"不要坐。"苏霖曼皱着眉头，语气也是冷冷的。郑雯被她吓住真的没敢坐下去，只是两条腿不停地打着战，半个身子都靠在苏霖曼身上。

同样是跑了一千米，怎么苏霖曼就像散了会儿步一样惬意，除了脸上的红晕和微微被打湿的刘海，看不出一丝端倪。

撑着她的动作太费力气，转过头长呼一口气做足了心理建设，苏霖曼干脆把郑雯揽在怀里托着她慢慢向前走。

"你……你好厉害啊，苏霖曼，"郑雯声音发虚，"你怎么看着一点都不累。"

苏霖曼本来想说这么点运动量对于她而言根本没达到会感到累的程度，可看到怀里的人上气不接下气的模样，她还是把本来想说的话咽回了肚子。

"我跟你说过，你跑步的姿势不对，况且你比我早来了很久，消耗了那么多体力，当然会感到累。

"不要着急，郑雯，慢慢改，我最开始跑得比你还吃力呢。"

苏霖曼当然不是要安慰郑雯，她嘴角微勾，话锋突转。

"还好有林礼嘉，我在运动这方面不算有天赋的，可是他一直都在很耐心地帮我改正，现在也算看到了成效。

"郑雯，你知道吗，我从小到大每一次拿第一，林礼嘉都在我身边，比起我自己，他是更喜欢看着我站在颁奖台上的人。

"他总是对我说：'放心大胆地去做吧，阿曼，你可以成为你想成为的一切人，你是我像家人一样重要的人。'很幼稚对吧，可他真的不是嘴上说说而已，我想学钢琴他拜托他妈妈来教我，我学跳舞的时候他又偷偷拿到了大师的联系方式，中考八百米我想拿满分，他每晚准时来我家拖着我去公园跑步……"

其实苏霖曼最明白一个道理：有些事只能藏在心里默默体会，当它不得不用言语才能描述其珍贵时，也就不那么可贵了。

身边的人低下头，心情明显的低落，只偶尔回应她的话，苏霖曼强迫自己不去看她。

"我凡事都是要拿第一的，从不例外，我会赢下每一场比赛，得到我想要的一切。

"对吧郑雯，你也这么觉得吧，我会得到……我想要的一切。"

林礼嘉挥着手表示意他已经停止计时，两人可以过去了，苏霖曼也笑着挥手回应他。

错误的跑步姿势对人的身体伤害很大，苏霖曼不喜欢郑雯，却不希望她身体出问题。

事实上，苏霖曼也不希望自己讨厌郑雯。她心情突然更加烦躁，运动出汗后的畅快也无法压抑这种恶劣的情绪。

大概说了几句长跑的注意事项，郑雯的眼睛从灰败变得闪亮。

她一点也不陌生那样的表情，郑雯总是用这样的眼神看着她，世间最单纯干净的眼睛，除却善良和信任别无他物。

苏霖曼最讨厌这双眼睛。

击穿她的外壳，敲打她的灵魂，叩问她的心灵——原来你卑劣至此，你的剑为何指向无辜之人。

"林礼嘉，我走不动了，你帮我把我的水杯拿过来好不好？"其实书包离她几步路，苏霖曼偏偏撒娇似的站在原地不动，郑雯也被她带着站在原地。

林礼嘉有些奇怪苏霖曼反常的语气，却也没多想，只以为她是真的累了，听话地去帮她拿水杯。

汗液粘在身上的感觉很不舒服，郑雯知道自己现在的模样一定狼狈，刘海粘在脸上，本就有些蜡黄的皮肤加上运动后的红晕显得更加土气，反观身边的苏霖曼却容光焕发。

"郑雯，原来老师说的那个早早来练习的人是你啊。"把水杯递给苏霖曼，林礼嘉的目光转向郑雯，即使已经走了半圈作为休息，女孩呼吸仍然粗重，脚步也明显虚浮，林礼嘉有些担忧地开口，"你别太拼命了，重在参与。你带水了吗，要不我帮你买一瓶，刚好我也准备去买水来着。"

他会用尽全力帮苏霖曼拿第一，满足她的心愿，希望她样样都是顶尖，却只告诉自己"重在参与"。

郑雯想，大概是因为他的目光和期待只会给一个人，从不分给她分毫。

"不用了。"郑雯快步走到跑道外，背对着林礼嘉蹲在自己书包旁边，"我今天不打算继续练，我先回家了，你们继续吧。"

林礼嘉有些尴尬地收回举到一半的手："她是不是刚才跑太猛了身体不舒服，阿曼你在这儿等我一会儿，我去问问。"

话语里毫不掩饰的关心刺痛苏霖曼的心，她来不及思考便捂住脚踝蹲在地上："林礼嘉，我脚有点疼，你帮我看看我是不是刚才崴到了啊。"

小幅度地轻轻掐了下脚踝处的皮肤，雪白的底色上瞬间覆上红晕。

林礼嘉果然立刻蹲在她身边，眉头皱着，轻轻握着苏霖曼的脚踝："有点红，好在没有肿。我带了药酒给你涂一遍吧，以防万一。

"你过几天就要去'金槐杯'的复赛，你忘了？我可不想看着你挂拐上台领奖。不是我说，你这个好胜心真的要命。苏霖曼，你不会是那种八十岁在养老院也要和其他老头儿老太太比谁轮椅滑得快的那种人吧……"

眼前的人絮絮叨叨，苏霖曼除了简单的音节什么话也说不出来。

林礼嘉，你能不能就这样，一直陪在我身边呢？

从来都会被无所顾忌地问出的这句话，苏霖曼突然没有了说出的勇气。她不想听到他的回答了。

运动会转眼就到，一中从未如此热闹，高三学生好像比谁都胆大，九班带头，尚泽明拿下第一个金牌后，把奖牌挂上杨威脖子，招呼着几个男生一拥而上，取下杨威的眼镜，十几只手一起抓住他抛到空中又接住。

其他班一个接一个地效仿，除了穿裙子的女老师几乎没有班主任幸免。

三班没几个男生，苏霖曼看着身边的老刘沉默了下，试探性地伸出一只手指向一墙之隔的小学："刘老师，实验小学好像有个蹦床，要不……您自己努努力？"

刘宪东无语。

林礼嘉被突然出现在身边的苏霖曼吓了一跳："你不好好待在你们班跑过来干吗？"

苏霖曼说："来不及解释了，老刘要追杀我。"

追过来的项尔沉默。

总感觉少了些什么，苏霖曼站了一会儿，拍了下脑袋问道："尚泽明呢，这会儿没他的项目吧，他人呢？"

林礼嘉看了眼手表，喃喃道："快了。"

苏霖曼说："什么快了？"

话音未落，从小学方向跑来一个泰迪拟人化的棕色身影。

苏霖曼有时候真的不理解为什么尚泽明那么钟爱棕色的衣服。

尚泽明跑得上气不接下气，把手里的外套递给林礼嘉，外套打开，塑料袋里有几根冰棍。

苏霖曼说："你到隔壁小学……买冰棍了？"

尚泽明有些心虚地"嘿嘿"一笑，尴尬地摸摸脑袋："算是吧。"

项尔说："算是？"

林礼嘉毫不客气地补充道："准确来说，是隔壁小学西墙穿过狗洞的第二家超市。"

项尔不可置信地咽了咽唾沫："你钻狗洞，为了买冰棍……今天不吃会被冰棍之神诅咒吗？"

尚泽明梗着脖子，声音弱弱的："手心手背输了嘛……"

这回轮到苏霖曼和项尔一起沉默了。

好啊，你们几个玩沉默接龙，这是运动会的隐藏项目吗？

三千米的项目在最后，跑道两边摩肩接踵的都是各班来加油的人。

苏霖曼一只手臂被尚泽明抓着，另一只手臂交给项尔，身边的好友不是让她不要紧张，就是油嘴滑舌地说着漂亮话，逗得苏霖曼直乐。

柳泉家也算是音乐世家，柳泉除了弹钢琴也会唱歌，总是喜欢琢磨些养嗓子的饮品，林礼嘉耳濡目染也知道几个方子。

长跑过后往往伴随着咽喉黏膜充血，林礼嘉作为常常运动的人最为熟悉那种感觉，实在不好受，于是提前捆了几个茶包带给熟悉的参与长跑项目的同学。

苏霖曼的那份与旁人不大相同，她对其中一味药材过敏，现在喝的是林礼嘉改良过的方子。

杯子被托付给林礼嘉，苏霖曼盯着他认真道："这是我最喜欢的杯子，你可得拿好，玻璃的最容易碎了。说好了，你要在终点等我。"

"知道啦，苏大小姐。"林礼嘉装模作样地敬礼，"小的竭诚为您服务。"

尚泽明挤到林礼嘉身边，一手搭在林礼嘉身上学他的动作："还有我呢，我也为你服务哈，按摩推拿我都会哟。"

广播通知检录，苏霖曼这才跟着项尔离开。

林礼嘉没跟着她们，留在原地四处扫视，终于发现了自己想看见的那个人。人群熙攘，林礼嘉念着一遍遍"让一让"逆流而去。

"终于找到你了。"

肩膀被人拍了拍，郑雯回头，是林礼嘉。

"你跑哪儿去了，我从咱们班找你找到这儿了，去问冯芊芊，她也说不知道。"

其实她哪儿也没去，一直在他们身后，一直在教学楼投射的阴影下注视着。

她看见苏霖曼被众星捧月地围在中间，皎皎明月也守在那个女孩身边。

她听见大家笃定苏霖曼会是第一，也听见别人感慨苏霖曼的优秀和美丽，羡慕苏霖曼和林礼嘉两小无猜的美好感情。

于是她在阴影里，又退了一步。

"我刚从教学楼出来，"郑雯指了指身后的方向，声音小小地解释，"我没乱跑。"

"我知道，"林礼嘉忍俊不禁地笑笑，"倒也没什么事，就是告诉你冯芊芊说她要陪你跑不让我管。我在终点，你结束记得来找我，给你点东西。"

想来是杨威交给他的任务，郑雯点点头，看着很乖巧的模样。

"不耽误你了，广播说要检录了，你赶快过去吧，我回班取东西。"

郑雯又是点头，等林礼嘉离开才走向检录处。

5

起点和终点在对角线的方向遥遥相望，林礼嘉的视野只能看见模糊的人影。

发令枪响，所有人注意力集中在跑道上。三千米项目的参赛者不似其他跑步项目般如离弦之箭射出，大部分人都慢吞吞地前进，苏霖曼和郑雯都在居中的位置。

操场一圈是四百米，三千米要跑七圈半。

第二圈结束，众人的差距开始显现，苏霖曼比最初前进了几个位次，郑雯则落在了中后的位置。

第三圈进行到一半时已经有不少人放弃，趔趄着步子挪动。

郑雯感到呼吸困难，费力地睁大眼睛，苏霖曼步伐均匀地跑在前方。

不能停，郑雯对自己说。她开始在脑海里回想那天苏霖曼说的注意事项和技巧。

调整呼吸后，好像的确轻松了些。郑雯咬咬牙，超过了前一位参赛者。

第四圈结束苏霖曼也感到吃力，汗水进了眼睛带来刺痛，瞬间扰乱了呼吸。苏霖曼视线有些模糊，稍稍闭眼休整后，前方突然出现一个熟悉的身影。

尚泽明额前的刘海贴在脸上，身上的T恤也湿了大半，陪跑的人已经寥寥无几，他却一米不少地跟在苏霖曼身后。

"呼——吸——呼——吸——"

苏霖曼跟着他的节奏迅速地调整过来，尚泽明又重新回到她身后。

冯芊芊已经跑不动，看着郑雯超过越来越多的人，在她身后大喊了一声"加油"后坐倒在操场上。

最后一圈半，全场只剩三个人仍然在坚持奔跑。

苏霖曼眼里看不见其他，只有前面的那个人。

她逐渐逼近，在拐弯处顺利完成超越。

场上瞬间响起欢呼，夹杂着此起彼伏的加油声。

被苏霖曼超越的那个女生尝试了几次反超都以失败告终，如泄气般慢了脚步。郑雯抓住机会，同样完成超越。

场上再次响起欢呼，苏霖曼不明所以，却不敢回头去看。

最后半圈，终于到了赛程终点。

苏霖曼的人生不存在"量力而行"这四个字，既然做了就要做到最好，无论付出什么代价也要拼尽全力，才不算辜负最初的决定。

喉咙腥咸，呼吸也开始没了规律，腿像绑了十斤沙袋般沉重。

即使这样，苏霖曼也在尽力地加速再加速。

她的世界已然变得恍惚，一切感知都失了大半，所以看不见一圈没落陪她跑完全程的尚泽明，也听不见数以千计的师生正为她加油呐喊。

在重影叠叠的视线里唯有那个站在终点线旁的人是清晰的。

其实她从来没有什么孤注一掷的勇气，苏霖曼想。

她的肆意无畏，从来都来自她有枝可依，她从不是孤寂的山或落单的鸟，她知道每一个终点总有人在等她归去。

这么想着，身子居然变得轻松了些。

郑雯与苏霖曼相差约莫半圈，她一直维持这个距离跟在苏霖曼身后。

"第一、第二……动作好像！像一个人和她的分身在跑一样。"

有人惊奇地发现，跑在最前的这两个人动作越发相似，摆臂的幅度，每一步迈开的距离，甚至细微到下巴抬起的弧度都出奇地一致。

离终点线五十米时郑雯开始提速，苏霖曼担心被反超也咬牙跑得更快了些。

所有人都觉得郑雯想要超过苏霖曼，可在那个绿意萌生的内心世界，郑雯知道，其实她只是有一个幼稚的想法。

——看见光，奔向光，追赶光，最终自己是否也能成为那束光呢。

场上的欢呼声越发响亮，所有人都屏息等待这个纪录被打破的时刻。

二十米，十米，五米……

礼花枪被打响，彩带从天而降。

身上挂着红色飘带，苏霖曼没有减速，径直奔向林礼嘉。

她知道，终点线不是尽头，林礼嘉的身边才是她的终点。

在人声鼎沸里奔向彼此，即使在尚不足为人道的人生里已经经历过无数次这样的时刻，苏霖曼还是一样喜欢。

身旁掠过一阵风，太急太快，刮得她脸颊都有些痛。

她跌进尚泽明和项尔的怀抱，没力气转身，却固执地转过头去看那个与她擦肩的少年。

她只看到他匆忙奔走的背影。

郑雯在追赶苏霖曼的最后一秒没把握住平衡。金刚砂材质的跑道粗糙，裸露的皮肤蹭上去磕破了一大块皮肉，血肉模糊的样子很是瘆人，不难猜想受伤的人会有多疼。

比郑雯的眼泪更先赶到的是林礼嘉。

在许多人为苏霖曼欢呼的那个时刻，在旁观者甚至还没有来得及上前关心郑雯的时刻，林礼嘉已经背起郑雯奔向校医室，冯芊芊反应过来也追了上去。

世界并非静音，耳朵里的声音却不是人声嘈杂，苏霖曼只觉得一阵轰鸣，从脑海里传出，几乎要把她炸得血肉模糊。

苏霖曼的杯子在林礼嘉奔跑时被他丢在地上，她软着腿甩开尚泽明和项尔去拾满地的碎片。

刚用力奔跑过一场的苏霖曼跪在地上，无法控制好自己手指的抖动。还没捡起几块玻璃手指已经渗出血迹，尚泽明看着她这副模样，心里难受，伸手去拉她，反复几次都被她甩开。

一向对苏霖曼好脾气的他也有些气恼。

尚泽明蹲在地上，扶住苏霖曼的肩膀："别捡了……阿曼，别捡了！"

他对上一双兔子似的眼睛，不知是手上的血染进了眼眶，还是胸腔某处泛起氤氲的血雾。

"尚泽明，"苏霖曼牵强地弯起嘴角，似哭似笑，"我手指好疼啊。"

他心脏一缩，哪里舍得再说重话。

尚泽明拜托项尔给刘宪东请了假，自己带着苏霖曼上天台包扎。

尚泽明捧着苏霖曼的手，轻柔地呵着气为她上药。

像只受伤的天鹅张开双翼环住自己，苏霖曼失了魂般木讷地坐在地上，眼眶是热的，手却是冰的。

尚泽明想安慰她，却又觉得一个字也说不出口。

他无数次在"过去"这座大山前驻足，也尝试过很多次翻越，可即使是遍体鳞伤了也做不到。比起痛，他更觉得挫败，也为苏霖曼不值。

阿曼，世界上怎么会有人舍得让你掉眼泪呢。

"林礼嘉真的是笨蛋对吧？"苏霖曼突然低低开口。

愣怔片刻，尚泽明酸涩地、迟缓地点了点头。

"一定不只是你，"苏霖曼自嘲般笑笑，"项尔、梦曦、冯芊芊……包括我，一定都觉得林礼嘉是个笨蛋。"

"只有笨蛋才会觉得，我想与他做最好的朋友。"

尚泽明忽然就难过起来。

世界上有那么多笨蛋，又不止林礼嘉一个。

"我不明白，我真的不明白。"苏霖曼眼睛又红起来，"人到底要多努力才能得到想要的东西呢。"

尚泽明哑然，这个问题似乎难以得到一个确定的答案，他也同样茫然。眼前的女孩模样实在破碎，像淋了一场苦雨的红玫瑰，太惹人怜惜。

不是每个人都是小王子，也不是每个人都能得到自己的玫瑰。

"尚泽明，我为了那份虚无缥缈的东西变得太差劲了。"苏霖曼说着，泪珠大颗大颗地滚落。

尚泽明终于忍不住把她的脑袋按到自己身上，给予她一个只有安慰意味的拥抱，也终于在她看不见的地方放心地露出心疼的表情。

"你没有，你一点也不差劲。"

"你胡说，"苏霖曼抽泣着，"你什么也不知道。"

"我知道，"尚泽明轻轻拍着她的脑袋，"我知道，阿曼，我知道。"

"你不知道！我告诉郑雯我是林礼嘉除了家人以外最重要的人，那是我故意说给她听的。"

"我知道。"

"我根本不想参加什么三千米，我是怕林礼嘉陪她训练，才故意报名的。"

"我知道。"

"林礼嘉书包上的玩偶是我故意挂上去的，我就是想让她误会。"

"我知道。"

"我还……我还偷偷藏了郑雯送给林礼嘉的生日卡片，如果我没有那么做，说不定、说不定……"

后面的话苏霖曼不敢说，也不想说了。

你们一定会对我失望的吧。苏霖曼想。

苏霖曼想抬头看看尚泽明的反应，却被他按了回去。

伫立在原地的少年眸光温和，低头注视身前人时眼里盛了万里秋波。

"我知道。"

苏霖曼愣住。

尚泽明怎么会知道？

她慌乱地想要解释，又突然发现什么也无法辩解。

她做了错事，就是这么简单而已。

苏霖曼安静地等待尚泽明的责备，声音闷闷的，带着哭过一场的绵软："你都看到了，怎么还会觉得我不差劲？"

天台的风从远处吹来，席卷着操场欢腾的喧闹，也携了一声轻到几乎快听不见的无奈叹息。

"阿曼，有时候我会觉得你对别人太宽容，又对自己太苛责。"

为什么只说偷偷藏了卡片，却不说后来放回去了呢。

早在去翻监控的那天，他就知道了一切。

在苏霖曼拿着卡片出教室后的五分钟，她再次折回，把那张卡片放回了原位才离开。体育课上了一半，原本应该在操场上的郑雯突然折返回教室，在林礼嘉的座位上犹豫几番，在林礼嘉踏进教室的那一秒迅速把卡片放到她自己的桌膛里。

"阿曼，你知道吗……在所有人都希望你优秀纯良强大的时候，我希望你……"他突然顿了顿，再开口时是小心翼翼的犹豫，也是难得外放的热烈。

"我希望你只做个顽皮的孩子就好。"尚泽明轻抚着苏霖曼的脑袋，真的如他所说，像一个温和的大人在安慰无措的孩子。

"做错事没关系，有坏想法没关系，偶尔耍心机没关系，不那么善良也可以。可以发脾气，可以无理取闹，可以不用永远做那个顾全大局的人。"

苏霖曼倏地抬头，呆呆地看着少年。

红肿的眼睛视物本就不大清楚，天台阳光又格外强烈些，她只觉得眼前的人十分陌生。

她见过他最落魄的模样，听过他狼狈的经历，她当然知道这少年有深沉的一面，可她习惯了他一贯的嬉皮笑脸，竟然会觉得他真是没心没肺的人。

注意到苏霖曼眯了眯眼睛，尚泽明往旁边移了移，洒下一片荫翳。

苏霖曼终于看清他的脸，却被他眼里的温柔烫得忍不住闪避。

尚泽明扶住她的脑袋，她被迫与他对视。

"是的，阿曼，你可以做那样的人。"

医疗室的门被"砰"的一声撞开。

林礼嘉急匆匆地把郑雯放到床上，转身去找校医，碰巧校医从帘后走出，差点与林礼嘉撞在一块儿。

"慌什么啊，毛毛糙糙的。"校医不紧不慢地擦擦手，话音未落便被林礼嘉半推着到郑雯身边。

林礼嘉语气焦急道："医生，麻烦您帮她看下伤口。"他又凑得近些，"而且她好像崴脚了，我瞧着肿得厉害，也劳烦您看一看。"

"我没事，我没事，林礼嘉，我真的没事。"郑雯轻轻扯了扯林礼嘉的袖子，"你别急好不好，这伤只是看着夸张，其实不疼的。"

怎么会不疼。看了看那伤口，林礼嘉忍不住抽气，五官皱成一团。

校医进行简单的消毒和包扎后就宣告郑雯休息一会儿便可以回去了。

林礼嘉的目光一直在那块刺眼的纱布上，郑雯不自在地缩了缩腿。意识到自己的失礼，林礼嘉眼睛飞快地眨了眨，耳垂染上点绯红。

林礼嘉的心里乱糟糟的，刚才看到郑雯摔倒时的害怕仍有余悸。

他想嘱咐些话打破沉默，抬头时猛地怔住，吐不出一个字。

床上的人小小一只缩成一团，双手撑着下巴搭在完好的那个膝盖上，即使是最小号的运动服对她也过分宽松了。

因为疼痛，女孩的脸上最鲜艳的颜色是娇嫩的红。这个修饰很奇怪，可他想不到更恰当的描绘。的确是娇嫩，无论是通红的眼圈、粉红的鼻尖，还是贝齿咬后泛着光泽的嘴唇……

林礼嘉又不敢继续看了，他见过形形色色的漂亮女孩，他欣赏那些美丽，犹如欣赏玻璃柜里的花朵，不靠近也不触碰，不猜测也不评价。可从未有一种美丽带给他这样的感受，不敢直视，又偷偷抬头。

郑雯似有所感地抬起目光，直直与林礼嘉撞上。

他移开目光，她紧跟着低头。

她转回视线，他又轻轻偏头，视线短暂交织，又匆匆分离。

像棉花糖机里怎样也扯不完的糖丝，也像擦身时发丝勾上少年的纽扣。

两颗心的跳动逐渐同频，越来越快，越来越快……

引线燃到尽头，一万个烟花同时炸开，炸得林礼嘉血液沸腾。

校医在此时开口："没什么事我就回办公室了，你们俩休息好也赶快回班，待会儿要是再来人床铺和凳子都是要用的。"

郑雯和林礼嘉忙不迭地点头。

等校医离开，医疗室的气氛瞬间安静下来。

"那个……"

"那个……"

两人同时开口，又同时停住。

"你好好休息……我，去趟厕所，待会儿回来找你。"

"哦……嗯，那好。"

踏出房门微风拂面而过，林礼嘉混沌的大脑终于清醒几分，身后的那扇门却没有勇气推开。

好奇怪……捂着胸口，胸腔里的器官叫嚣着几乎要跃出，林礼嘉想，这一刻起，他大概得了什么无法治愈的病症。

281

房门被缓缓关闭，郑雯卸了力瘫软在床上，双手紧紧地捂在脸上，指缝间露出的皮肤几乎都是红的。

比咳嗽还要难以抑制的欢欣像疯长的野草，一点一点肆虐心脏的每个角落。

苏霖曼到家时，沈素正在厨房忙碌，她闪身钻进卫生间，对着镜子仔细检查，确认看不出一点痕迹才挪到厨房从身后抱住妈妈。

闻着妈妈身上的馨香，她心里的隐痛好像缓解许多。

"多大的人了，怎么还是一回家就抱着妈妈撒娇。"沈素嗔怪地去推苏霖曼的脑袋，苏霖曼哼哼了几声又厚着脸皮靠回去。

世界这样大，只有家才是避风港。

沈素今天做的菜格外多，苏霖曼把菜全部端上桌后，夸张地喟叹："是谁这么幸福呀，有一个既漂亮手艺还好的妈妈？"

"谁呀？"沈素笑眼弯弯地陪她闹。

"当然是我咯。"

几次尝试控制表情都以失败告终，沈素终于没忍住"扑哧"一声笑出来。

"好啦，就你嘴甜，快打个电话给礼嘉，让他赶快上来吃饭。我想着你俩今天运动了一天一定特别饿，所以才做了这一桌饭。"

苏霖曼表情瞬间沉了沉："……算了吧，我放学到现在就没看到他，说不定他跟同学约好去玩了呢。"

"那这一桌菜我们两个人怎么能吃得完？你还是打个电话问问，要是真有事大不了让他聚餐结束回来顺便吃两口。"

苏霖曼磨磨叽叽找了好几个借口，就是不愿意去打电话。

沈素眉头一皱，发现了端倪，她试探着开口："你和礼嘉吵架啦？"

"没。"苏霖曼垮着脸，偏过头不愿承认，"妈妈，你不要问了好不好。"

其实本来也没有吵架，最多算自己单方面的冷战。她早跟自己吵了一次又一次的架，歇斯底里，分崩离析。一切一切的心事，从来都只有她自己知道。

阿曼呢，是那种聪明又懂事的孩子，微不足道的烦恼总是换着花样撒着娇向她诉说，而那些真正让她崩溃的事情，都被她深深埋于心底，躲在人后时才敢舔舐伤口。

就像她和苏文斌离婚的时候，只有十五岁的女孩冷静得可怕，明明自己也很难过，却总是那样安静温和地陪在她身边，默默地守候她。

从小到大好像绝大部分的事情于她而言，都可以被喜怒不形于色地化解。真正在乎的那些人是例外，被那部分人伤害，或是那部分人被伤害，都是令她出奇难过和愤怒的事。

苏霖曼此刻便是那样的受挫神色，沈素知道这大概与林礼嘉有关。

其实她大概能猜到女儿的心思，她与女儿亲密无间相处了数十年，苏霖曼的内核又和自己如此相似，她怎会猜不到苏霖曼的所思所想。

她并不打算问阿曼发生了什么，若是阿曼认为她有知情权，自然会告诉自己。

可她也不能让阿曼一个人难过，这是她的女儿，是她在这个世界上最爱的人。

沈素走到苏霖曼身边抱住她，苏霖曼问她怎么了。沈素故意学苏霖曼刚才的语气撒娇："妈妈抱抱你还不行啦。"

好不容易止住的眼泪又要夺眶而出，苏霖曼吸吸鼻子，咬着嘴唇不吭声。

过了很久，苏霖曼终于开口，声音里有些不易发觉的沙哑："妈妈，我觉得爱好可怕。"

沈素动作一顿，搂着苏霖曼的双臂更紧了些。

"爱让人变得自私、贪婪，又让人变得懦弱、胆怯，爱让人拥有近乎变态的占有欲，爱会改变一个人却不知方向好坏，爱会蒙住人的双眼，爱会让人变得不像自己。可为什么，我还是在渴求爱，为什么还有那么多人在追寻爱？"

沈素沉默了很久，直到苏霖曼忍不住抬头时才听到她再次开口。

"不，阿曼，那不是爱，至少那并不是完整的爱。

"很多个瞬间，当你感受到自己如此热烈地喜欢某人的每个瞬间，都像春风吻过你生命的河水。有一日春风不再来了，你觉得自己的那条河从此不再流淌。

"可你要走下去，你要亲自感受河水的流淌。阿曼，不是风不再吹河水就不再流淌，你的那条河生生不息，因为它不是为了追随春风才流动的，而是为了汇入大海之中。"

苏霖曼呆呆地看着母亲，她的面容从未如此温柔又坚定。苏霖曼像是被罩在钟下，被钟椎狠狠敲打。在昏黄的灯光下，苏霖曼不知道自己视线的模糊来自潮热的泪水还是心灵的震撼。

她唯一清晰知道的是，或许她即将迎来一场艰难的、漫长的告别。

● 第十二章 / 成为自己想成为的人

1

昨天发生的事让尚泽明十分担心苏霖曼的状况，第二天刚到学校尚泽明便直冲三班，在门口待了很久也没有看到苏霖曼的身影。

昏昏欲睡时，有人拍了拍尚泽明的肩膀，他以为是苏霖曼，从蹲着的姿势一跃而起。

看清来人，尚泽明又丧气地蹲下。

"项尔？怎么是你？"

"我上学来了啊，还怎么是我。"项尔没好气地白他一眼，"你不回你们班上课，在这儿蹲着干吗？"

尚泽明看看时间，距离早读开始还有两分钟："苏霖曼还没来吗？"

项尔："她这周请假了啊，你不知道吗？"

"请假？她没跟我提过啊。"

项尔："'金槐杯'下周一交稿你总是知道的，老刘上周建议阿曼这周把重心放在写稿上，必要的话请假也可以。她之前一直在犹豫，昨天晚上才下定决心。可能时间太仓促了没来得及跟你们说，我也是昨天有事找她打了电话才知道的。"

尚泽明闷闷地答了声"嗯"，尽管项尔解释了原因，可他仍然忧心是否自己昨天太过冲动吓到了阿曼，所以连不来学校这样的事也没有告诉他。

回班时林礼嘉坐在王铭浩的位置上，他正歪着头和郑雯说着什么，两个人的气氛说不出的欢快和谐。

一股怒火漫上心头，尚泽明狠狠踹了一脚自己的椅子。

巨大的声响引得周围人频频注目，王铭浩的桌子和尚泽明的椅子紧

284

挨着，他这一踹让桌子磕到了林礼嘉身上。

林礼嘉皱着眉起身。

他来的路上碰见校医，昨天郑雯受伤开的药被她忘记带回，校医托林礼嘉带给郑雯，又嘱咐了些事项，他这才坐到王铭浩座位。

尚泽明这小子又是在犯什么病。

他抬头去看尚泽明，却发现对面的人同样眼神凛冽地注视自己。

十七八岁的男生之间的硝烟总是燃得轻而易举，譬如林礼嘉此刻真的觉得尚泽明实在欠揍。

还好杨威正好走进教室，王铭浩又及时地横在两人中间才避免了一场争斗。

"我看我们就先这么坐吧。"王铭浩转过头对着郑雯狂使眼色，"我刚好找老尚聊天，郑雯，你不也找老林有事吗，对吧。"

"啊，对，对，我找你有事来着。"郑雯拉了拉林礼嘉的袖子让他坐下。

即使坐下，两人之间的硝烟味仍然未散。王铭浩和郑雯的手语快比出虚影，最终还是谁都没有先开口。

尚泽明气林礼嘉毫不犹豫转身的样子让苏霖曼难过，林礼嘉气自己明明没做错什么却莫名挨了一顿骂。这一周两人都持续着这样见面绕道走的状态，王铭浩实在没办法，只能疯狂给苏霖曼发消息，却一直没有得到回复。

苏霖曼回到学校时脚步都是虚浮的，上一周的生活日夜颠倒，一千字的文章她看了几十遍仍然觉得不够好，一直到截止时间前所有老师都笃定能够拿奖才稍稍安心地点了发送。

她为这场比赛尽了全力，认真地生活、感受，反复地雕琢、修改，她确定，无论结果如何都不算辜负自己。

项尔上周一直不敢打扰苏霖曼，这会儿迫不及待地凑到苏霖曼身边。

"怎么样啦阿曼，结果什么时候出啊？冠军保送哪个学校啊？"

"好像是下个月吧，"苏霖曼回想昨天主办方发来的邮件，"但是今年好像没有保送名额了。"

"啊？怎么能这样啊，你都准备一年了！"项尔失望地向后靠，椅子在地上划出刺耳的响声。

"没关系啦。"苏霖曼牵着项尔的手晃了晃，"'金槐杯'高手如云，就算有保送名额也不一定会被我拿到啊。"

"苏霖曼，你给我自信起来！"项尔瞪着眼睛叉腰，"冠军一定是你的！"

"好好好，是我的，是我的。"苏霖曼被项尔逗笑，她总觉得尔尔像只容易炸毛的猫，顺着毛摸摸就会发出傲娇的"呼噜"声。

好不容易哄好了项尔，烦心事还没结束，苏霖曼想到昨天打开手机王铭浩发来的一连串消息开始头疼。

我说啥来着，这个家没我迟早得散！

苏霖曼依稀能猜出尚泽明和林礼嘉吵架的原因，但她不希望那两个人因为自己生出嫌隙。

曾经走过艰难路途的人若是走散了，大概是每每想起都会觉得遗憾的事。

苏霖曼刚到九班门口便和匆忙从教室里跑出来的尚泽明狠狠撞在一块儿，奇怪的是对方并未道歉，甚至几乎不做停留便要继续向前跑去。苏霖曼心中隐隐有不好的预感，她一把抓住尚泽明，少年被迫与她对视，神色呆滞，眼圈通红。

苏霖曼的嘴抿成一条直线，她试探着开口："……是爷爷那儿，有什么情况吗？"

如梦初醒般，尚泽明转身跌跌撞撞地向前走，撞到人的次数变多，速度却越来越快。

"爷爷……爷爷还在等我……"

那一刻的苏霖曼看着尚泽明离开的背影，脑海里有很多个他在逐渐重合。

她好像在几秒钟的时间完成了一场穿越时空的旅行。

小时候被妈妈遗弃，他一个人走向孤儿院；后来被大孩子欺负，他一个人一拐一拐地回房间上药；被养父母收养，他以为自己终于有家了，却每天仍然像个透明人一样独自生活；初中时被朋友背叛，于是寒来暑往，其他人三五成群，他却像个孤单的影子。

在苏霖曼所有可以窥探的时间里，他好像永远都是一个人孑然地走，那个背影一点点长大，孤单也在渐渐喧嚣。

苏霖曼只有一个念头——这一次，至少这一次。

她绝不要尚泽明仍然是一个人。

你对我说，我可以做一个顽皮的孩子。

那么我也希望你，可以把我当作那个能够依靠的家人。

苏霖曼拨开人流追在尚泽明身后，被隔绝就再重复，终于抓住了尚泽明的手腕。

苏霖曼走到尚泽明身前，时间如此宝贵，她不敢停留。她的一只手疏散人群，另一只手紧紧握着尚泽明，口中不断念着："麻烦让一下，麻烦让一下……"

　　那天是 2012 年的秋天里最热的一天，尚泽明却觉得如坠冰窖，寒冷源自冻成冰块的血液，心脏源源不断地释放冷气。世界也是模糊的，脸上糊着的分不清是鼻涕还是眼泪，然而在那个迷茫的时刻，他却仍然神奇地辨识方向，再未撞到一个人，也再没有收到一个责怪的眼神，用最快的速度赶到了医院。

　　在等电梯时尚泽明终于冷静几分，手腕处的温热濡湿逐渐清晰，他终于发觉，原来苏霖曼一直在他身边。

　　女孩正靠在一边大口大口地喘着粗气，他想说些感谢的话，可只是张了张嘴，泪水就要掉下来，他说不出一个字。

　　电梯门终于打开，刘管家正在电梯口着急地踱步，看见尚泽明的一瞬间快步迎上来。尚泽明本来还想问什么，与刘管家那双眼睛对视的一刹那，他便知道什么都不用问了。

　　刘管家本是尚斯铭在公司的副手，到了退休的年纪便挂了个管家的名号陪在尚斯铭身边。风雨同舟四十载，刘管家对尚斯铭的感情不输尚泽明半点。

　　"泽明，你爷爷……你快去吧。"

　　养父养母和各位叔婶早已来到医院，正在病房门前拥挤着，每个人看上去都那样悲伤，可尚泽明一眼看穿形色各异的面具下的丑陋嘴脸，他不愿再看一眼那些虚伪的面孔。

　　站在那扇紧闭着的门前，尚泽明突然没有推开的勇气，恐惧和悲伤突然就打开闸门淹没他的口鼻。

　　手腕再次被人抓住，眼前出现一只白皙的手握住门把手。

　　"尚泽明，爷爷在等你呢。"苏霖曼温柔的声音响起，"我们不要让他等急了，好不好？"

　　长长地吐息，尚泽明终于推开门。

　　刺目的白，席卷视线，寂静的病房里只有监护仪"嘀嘀"作响。

　　病床上的老人闭着眼睛，尚泽明背过身去捂住嘴巴，他怕自己发出声音，让爷爷临了还在担心自己。

　　尚斯铭已经看不清事物，听见门关闭的声音，他的眼睫微微颤动，睁开一条缝隙，模糊看见一团蓝白色光晕，于是他努力把眼睛睁得更大些。

　　看清一点，再看清一点吧，我在人间最后的牵挂。

"泽明，是泽明吗？"

听见爷爷的呼唤，尚泽明随意抹了一把脸："是我，爷爷，我来看您了。"

他跪在尚斯铭床边，双手握住爷爷枯瘦的手。

明明上次来的时候，这双手还不是现在如枯枝般的模样。

尚泽明低下头，泪水滴落在床铺，消失在纯白的被单上。

那只插着针管的手抚上他的脸颊，轻柔地蹭了蹭。

那个动作太熟悉，尚泽明突然想起，他和爷爷第一次见面时也在这个病房。那时的爷爷不是现在的模样，爷爷说话时中气十足，不像现在几乎是在呓语；爷爷看自己时目光炯炯，不像现在混沌灰白；那时候爷爷对他说你好，如今同样的场景，是他无法说出口的永别。

听到尚泽明的回应，尚斯铭心愿已了，缓缓闭上眼睛，心电图剧烈起伏，最终归于一条直线。

尚泽明不愿去叫爷爷，爷爷这些年受的苦，他是最清楚的。

他只是再次俯下身贴着那只手，从啜泣变为号啕大哭。

医生宣告尚斯铭死亡，病房外一阵喧哗，却没有任何人进来。尚泽明不清楚缘由，或许是"家人们"允许他和爷爷独处，抑或是刘管家拦下了他们，总之，尚泽明很感激这无人打扰的时间。

爷爷最爱干净，尚泽明知道他其实是个很好面子的老头，不愿意让别人窥见他的狼狈。每次出门时，即使只是遛个弯他也要仔仔细细地收拾自己。尚泽明接了一盆温水，最后一次仔细地给爷爷擦拭身体，梳理他的头发，又抚平他病号服上的褶皱。

做完一切，尚泽明深深呼吸，终于走出了病房。

门口站着两个穿着校服的人，是林礼嘉和苏霖曼。林礼嘉脸颊处一道伤口流着鲜血，尚泽明看见后皱起眉头拉过林礼嘉。

"你怎么回事？"

2

林礼嘉是从王铭浩口中得知他不在时发生的事情的：尚泽明接到一个电话后立刻跑出教室，苏霖曼跟着他一块儿走了，两个人走的时候说了"爷爷"什么的。

他心里"咯噔"一声，给苏霖曼打电话却始终无人接听，撂下一句"王铭浩你帮我们给老杨请个假"就跑出了教室。

到医院时苏霖曼红着眼睛蹲在病房门口，尚家的亲戚坐满了走廊上的一排凳子，刘管家直直盯着大门紧闭的病房。

他蹲到了苏霖曼身边。与林礼嘉对视的一瞬间，苏霖曼的眼泪突然就流了下来，她对着林礼嘉轻轻摇摇头。

林礼嘉什么都明白了，心中也瞬间酸涩起来。他仍然记得上一次来看望尚爷爷时，他们约定好下次再见。原来那句话说得不假，人生中的每一次相逢都有可能是最后一面。

对面的一群人突然窃窃窣窣起来，林礼嘉听力向来不错，他敏感地捕捉到"遗产""公证""房车"一类词，尚泽明的养父养母说得最为起劲，表情也最为得意。

林礼嘉既悲哀又愤怒，不明白那么柔软的器官为何有时硬得像是石头，为什么一条人命比不过一串冰冷的数字，又为什么面对至亲之人可以比陌生人还要无情。

他站起身想要理论，一道身影比他更快地冲上前——刘管家红着眼一拳打在尚泽明养父的下巴上。

"尚立恒，那是你爹！老爷对你那么好……儿子没有你这样当的！"

周围人一拥而上拉开两人，尚立恒被打蒙了几秒，等反应过来指着刘管家怒道："刘志清，当狗也没有你这样当的！我做什么了你就乱咬人？我告诉你，爹那么喜欢尚泽明，公司以后准是我的，你最好对我客气些，否则我一定叫你好看！"

尚立恒越说越气，看几个亲戚都抓着刘志清，抬起脚便要踹上去。

"去你的。"

尚立恒结结实实地被人从侧面踹了一脚，肥硕的身子撞上墙壁缓缓滑至地面。

林礼嘉挡在刘管家身前，刚才那一脚正是他踹的。苏霖曼看似拉着他胳膊，其实没使一点力。

有些人就是这样，不挨打，不听话。

尚立恒对尚泽明如何他是知道的，根本只把尚泽明当作争家产的工具罢了。从知道尚立恒对尚泽明遭受的一切不管不问的那一刻起，林礼嘉就对尚泽明这个名义上的爹没一点好感，这一脚也算是新仇旧恨一起报了。

"尚爷爷还在里面，我劝你们都不要再闹，否则对你们想的那些龌龊事没一点好处。"

医生匆匆赶来进入病房，十多分钟后再次走出，面对众人轻轻摇摇头。

或真情或假意，哭声此起彼伏地响起。

289

刘志清有些恍惚，腿脚一软身体开始摇晃，幸好林礼嘉及时扶住他。

他睁大眼去看老爷子"家人们"的神色，精确捕捉到一部分人贪婪的目光。

刘志清瞬间感到无比心寒，尚斯铭从前说或许这些人在他走的那刻最关心的仍然是他的遗产分配时，刘志清还觉得是老爷子太悲观，现今才发现"人走茶凉"这四个字当真精辟，老爷子活得到底透彻。

一直未出声的刘志清突然冷笑一声："尚立恒，你以为你能从老爷那儿拿到一分钱吗？"

刘志清又偏过头，一个一个扫过那些虚伪的脸："你们以为，你们又能拿到什么好处吗？"

"你这是什么意思？"尚立恒的老婆，尚泽明的养母厉声道，"我们可都是老爷子的至亲之人，他的财产不给我们又能给谁？"

"至亲之人……"刘志清低低地笑，眼神冷冽着不再开口，而是从随身携带的公文包里拿出一份文件。

"这是老爷子签过字，盖过章，做过公证的遗嘱，白纸黑字地写了……"

刘志清甩开几人，蹲在尚立恒面前，以便让他清楚地看到那张纸。

本人尚斯铭，自愿在我死后将我名下一切财产赠予尚泽明。

"看清楚了尚立恒，你不用再每天想尽办法打听老爷子还能活几天，也不用趁着他不在公司到处拉拢股东，不是每个人都像你这样，是只养不熟的白眼狼。"

"不可能……不可能！"尚立恒抢过遗嘱逐字逐句地看过去，神色癫狂地否认，"我可是老爷子的亲儿子，他不能这么对我，他不能！"

尚立恒扔出手中的文件，锋利的纸张划过林礼嘉的侧脸留下一道刺眼的血痕。

想到什么，尚立恒原本灰败的表情恢复些神采。

"一定是那小子，一定是尚泽明那个杂种在老爷子面前胡说八道。

"老爷子是被他骗了，你们都被他骗了！"

他突然坐在地上癫狂地大笑，周围人皆被他吓到后退一步，连他的妻子也不例外。

"尚泽明根本不是我的亲生儿子，他跟老爷子没有半点血缘关系。老爷子不知道这件事才会这样，我就说……我就说爸怎么会这样无情！"尚立恒说着扶着墙爬起来，跌跌撞撞地要闯入病房，"让我进去，让我见他！等我见到他，他就会修改遗嘱内容了。"

林礼嘉反应最快，率先一步挡在病房门口。苏霖曼也擦掉眼泪，跟着站在林礼嘉身边。

对面的人有些露出不忍神色，默默坐回座位，仍有几个跟尚立恒一样心怀鬼胎地在撺掇着尚立恒进去找尚斯铭理论。

剑拔弩张之时，病房门被人推开。

尚泽明神色呆滞地出现在众人面前。

"你的脸怎么了？"

林礼嘉摇摇头，尚泽明看着病房门前散落的纸张，捡起一份查看，瞳孔在看到其中一行字时骤然扩张。

同时，他明白气氛为何如此诡异。

"……所以，爷爷走的那一刻，你们正为这种事争吵是吗？"

对面的人一个个低下脑袋，尚泽明一一扫过那些丑陋的脸，他要把这些人的模样清晰地印在心里。

"泽明，你也知道，公司是老爷子一生的心血，我想他也一定希望在自己走后公司能够被妥善处理。"尚斯铭的二儿子硬着头皮解释。

"是啊，"尚斯铭的小女儿也跟着附和，"我们也是为了确定这遗嘱是爸的意愿，可别被某些有心人利用了去。"

"更何况你也清楚，你根本不是老爷子的血脉。尚家的生意交给一个外姓人打理，显然不合适。"尚立恒补充道。

即使知道养父母对自己没有半分感情，听到自己被称为外姓人的这刻尚泽明还是冷得浑身颤抖。

人怎么可以这样无情，怎么能活得这么像畜生。

"在场的各位，又有哪一个不是外姓人呢？"刘志清的一句话，惊起了现场的惊涛骇浪。

"刘管家，你这是什么意思？"

刘志清又是冷笑："如果你们认为泽明不能成为继承人的理由，是他不是尚家的血脉，那我可以告诉你们，在场没有任何人是尚家的血脉，因为老爷子这一生从未有过任何子嗣。

"你们中的每一个，都是被收养的孩子罢了。"

所有人都是一样的呆滞和不可置信，尚立恒更像是疯了般，不停地重复"不可能"。

尚泽明脑子瞬间一阵轰鸣，好半天才缓过神，讷讷地开口："所以……刘叔，你的意思是，从一开始爷爷就知道……我不是他的亲孙子。"

刘志清不忍地偏过头，动作已经代表他的回答。

苏霖曼心脏骤然一缩，林礼嘉与她一样震惊。

刘志清并不想以这种方式让尚泽明知道真相，可这群人实在无耻，他已经忍无可忍。

后来的事情尚泽明无心去听，耳中的轰鸣始终未停。他沿着墙面缓缓滑落，无力地坐在地上，整个人缩成一团。

不知过了多久，这场闹剧终于暂停，所有人的脑子都像一团乱麻，各自作鸟兽散。

刘志清操心尚斯铭的葬礼事宜，所以已经开始忙碌，他走之前给尚泽明塞了一封信。医院的走廊里最后只有尚泽明、林礼嘉和苏霖曼三人。

尚泽明坐在原地安静地看完了整封信，从一开始的肩膀抽搐逐渐号啕大哭起来。林礼嘉和苏霖曼看着他，两个人一样无措。

尚泽明从前听说，死亡的人不是突然一下离开，他会一点点失去感官，从视觉一直到听觉。

他把头埋在胳膊里的时候，眼前一片漆黑。尚泽明在想，刚才尚斯铭眼里的世界是不是就是这样。他心心念念在临终前见一眼这个并非亲生的孙子，那一眼，他究竟有没有看到。

尚泽明一直觉得自己在亲情这种关系上缺失了太多，他总寄人篱下在一个又一个房子里。生母狭小的出租屋，孤儿院伸不开腿的床铺，精美豪华的大屋子，无论在哪儿，他总觉得自己像是一个不受欢迎的客人。

亲爸不要他，亲妈不爱他，养父养母只把他当成讨好爷爷的一个工具。

他当然知道爷爷很爱他，可他从没想过，在他不知道的世界背面，原来他收获了比他以为的还要奇迹的爱。

　　泽明，我亲爱的孩子，爷爷感谢你，感谢你来到爷爷身边，我的这几年过得愉快许多。

　　很多时候爷爷心疼你，是什么样的人生才会让一个真诚的孩子活得这么懂事。我总是希望你过得轻松些，活得更幸福些，可我好像没做到，每每想到这里我就觉得对你亏欠，我是个不够好的爷爷。

　　就像我跟你说的那样，我这一生没有什么遗憾了。如果非要说有，大概是没能看到你过得非常幸福的那一天。

　　泽明啊，我的孩子，爷爷最后的愿望，是希望你能幸福快乐。你是个孝顺的孩子，所以这个愿望你一定能完成的，对吧？

奇迹般的爱，这个形容一点也不为过。

怎么会有人这么爱我呢，爱到让我觉得过去吃的苦一点也不算多。他的爱纯粹、充沛、包容又伟大。那个老人佝偻着身子为他遮风避雨仍觉不够，一砖一瓦为他建造家园仍觉不够。

尚泽明想，如果爷爷还活着，或者他早一点看到这封信，他一定会抱着爷爷告诉他：您真的是世界上最棒的爷爷，我爱您。

可他没有机会了，他再也没有机会了。

尚泽明哭得几近断气，用力地把脑袋向后磕，在墙上撞出"咚咚"的响声。

苏霖曼不忍，跪在尚泽明面前抱住他，把自己的手垫在他脑后。

"哭吧，哭吧。"她抚着尚泽明的脑袋，尚泽明也好似终于找到依靠，伏在苏霖曼的颈窝放声哭泣。林礼嘉坐在尚泽明旁边，一只手始终搭在他肩膀上。

又不知过去多久，尚泽明逐渐安静下来，他冷静了一会儿才站起身来："辛苦你们了，今天陪了我一天。真的……真的谢谢你们。"

"你知道我们之间不用说谢谢的，"林礼嘉拍拍尚泽明的肩膀，"需要帮助随时联络。"

尚泽明点点头："你帮我给老杨请个假吧，这段时间我应该不会去学校了。"

"好。"林礼嘉应下。

尚泽明还有很多需要处理的事，几人在路口分别。

第二天回到学校，林礼嘉和苏霖曼默契地对昨天的事闭口不言。老师们也没有去问，除了尚泽明的座位空了下来，林礼嘉和苏霖曼轮番请假，高三生活一切照常。尚斯铭的离开像树叶凋零坠落，除了水面，未有波澜。

尚斯铭的葬礼定在阳光很好的一天，从操办到迎宾都是尚泽明主持，甚至出殡时抱遗照的人也是尚泽明。尚立恒等亲戚比起逝者家属，更像是雇来的专业演员。医院那天势利刻薄的人都换上痛不欲生的表情，恨不得哭得昏厥过去。

尚泽明反而淡定许多，从葬礼开始到结束一直没什么表情，只有苏霖曼等人知道他已经失眠好多天了。

送完宾客尚泽明仍然木讷地站在尚斯铭的墓碑前沉默，他让林礼嘉和苏霖曼先回去休息，他想和爷爷单独相处一会儿。尚泽明就那样站了很久，站到自己也感受不到时间的流逝。

"你是老尚的孙子吧。"

尚泽明被唤醒，回头看见一个面容慈祥的老太太穿着一身黑衣黑裤，手捧鲜花站在不远处。

尚泽明礼貌地点头弯身。

"真好。"老太太上下打量着尚泽明，她的目光那样温和悲悯，尚泽明竟不觉一点冒犯。

"您来晚了，葬礼已经结束了。"

老太太把花放在尚斯铭的墓碑前，她盯着墓碑上的黑白照片许久，站起身时摇晃了下身子，尚泽明连忙伸手搀扶。

"我知道，"老太太拍拍尚泽明搀着她的手背，"我就是来献束花，也该走了。"

她没有再说什么，只是临别时又仔仔细细地看了一眼尚泽明，嘴里呢喃的仍是那句"真好"。

看着老太太走远，尚泽明心里突然有个大胆的猜测。

他并未来得及多想，因为回头时被一只蝴蝶牵住了视线。

尚泽明完全没有注意那只蓝黑色的蝴蝶是从哪里飞来的，它就那样安静地停在墓碑前的花束上，尚泽明蹲下身靠近它也没有离开。

隐忍一天的泪水顷刻涌出，尚泽明紧紧盯着那只蝴蝶，生怕自己一眨眼，蝴蝶便飞走了。

天空逐渐阴沉，明明天气预报说这一整天都是大晴天，可雨滴仍然毫无征兆地落下。

那只蝴蝶离开花束飞在尚泽明的身边。

尚泽明想伸手遮在蝴蝶上方，原本乖巧的蝴蝶却一直躲着尚泽明的手。

"我答应您爷爷，我会做到的。"尚泽明的声音在颤抖，面上却在笑。

怎么有些人即使离开了也要这么操心别人。

"爷爷，我那天没来得及告诉您呢，您是世界上最好的爷爷，能成为您的孙子是我这辈子最幸运的事。这就足够让我感到幸福了，只是您不信。

"爷爷，我会过得幸福快乐的，您也要。

"再见，爷爷。"

最后一句话轻不可闻，这句话说完，蝴蝶又绕着尚泽明飞了一圈，终于渐飞渐远。尚泽明原本只是在原地注视，最终还是没忍住跟随蝴蝶离开。

步伐越来越快，越来越快，只是最后那蝴蝶仍然在尚泽明的眼里缩小成一个黑点，一直到消失不见。

他终于和爷爷认真地告别，多日压在他心中的石头好像突然滚落。

推动那块石头的，竟是小小蝴蝶扇动的翅膀。

3

葬礼结束后尚泽明终于回到学校学习，班里同学默契地没有来问他为什么缺课这么多天，偶尔有一两个好奇心过剩的也被王铭浩和林礼嘉拦下。

"金槐杯"的结果在两周后公布，课间喧闹时，刘宪东走进教室，人群瞬间作鸟兽散安静下来回到各自的座位。

刘宪东看上去心情很好，苏霖曼发现从老刘进教室到他走上前台短短十几秒，自己已经和老刘对视了五六回，她知道自己大概会收到一个好消息。

果不其然，刘宪东根本憋不住，还没等话筒打开就已经喜笑颜开："同学们安静一下，我宣布一个好消息。"

刘宪东从公文包里拿出一张红色的奖状打开，展示在众人面前。

"咱们班的苏霖曼同学在本次'金槐杯'获得了一等奖，除了奖状和奖金，还获得了高考二十分的加分。"

苏霖曼还在发蒙，项尔的尖叫响彻云霄，即使苏霖曼捂住项尔的嘴也感到一阵耳鸣。

她想过自己可能会得奖，却没想到会有加分这样的意外之喜。

二十分，那可是高考的整整二十分。

那不是简单的数字，是她通向梦想更坚固的阶梯。

甚至没等到下课，苏霖曼得奖的消息就已经传遍整个学校。苏霖曼本来就是文科班第一第二的成绩，如今有了二十分的加分，即使老师们不说，心里也都觉得苏霖曼已经是一只脚踏进最高学府的学生了。

放学后苏霖曼做东，请了几个亲近的朋友一起吃饭庆祝。远在城市另一头的李梦曦听说后，也兴奋地嚷嚷着要来，刚好第二天是周末，苏霖曼干脆叫了车载李梦曦过来。

地点定在三人组常去的火锅店，林礼嘉和尚泽明是最早到的客人，其他人也陆陆续续到齐。

大家尽情地闹了一场，与其说是为苏霖曼庆祝，不如说这场聚会更像是压抑的高三生活中难得的 gap time（休息时间）。短暂的逃离后终究要回到现实，大家各自离开，苏霖曼长舒一口气。

她也很喜欢和朋友在一起的时候，只是每一次社交都要消耗她极大的精力。包厢留给仍在等车的几位朋友，苏霖曼借口去上厕所走上火锅店的天台透气。

"恭喜你阿曼。"尚泽明不知从哪儿出现，拿出一个精美的袋子递给苏霖曼。

"你怎么知道我在这儿？"苏霖曼道谢后接过礼物，是她购物车里落了灰的一支钢笔。

尚泽明没解释，他也只是凭着直觉，没想到误打误撞地找对了地方。

林礼嘉发来消息说自己有事先走一步，苏霖曼坐在林礼嘉身边瞧着他吃饭时一直拿着手机发短信，脸上还带着些笑，她当然知道林礼嘉嘴里的有事是和谁的事。

"尚泽明，你还记不记得高三刚开始的时候咱们三个约定要一起去北京？我没拿到'金槐杯'结果的时候，其实特慌，林礼嘉一直在进步，你呢无所谓学校，只要是北京的学校就好。你们知道我是非文学系不去的，可全国好的文学系几乎都在南方，唯独最好也最难考的一所在北京，我特怕考不上，最后只有我失约。"

"不过现在看来，失约的人可能是林礼嘉，不是我了。"

苏霖曼指向楼下，路的尽头是一个短发女孩的身影，林礼嘉看到那人后，立刻向着她跑过去。

苏霖曼还在开玩笑："也好，咱俩在北京相依为命也挺好的。你看啊，咱们不是说要一起租房子住吗，林礼嘉一走你就可以一个人住一间房了，他那个人嘴挑，这不吃那不吃的，现在我俩吃饭就不用管他了，还有还有……"

尚泽明不忍地开口打断苏霖曼的想象："阿曼，我去不了北京了……我要出国了。"

苏霖曼愣住，半晌才讷讷开口："已经决定了吗？"

尚泽明点头："我以前觉得不必太努力，毕竟我只是一个工具，做好工具的本职工作就好，直到爷爷走后……"

即使已经过去半个月，提起这件事时尚泽明仍然觉得哽咽："直到爷爷走后，我才发现我被他保护得太好，要学的东西太多。"

他注意着苏霖曼的表情，伸手摸摸她的头发安慰道："哎呀，怎么这副表情，这不还有大半年我才走吗……"

苏霖曼没吭声，转过头悄悄擦了擦眼睛。

尚泽明没想到苏霖曼的反应这么大，他以为最在乎那个约定的人是他。尚泽明顿时手足无措起来，走到苏霖曼的左边，蹲下身看她埋起来的脸。苏霖曼把脸扭到右边，于是尚泽明也跟着她转到右边。

"阿曼，我发誓，我在国外和在北京没那么大区别，你要找我就给我打个电话，我保证立刻买机票好不好？我们还能常常见面的。"

尚泽明虽然这样说，可苏霖曼和他都默契地知道再见面哪有这样简单。

"没关系啊，"苏霖曼抬头，语气无所谓道，"我倒是觉得挺好的，有更好的机会就要把握住的。你说得对，想见面咱们就买机票。"

尚泽明还想再说什么，苏霖曼已转身向楼下跑去。

小时候不想离开家长去幼儿园，偶尔哭闹就能起作用，可越长大"挽留"好像越难被说出。有时候是不愿说，最好面子的年纪，即使争得面红耳赤也不愿意退步；有时候是不敢说，因为觉得自己没有立场也没有理由；有时候却是不能说，因为知道大家要各自奔向未来，所以背道而驰的那刻只能捂住嘴巴。

苏霖曼从未觉得成长是那样残酷的词。

当被冠以成长之名，离别竟成为理所应当的事情。

2013 年的年初下了很大的雪，整整两天两夜没有停歇。

西北的冬天是和这座城市一样冷硬的形象，开着暖气的教室，穿着厚重羽绒服的学生，数学老师催眠的讲课声，老师们从未见过一节课上可以睡着这么多学生，尤其是在高三这样紧要的关头。

动员大会地点定在文昭山上的孔庙。

孔庙在半山腰，潜山寺在山顶，学校允许学生在活动结束后自行前往潜山寺，不想去的学生提前跟班主任报备，学校安排了大巴把学生送回家。

苏霖曼作为学生代表站在台侧，写的演讲稿无趣乏味，她应付着念，学生应付着听。

活动结束后，人群才逐渐兴奋起来，三三两两地结伴登山。

项尔安排了补课，先行下山，林礼嘉不知所终，苏霖曼和尚泽明两个最不操心高考的人反而结伴上山祈福。

脚踝处被毛茸茸的东西轻抚，是只赖在苏霖曼脚边不肯离开的小猫。苏霖曼蹲下身，轻柔地给小猫顺毛，猫咪在她的手下发出舒服的"呼噜"声。

"它很喜欢你呢。"尚泽明也蹲在苏霖曼身边。

"嗯。"苏霖曼敷衍着，注意力全在小猫身上，"我们可是老熟人了呢，对不对呀，猫师傅。"

猫师傅"喵呜喵呜"地叫着，像在回应苏霖曼一样。

"你不是唯物主义者吗，怎么跟寺里的猫熟？"

苏霖曼摸猫的手顿了顿，笑着摇摇头没回答。

苏霖曼和尚泽明上山不为其他，只为在寺里给尚爷爷点一盏长明灯，求他来生平安顺遂，长宁安康，求他们来日还能重逢。

距爷爷离世已过三月有余，然而灯火燃起的一瞬，昏黄的光还是照得尚泽明眼睛酸涩。

捻着佛珠的沙弥面容慈悯，低头念了一段听不清内容的经文。

两人谢过沙弥便踏出法堂，阶下菩提树长得郁郁葱葱，祈愿带夹在树叶间随风飘荡，林礼嘉和郑雯就在其中一棵树下。

尚泽明下意识扶着苏霖曼的肩膀与他面对面，他侧身，用身体屏蔽了苏霖曼的一部分视线。

"你出国的时间定好了吗？"

"六月吧，好歹等老林生日过完。刘叔的车正在来接我的路上，待会儿我去办签证，就不跟大部队一起走了。"

提到林礼嘉，两人又默契地沉默下来。

"阿曼，你有没有想过如果你说出口，或许结局会不一样？"尚泽明注视着苏霖曼，有时候他觉得阿曼是这个世界上最应该幸福的人，可她的幸福又总是那样坎坷。

"我知道啊。"

苏霖曼沉默了太久，久到尚泽明以为她是不愿回答才出声。

"尚泽明，我以前听过一句话，'人无论怎么被爱，都会惦记那些从未得到的爱'。"苏霖曼撩起被风拂乱的头发，目光盯着远处某一抹红色逐渐坚决，"我才不要这样。如果那个人不要我，那我也不要他了。"

尚泽明呢喃着最后的那句话，兀自沉默下来。

手机响起，是刘管家的来电，扫视阶下，林礼嘉和郑雯都已不见身影，尚泽明对苏霖曼挥挥手离开。

出了寺庙他发现寺庙门口的那棵菩提树才是最高最茂盛的一棵，树上挂的并非简单的丝带，而是精致的木质祈愿牌。

尚泽明没什么心愿，对许愿一类事情也一贯不感兴趣，路过时随意一瞥却使他停住了脚步。

尚泽明突然觉得寺庙的确是个神奇的地方，譬如他不知道自己是如何从这一堆长得一模一样的祈愿牌里，一眼看到那行熟悉的字体的，就像十七岁的生日那天，兰山那么多的好风景，他眼里只有苏霖曼发丝凌乱的侧脸。

那两块木牌看起来挂上的时间已久，比起周围闪着光泽的新牌，它们看上去有些灰头土脸的陈旧。

尚泽明缓步走至树下，捏起那两块木牌。

"许愿就许愿，一次还要许两个，不怕佛祖嫌你贪心。"木牌系在树上的绳子有些松了，尚泽明叹息一声，红绳缠在指尖，又被他结结实实地打了个结。

周围人都在诚心祈福，唯有他像个闲散人般不合群。

尚泽明后退一步，学着斜前方看着最有经验的老奶奶的模样，低头闭目，双手合十放在胸前。

如果真的有神仙，那么我祈愿，她的一切心愿都可以实现。

刚才苏霖曼说的那句话又在他脑海浮现，尚泽明自嘲般笑笑，换成自己好像没法那样潇洒地做到呢。

4

学校计划中是一个班一辆车。文科班人少，一辆车坐一个班的人还空出不少，刚好每个理科班车上都有空位，干脆回程时把文科班打散分配到各个理科班里。

九班只剩一个空位，苏霖曼碰巧被分了过去。

教务处主任也在九班的车上，为了防止大家太过吵闹被骂，杨威安排大家依照在教室里的座位表坐。

苏霖曼上车时只有林礼嘉的身边是空的。想起刚才的一幕幕，她心中仍然酸涩难平，可大巴已经启动，老杨吆喝着让大家赶快落座系上安全带，苏霖曼来不及多想只能先坐下。

她和林礼嘉聊了几句，看起来一如往昔的熟悉，可她觉得自己就像在酒桌上曲意逢迎的生意人——为了照顾彼此的周全拿出最好的演技，只有自己知道彼此不再是"阿曼和礼嘉"，而是"林总和苏经理"。

这样的感觉越发强烈，苏霖曼打个绵长的哈欠，告诉林礼嘉自己要睡觉，挂上耳机头一偏便闭上了眼睛。

大巴行驶得颠簸，苏霖曼装作睡着，另一只手紧紧地抓着把手，生怕自己跌到身边人的身上。

她从前是不会这样的，跌就跌了，再玩笑着说句"小林你护驾不周"就好。

行到平稳处，苏霖曼也昏昏欲睡，突然感觉到自己的膝盖被人磨蹭着，瞬间清醒了过来。

"对不起，吵醒你了吗？"

是林礼嘉要出去，正小心翼翼地试图从她膝盖与前一排椅背间的狭小缝隙钻过。

"没关系，"苏霖曼微笑着摇摇头，"我刚好睡醒而已。"

她侧身让开空间。

王洋的身边不知何时空了下来，王铭浩已经悄无声息地挪到她身边坐下。

几乎一瞬间，苏霖曼就明白了林礼嘉为什么要出去。在那个想法还没具象的时候，林礼嘉已经坐在了她前面的位置。

苏霖曼换了位置，坐到刚才林礼嘉坐的那里。

她知道尚泽明怕她难过才挡在她身前，可那个傻子发现得太晚，从踏进潜山寺的那一刻起她就看到那两人了。

从小到大都是如此，玩捉迷藏的时候只要她当猫，林礼嘉一定赢不了，她总是会在最短的时间内找到他。

她当然会看见，她看见郑雯一次一次抛起祈愿符，希望它挂在更高的枝头；她看见林礼嘉悄悄出现在郑雯身后，幼稚地在郑雯转身时吓她一跳；她看见郑雯把祈愿符藏在身后却还是被林礼嘉拿走；她看见两人闪躲的视线，看见林礼嘉眼里的错愕和欣喜；她看见林礼嘉同样去拿了一条祈愿符写下内容，看见两条祈愿符像交颈的鸟儿飞向蓝天，栖息在树梢。

她看见林礼嘉和郑雯说了什么，看见少女越来越低的脑袋终于抬起。

她看见记忆里他一次次牵住她的手又一次次放开，看见那个下午公园湖边穿着蓝白色校服的少年走进光里不回头，看见那个总是为她挡住凄风苦雨的身影站在别人身前。

最后的最后，苏霖曼看见记忆里的少年转身对她挥手说了永别。

大巴驶进隧道，苏霖曼猜那条隧道很长很长，司机打开车内的灯，一小部分同学被惊醒又沉沉睡去，苏霖曼的眼睛一刻不闭地盯着车窗。

隧道顶的灯一节一节地排列，她的视线也一阵一阵地清晰。

车窗上的倒影像定格漫画，上演的戏码更像罗曼蒂克的青春校园片，男女主角换了人演还是一样的俗套。

他看她睡得迷糊的样子捂嘴偷笑，又在她脑袋快撞上玻璃时紧张地伸手垫在其间，反复几回乐此不疲。他始终在笑，少女年少时仰望的弯月定格在他的嘴角。

苏霖曼想，她只做无言的观众就好，在高潮迭起时拍手叫好，也在帷幕落下时无言喝彩。

耳机里的歌是周传雄的《黄昏》，出隧道的一瞬间眼里只剩层层叠叠的黄土高坡，苏霖曼点下暂停键，耳机里的歌声减弱。

依然记得从你口中说出再见，坚决如铁。

那场漫长的告别，或许该迎来结束。

5

林礼嘉的生日恰好在高考前，即使他说，让大家以高考为重，可大家还是坚持要为他过生日，哪怕简单过一下也好。

高考生最怕的就是身体出问题，担心外面的食物不干净，林礼嘉干脆请大家到家里来过生日。

郑雯最后一个到，提着礼物的手背在身后。

林礼嘉看见她便从主位上起身，接过她的礼物放在桌上，并示意她坐到自己身边。

苏霖曼没什么表情，没有人注意到她的角落，唯有尚泽明不动声色地把椅子向她搬近。

吃过饭大家聚到客厅聊天玩游戏，郑雯不懂国王游戏的规则，林礼嘉坐在她身边指导，两个人越靠越近，在场的人目光都粘在一无所知的两个人身上。等郑雯终于明白后便聚精会神地看着手里的牌，王铭浩没忍住把林礼嘉拉到自己身边。

"你小子，什么时候……"王铭浩没再说，只挑挑眉。

"起码等到高考后吧，"林礼嘉笑得坦然，"高考太重要了，对她更是，比起一次冲动，我希望她能从此开始崭新的人生。"

王铭浩被林礼嘉震到，最终拍拍他的肩膀回了客厅。

林礼嘉正准备跟着王铭浩回去，余光却瞥到苏霖曼不知什么时候躲开众人偷偷来到天台。

"你怎么不去玩，心情不好？"

苏霖曼突然听到林礼嘉的声音，沉默着收拾好情绪才回头。

的确是心情不好，虽然在心里做了决定，可看到那些画面时还是会忍不住心酸。

"没什么，里面太闷了，我出来透口气，你先进去吧，我待会儿也就进去了。"

林礼嘉又问了一遍，得到肯定的回复才放心走向客厅。

苏霖曼看着他的背影，一股冲动突然涌上心头："林礼嘉。"

少年转过身来，苏霖曼看着他，突然想起初三那年公园湖边晚霞模糊的身影。

"马上就要毕业了，也不知道以后能见几面，作为你的……好朋友，我有些话要说给你。"

林礼嘉蹙眉："你说什么呢，咱俩还不是想见就见了。"

苏霖曼没反驳，也没应和，只是打断林礼嘉："你先听我说完。"

林礼嘉不明所以，却还是老实地站在原地。

"林礼嘉，你这个人很好，可我觉得你不懂该怎么坚定地只选择一个人。

"你应该一心一意对你选择的那个人好，不然她会犹豫，会多想，会难过。你应该孤注一掷地选择她，别人对你来说都是浮云，你如果真的……"

苏霖曼的声音开始发颤，下巴却还抬得很高，直直地盯着林礼嘉的眼睛。

"你如果真的做出了选择，从做了决定的那一刻起，就不要走向别人。"

听着苏霖曼的声音，林礼嘉脑袋发蒙，他好像突然明白了什么。

苏霖曼再次看他时笑容张扬肆意，那个失落脆弱的女孩好像只是林礼嘉的错觉。

他看着苏霖曼的眼神那样无措。

"林礼嘉，别愧疚。"

林礼嘉，错过是你的遗憾，不是我的，你不需要对我愧疚。

过了许久，林礼嘉低下头哑然笑笑，没有任何旖旎意味地走上前拥抱了苏霖曼。

他的挚友，他人生中最钦佩的人。苏霖曼本来就是如此率真洒脱的人。

"谢谢你，阿曼。"

他终于转过身跑远，没有回过一次头。

故事到这里就该结束了，有些话说完实在太伤人了。

苏霖曼抬头，今天月色实在很美，可惜是她一个人的景色。

傻子，谁让你没福气。

苏霖曼曾经觉得林礼嘉是她此生最后的勇气，这一刻她明白，最难得的勇气，是成为他人的过去。

　　林礼嘉，我们有过那么好的开始，所以结局也不必太难看，对吧。

　　高考的序幕轰轰烈烈地拉开，也轰轰烈烈地闭上。

　　尚泽明一拖再拖，最终还是在高考最后一天离开兰城。

　　16:55，苏霖曼刚好走出考场，那天的兰城闷热，阳光更是刺眼。站在考点学校的操场上，苏霖曼一直目送一架飞机离开才动身。

　　从这一刻起，我们都将开始新的人生。

　　那天晚上九班和三班组织了聚餐，地点奇妙地定在了同一家餐厅，苏霖曼觉得其中一定有老杨和老刘的"暗箱操作"。她从未见过两位班主任那样失态的样子，学生轮番上去敬酒，没喝完一圈两人均已是面红耳赤，到最后竟然靠在一起抱头大哭起来。

　　"太不容易了，孩子们太不容易了，咱俩也太不容易了。"

　　"喝！老杨，你说我这么爱喝酒的人，因为怕学生出意外，这一年来，居然一滴酒也没沾。"

　　苏霖曼和项尔看着两个中年男人忍俊不禁。

　　"尔尔，你说他俩每带一届学生都这样吗？"

　　"我觉得……可能是。"

　　两人说着一起笑起来，苏霖曼笑着笑着就觉得心里酸涩。她在一中这三年所遇到的两位班主任都是如此负责，关爱学生的人，这是何其有幸的一件事。

　　毕业典礼设置在高考后是一中的惯例，苏霖曼提前去花店挑了几十枝花，包成独立包装，每枝花上拴着一张卡片。这是她为朋友们准备的特别礼物。

　　十号早上再见到同学，许多人已经大变模样，苏霖曼看着项尔的红发忍俊不禁。

　　"挺好的，挺好看的。"苏霖曼努力绷住表情，最终还是以失败告终。

　　项尔龇牙咧嘴地去捂苏霖曼的嘴巴："不许笑，苏霖曼！你听见没！不许笑！"

　　苏霖曼为项尔选的是一枝红色山茶，她觉得尔尔就是这样大胆热烈又善良的女孩。

　　项尔看着那张卡片，泪眼汪汪地抱住苏霖曼，终于不再耿耿于怀苏霖曼嘲笑她的事。

成人礼的环节大家脱去校服换上准备好的礼服，苏霖曼站在校史馆前，不断有人上前邀请她合照。苏霖曼准备了拍立得，还拿了足够多的相纸，她觉得自己偶尔是很古朴的人，总觉得存在手机相册里的电子图片不如捏在手里的那张薄薄的纸富有情意。

最后的人让苏霖曼有些吃惊。

郑雯咬着唇看她，小心翼翼地轻声道："苏霖曼，我可不可以……跟你拍张照片？"

苏霖曼没说什么，只笑着对郑雯招招手。

拍立得上的照片还未显现，郑雯小心翼翼地捏住两端。

"阿曼，那么……我们算是朋友了吗？"

林礼嘉站在远处和同学说话，苏霖曼知道他一定在用余光时刻注视对面的女孩，她以为自己或许会心酸，或许会难过，或许会愤怒，可是此刻心情却是异常平静。

愣了片刻，苏霖曼缓慢又坚定地摇摇头。

"不是。"苏霖曼迎上郑雯错愕的表情，她看出对方的窘迫，但她选择尽力无视。

"郑雯，出于某些原因，我永远无法和你成为朋友。"

苏霖曼嘴角微微翘起一点弧度，看上去太云淡风轻。郑雯大概能猜到那个原因，没由来地，她突然觉得羞愧，许久未曾出现的怯懦和自卑卷土重来，郑雯埋了埋脑袋。

一只手轻轻搭上她的下颌向上抬了抬，完成这系列动作又迅速离开，眼前是苏霖曼美艳温柔的面庞。

"不要这样。郑雯，你知道爱为什么美好吗？"

郑雯有些呆滞地摇摇头。

"一生向善的人会得到爱，恶贯满盈的人或许也会得到爱；温暖如春的人会得到爱，漠然如雪的人也会得到爱。

"这个世界上唯有爱没有任何衡量标准，仅仅因为它本身而存在。"

三班正在拍合照，项尔已经呼唤苏霖曼好几声。

苏霖曼离开前从那束花中抽出了一枝玉兰和一封贺卡递给郑雯。

时过境迁，郑雯对毕业典礼那天的印象已经褪色模糊，但那个画面始终在脑海清晰不改。

少女袅娜前行，身影窈窕，白色裙摆在风中摇曳生姿，阳光将她的影子拖得很长很长。

比起那个有些纤弱的身体，郑雯觉得，其实地上的那个才是苏霖曼真实的模样。

强大，铿锵，无惧凄风，不畏苦雨。

郑雯凝望苏霖曼许久，直到她的背影缩小成看不见的黑点才收回视线。

她徐徐展开卡片——

"亲爱的女孩，你本身就是美好而值得被爱的人。前路漫漫，我仍祝愿你劈开一切荆棘，黑暗与迷茫，奔向你所向往的远方。"

…………

　　我写下这封信的理由太多，除了纪念我和L先生的故事，更想借此感谢我十七岁时认识的那些朋友。

　　我一度觉得去一中是我人生最错误的决定，现在我终于明白，我应该感谢那段时光，我收获了爱情，友谊，和过去想都不敢想的人生。我遇到的每个人都教我很多，因为他们我才成为现在的自己。

　　我感谢我的先生，他挡在我身前为我屏蔽了很多丢向我的石子，牵住我的手在无尽黑暗里找寻光的方向。

　　我感谢S小姐，我去一中前，李老师告诉我——"没有人能决定最好的归宿到底是什么，你自己的答案，你要去见见外面的世界才能明白。"因为认识了S小姐我才想明白那个问题的答案。我最好的归宿，是无论何时都活成自己喜欢的样子。

　　我考了喜欢的专业，扩大了自己的野心。我从前最羡慕S小姐看见别人从不闪躲的目光，如今我也终于可以坦然面对任何人的注视。

　　从前S小姐写给我的话，我也想写给每个女孩。

　　我希望每个女孩都如她所说，成为你想成为的任何模样。

苏霖曼花了好几天才断断续续地看完这篇文章，她最终选择了这篇文章提交。

毕竟没有哪个故事，比她的青春更值得打满分。

虽然随着长大慢慢淡了联系，但苏霖曼大概知道大家的现状。

她本来拥有一份稳定的大企业的工作，但在逐渐累加的压力下苏霖曼觉得自己丢失了对文字的共情力，这与她十八岁时的愿望背道而驰，于是毅然在去年背着妈妈辞职，想等做出成绩再告诉沈素，免得妈妈担惊受怕。

　　林礼嘉和郑雯在三年前结婚，婚礼时她在国外出差没有到场，只送去了红包。尚泽明倒是去当了伴郎，她看了现场照片，尚泽明喝得满脸通红，可以说是为兄弟"鞠躬尽瘁"。

　　尚泽明大部分时间在英国，尚泽明正式工作后，和上学时完全变成两个人，雷厉风行不苟言笑，苏霖曼实在想不通立方兄顶着那头棕色鬈发是怎么让那么多员工害怕的。

　　王铭浩和王洋在大学分分合合，最终还是以分手结尾，所有得知的高中同学没有不唏嘘这一对可惜的。只是据苏霖曼了解，去年这两人因为工作再次重逢，似乎这么多年也都没有新的恋爱进展。

　　项尔做了自由摄影师，李梦曦当了护士，齐威毕业对冯芊芊表白被拒后销声匿迹，冯芊芊进了自家公司每天依然过着大小姐的生活。

　　走出公司时雨刚刚停，太阳已经迫不及待地炙烤大地，空气是雨后清新的气息。

　　苏霖曼突然想起自己"金槐杯"获奖的那篇文章。

　　一封情书，我要写给家人。谢谢你在我每个脆弱的时候向我张开怀抱，谢谢你包容我的脾气，成为我的依靠。

　　一封情书，我要写给朋友。谢谢你们允许我当温室里的花朵，不会飞翔的幼鸟；谢谢你们支持我做出的每个幼稚的决定，陪我去做许多不可理喻的白日梦。

　　一封情书，我要写给少年。谢谢你成为我的少女时期最隐秘的心事，谢谢你曾给我世界上最充满偏见的爱和支持；谢谢你替我拾起的宝剑，让我站在恶龙肩头成为勇敢的少女。

　　一封情书，我要写给自己。谢谢你始终喜欢自己，无论她邋遢还是美丽，无论她卑鄙还是善良，谢谢你允许她不是非黑即白，谢谢你纵容她偶尔的顽劣。

　　谢谢你总在难过的时候拥抱自己，摸摸灵魂的伤口，也温柔地为她呵气。谢谢你，支持她做的每一个决定，在她被否定时大声反驳，也永远为她摇旗呐喊。

　　苏霖曼，谢谢你，允许自己只是自己。

　　允许自己虚荣、"贪婪"、自满，也允许自己在这个世界里爆发出黑暗的那一面，接受自己偶尔的自私和懒惰。

　　阳光灿烂，苏霖曼在光下被刺得眯起了眼，却忽而肆意开怀地弯起嘴角。

她很满意。她接纳，并且喜欢这样的自己。

如我们十八岁时放下的豪言壮语那样，尽管路途蜿蜒颠簸，最终，我们还是会成为自己想成为的人。

● 番外 / 一封回信

Z 小姐，我的妻子：

此刻你正熟睡，我躺在你身边写下这封回信。

你好，我是个不大关心网络的人，然而你的文章太火，以至于我这个"老年人"也在单位同事的不断推荐下阅读了全文。

你的才华我早知晓，作为你的丈夫，我很荣幸能够出现在你的文字里，也喜悦大家看到并且欣赏你的作品。我的花儿，我无数次为你喝彩，最振奋的两次便是十八岁和二十八岁。

十八岁时，我发现这朵花儿在悄然绽放，我窃喜自己是第一个发现的人。

二十八岁，这朵花儿绽放给世人，世人为她加冕，我愿做观众里鼓掌最激烈的一位。

我好像总羞涩于言语，很少与你剖析自己，可你的热烈直率太具感染力，我抬起笔时关于十几岁的记忆突如雨点般袭来。

我一直都知道，之于感情一事我是一个迟钝的差生，可我从来不知道你曾因为我有过许多灰暗的时刻。作为你的爱人，这是我最自责和痛心的事。我仍记得高考结束向你表白的那天，十九年来从未有过那样紧张的时刻，背在身后的手止不住地发抖。

那是送你回家的路上，我们都很沉默，我突然问你可以牵手吗？你愣了愣，脸瞬间红成晚霞模样，用力点点头后，莞尔笑起来拥抱我，环住我的脖子埋在我的胸膛，我也用力地回抱你，脑袋晕乎乎只会傻笑。你走进家门的前一刻我说："Z，谢谢你。"

你说谢什么？我摇摇头没有回答，大声地说了句"我爱你"。

那一刻你的眼睛突然水光粼粼，我不明原因，此刻才有所领悟。

你进入家门后，我仍然像个傻小子般站在门口许久，直到太阳烤得脊背发烫才有所觉。

抬头望天时，我发觉我胸膛中燃烧的烈火一直蔓延冲上云层。

那是我见过的最美的火烧云。

亲爱的 Z 小姐，我的爱人，我的妻子。

当然要谢谢你，谢谢你选择我成为你的伴侣，谢谢这十年的时光里，我们始终平等地给予，不留遗憾地相爱。

你动容于我爱你一事，却忘记你给我的同样是唯一的、真挚的、神圣的爱情。甚至我不够圆满的亲情也因为你得到了圆满。

我最近常常幻想，如果能穿越到高中，我或许能更灵敏些，能够更及时地发现你每个低头的时刻，把你的头抬起来；能看到你每个转身的瞬间，把你的身体转过来；能发觉你每个弯腰时的落寞，把你的腰直起来。如果真的可以……会不会你的青春更快乐几分。

可我又觉得不该那样，你抬头、转身、挺身都因为你本就是颗潜力无限的种子，我不该替你拨开土层，只需默默等待你破土而出的时刻便好。

你我高考发挥得都还不错，我原本一心想去警校，和父母几次商量后还是选择了国防大学。你想当老师，选了兰城师范大学的定向师范生。叔叔不同意，他觉得你作为村里唯一一个考上一本的人该做一份更有前景、更能赚钱的工作。他千辛万苦把你送出去，不是为了让你回到那里的。

你令人吃惊，似乎骨子里的固执在这一刻爆发出来，你和叔叔吵了很多次架，你说："我从村子走出去是因为有人告诉我——'我的未来如何，答案只有我自己去看看外面的世界才知道。'我喜欢那片土地，所以我愿意回去。可我也想让更多孩子有选择的机会，留在那里或是走出去，他们的答案，也该看看外面的世界再做决定。"

叔叔觉得你太过理想主义，依然坚决反对，甚至几次想修改你的志愿单。僵持之时，是阿姨站出来挡在你身前。每每想起那天你都会湿了眼眶，你说记忆里的母亲从来都是佝偻着身子，她佝偻在麦田里，佝偻在家务上，佝偻在婆婆和丈夫身前。

那是她第一次挺直腰杆挡在你身前，比你还矮的个子，投在你身上的影子却很长很长。小时候她这样为你遮阳，长大后她又这样替你撑腰。

你突然才发觉，一向"以夫为纲"的母亲不知何时变了模样，她好像更爱你，也更爱自己了。

阿姨说服了叔叔，我和你也开始了数年的恋爱，直到三年前你回到兰城，我终于迫不及待地向你求婚。我知道你会答应我，可单膝跪地的那一刻，看着你的脸，我还是模糊了双眼，颤抖着的手拿不稳戒指，最终以一种滑稽的姿态在你的帮助下，捧着戒指套上你的无名指。

我们的婚礼定在 10 月 6 日，这串数字的含义是你的好友告诉我的。或许一直到现在你还觉得婚礼的日期不过是巧合。Z 小姐，七年前你偷偷说的喜欢，我想在所有亲朋好友面前回应你。

不必怀疑，我真的真的，非常爱你。

我的婚礼伴郎还是高中时的那两位好友。说来奇怪，我们三个人一个工作保密常年神出鬼没，一个久居英国立志成为华尔街之狼，还有一个背法条背到头发一把一把掉。可这么多年还是我们三个玩得最好，从未错过彼此人生中的重要时刻。

婚礼前夜他们俩兴致勃勃商量接亲事宜和被伴娘刁难的应对方案，那一刻我感到恍惚，好像突然回到了高中上课躲着老杨商量怎么逃课占球场的时光。他们问我发什么呆，调侃我是不是已经在想念新娘了。我笑了笑没说话，举起酒杯说了句感谢。

直到婚礼入场前，你还时不时向门口张望，又失落地收回目光，我知道你在等一位故人，我也在等她出现。那是对你我都很重要的朋友。我想你和我都有一样的感受，因为 S 小姐，我们才成为更好的大人。

可是 S 小姐最终还是没有来，就像她上大学后不再与我们密切联系，我回想人生中的每一次告别，她好像总是那样帅气果断地转身，这次也不例外。

我从一位伴郎那儿知道点 S 小姐这些年的事，如你所想，她过得很好，完成了自己的理想，你听闻大抵会放心许多。

2017 年 Eason 来内地开演唱会，我本想约你去，奈何你开始准备实习，我的实验也到了关键时刻，这次约会只得作罢。我们只能看着朋友圈里的晒图和视频通话时彼此面前的泡面相互打趣。

其实到现场的熟人并不多，毕竟那是 Eason 演唱会的门票，不是超市里的大白菜。

S 小姐在现场我并不震惊，毕竟她是 Eason 的忠实粉丝，我惊讶的是本该在英国的另一位好友也给我发来消息炫耀。我那时问他怎么回国也不说一声，他未曾回复我，直到我们婚礼前我想到这件事再次询问他。

他握着酒杯的手顿住，眼里的神色也变得苦涩，不过他是个擅长隐藏情绪的人，很快又恢复嘻嘻哈哈的模样："因为我也没想到那天会回国啊。"

我这才明白事情的原委。S小姐的室友都因为实习或是票价太贵婉拒了她的邀约。我们高中时有位共同的友人，时常帅气得让我们几个男生都自愧不如，他和那位友人闲聊时得知此事，花了半个月生活费买了一张门票，又坐了最近一班飞机回国，身上除了手机、钱包、护照什么也没带。

演唱会那天他就一直在S小姐身后不远处的过道里，怕挡到别人，一米八几的男人蹲在地上缩减自己的体积。Eason唱了什么歌他没记住，他说他只记得S小姐，听到其中一首歌哭得很凶，他看着难受，明明听不懂粤语，却也跟着哭。

他后来才想起那首歌是《最佳损友》。

> 实实在在 踏入过我宇宙，
> 即使相处到 有个裂口，
> 命运决定了 以后再没法聚头，
> 但说过去 却那样厚。

我骂他傻，付出一大堆又不肯让人家知道，更不肯表白。他那时大概喝得很醉了，又跟我说了件我从未听过的事。

有一年中秋他们学校的几个华侨办了联欢晚会，他被人推着上去表演节目。他想了半天，唱了首应景的《花好月圆夜》，没有伴奏纯清唱，底下的学生跟着打拍子，氛围倒是很好，那小子嗓子好，一曲终了被大家簇拥着欢呼。

"想念你的心，只许前进不许退。"

他在喧哗中抬眼看到了那夜的月亮，很满，很圆。像某个不复重来的下午，纤细的背影挡在他身前，她的影子就此庇护他一生一世。

他突然就理解古人为什么会望月思故乡，因为那一刻的他也汹涌地想念着那片土地和某个人。

"中秋快乐。你知道吗，我好想你。"

他兴致缺缺地回到宿舍，悲哀地发现无法与任何人分享自己的思念。毕竟国内正是深夜，而最爱他的人也早已撒手人寰，此生不复相见。他突然想到一个人，踌躇几番还是发送了那句"中秋节快乐"。

手机被扔到床边，他不盼望立刻收到回复，出乎意料的，铃声很快响起。电话那头的人语气暴躁。

"你不看看现在几点，我都准备和嫦娥姐姐一起吃月饼了，毛茸茸的小白兔都已经窝在我怀里了。你知不知道我今天早上遇到了什么奇葩的

311

事，我那几个小组成员真就一点心也不操，还有我参加的那个比赛出的什么非人类题目……"

对面的人絮絮叨叨，他从一开始的蒙圈到后来弯着眼睛浅笑，时不时应和。照着故乡的月光也照着万里之外的两个人，一直照到他胸腔，填满整颗心脏。

挂电话时 S 小姐已经很困了，那句"中秋节快乐"几乎是呢喃着说出口，听筒中传出均匀的呼吸。

同学帮他录了唱歌时的视频，他发在了朋友圈，仅限一人可见。

他说他从未如此庆幸当初没有直白的表白，否则他不知道后来的那些年还能不能听到那些情绪各异的节日祝福。那些别人邮箱里一键删除的群发短信，是支撑他挺过异国他乡漫漫长夜的精神慰藉。

另一位伴郎向我打听高中时的班长会不会到场，我没答，只问他是不是想要借此机会旧情复燃，他恼怒地说没有，谁吃回头草谁是小狗，却还是在婚礼那天喷过半瓶发胶，还扭捏地问化妆师有没有时间帮他遮下昨晚没睡好熬出的黑眼圈。而我告诉那位已经拒绝邀请的班长两位伴郎的身份，第二天的婚礼如愿以偿地多收了一份红包。至于后续的故事，就由丘比特和月老决定。

如你常常说的那样，我们这些人的青春，不说刻骨铭心，却也是不容忘却。

你前日给我分享的那句话我印象颇深："人无法同时拥有青春和对青春的感受。"

好像的确是这样的，我们总是在挥霍时间后才意识到时间的可贵，也只有在青春结束时才会拿出曾经嫌弃抗拒的校服套在身上，被镜子里不伦不类的自己逗笑，又把它叠好放进衣柜的角落。

我便与我的爱人献上一样的祝福，愿看到这封信的每个人，都能成为自己理想的大人。像我们一样。

结尾？或许不会有结尾，这封信是如此，我们的故事也是如此——

就此搁笔，也未完待续。

…………

苏霖曼想过《给 L 先生的一封信》会取得成功，却未曾预料它的爆火，更没有想到林礼嘉会写下这样一封回信，毕竟记忆里的他是如此讨厌写作文和语文课的人。

时间的确会改变很多东西。苏霖曼想。又或许改变他的不是时间，而是身边的人。

她最近常常在这样下班的时刻感慨过去，好像人随着年龄的增长势必会有这样的阶段。

苏霖曼自嘲地笑笑，余光瞥见公交车站的广告。时隔多年，Eason 将再次来到 A 市举办演唱会。

苏霖曼低头发起呆。

大四那年她以为是自己一个人看的演唱会，原来是两个人……想起那封信，她的心情忽然有些复杂。

年少时的情感被时光冲刷，她以为尚泽明会像自己一样，再想起那段感情，会像是喝下一杯被勾兑过无数遍的酒，只有记忆去重构那抹香醇，而嘴里的味道已经淡得像一杯白开水。

尚泽明太了解她，潜山寺中说的那些话，苏霖曼本觉得他是听进去了的，所以才没有表白，所以去了英国不再密切和她聊天，只逢年过节两个人才会作息颠倒着聊个没完。

那首《花好月圆夜》她听完了整首，她那时还奇怪，尚泽明一向人缘不错，怎么发一条朋友圈没有一个人点赞评论，只想着或许因为时间太晚，许多人没有刷到罢了。如今想想，苏霖曼觉得自己简直傻得令人发指。

耳边有轮胎滚动声，由远及近，逐渐增大。视线内出现一双黑色皮鞋，质感很好，一看便知价值不菲。皮鞋旁边是银灰色的行李箱，行李箱稳定在地面，耳边的声音也安静下来。

苏霖曼抬起头，是一张没理由出现的脸，棕色头发微卷，眼睛弯着看她。

她的裙摆划过他的膝盖，他们不说话，只有目光交织。微风卷着桂花香，记忆是最好的摄影师。好像一瞬间回到十年前，她百无聊赖地撑着脸，听他一遍又一遍重复那句"广泽生明月，苍山夹乱流"。

你看他多成功，这句诗果然成为苏霖曼心里比"床前明月光"还要熟悉的诗句。

身前的人抬起手，两张长方形的卡片被他捏着晃了晃。

"阿曼。

"这一次的演唱会，身边给我留个空位怎么样？"

一封情书

yi feng qing shu